U0723630

中華經解叢書

清經解 詩經編

整理本

董恩林 主編

鳳凰出版社

毛詩稽古編

（下册）

（清）陳啓源 著

劉真倫 岳珍 點校

毛詩稽古編　卷十七

吴江陳處士啓源著

大雅

文王之什上正大雅

文王

「文王受命作周」，歐陽據《叙》語以駁鄭氏稱王之説，謂《叙》言「受命作周」，不言「受命稱王」也。信矣。但《詩》、《書》言「文王受命」，皆言受天命也。天命之，豈僅命爲諸侯乎？緯書「赤雀丹書」之語雖不可信，然改元布號，諒應有之，必非仍守侯服也。即以此詩觀之，於文王則曰「其命維新」，於殷則曰「天命靡常」，明謂天以命殷者改命文王矣。雖不顯言「稱王」，而其實已不可掩也。向讀《武成》書已有辯，今因歐陽語復論之。

文王受命之年，先儒論之各異。以爲受命九年而崩者，孔安國、劉歆、班固、賈逵、馬融、王肅、韋昭、皇甫謐之説也。以爲受命七年而崩者，伏生、司馬遷之説也。案：《武成》「誕膺天命九年」、《逸周書·文傳解》「文王受命之九年召太子發」，以是證之，則九年之説信矣。康成不見《古文尚書》，又不信《逸書》，故以七年爲斷。

孔疏謂文王受命之五年，勞還師。〔一〕勞訖被囚。其年得釋，即以歲莫伐耆。六年始稱王。此言非也。受命改元，縱未稱王，其形已露。況三分有二，儼然勁敵，紂豈得囚之？既囚，豈得復釋？揆之情事，當不爾矣。又《左傳》襄三十一年。衛北宮文子云：「紂囚文王七年，諸侯皆從之囚。紂於是懼而歸之。」斯語定不謬。孔謂其年得釋，與七年之期互異，尤未可信也。至六年稱王，本於康成《乾鑿度》注，原屬臆説。史遷《周本紀》、皇甫謐《世紀》皆言受命元年即稱王矣。

《文王》篇言文王受命作周，故首章即言受命之事。首二句言未受命之先德已著見於天，末二句言既受命之後事天治人皆能奉若天道。中四句正言受命之事，而仍以德之顯命之時相配而言。蓋作周之本在於受天之命，受命之本在於與天合德。詩美文王德，乃第一義矣。《集傳》以首二句爲文王既没而其神在上昭明于天，以末二句爲其神在天升降于帝之左右是以子孫蒙其福澤

〔一〕「師」，原作「帥」，據庫本、張校本改。

而有天下。舍人而徵鬼，義短矣。案：呂《記》引朱子初説本與古注合，後忽易之，不知何見。

「亹亹」字見於《易》、《詩》、《禮記》、《爾雅》。《爾雅》云：「亹亹，勉也。」《易》疏、《繫詞》。《詩》傳、《文王》。《記》注《禮器》。皆用此解，則勉義非無徵矣。宋徐鉉以《説文》無「亹」字，欲改「亹亹文王」亹字從女、從尾。董逌從而和之，又引崔《集注》作「娓娓文王」爲據，皆謬説也。《經典》字不載《説文》者多矣，可勝改字？崔《集注》宋世已無其書，不知董氏何由見也？宋庠《國語補音》謂經典相傳皆作「亹」字，改之驚俗。當矣。董又引《説文》云：「娓，勉也。」案：今《説文》云「娓，順也」，竝無「勉」訓。又「娓」字，許慎本讀若「媚」，其「無匪切」乃徐音也。

「陳錫哉周。」朱《傳》解爲「上帝敷錫於周」，非也。「陳錫」謂文王能敷施恩惠，豈指上帝乎？《左傳》兩引此詩，皆釋之曰「能施」，《國語》一引此詩，即承之曰「布利」，皆與毛、鄭合矣。「哉」字，毛訓「載」，鄭訓「始」。其訓爲語詞者，李氏之謬也。《集傳》用其説而復代以「于」字。「哉」與「于」本不相倫，可通用乎？至「載」、「始」兩訓毛、鄭雖殊，然「載」亦可訓「始」，其曰「載行周道」，王肅述毛意耳。《左傳》、《國語》引此皆作「載」。《左傳》羊舌職云：「文王所以造周，不是過也。」宣十五年。「造周」，正是「始」義。《國語》芮良夫云：「載周以至於今。」「載周」與「至今」，首尾之詞也，與造周同義。韋昭注云：「載成周道。」載成者，始成之也。惟杜預《左傳》注曰：「載行周道。」預事晉武帝，肅實帝之外王父，宜乎襲用其語矣。

「本支百世」、「不顯亦世」，言君世爲君，臣亦世爲臣也。所世皆顯德之士，不在譏世卿之例矣。又春秋時周、召、毛、凡、蘇、蔡諸族皆周初公卿後，宣十年《左傳》疏云：「鄭《駁異義》引《尚書》『世選爾勞』，又引《詩》刺幽王絶功臣之世。然則興滅繼絶，王者之常，譏世卿之文，於義何居？」此篇論也。可見世卿自是先王舊典，不始於東周也。譏世卿乃公羊子之説，非《春秋》本旨。

「思皇多士。」「皇」訓「美」者，吕《記》引顏氏之説也。毛云：「皇，天也。」「於緝熙敬止。」「緝」訓「續」、「熙」訓「廣」者，歐陽氏之説也。毛云：「緝熙，光明也。」「假哉天命。」「假」訓「大」者，蘇氏之説也。毛云：「假，固也。」此説之異於先儒而有理者也。

「有商孫子。」臣有商之子孫也，言天命之如。此二語意本協，此箋義也。今云「即有商之孫子觀之」，既不接上義，下語又複出矣。

「殷士膚敏，祼將于京。」毛云：「殷士，殷侯也。」疏謂即前「商之孫子」，當矣。士者男子之通稱，五等諸侯及公卿大夫皆可得此名。此文「凡周之士」、「思皇多士」、「濟濟多士」，即其明證。《集傳》曰：「諸侯之大夫入天子之國曰某士。」則殷士者商子孫之臣屬，其説本《漢書》師古注。朱子自言最愛顏説，茲其一與？然釋「士」字何其拘也。二王之後來助祭，有《振鷺》之詩。微子來見祖廟，有《有客》之詩。二頌所美，何嘗指其臣屬耶？且前章云「商之孫子」、「侯于周服」，此服「黼冔」而「祼將」，正侯服之事，如何以臣屬當之？

「王之藎臣。」傳云：「藎，進也。」箋云：「王之進用臣，當女祖爲之法。」夫多士周楨，〔一〕文王進臣之事也。《詩》之文義前後相應，古注允矣。今解爲「忠藎之臣」，恐大迂。「藎」本染草之名，詩人以其音同，故借爲進義。毛公得於師授，當不誤也。由「進」而復轉爲「忠」，不已遠乎？今「忠藎」二字習爲常語，忘其本訓。

「永言配命。」《集傳》曰：「命，天理也。」天理即德耳，言「修」復言「配」，不既複乎？源謂此篇凡八言「命」，當通爲一義，正《詩叙》「受命作周」之「命」也。「其命維新」、「帝命不時」、「假哉天命」、「上帝既命」，言命之歸於周也。一言「靡常」，兩言「不易」，言命之所以去商而歸周也。文王與天合德，故能受之。成王能述修文王之德，則亦能配之。「配命」者，謂配合上帝眷命之意。配命之實，不外聿修配命之效，自致多福。四語意相連貫，毛、鄭但云「配天命而行」，不云何者爲命，正以此詩屢言命，其義本同，不須復解也。

聿、遹皆訓「述」，毛義也，亦《雅》義也。見《釋言》。德即爾祖之德，故云述而修之，句義又相接成矣。今以爲發語詞，未知何本。

「駿命不易。」《釋文》云：「易，毛以鼓反，言甚難也。鄭音亦，言不可改易也。」然此詩毛不

〔一〕「士」下，原衍一「士」字，據庫本、張校本删。

爲傳，孔疏述毛，則仍用鄭説。「甚難」之解，其出於王肅、孫毓與？案：《大學》引此詩，鄭注云：「天之大命，持之誠不易也。」彼《釋文》云：「易，以豉反。」注同。則康成初説原以爲難易之易，箋《詩》時改之耳。

「宣昭義問。」毛訓「義」爲「善」，鄭訓爲禮義之義。《釋文》云：「義，毛音儀，鄭如字。」蓋音隨訓異也。朱《傳》則訓從毛，音從鄭。

天無聲臭，難可仿傚。欲順之者，當法文王。此正見文王德合於天也，與首章義相應矣。朱《傳》解「於昭」、「陟降」，皆以爲其神在天，則已非合德之意。至末章傳又言文王「與天同德」，終首章之義，何前後之不相顧也。

大明

《大明》、《綿》二篇，《集傳》皆以爲周公作之以戒成王，不知何本。殆因《文王》篇而連及之耳。夫文王詩之爲周公作，僅見於《吕覽》。《吕覽》之言出於戰國策士，非傳信之書，録其説以存疑可也。《文王》篇尚未可確指爲周公，況此二篇乎？

《大明叙》云：「文王有明德，故天復命武王也。」夫文、武皆有明德，皆受天命，《叙》於文言德，於武言命，互文爾。前篇專言文王，此篇由文而及武，欲言文則追本王季、大任，欲言武則追本大姒，詞雖泛及，意有專歸，猶《思齊》亦言任姒，而總以頌美文王，立言當有賓主也。《叙》獨言文、武，得詩之旨矣。朱子《辨説》曰：「此詩言王季、大任、文王、大姒、武王皆有明德而天命之，非必如《叙》説。」是謬矣。《詩》、《書》但言天命文武，不言命王季也。況任、姒婦人，亦受天命乎？《周南叙》僅美后妃之德化，朱子猶大譏之，以爲禮樂刑政悉出婦人之手。及自爲《辨説》，則謂婦人而受天命，是何言之相戾耶？

「明明在下」章，毛傳目文王，鄭兼指文武，爲一篇之總括。鄭説勝矣。近皆以爲泛論其理，則不然。《叙》言「有明德」，正指首句「明明」言耳。若泛論，「明明」不得解爲「明德」，當兼美惡爲義，與《叙》不合。況《詩》中凡言「明明」皆爲美稱，兹何得獨異？又《叙》言「文王有明德」與「天命武王」意互相備，是顯以《詩》之「明明」爲文武之「明德」矣。以爲泛然論理，尤不合也。案：《詩》主美周，而首章爲全詩發端。先言周之得天，見周所以興。繼言天之棄殷，愈見周所以興。此總言之，下七章方詳述之耳。若章首徒泛論其理，章末又言殷而不言周，與全詩絶不相蒙，恐無此篇法。

「天位殷適。」傳云：「紂居天位，而殷之正適也。」疏引鄭氏《書叙》注「微子爲紂同母庶兄」事釋之。夫同母而分適庶，最非通論，且事出《吕覽》，不見正經，何足深信？鄭據之以釋《書叙》，孔又據之以釋《詩》，過矣。微子庶而長，故爲元子。紂少而適，故爲正適。名稱自合，何必同母乎。

「摯仲氏任，自彼殷商，來嫁于周。」箋云：「摯國中女曰大任，從殷商之畿内嫁於周。」疏申之云：「殷商爲有天下之大號。而云『自彼』，以『商』對『周』，故知自其畿内。」此語得之。《集傳》以爲商之諸侯皆謂之殷商，不必定在畿内，此未必然也。就商時言，則周亦商之諸侯，不得獨名摯爲商而與周分彼此也。自成王時追述而言，則摯亦周耳，非商也。文義難通，不如「畿内」之説當。案：《周語》云：「摯疇之國由大任。」注云：「二國奚仲、仲虺之後。」夫仲虺雖國於薛，既相湯致王，爲開代勛臣，其子孫當别有食采於王畿，如周之周、召二公者，則摯爲畿内國信矣。又《唐書·世系表》云：「祖己七世孫徙國於摯。」祖己者，仲虺之後。此語非是。季歷娶婦時尚未爲世子，乃古公初年也。計古公在位，去武丁未久，祖己事武丁，其子當與古公同時。此時大任已生於摯，安得其七代孫方國於摯乎？宋洪邁言《唐書·世系表》皆承用各家譜牒，故多謬誤，良然矣。

「曰嬪于京。」朱子以爲疊言以釋上句之意，又引《書》「釐降二女于潙汭嬪于虞」證之。此本鄭箋，然非詩旨也。上句「來嫁于周」，詞甚明白，何必重言以釋之哉？况《堯典》孔傳本謂「舜能以義理下二女之心，使行婦道於虞」，竝不如朱子所云也。王肅述毛曰：「盡婦道於大國。」正與《書傳》同意，優於鄭矣。

「文定厥祥。」毛以「文」爲「大姒有文德」，而「祥」爲「善」。鄭以「文」爲「納幣之禮」，「祥」爲「卜吉」。意各别矣。孔疏申毛，既言「大姒文德」，又言「文王以禮定其卜吉之善祥」，則文字作兩解，殊少畫一。〔一〕而以「卜吉」爲「善祥」，亦非毛訓。「祥」爲「善」之意也，竊謂昏乃嘉禮，毛云「善」者，猶云嘉禮耳。大姒賢，故文王聞而求之。是當時嘉禮因大姒文德而定，毛意當如此。

岐周，即今鳳翔府岐山縣，在府城東五十里。莘國，在今西安府同州郃陽縣南二十里，有古莘城。二國皆在渭水之北，所謂「親迎于渭」者，當是循渭而行，非渡渭也。「造舟爲梁」，不知過何水，傳、箋無明文。嚴《緝》以爲渡渭，恐非是。

「造舟爲梁。」「造」字，慥、草、皁三音俱可讀。本作「艁」，《説文》云：「造，古文，从舟。」《方言》云：「艁舟謂之浮梁。」《玉篇》云：「天子船曰艁。」《廣韻》云：「以舟爲橋曰艁。」此其證矣。案：傳「天子造舟，諸侯維舟，大夫方舟，士特舟」，本《爾雅》文也。彼注李巡曰：「比其舟而渡曰艁舟。」孫炎曰：「艁舟，比舟也。」然則「比舟」乃「艁」字本義，餘訓皆借耳，觀古文「从舟」可見。《左傳》「艁舟於河」，昭元年。孔疏云：「艁爲至義。言舟相至而竝比也。」「艁」本爲「比舟」，何必由至義以通之？迂矣！《集傳》云：「造，作也。作舟于河，比之而加版。」夫訓「造」爲「作」，是詩僅言作舟耳。作舟止成舟，如何便成梁耶？苟不補出「比」義，詩幾爲不全語矣。

「纘女維莘」，纘大任之女事者維在於莘也。「長子維行」，莘之長女維行大任之德也。大任

〔一〕「一」，原作「少」，據庫本、張校本改。

之配王季，維德之行，大姒之配文王，亦維德之行，故曰纘也。兩「行」字義本同。今以爲女子有行之行，非是。

「保右命爾。」箋云：「安而助之，又遂命之。」疏申之云：「身體康彊，國家無虞，安之也。多生賢輔，年壽九齡，助之也。文王之受丹書，已云降德滅殷。發誅紂，及渡孟津，白魚入舟，是又遂命之也。」剖析甚明。《集傳》於此三字不甚分別其義，意丹書白魚之事非所欲言乎？然經文字義須一一有歸也，源竊爲之説曰：文王爲西伯已三分有二，及武王伐紂，諸侯八百國不期而會孟津，是又遂命之也。民心即天命，故以當之，庶不入讖緯之説耳。

武王告神之詞已稱「周王發」矣，至牧野臨敵反曰「維予侯興」，此本其初而言也。言此以侯而興，即知彼以王而亡。興亡之際，故抑揚其詞，且使後人知鑒矣。至嚴《緝》載朱子之言曰：「予侯猶言我后，商人稱之也。」義亦通。

「會朝清明。」毛傳云：「不崇朝而天下清明。」鄭易傳解「清明」爲「昧爽」，孔疏是之。然毛義正大矣。至嚴《緝》以清明爲「雨止」，則傳會殊甚。彼引《尚書》孔傳「雨止畢陳」及《六韜》「武王至河，雨甚雷疾，太公率衆先涉」此兩文爲證，且言師以雨敗者多矣，故以清明爲得天助。太公先涉，故以尚父鷹揚發之。皆謬説也。《六韜》之書，後人贋作，其可爲據耶？孔安國之言本於《周語》伶州鳩。州鳩言陳未畢而雨，爲天地神人協和之應。故孔傳引之證休命之意，是孔以得雨爲天助。而嚴以雨止爲天助也。用其説而反其義，可乎？

綿

《綿》詩「自土沮漆」，是扶風之漆沮，《名物疏》語已詳於《吉日》篇矣。馮又云：不窋徙居戎翟之間，在今慶陽府。公劉遷豳，在今西安府邠州淳化縣西百二十里三水縣，漢縣也。元廢，明世復置。界當涇水之西。及大王自豳遷岐，逾梁山，始至岐山北漆沮合流之處。梁山在今西安府乾州城西北五里，當豳之西南。孔仲達《綿》詩疏云：「漆沮在豳地，二水東流，亦過周地。」非也。若漆沮在豳，則《公劉》「于豳斯館」已有宫室，大王何爲「陶復陶穴」哉？正以大王初至扶風之地，故未有家室耳。源嘗三復詩詞，合之毛傳，知馮語良是也。今以《綿》詩首章爲大王居豳事者，始於康成耳，毛傳本無是説也。傳於首章即述大王避狄去豳遷岐之事，而繼之曰「陶其土而復之，陶其壤而穴之」，則明以復穴係之岐下，爲古公初到之居矣。又曰「未有寢廟，未敢有家室」，蓋因五章「俾立室家」、「作廟翼翼」，並言此章止言家室而不言廟，故補其未及，是明以此章「未有」與五章「俾立」遥相首尾。彼既在岐，此不應獨在豳矣。又三章傳曰「周原漆沮之間」，合周原與漆沮爲一，是明以首章之居傳訓「土」爲「居」。漆沮即居此周原矣。夫遷岐之始，草萊甫闢，復穴而居，理或有之。公劉居豳，至大王已經十世，安得尚無家室？不獨「于豳斯館」見《公劉》篇而已。再考《七月》篇所稱「塞向墐户」、「入執宫功」、「亟其乘屋」、「躋彼公堂」

諸語，皆有家室之證也。至於蠶績、裘裳、稱觥、獻兕、凌陰、春酒諸禮儀，文物燦然畢具，豈穴居人所能辨邪？則首章所言其爲初到岐周未遑築室時事無疑也。首章先言岐土之荒涼，下章方言大王相度經營之次第，立言之敘當如此也。康成誤認傳意，故於首章之述遷豳則解之曰「爲二章發」，不知二章傳安得預發之首章，決非毛旨。孔又過執箋説，曲爲解釋，謂「在豳實有宫室，因欲美大王在岐新立，故云在豳未有，以爲立文之勢」。夫詞氣抑揚，詩人容或有之，但不應太過其實。況同一岐土，始榛蕪而後輪奐，方見大王創造之美，何得以豳相較乃成文勢乎？然箋、疏之致誤，其故有二：一則見次章方説遷岐，首章定是未遷時。一則見傳訓古公爲豳公，遂謂因在豳而稱之也。獨不思首章先言岐下風土，次章追數遷居情事，文義未嘗不順。且相度既定，即繼以築室耕田事相接續，次章之義自應與下諸章連貫成文也。又古公本自豳而來，則雖在岐，亦可蒙豳公之號，不必過泥。若泥豳公爲未去豳之稱，則民之初生，傳釋民爲周人，獨不可證其爲周原之民乎？此章之誤始於鄭而成於孔，後儒相習，莫覺其非，得馮義方見毛傳之真面目。故備論之，以俟後之博識者。

瓞爲瓜紹而小於先歲之瓜，稷爲嚳之胄而後世益微，不能如嚳之爲天子，故詩以爲喻，箋云「綿綿然若將無長大之時」是也。綿綿，亦微細之意。嚳是瓜，稷至紺是瓞。大王肇基王迹，則非瓞矣。詩欲美大王之盛而先言其先世之衰，故言瓜瓞以爲式微之喻也。後世文人用瓜瓞爲故實者，専以況子孫蕃衍、宗祀延長，與「卜世」、「卜年」同意，殆誤認詩旨。

復、穴皆土室。復則絫土爲之，穴則鑿地爲之，其形皆似窑竈，箋云「復者，復於土上，鑿地曰穴，皆如陶然」是也。朱《傳》云：「陶，窑竈也。復，重窑也。」是直居於窑内矣，恐無此理。況陶、復既各爲一物，爲古公所居，下又贅「陶穴」二字，不成句法。案：「復」字本作「寝」，《説文》云：「地空也。」引此詩。朱子「重窑」之訓，不知何本。又案：古者窟居，隨地而造，平地則絫土爲寝，言於地上重複爲之也；高地則鑿土爲穴。寝、穴皆開其上以取明。

「堇荼如飴。」「堇」字訓爲「堇荁」者音謹，訓爲「烏頭」者音靳。朱《傳》從孔疏，以堇爲烏頭，而仍用《釋文》之謹音，疏矣。

「堇荼如飴。」孔疏云：「《内則》『堇荁枌榆』，則堇是美菜，非苦荼之類。《釋艸》云：『芨，堇艸。』郭曰：『即烏頭也。』則堇者其烏頭乎？若堇荁之堇，雖非周原，亦自甘矣。」嚴《緝》非之，謂「烏頭乃毒物，肥美之地能使草無美惡皆猥大，豈能變毒爲美？此堇定是堇荁之堇」。案：嚴説良是。毛傳云：「堇菜也。」鄭箋云：「菜雖苦者甘如飴。」若是烏頭，則當云「草」，不當云「菜」。且其味辛，亦不苦也。孔失毛、鄭意矣。又荼雖名苦菜，《草木疏》言其得霜則甛脆而美，故《禮》羊之芼、豚之包皆用之，本非惡菜也。又《爾雅》「齧苦堇」，注云：「今堇葵也。葉似柳，子似米，汋食之滑。」《本草》：「堇汁味甘。」《公食大夫禮》「鉶芼皆有滑」，注：「滑，堇荁之屬。」《士虞禮》「鉶羹，用苦，若薇，皆有滑，夏葵，冬荁」，注以「苦」爲「荼」，「荁」爲「堇屬」。合此諸説觀之，二物正是同類。苦荼、苦堇同以苦得名，然堇味甘美，荼亦甛脆，堇則禮用以爲滑，荼則禮用以爲芼，安得謂非類乎？孔誤矣。大抵二菜元非苦物，但未必如飴耳。周地獨如飴，所以美也。若甚苦之物，雖膏壤豈能變爲甘哉？又案：《士虞禮》注既訓「苦」爲「荼」，「荁」爲「堇屬」，即引《詩》「堇荼如飴」證之，是康成注《禮》，明以此詩之堇爲苦堇矣。孔雖申鄭，而不得其意。

孔以堇爲烏頭，朱《傳》又從之，故堇荁之堇無復詮釋。今案：堇、荁一類也。《内則》注云：「荁，堇類。冬用堇，夏用荁。」《釋文》云「荁似堇而葉大」是已。又案：「苦堇」兩見《本草》，草部及菜部皆收之。《唐本草》「水堇」言其苗也，入菜部。本經「石龍芮」言其子也，入草部中品。陶隱居云：「生石上，其葉芮芮然短小，故名。」《説文》言「其根如薺，菜如柳，烝食之甘。」《後漢·馬融傳》注「言其華紫葉，可食」。唐本注亦云：「此菜野生，非人種，葉似蕺，華紫色。」李氏《綱目》云：「此旱芹也。又有一種黄華者，有毒殺人，謂之毛芹。」

慰、止、左、右，定民居也。疆、理、宣、畝，授民田也。各分四義。孔疏云：「乃安隱其居，乃止定其處，乃處之於左，乃處之於右，乃爲之疆場，乃分其地理，乃教之時耕，箋云：「時耕曰宣。」乃治其田畝。」分疏明且確矣。然又云：「疆、理是一，宣、畝亦同。」但作者以乃間之而成句耳。夫時耕與治田誠一事也。疆是分其經界，理是辨其土宜，截然兩義，何可合爲一乎？此過泥箋語矣。又此詩「疆」字，監本注疏不從土，《釋文》作「强」，云：「本亦作『彊』，同居良反。今俗本此詩皆增土作『疆』矣。」案：「疆」本作「畺」，《說文》云：「界也。从畕，三其界畫也。」疆乃或體，又作「彊」、「壃」、「疅」。又案：畕，比田也。從二田，音與「畺」同。

鼛、皋通用。《周禮·地官》「鼓人掌鼛鼓」，《考工記》「韗人爲皋鼓」，總一鼓也。章氏《考索》謂「皋者緩也，故以節役事」，良然。

毛傳以皋門、應門爲天子之制，鄭箋謂諸侯亦有皋、應。毛說當矣。諸侯無皋、應，朱子辨之，是也。孔疏欲證鄭說，引襄公十七年《左傳》宋人稱皋門之晳，謂諸侯有皋門，亦有應門，誤矣。宋築者謳言澤門，不言皋門也。據杜注，澤門是宋東城南門，非外朝門也。毛云：「王之郭門曰皋門。」孔云：「郭門者宮之外郭之門。」案：彼《釋文》言：「澤門，本或作皋門者誤。」孔所據當此本矣。然則以爲朝門者，豈服、賈諸家之說耶？

傳云：「冢土，大社也。」案：《祭法》「王爲群姓立社曰泰社」，疏云「在庫門之內右」，正此大社矣。朱子謂「大王初立岐周之社，武王通立周社於天下」，且以漢初令民立漢社稷證之，語見《大全》。誤矣。大社之尊正惟天子得立耳，安得天下盡立乎？諸侯有國社、侯社，大夫以下又有置社，安得又立大社乎？皋、應二門爲天子之制，則諸侯不得立，何大社反通於天下乎？況漢事亦未可證周也。

「肆不殄厥愠，亦不隕厥問。」傳云：「肆，故，今也。」今，指文王言。《綿》詩爲文王而作，而推本於大王，應以文王爲今也。故承上章立社，言大王立社有用衆之意，故今文王不絶恚怒敵人之心也。朱《傳》「肆」字從毛解，又以「不殄」爲大王事，則今義贅矣。又「故」爲因上之詞，即非新故之故矣。《爾雅》「肆故今」，與毛傳同，則亦釋《詩》也。郭注乃云：「肆既爲故，又爲今義，相反而兼通。」殊非《詩》、《雅》之旨。

柞棫，《爾雅》云：「棫，白桵。」音緌。郭注以爲小木叢生，有刺，實如耳璫，紫赤可食。陸《疏》據三蒼説，以爲棫即柞，其材理全白，無赤心者爲白桵。孔疏竝存兩説，不能辨其孰是。朱《傳》本從郭注，而《大全》引東陽許氏語申之，則純襲陸《疏》之言，與朱意正相反，而引以爲證，舛矣。案：白桵，《本草》用其核爲藥，名蕤儒隹切。核，入本經上品。陶隱居云：「大如烏豆，有文理如胡桃核。」蜀韓保昇云：「葉似枸杞而狹長，華白，子附莖生，紫赤色，大如五味子，多細刺。」宋蘇頌云：「木高五六尺，莖間有刺。」此三家注所紀物色形相皆與郭氏同，朱子獨取其説，良有見矣。至陸《疏》之「棫」亦載《本草》，言櫟有二種，一種不結實者名棫是也。然非此詩之棫。

「柞棫拔矣」、「柞棫斯拔」。「拔」字從手旁，蒲貝反。疏云「拔然生柯葉也」。柭本蒲八反，訓擢。柯葉生正拔擢之狀，音雖殊，義實相因耳。《韻會》「拔」字四見，獨於泰韻作「柭」，從木旁。注云：「禮韻續降。」豈非後人傳寫妄易偏旁，而《禮韻》併收之耶？於泰韻注云：「又見隊韻。」於隊韻注云：「又見曷黠韻。」則四韻共一字。彼三韻皆爲「拔」，何此韻獨爲「柭」乎？

「昆夷駾矣，維其喙矣。」毛云：「喙，困也。」孔疏云：「喙之爲困，未詳。」案：《晉語》：「靡笄之役，郤獻子傷，曰：余病喙。」韋昭注云：「喙，短氣貌。」郤以喙爲病，病豈非困乎？短氣，亦困之狀。此足證毛義矣。仲達何未憶及耶？又《方言》云：「𣨛𠋆，倦也。」郭注云：「今江東呼極爲𣨛。」因引外傳郤語。又曰：「瘃，極也。」注亦云「江東呼極爲瘃」。然則喙、𣨛、瘃三字通用矣。又《廣雅》瘃、困同訓「極」，《廣韻》「瘃」字亦引此詩云：「困極也。」亦作「喙」，亦作「𣨛」。

「虞芮質厥成。」傳云：「質，成也。成，平也。」疏云：「質、成、平，《釋詁》文三字義同。言二國詣文王而得成其和平也。」案：成乃鄰國結好之稱。《左傳》「求成」、「請成」、「行成」、「董成」皆此義。「質厥成」猶云「成其成」爾，正指相讓而退，言始争而今讓，是乃成矣。從此歸周者四十餘國，文之王業乃大，故繼之曰「蹶厥生」。「蹶生」與「初生」相首尾，周家王業之生，大王始之而漸興，文王動之而益大，正見文王之興本由大王，與《叙》義合。後儒解「成」字、「生」字，異説紛紛，俱非詩旨。

棫樸

棫樸薪槱，是俊乂盈朝之喻。烝徒舟楫，是策力畢效之喻。《叙》所謂「能官人」也。朱子論興體最輕，於此二興止以數助字畢之，不究其義。宜其以《叙》爲誤矣。至次章之「奉璋」，三章之「六師」，正舉祀、戎兩大事見賢才之用，乃漫解爲「天下歸之」。夫天下之歸，豈僅助祭之髦士、從征之武夫已哉？其作人之化能使污俗一新，箋謂「作人者變化紂之惡俗」。綱紀之施能使四方咸理，則又言其政教之美，見官人之效耳。朱《傳》總歸於文王之德。夫文德雖盛，恐助理之人亦不可少，況「能官人」不益見其德盛乎？

《棫樸》次章，王肅述毛，以爲不言祭。孔疏亦以傳解璋而不言瓚，則不以爲祭。殊不知傳云「半圭曰璋」，璋瓚之璋獨非半圭乎？傳文質略，偶不及瓚耳，安見其必非祭也？肅謂璋瓚不名璋，疏引王基語駁之矣，而仍用肅説以述毛，不知何意。

「追琢其章，金玉其相。」皆言文王之聖德，正所謂勉勉也。「綱紀四方」，又言其政教之美及於天下耳。《集傳》云：「追之琢之，所以美其文。金之玉之，所以美其質。勉勉我王，所以綱紀乎四方。」或問：所美之人爲誰？朱子曰：「追琢金玉，所以興我王之勉勉也。」據此則「其相」、「其章」當與「綱紀四方」矣。上二語各四字，分爲兩截，恐破碎不成文義。

「追琢其章，金玉其相。」二語皆比也。《集傳》以此章爲興，失之矣。章，周王之文也。相，周王之質也。追琢者，其文比其修飾也。金玉者，其質比其精純也。一喻一正相爲形，況《有客》篇「追琢其旅」、《白駒》篇「金玉爾音」同一句法耳。「綱」爲罔之綱，「紀」爲絲之紀，以喻我王之爲政於四方，亦比也。假象於器物而去其如似之稱，詩中比體類此者多有。如「我心匪石」、「我心匪席」、「价人維藩」、「大師維垣」諸詩皆是。《集傳》概以賦目之矣。但朱子釋《詩》多於興中分立比體，獨此詩本比也而又以爲興，殊不可解。

旱麓

首章毛傳純用《周語》爲説，謂「陰陽和、山藪殖，故君子得以干禄易樂」。本不以上二句爲興也。鄭易之曰：「林木茂盛者，得山之潤澤也。喻周民豐樂，由其君之德教。」始以爲興體矣。疏申其意，謂詩「美君德當以養民爲主，不應惟論草木。《周語》遺其興意，毛傳亦於作意未盡，故箋申而備之」。源謂此詩之旨，《周語》及毛傳盡之矣。陰陽和、山藪殖乃紀實事，非取喻也。山藪，民所取材也。物産蕃庶，財用富足，正所以養民，安得謂惟論草木乎？《魚麗》詩即魚、酒二物以明萬物之盛多，此詩即榛、楛二木以明資用之饒裕，舉一以見百，其義同也。古人引《詩》雖多斷章，然如單穆公所云，乃正解也。呂《記》以榛、楛喻君子，以榛、楛得麓而滋茂喻君子承先祖而受福，亦以此章爲興，而興義則殊。蓋箋、疏以君子目大王、王季，而呂《記》用丘氏説以斥文王，故取興亦别也。

《詩》三言「瑟」。「瑟兮僩兮」，傳云「矜莊貌」。「瑟彼柞棫」，傳云「衆貌」。「瑟彼玉瓚」毛無傳，而箋云「潔鮮貌」。案：此瑟《釋文》云：「又作『璱』。」《説文》引《詩》亦作「璱」，云「从玉，瑟聲」。王英華相帶如瑟弦也。則與彼二瑟本異字矣。

「鳶飛戾天，魚躍于淵。」鄭氏《中庸注》云：「聖人之德至於天則鳶飛戾天，至於地則魚躍于淵。是其明著於天地也。」此解本與傳義不遠。及箋《詩》則以「鳶飛」喻惡人遠去，「魚躍」喻民喜得所，義短矣。疏申鄭意，以爲變惡爲善乃作人之義。殊不知道被飛潛，萬物得所，作人氣象如此，尤爲廣大也。

「民所燎矣。」《釋文》云：「燎，《説文》作『尞』。云：柴祭天也。」案：尞，《説文》曰：「从火，从昚。昚，古文愼字。祭天所以愼也。」又「尞」與「燎」別。《説文》：「燎，放火也。从火，尞聲。」此詩「燎」字，鄭箋訓「熂燎」，則是「燎」非「尞」矣。陸氏引《説文》非箋義。

皇清經解卷七十六終

漢軍樊　封舊校

南海潘繼李新校

毛詩稽古編　卷十八

吴江陳處士啓源著

文王之什下正大雅

思齊

《思齊》，文王所以聖也。《叙》語。首章正言所以聖，故專美大任之德能。上慕先姑之所行，下爲子婦之所續耳。《集傳》以聖母、賢妃竝言，失輕重之權矣。《周南叙》言后妃而不言文王，朱子猶大譏之。及釋此詩，乃直謂文王聖德本於内助，何耶？又孫奕《示兒編》欲讀《思齊》之「齊」爲「見賢思齊」之「齊」，言大姒思齊於大任，又思媚於周姜，是此章專美大姒，而謂文王聖德全由婦力也。謬益甚矣。

《思齊》次章，鄭義多勝毛。以「宗公」爲「大臣」，與《晉語》胥臣引《詩》合，勝毛「宗神」之訓。以「寡妻」爲「寡有」，與《康誥》「寡兄」義合，勝毛「適妻」之訓。以「御」爲「治」，與《大誥》「御事」義合，勝毛「迓迎」之訓。「宗公」與「御」，孔疏右鄭，言之備矣。至「寡妻」之義，竝加申述，未置抑揚。源謂寡爲寡有，兩見《尚書》孔傳。《康誥》「寡兄」、《康王之誥》「寡命」，皆以「寡有」爲美稱。此箋云「寡有之妻，言賢也」，正與二書相符。較之適妻惟一之解，當出其上矣。若蘇氏以爲猶言寡小君，最爲謬説。寡小君者，對異國之謙詞耳。詩方頌美文王之聖，反代謙其妃后爲寡德耶？

鄭取「雝雝在宫」三章并爲二章，章各六句。以「在宫」爲養老於璧雝，「在廟」爲祭於宗廟。「不顯」四句承「在宫」，「不聞」四句承「在廟」。各取二「亦」字、二「肆」字文義相對。「古之人」二句總結上二事，於經文極明整。但判「在宫」爲璧廱，終屬武斷，故後儒不從其説。惟「無斁」訓爲「無擇」，源竊有取焉。言古人口無擇言，身無擇行，以身化臣下，令此士皆有名譽、成髦俊也。疏謂此經本有作「擇」者，不爲破字，較優矣。又「射」、「斁」二字俱訓爲「猒」，一篇中字異而義同，似屬未安。若從鄭，則無此嫌。

「雝雝在宫」三章，毛、鄭異解。近儒皆宗毛而小變其説。「不顯亦臨，無射亦保。」毛云「以顯臨之保安無猒也」。今則以爲「雖幽隱而若有臨之，雖無猒射常有所守」。「肆戎疾不殄，烈假不瑕。」毛以爲大疾害之人不絶之而自絶功業廣大豈不長遠。今則以爲「大難雖不殄絶，光明自無玷缺」。此其不同也。源謂「戎疾」二句，兩説俱可通。其「不顯」二語，則毛義爲優。孔申毛意，以此二語承上「雝肅」，言雝雝、肅肅，此顯德也。然此顯德豈獨在宫廟乎？亦以臨於民上矣。既以顯德臨民，民無斁者亦皆安之。上句言君臨下，下句言民化上，意自相成也。案：《大雅》、《周頌》多言「不顯」，皆反訓爲「顯」。惟《抑》詩「無曰不顯」連「莫予云覯」成文，明是正言「不顯」，與特言「不顯」者自別，不可以例此詩也。至於雖無斁射亦常有守，則尤礙於文義。「不斁」正是「能守」耳，反云「雖不斁亦有守」哉？

《思齊》之三、四、五章文義相承，故兩用「肆」字。肆，故今也。故者因上生下之詞也，「亦臨」、「亦保」，言君民感孚之妙，故繼以惡人殄絕，王業遠大，皆以治功言。「亦式」、「亦入」，言文王性與天合，故繼以成人小子，修德敏行，皆以學術言。章斷而意接，兩「故今」不虛設矣。

「古之人」謂古昔聖君，非指文王也。毛、鄭意同。王肅云：「文王性與古合，是言古人正借以美文王耳。」於義自通。李氏以爲指文王，非是。《詩》言「古」多矣，「自古有年」、「古訓是式」、「自古在昔」、「振古如兹」，未嘗以近世爲古也。東萊引《典》、《謨》「稽古」爲證，亦不然。以《典》、《謨》「稽古」目堯、舜、禹、咎繇，亦後儒之臆説，孔氏《書傳》不作是解矣。

「古之人無斁。」傳云：「古之人無斁於有名譽之俊士。」《釋文》以爲此王肅語，是「斁」字毛無傳也。疏亦言「斁」字經本有作「擇」者，然則作「斁」而訓「猒」乃王肅述毛如此。毛無傳，安知不同鄭爲「擇」乎？唐世《詩》學有毛、韓二家，而疏云作「擇」，不言是《韓詩》，則當指毛本言矣。竊意古本《毛詩》元有「擇」、「斁」兩文，鄭、王述毛，各據一字立解。後儒傳寫誤譔王語入傳，遂以王説當毛義，而目鄭爲易傳。幸「擇」字尚存他本，故不疑鄭改經耳。陸既知傳文是肅語，又云「毛音亦訓猒」，殆習而不察也。又孔疏不言作「擇」者係何詩，而董逌言《韓詩》作「無擇」，此特因疏語而臆度其然，未有他據，不足信也。

皇矣

首二章傳、箋本指文王，後儒以爲大王之事，殆非也。玩經語，與大王事不合者有三：大王居位當商祖甲之世，時商未有秕政也，何云「其政不獲」乎？一也。大王避狄遷岐，勢最微弱，後雖寖以彊盛爲王業之基，然終身爲諸侯，未嘗受天之命，何得云「受命既固」乎？二也。先言文王而後追溯其前代，故三章云「帝作邦作對，自大伯王季」。蓋謂天之興周邦而生明君也，自大伯、王季之時已然矣。若由大王順叙之，則當云「至」，何云「自」乎？三也。後儒以爲大王事者，徒以二章言刊除之事，惟遷岐之始當有之。又三、四章述王季之德，首二章當言大王耳。殊不知生聚漸蕃，則草萊亦漸闢，文王地廣民衆倍加於大王，時又遷程遷豐，連作兩都，皆翦榛蕪而爲廬舍，轉荒翳而成膏腴者也，豈能無事於刊除邪？至三章述王季以「自」字發端爲追溯之詞，愈證首二章之言文王也。況次章云「帝遷明德」，七章云「予懷明德」，兩「明德」前後相應，自應屬文王矣。又《漢書・郊祀志》載匡衡奏議云：「『乃眷西顧，此維予宅』，言天以文王之都爲居也。」衡治《齊詩》者而爲此言，則首二章之美文王，非毛、鄭二家之説矣。

「其政不獲」指二國言，則「爰究爰度」亦應指四國言，句法本同也。程子以「究度」爲「天意」，四語文義不倫矣。且「究度」是「天意」，則下語「上帝」不複出乎？

「爰究爰度。」傳云：「究，謀。度，居也。」「此維與宅。」傳云：「宅，居也。」蓋古宅、度二字通用，皆待洛反而訓「居」，傳義允矣。鄭訓「度」爲「謀」，非古義。又《禮記》引《詩》「宅是鎬京」，王充《論衡》引《詩》「此維與宅」，石經《堯典》「宅嵎夷宅」，皆作「度」。《公劉》「度其隰原」、「度其夕陽」，二「度」字，疏述毛意亦引《皇矣》傳訓爲「居」。又《小爾雅》云：「里度，居也。」義亦相合。

「上帝耆之。」毛訓「耆」爲「惡」，鄭訓「耆」爲「老」。鄭謂「天須假音嘏。此二國養之至老」，取義亦優。但以下語合之，則毛説爲允。憎、惡義同。憎其以淫虐之人用大位行大政，正惡之之實也。《集傳》用或説改「憎」爲「增」，訓「式廓」爲「規模」，皆臆創之解。惟訓「耆」爲「致」，本《武》頌毛傳，較爲有理。但解「耆之」爲所欲致者，文義全不與經合，而「耆之」「之」字無歸著，不如毛説之當。

「此維與宅。」鄭云：「見文王之德而與之居，言天意常在文王所。」此與匡衡奏議見本篇首條。意同，皆以爲天居之。下章「帝遷」即此義，遷而就文王與之居也。漢世皆作是解，定有本矣。始則顧之，既而宅之，語意相應。且天無首目而言顧，天無形體而言宅，其爲假托之詞又同。古注妙得經意，不可易也。程子曰：「使其居西土以王天下。」鄭漁仲曰：「可與居天子位。」《集傳》曰：「以此岐周與大王爲居宅。」三説小異，而以與宅爲人居之則均。殊不知周自后稷以來世居西土，不必至文王時天始與之。且周之興以修德不以宅岐，誇宅岐爲天與，尤非詩指。至詩言「與宅」不言何所宅，正連上「西顧」爲文，謂宅西也。若言「居天子位」，是經文乃不完之語，〔一〕必須鄭氏代補，尤屬謬見。

《皇矣》次章章八句，言刊除林木以作室治田作屏修平啓闢攘剔皆刊除之事。毛、鄭止統爲一義，竝不言孰爲不材而去之，孰爲美材而留之也。蓋作詩者欲形容生聚之蕃，非講論樹蓺之法，意有所主耳。《埤雅》論刊除次第，謂始之所去，惟木之枯弊者；菑翳。既而民益衆復，闢地以容之，則併去其茂者；灌。又次及其材者；栵檉椐。終則及其材之美而宜蠶者。檿柘。此義優矣。朱《傳》祖程子之説，以「作屏」爲拔去，「啓辟」爲芟除，是去其不材也。以「修平」爲疏密得宜，「攘剔」爲去其煩冗使得成長，是留其美材也。持説甚美，然非詩之正指。且未聞灌栵之材於檉椐也。《名物疏》辯之甚當。兹述其意而廣之。

菑、翳、灌、栵、檉、椐、檿、柘，八者除菑、翳、灌非木名，餘五木皆嘉植也。芝栭、即栵。蔆椇，

〔一〕「完」，原作「宅」，據庫本、張校本改。

人君燕食之庶羞，見《内則》及鄭注。楠材可爲車轅，見陸《疏》。河柳《爾雅》：「檉，河柳。」八藥，一年三秀，寇氏《衍義》謂之三春柳，天將雨，先起氣以應之。《草木疏》謂之雨師，又大寒不凋，有松柏之性。靈壽木即椐。似竹有節，長八九尺，圍三四寸，自然合杖，不須削理，見《漢書》師古注。而《草木疏》亦言其節中腫似扶老，可爲馬鞭及杖。檿柘宜蠶，取其絲以弦琴瑟，清響異常材，又中弓榦。五者皆有用於人，而與槁椔。斃翳。叢生灌。之木同在刊除之列者，詩特借此以見民之樂就有德，歸懷日衆，嚮時園圃林麓漸變爲民居耳。周之興也，轉榛棘爲室廬，其衰也，化宫廟爲禾黍，興衰氣象徵於草木而可知。詩人言在此意在彼，不可徒泥其詞也。若從伊川之解，則僅老圃之事耳，豈所以美文王哉？

「其灌其栵。」傳云：「栵，栭也。」此《爾雅》文，《説文》亦同。郭注謂「子如細栗」，陸《疏》謂「葉如榆」，皆以爲木名也。程子曰：「行生曰栵。」而朱《傳》從之，不知何本。程、朱之爲此解者，定以「栵」字木旁從列，有行列之義，且經文灌、栵同句，欲取叢生、行生相配成文耳。不知字訓須有本。「栵」字《釋文》例、列兩音。元諧列聲，何嘗會行列意乎？又古人文體不似後世之拘，豈必兩兩相配以求工乎？

栗種最多，其小者有二：實如橡子者名榛栗，見《邶》《鄘》《曹風》及《大雅》之《旱麓》。如指頭者名茅栗，即《爾雅》之栭栗。注以爲「樹似槲樕而卑小，子如細栗」者也。亦名栵栗，見《大雅・皇矣》篇。《釋文》云：「江淮之間呼小栗爲栭栗。」《廣韻》云「栵，細栗，今江東呼爲栭栗，楚呼爲茅栗」是已。又《草木疏》釋「榛栗」云：「又有茅栗，其實更小，而木與栗不殊。但春生夏華秋實冬枯爲異耳。」此亦指栵也。然則茅栗之稱舊矣。《筆談》及《埤雅》謂當爲「芧栗」，「茅」字乃「芧」字之譌。未知果當否也。

「帝遷明德」，謂天意去殷而即周，徙就文王之德。與上章「西顧」、「與宅」相應。「串夷載路」，謂周家習行此常道，至文王則益大，天意徙就之。以此毛訓「路」爲「大」，當作是解。王肅述毛，以「載路」爲「居大位」，文義未安。至程子訓「載路」爲「滿路」，後儒仍其説，謂民之歸周者滿路而不絶。夫以「載」爲「滿」，古無此字訓也。且上言「帝遷」，不言「民歸」，字義句義俱乖舛而難通矣。案：此章民之歸周皆於刊除見之，若乃習行常道，克當帝心。又言民歸之，本語義相承，各有所主也。《集傳》從鄭，以「串夷」爲「患夷」，云「即昆夷」，而「滿路」之解則從程。

《爾雅・釋詁》：「妃，媲也。」「天立厥配」，毛傳同。毛不破字，作傳時經文「配」字當從女旁矣，故箋、疏皆解爲賢妃，而以大姒當之。《爾雅》某氏注亦引此詩云「天立厥妃」，則益信矣。歐、程解爲「配天」，而呂《記》、嚴《緝》從之。義雖可通，然非詩指。朱《傳》則宗鄭而目爲大姜。

《爾雅・釋詁》：「省，善也。」「帝省其山」之「省」正合斯義，故鄭用其語。「柞棫斯拔，松柏斯兑」，正所以善其山也。鄭又謂和其風雨，使樹木茂盛，非徒養其民人是也。後儒以訓「善」驚俗，仍爲「省視」解，然下二語難通矣。又《禮記大傳》「大夫士有大事省於其君」，鄭注「省」亦訓「善」。何景純釋《爾雅》，反云「未詳其義」乎？

兑本卦名，「説」其本義也，字兩見《詩》。《緜》傳云：「成蹊也。」《皇矣》傳云：「易直也。」行道故言成蹊，松柏故言其材榦滑易而調直，各隨文釋之耳。《集傳》兩「兑」皆訓「通」。行道而言通，即成蹊意也。以松柏爲通，迂矣。因解之曰：「此言山林之間道路通。」又云：「木拔道通。」竟忘此詩「斯兑」連「松柏」爲句矣。

「帝作邦作對。」傳云：「對，配也。」箋云：「作配，謂生明君也。」案：《文王》篇「克配上帝」，意正同。君以臣爲配，故曰匹，曰仇。天以君爲配，故曰對，曰配。配者，相須之義。天須君以代治民，君須臣以共治民。民失所，則無以爲配矣。此古人字法之妙也。今以「對」爲「當」，未見其勝。

《左傳》引《皇矣》之四章，作「維此文王」，《詩》疏及《左傳》疏皆謂「師有異讀，後人不敢追改。今王肅注及《韓詩》亦作『文王』，是異讀之驗。」以源意論之，當以作「文王」者爲正。此經毛無傳，王述毛者也，而注爲「文王」，則毛本作「文王」可知。《左傳》引《詩》作「文王」，復云「近文德矣」，申言九德爲文王之德，則傳文決無誤。況「王此大邦」，非文王不足當之。鄭以「追王」爲説，殊費回護。

「明」、「類」二字，程、朱俱不用古注。程以「明」爲知之，「類」爲踐之。蓋轉肖似爲踐履，與明分知、行兩義也。解「類」字稍紆回矣。朱以察是非、分善惡二義相配。夫察事之是非，分人之善惡，一「明」字足盡之，何必增立「類」名哉？若聖人明無不燭，則察是非、分善惡特「明」中之條目，尚未能盡明義，安得分配「類」義乎？不如《左傳》以照臨四方言明，其爲義廣大也。至「類」訓爲「善」，《爾雅》文也。勤施無私乃人君之善道，義出《左傳》，是《詩》説之最古者。故鄭箋既云「類善」，又引《左》語實之也。案：《詩》凡言「類」，多訓爲「善」。如「永錫爾類」、毛云：「善也。」「而秉義類」鄭云：「善也。」皆是。箋義不妄矣。又嚴《緝》謂「明」、「類」是一意，「長」、「君」是一意，「順」、「比」是一意。彼徒求文義整齊耳。

毛引《左傳》「擇善而從曰比」，疏申其意，言服、杜注皆不得其解，當謂擇善而從以比方文王。案：服云「比方損益古今之宜而從之」，杜云「比方善事使相從」，是服、杜釋比義重於擇，孔釋比義偏於從，俱可通。但「克比」之「比」與「下比」字，文同而義殊。上比擇善而從惟取其能比，未定所比何善也。下言比文是專美其文德，不主於比意。各有指矣。孔欲彊「克比」義與「下比」合，不已固乎？又「比」與「文」，毛皆依《左》爲解，則此兩字當分爲二德。孔謂克比即比文，尤非毛旨。

「比于文王。」箋云：「王季之德，比于文王。盛德以聖人爲匹。」世有稱子而美其似父者，安有稱父而美其似子者乎？斯已傎矣。朱《傳》訓「比于」爲「至于」。呂《記》用李氏説，謂後世亦繼其德比于文王。於義皆安。但《左傳》釋此文爲九德之一，不應指後人言。又「文」爲一德，與八德同例。則此「文」字乃美德之泛稱，不專指謚號。所謂「文王」，非西伯昌之文王也。劉炫云：「可比於上代文德之王。見《左傳疏》。」較爲明優矣。毛用《左傳》「經緯天地」語以釋此「文」意，當與劉同。箋、疏之申毛，恐未合其意。

「其德靡悔。」言德盛如此，無可悔之舉動也。「德」字總上九德言。《左傳》云：「九德不愆，作事無悔。」乃此詩之正解。薄德之人動輒有悔，悔在事，不在德也。自亦悔之，不徒人恨之。此詩毛不爲傳，意應同《左》。鄭謂德比文王，人無以不應。比而悔之者，孔據《公劉》傳述毛，謂「文王之德不爲人恨，而王季比之」。《集傳》謂「其德無遺恨」，皆以「悔」指德言，與《左》毫氂之差。

「無然畔援。」傳云：「無是畔道，無是援取。」箋云：「畔援，猶跋扈。」《釋文》引《韓詩》云：「畔援，武彊也。」鄭義殆本於韓。《漢書·敘傳》云：「項氏畔换，黜我巴漢。」師古曰：「畔换，彊恣之貌。猶言跋扈也。《皇矣》篇曰：無然畔换。」顔又本鄭義。朱《傳》祖毛，得之。正叔訓爲「黨比」，恐屬臆説。

「誕先登于岸。」「岸」字，毛訓「高位」，鄭訓「獄訟」，皆迂。程、王兩家取涉川濟難義，庶近之。《集傳》云：「岸，道之極至處。」此内典到彼岸之義也。晦庵蓋陰襲其意。然《詩》爲用兵發端，非講學也。未敢奉爲正解。

毛以「阮」、「共」、「旅」爲周地名，而「徂」爲往。鄭以「阮」、「徂」、「共」爲三國名，而「徂旅」爲徂國之旅。毛以「阮」、「共」爲密人所侵而文王遏之，鄭以「阮」、「徂」、「共」爲密人之黨而文王侵之。兩家之説種種差殊。然毛之師傳甚遠，鄭説又本《魯詩》，非出臆見。而皇甫謐考據甚精，亦用鄭説，皆非無稽之談也。先儒之説有當竝存之，不必斷其孰是者，此類耳。案：《孟子》引「徂旅」作「徂莒」，以旅爲地名者良是。「莒」非《春秋》「莒子」之「莒」，《孟子疏》誤。旅、莒音相近，故異文與？朱《傳》以爲「密師」，殆未必然。

以阮爲國名，密人侵之，文王因以伐密者，其説本於《汲冢紀年》。《紀年》云：帝辛三十二年，密人侵阮，西伯帥師伐密。三十二年，密人降於周師，遂遷於程。宋儒用此説《詩》，而諱其所自出。

《爾雅》「按遏」皆訓「止」。「以按徂旅」，《釋文》云：「按，安旦反。本又作『遏』，安葛反。」是此詩「按」、「遏」二字俱可用，義亦相通。但「按」字竝無「遏」音也。《韻會》始收「按」字八七曷韻，注云：「捺也。」引《白起傳》「按據上黨」爲證。然《史記》注竝不音按爲遏，非其證也。朱《傳》「按」亦音「遏」，豈宋世有此俗音乎？

「以篤于周祜。」注、疏、呂《記》、嚴《緝》及石經皆同。呂《記》引《孟子》亦有「于」字，惟《集傳》本無之，未知文公削之與？抑後人傳寫而誤脱與？

「度其鮮原。」毛云：「小山别大山曰鮮。」此《釋山》文也。注云：「不相連。」鄭云：「鮮，善也。」此《釋詁》文也。《爾雅》、《釋文》二鮮皆息淺反，則上聲爲正矣。《詩》釋文云：「鮮，息淺反。又音仙。」三音竝存，以在前者爲正，則亦宜讀上聲。案：鮮原，見《周書·和寤解》云：「王乃出圖商，至于鮮原。」及《汲冢紀年》云：「帝辛五十二年，周始伐殷。秋，次于鮮原。」直言是地名。孔、晁以爲近岐周之地，孔疏亦以爲去舊都不遠，《通鑑外紀》云：「鮮原，在岐之陽，不出百里。」即程邑。《周書》：「文王在程，作《程寤》、《程典》。」謂此也。又案：周之程邑，在漢爲安陵。《前漢·地理紀》云：「安陵，闞駰以爲本周之程邑。」即今西安府咸陽縣。

「不長夏以革。」漢毛、鄭及宋程、張、吕、嚴諸儒各立一説。源獨取毛義。毛云：「不大聲以見於色。革，更也，不以長大有所更。」傳以夏爲大。孔氏取孫、王二家之説述之，謂「不大其音聲以見於顔色而加人，不以年長大有所變革於幼時。言其天性自然，少長若一。」斯義優矣。康成謂「是乃中人以上所能，不足以美文王」，故别爲立説。不知疾言遽色，賢者不免，惟聖人德性中和，學養純粹，方可信其無。鄭何淺視之哉？彼立説紛紛，莫能相尚，何不返求諸傳乎？

「詢爾仇方。」毛云：「仇，匹也。」疏申之云：「詢謀於女匹己之臣，以問其伐人之方，和同女之兄弟。君臣既合，親戚和同，乃往伐崇。」此解甚當。謂臣爲仇匹者，猶《兔罝》之「好仇」、

《假樂》之「群匹」也。自鄭用「怨耦曰仇」之訓，而後儒遂以崇侯譖西伯事實之，則文王此舉乃爲修怨而動，是忿兵，非義兵也，何以爲聖人哉？又以此章文義論之：「仇方」、「兄弟」，皆共事之人也。「鉤援」、「臨衝」，皆攻敵之具也。同其詢謀，備其器械，然後以之伐人，詩語本有倫次。若以「詢仇」爲「征伐」，則方言伐人，忽及親親之義。既言親親，又説用兵之事。語雜亂無章矣。又後漢伏湛，治《齊詩》者也，言「文王征伐，詢之同姓，謀於群臣」，因引此詩證之。意正與毛同。大足徵傳義之當。

「以爾臨衝。」《釋文》云：「臨，《韓詩》作『隆』。」案：古臨、隆字同音，《古音考》引證甚詳。然今北人土語猶呼「臨」爲「隆」，則不僅古音爲然。

「崇墉言言」、「崇墉圪圪」，傳以「言言」、「圪圪」爲「高大」，箋以爲「將壞貌」，意正相反。案：《左傳》僖十九年。宋子魚言文王伐崇，三旬不降，後伐之，因壘而降。則文王之於崇乃降服之，非破滅之也，固無事壞其城矣。傳義得之。又案：《説文》「仡」作「圪」，云：「牆高貌。」引此詩，正與傳合。

「是類是禡。」疏引《周禮・肆師》注云：「禡祭造軍法者其神蓋蚩尤，或曰黄帝。」「蓋」者疑詞，「或曰」者存異説也。朱《傳》曰：「謂祭黄帝及蚩尤。」合兩説爲一，以爲竝祭二神，殊失先儒之旨。《大全》引《漢書》「高帝祭黄帝、蚩尤於沛庭」以爲證。夫漢興之初，諸事草創，豈必據古禮哉？使古禮如是，康成不當爲疑詞矣。

禡、貉、貊三字，文異而義同，師祭也。《周禮》作「貉」，亦作「貊」，餘書皆作「禡」，有三音。《詩》、《爾雅》、《王制》、《周禮》諸釋文及《説文》皆讀爲「罵」，《肆師》釋文又音「陌」，《王制》釋文又音「百」。《肆師》注云：「讀如十百之百。」《甸祝》疏引杜子春云：「讀爲『百爾所思』之百，取多獲禽牲應十得百之義。」皆從「百」音也。應劭《漢書・叙傳》注曰：「禡者，馬也。馬者兵之首，故祭其先神。」此誤矣。馬祭謂之伯，《吉日》之「既伯」是也。疏云：「伯者，長也。馬之祖始，故謂之伯。」「既伯既禱」是馬祭，祭天駟。「是類是禡」是師祭，祭黃帝、蚩尤。《爾雅》有明文，可溷爲一乎？《韻會》於「禡」字注引《吉日》詩，是溷伯禡爲一祭，殆因應而誤也。《正韻》遂讀伯爲禡，增入去聲禡韻中，誤逾甚矣。又案：類，《説文》作「禷」，從示，類聲。《爾雅》同。《玉篇》云：「或作䫌禓，或省作祀，籀文作䫌。」

「是致是附。」傳云：「致其社稷群神，附其先祖爲之立後。」「致」、「附」與「禷」、「禡」連文，亦當言祭，傳義允矣。且古人繼絶存亡之道即行於弔伐時，賴傳語得見之，源深有取焉爾。

案：崇國見《春秋》宣元年晉趙穿帥師侵崇，曰：「秦急崇，必救之。」是崇乃秦之與國，當在雍地，與故崇相去不遠，豈非文王克崇復徙封於此，故東周之世其國尚存乎？不獨崇也，春秋時黎侯失國奔衛，後狄相酆舒復奪其地，見《詩・邶風》及《左傳》。黎在殷畿内，乃文王七年五伐中之國名也。誅其君而存其祀，亦崇之類矣。

《詩》、《書》皆言天命文王，不言天命大王、王季也。《皇矣》，《集傳》言首二章天命文王，三、四章天命王季。誤矣。夫受天命者縱非赤雀丹書之謂，要必三分有二，大畏小懷，駸駸乎有一統之勢方足當之。大王、王季有是乎？朱子以首二章爲大王之事，遂以「受命既固」爲天命大王，因併謂天命王季。不知「天命」二字非諸侯所敢當也。《禮》不云乎：「惟天子受命於天。」

靈臺

《靈臺》篇先言靈德及於民，次言靈德及於物，終言靈德見於樂。意凡三層，然合樂於璧雝，正以驗民物之和也。箋云：「文王立靈臺而知民之歸附，作靈囿、靈沼而知鳥獸之得其所，以爲聲音之道與政通，故合樂以詳之。」此足盡一篇之大恉矣。朱、吕以爲述民樂，説本《孟子》。然臺池鳥獸樂與民同，鐘鼓管籥聞而色喜，是孟子納牖之誨，斷章以立言耳，豈《詩》之正旨哉？靈臺以望氛祥，璧雝以造俊秀，乃國家大政教所係，非娱游之地也。

「不日成之。」毛云：「不日有成也。」鄭申毛云：「不設期日而成之也。」趙岐《孟子注》云：「不與之相期日限，自來成之也。」《國語》韋昭注云：「不程課以時日也。」諸家語異而意同。《集傳》以「不日」爲「不終日」，恐不然。工作自有次第，非可雜然而施力也。雖多人，豈能不終日而成臺乎？又「靈臺」之「靈」本指文王之德言。毛云「神之精明者稱靈」，鄭云「文王化行似神之精明」、《説苑》云「積愛爲仁，積仁爲靈」是也。蘇氏「靈」訓「善」，亦通。朱子謂「如神靈所爲」，是特從「不終日」取義而已。

嚴《緝》譏毛傳「靈道行於囿沼」之語，以爲鹿之馴、鳥之潔、魚之躍皆性之常，豈必靈道之行。嚴語非是。鹿與魚、鳥至微之物，亦各適其天性，正見萬物得所，文王德化之無不遍也。案：虞舜簫韶既奏而致儀舞之祥，文王民物含和而有鼓鐘之樂，一以樂而播其和，一以和而被之樂，其爲德化之所感一也。

毛傳云：「濯濯，娛游也。翯翯，肥澤也。」《釋文》引《字林》云：「鳥白肥澤曰翯。」《説文》云：「翯翯，鳥白肥澤貌。」疏申毛云：「娛樂游戲亦由肥澤故也。二者互相足。」朱《傳》移「肥澤」以訓「濯濯」，而「翯翯」獨取潔白義，其用疏意與？然《漢書》《相如傳》。注文穎曰：「濯濯，肥也。」師古引「麀鹿濯濯」證之。朱《傳》實本此。

「於論鼓鐘。」箋云：「論之言倫也，於得其倫理乎？鼓與鐘也。」案：古「論」字本與「倫」通。《王制》云：「凡制五刑必即天論。」彼注云：「與天意合。」疏云：「謂就天之倫理。」《釋文》云：「論者，倫理也。」皆以「論」爲「倫」義，與此箋同矣。呂《記》引《樂記》證之曰：「論倫無患樂之情也。鄭以論爲倫，義本諸此。」殆非是。《樂記》「論」字乃論説之論，「論倫」者，論其倫者，安得謂「論」即「倫」乎？「於論」之「論」是《樂記》「倫」字，非《樂記》「論」字也。嚴《緝》引

《書》「無相奪倫」及《樂記》「論倫無患」，以兩「倫」字證《詩》「論」字，得之。

「矇瞍奏公。」傳云：「有眸子而無見曰矇，無眸子曰瞍。」《韓詩》薛君曰：「無眸子曰矇，眸子具而無見曰瞍。」與毛意正相反。《春官》「瞽矇」鄭司農注、《周語》韋昭注、顧野王《玉篇》皆與毛同。《釋文》引《字林》云：「瞍，目有眸無珠子也。」《説文》云：「矇，童矇也。一曰：不明也。瞍，無目也。」孔疏云：「矇矇然無所見，故知有眸子而無見。矇有眸子，故知瞍當無。」然則二字亦不甚相異，説《詩》者以意爲分别耳。

下武

「下武維周。」傳云：「武，繼也。」箋云：「下，猶後也。後人能繼先祖者，惟周家最大。」此字訓稍迂，而文義則無弊矣。後儒各立新説。吕訓「下」爲「繼」，「武」爲「武功」。「下」訓爲「繼」，比「後」義更迂。又下篇「繼伐」方言「武功」，不應兩篇同意。朱子改「下武」爲「文武」，則尤未安，不獨破經字也。全詩之義皆稱美武王，而此章言其能配三后，故先以「三后」發端，末句方及武王。「哲王」即「三后」，謂大王、王季、文王也。下武王述三后之美，言周家相繼而益盛。世有明哲之王，今三后雖殁，而精氣猶在天，武王能配行其道也。四語本有倫次，若首句即竝舉文、武，通章文義俱雜亂無章矣。嚴華谷以「下武」爲「不尚武」，尤無理。周樂名《武》，《頌》篇亦名《武》，受命則曰「武功」，伐紂則曰「我武」，何嘗諱言武哉？

「世德作求。」箋云：「求，終也。」義本《爾雅》。案：此「求」字元作「逑」。《玉篇》云：「逑，終也。亦作『求』。」則此詩「求」字乃通用耳。字可通，而義不可改也。後儒不知，遂别爲之説。

「孝思維則。」毛云：「則其先人也。」夫則其先人，所謂繼述之孝也，義優矣。《集傳》用李氏説解爲民之法則，不獨義短，且與「下土之式」語意複出。

「昭兹來許。」毛云：「許，進也。」疏申之云：「禮法既許而後得進，故以許爲進。」此殆臆説，毛意未必然。案：《後漢書》注東平王引《詩》云「昭哉來御，慎其祖父」。御本有進義。意「來御」者，《詩》之原文與？

「昭兹來許」與下篇「遹追來孝」，兩「來」字《釋文》俱云：「來，王如字，鄭音賚。」孔疏述毛，從鄭音賚，訓勤。未知王述毛作何解也。後儒皆讀如字，而説各殊。「來許」之「來」，陳氏解爲有自來，而以許爲助詞。吕、嚴俱用之。朱子解「來」爲後世，而「許」爲所。兩説朱較長。「來孝」之「來」，朱、吕云：「追先人之意而來致其孝。」此本《禮器》鄭注也。嚴華谷祖曹氏説云：「致其方來之孝。來者，嗣續無乏意。」曹説近之，惜未得王肅義較其短長也。要之：「許」若訓「進」，則勤行進善，於義明順。「遹追來孝」如後儒之解，則「遹追」應讀斷，不若述追王季勤孝之行，經語爲渾成也。

文王有聲

「築城伊淢。」方十里之城也。鄭箋以爲「大於諸侯，小於天子」。疏申其説，謂鄭言城制有兩解：公之城方九里，侯伯方七里，子男方五里，天子之城方十二里者，此《周官·典命》注據《典命》「國家以命數爲節」之文而推之也。天子之城方九里，大國方七里，次國方五里，小國方三里者，此《考工記·匠人》注據《匠人》「營國方九里」之文而推之也。以《匠人》、《典命》俱是正文，故兩存之。酆城十里，過於九而不及十二，故曰「大於諸侯小於天子」，正用《典命》注爲説矣。源案：《周書·作雒解》言周公「作大邑成周於土中，城方千六百二十丈」。計方：里爲方三百步。每步六尺，方里爲方百八十丈。雒城方千六百二十丈，正合天子方九里之制。又《左傳》鄭祭仲言大都城百雉，三國之一。雉長三丈，百雉得三百丈，三之得九百丈。爲方千五百步，又與鄭次國城方五里之制相符。以此二文證之，則《匠人》注説爲長。

方十里爲成，成間有溝名淢。「築城伊淢」，舉「淢」以見「成」也。成方十里，酆城亦方十里，與城相偶，故曰匹。古注本明，朱《傳》殊溷。

「王公伊濯。」毛訓「濯」爲「大」，即《釋詁》文也。言文王之事益大耳。後儒由滌濯之義轉訓爲明著，不已迂乎！

酆在豐水西，鄗在豐水東，相去止二十五里。武王雖徙鄗，仍不離豐水旁耳。故「豐水東注」、「豐水有芑」，皆是在鄗京目豐水而言。朱《傳》載或説解「豐水有芑」章，謂豐水生物蕃茂，武王豈不欲有事於此？但欲貽謀子孫，故不得不遷。獨不思豐水爲酆、鄗二京之所共乎？

鄭《譜》以《文王》以下八篇爲文王詩，《下武》二篇爲武王詩，是言此十篇爲二王而作，竝不云作於二王時也。朱子不詳察《譜》文而漫譏之，過矣。又謂正《雅》皆成王、周公以後之詩，亦非確論。《棫樸》、《靈臺》、《下武》三詩稱王不稱謚，《旱麓》併不稱王。疏以爲或生時及未稱王時作，其説亦通，何必概指爲没後作乎？又周家一代禮樂皆周公所定，正《雅》諸篇即樂章也。今云作於成王、周公以後，則是周公在時正《雅》尚未備也，所定之樂當歌何詩乎？且周公之後不聞更有制禮樂者，《雅》、《頌》諸篇之爲金奏，爲工歌，又何人所定乎？

皇清經解卷七十七終　漢軍生員樊封校

毛詩稽古編 卷十九

吴江陳處士啓源著

生民之什上正大雅

生民

姜嫄爲帝嚳元妃，見《家語》、《世本》、《大戴禮》、《史記》諸書，宜爲可信。然揆之事理，實有難通，誠如張融所駁矣。說見孔疏。且非直此也，姜嫄果帝嚳元妃，則棄爲嫡子，自應繼嚳而立，何得先立下妃子摯，又立次妃子堯，而終不及棄乎？宜呂《記》、朱《傳》皆舍毛而從鄭也。巨迹之説，近於誕罔。嚴《緝》是毛非鄭，以爲「《列子》異端，云「后稷生乎巨迹。」緯書妄説，詳見孔疏。史遷好奇，見《周本紀》疏引之。皆不足據」。似矣。然「武迹」、「敏拇」之文見於《釋訓》，《爾雅》正典，已有是説也。況使后稷之生果係人道交接，有父有母，則周家不應特立姜嫄之廟，别奏先妣之樂，而《生民》、《閟宫》二詩亦何爲獨美稷之母不及其父乎？天地之大，奇詭變幻，難盡以理概耳。

《爾雅·釋訓》：「履帝武敏。武，迹也。敏，拇也。」《爾雅》釋《詩》多舉全句，不應此獨截去「歆」字。則「敏」字絶句，「歆」字屬下句讀，其來甚古，不自朱《傳》始也。又毛訓「歆」爲「饗」，則上下兩屬皆通。屬上句爲致敬而神饗，屬下句爲神饗而介福。鄭先訓「介」爲「左右」，而繼之云「心體歆歆然，其左右所止住，如有人道之感」，則明以「歆」字屬下句，與《爾雅》同。惟《儀禮·喪服》注引此詩於「歆」字絶句，《周禮》賈疏引此亦然。意鄭先注《禮》，未達《詩》義，後箋《詩》方改其句讀與？至賈疏所引，則襲鄭之禮注耳。

《生民》詩自次章至八章，凡言「誕」者八，誕皆訓「大」，歎美之詞也。次章「誕彌」，大其生之易也。三章三「誕置」，大其神異之驗也。四章「誕實匍匐」，大其幼而岐嶷也。五章「誕后稷之穡」，大其教稼之功也。六章「誕降」，大其得嘉種以祭也。七章「誕我祀」，大其將祭之事也。文義皆明順。朱子疑其不甚通，過矣。古人文字簡貴，非如後世之平直。至以爲發語詞，尤不敢信。《公劉》篇每章冠以「篤」字，與《生民》詩之「誕」同耳。豈亦發語詞乎？

「先生如達。」「達」字乃借也。本當作「羍」，從羊，大聲。或省作「𦍒」。它未切。稷之見棄，毛、鄭以爲欲顯其奇異，《史記》以爲疑其不祥，後儒皆從《史記》。然孔氏已有辨矣。說見正義。源亦謂一棄不已而至再至三，定是欲驗其靈異。不然，業已棄之，勿問其存亡可矣。又不然，當「牛羊腓字」時即收育之，如䢵子之於子文可矣。宣四年。何必自隘巷而平林，而寒冰，屢遷之不憚煩乎？蘇明允不信迹乳之説，謂稷之見棄，由不坼副無菑害之故，而引鄭伯寤生事證之，其謬尤甚。莊公之寤生致驚其母，擬之非其倫矣。夫以不坼副無菑害謂不祥，則必坼副菑害方謂之祥也。恐無此人情。

《采薇》詩「小人所腓」，鄭破「腓」爲「芘」，前已辨之矣。《生民》詩「牛羊腓字之」，鄭亦從毛訓，避不用己説。而朱《傳》反襲其破字之訓，此不可解也。胡一桂申其意曰：「牛羊見稷以足肚遮芘之，如有愛之之意。」此尤爲謬説。經止一「腓」字耳，既爲足肚，又爲「芘」，一字安得兩訓耶？況牛羊之足肚豈能芘護嬰兒邪？

傳文質略，然實簡而盡。如「鳥覆翼之」，傳云：「大鳥來，一翼覆之，一翼藉之。」上補出「翼」字，下補出「藉」字，經意曉然矣。「覆」、「翼」兩字，詩本互文相備，故傳即以補爲釋也。蘇氏曰：「覆，蓋也。」則漏「翼」義。又曰：「翼，藉也。」則「藉」非「翼」字本訓。古人造語之妙，信非後人可及。

「厥聲載路。」路，大也。毛、鄭同。此時聲音已大，不復如呱呱時也。陳氏解爲「滿路」，陋矣。「載」無「滿」訓，辨見《皇矣》。以「路」爲「大」，字訓之常，何用求新乎？「覃」、「訏」，言長大也。后稷稍已長大，去初生被棄時遠矣，豈猶在平林隘巷中而聲音得達於路耶？

「種之黄茂。」傳云：「黄，嘉穀也。茂，美也。」言穀種之嘉。疏以黍稷色黄當此穀。又言其美盛，二字各一義。蘇氏曰：「黄茂，嘉穀也。」併二義而一之，襲傳語而失其旨。但豐言草茂，苞言苗，所指各殊。

《釋詁》：「苞、蕪、豐，茂也。」四字同義，而其三皆見《生民》之五章，故箋用其義。

毛以「實苞」爲本，而鄭以爲「茂」。毛以「實種」爲雍種，而鄭以爲生不雜。鄭優矣。朱《傳》謂「方」、「苞」指漬種時，而種爲布種，殆不然。朱又云：「種，甲坼而可爲種也。」豈未甲坼時不可爲種乎？

方、苞、種、褎、發、秀、堅、好、穎、栗，十字乃禾生之次第。孔疏以方、苞爲春生時，種、褎爲夏長時，發、秀以下爲秋成時，當矣。然不如嚴《緝》以方、苞、種、褎爲禾之始生，而苗、發、秀爲禾之中，而秀、堅、好、穎、栗爲禾之成而實，尤爲明確也。又此十字，方、種、堅、好皆與《大田》詩同，而鄭氏釋方、種字，兩詩異義。嚴推其故，謂《大田》方、阜與堅、好文連，是成熟時，故以方爲孚甲始生。此方、苞在種、褎前，是苗初生時，故以方爲齊等。《大田》種、戒是未耕以前，故以種爲擇其種。此詩前言種之黄茂，則種已擇矣。繼言種、褎在方、苞之後，故以種爲生不雜。此最詳盡，可補孔疏之不及。源案：兩詩「方」字之異，信如嚴説。至《大田》「既種」，箋云：「相地之宜而擇其種。」是擇其與土性相宜，不僅欲其不雜也。此詩「實種」，箋以爲「苗生之不雜」，是止言不雜於稂莠，不兼地宜之意。則二「種」字所指各殊，匪直時有先後而已。

「有邰家室。」毛以邰爲姜嫄之國。孔疏申之，謂邰是稷之母家，當自有君。而以封稷者，或滅或遷，皆未可知。然傳又言之矣，云堯見天因邰而生稷，故封於邰。則以邰封稷，自是特出堯意。但邰君未必有罪，不應奪其土地，則徙封之説長也。宋羅泌《國名記》以爲大王復取有駘氏。曰：「大姜是駘猶在，不以封稷。稷封之駘在武功，姜姓之駘在琅邪。」案：大姜之爲有邰氏女，見《列女傳》，而《史記正義》亦引之以證太姜之賢。見《周本紀》。然孔疏不用其説者，豈非以其與毛相左耶？不僅是也，《周語》伶州鳩言「武王伐殷，歲在天黿。即元枵，齊分野。我皇妣大姜之姪伯陵之後逄音龐。公之所馮神。」是大姜乃有逄氏女，非有邰氏女也。《左傳》昭二十年晏子言有逄伯陵居爽鳩氏之墟，以及大公居之，是大姜之國雖在琅邪，而非有邰也。意有逄即邰之徙封，或舉其舊號而曰有邰，如宋之稱商，晉之稱唐，楚之稱荆與？然無可考已。孔氏之不用《列女傳》，良以此。

秬、秠，黍類也。穈、芑，粱類也。孔疏引《爾雅》郭璞注，釋穈爲赤粱粟，芑爲白粱粟。郭説必有本也。宋沈括《筆談》及蘇頌《圖經》皆以爲赤黍、白黍，此誤也。彼徒見《詩》「穈」字與《説文》「䵚」字字畫相近，又見陶隱居《别録》有丹黍米，彊以《爾雅》赤苗之虋當之，故有是説也。不知《説文》「䵚」字下從黍，靡爲切。《詩》「穈」字，《爾雅》、《説文》皆作「虋」，莫奔切。音形俱别，截然兩字。「䵚」字從黍，訓爲穄，即稷也。《玉篇》云：「穄，䵚似黍，不黏。」與從禾之「穈」何涉哉？至於丹黍、赤粱，色偶相同，元是二穀，何可合爲一也？「穈」、「芑」之訓，當以郭爲正矣。又案：有赤黍名⿰米兼，胡兼切，見《玉篇》。陶氏「丹黍米」，其是物乎？又秠即秬類，是黑黍之二米者。羅願以爲即「來牟」，亦謬。

「是任是負。」鄭云：「任，猶抱也。」疏云：「以任負異文，負在背，故任爲抱。」源案：古「妊」字通作「任」，鄭豈以抱之於懷猶婦人之懷妊，故訓爲「抱」與？然我任我輦，箋云：「有負任者。」則又合任、負爲一，所謂對文則異，散文則通也。王氏訓爲「肩任」，未知何本。

「后稷郊祀。」毛以爲堯所特命，鄭以爲二王之後。宋儒皆非之。然論詩之文義，六章「以歸肇祀」，末章「后稷肇祀」，兩「肇祀」相應而中間皆言祭祀，則定指一祭而言，不得分七章所言爲后稷主祭、末章首五句所言爲人祭后稷也。又李氏譏毛特命之説，而以魯郊爲比，謂成王、伯禽皆非禮，豈堯與稷亦然。殊不知所謂禮者，創自天子耳。況聖德如堯可以議禮制度，稷之播穀又功及萬世，錫以異數，非私恩也，何得以常禮律之？董氏譏鄭二王之説，以爲后稷於舜不得爲二王後。夫舜繼堯、堯繼嚳，嚳之子孫在堯、舜時正猶周之杞、宋耳，詎非二王後耶？況肇祀者，始祀也。若以爲祀其先，則稷居九官之列，爲天子公卿，尚不得祭宗廟，必待就國而始祭乎？理又難通矣。故傳以肇祀爲始歸郊祀，不可易也。但以毛、鄭二説較之，則毛爲尤勝。鄭破「肇」爲「兆」，不如依字訓「始」。一也。稷既改封就國於母家，則高辛氏之後必更有爲嗣者。

修其先代禮物，郃不得亦爲二王後。二也。前五章言后稷功美，帝堯特賜，正是報功之典。若因二王後而得郊，則非歸功后稷之意。三也。此郊祀專指祈穀，不及至日之郊，或因后稷功在播穀，故特賜此祭。若二王後，則兼行至日之郊矣。四也。然則鄭氏二王後之説止可用之於首章之禋祀，不可用之於六、七、八章之肇祀矣。

「或舂或揄。」揄音由，非本音也。揄自音俞，訓引耳。抒臼抒，取出也。謂抒米以出臼。之義，字當作「抭」，又作「𦥷」，又作「舀」。舀，以沼反。《周禮·舂人》注、《儀禮·有司徹》注皆作「抭」，《説文》作「舀」，從爪臼。而抭、𦥷乃其或體。

傳以「蹂」爲「蹂黍」。箋易傳以爲潤濕之，取舂、揄、簸、蹂及釋、烝之次第也。孫毓是鄭，但論字義則毛爲當。吕《記》、朱《傳》皆從毛。又「釋」左從米，漬米也，與「解釋」字異。

傳釋「載謀載惟」，引《周禮·肆師》「莅卜」三語，嘗之日莅卜來歲之芟，獮之日莅卜來歲之戒，社之日莅卜來歲之稼。即繼之曰：「所以興來而繼往也。」蓋已預透以興嗣歲之義。又繼之曰：「穀熟而謀，陳祭而卜矣。」此足莅卜之意，非「載謀載惟」正解，然「謀」、「惟」意即在其中，言當穀熟時已謀度祭祀之禮，感秋成而思報也。及陳祭時又預卜來歲之善否，因祭而祈年也。后稷之功莫大於播穀，后稷之祭莫重於祈穀，故此章雖言祀事，而終之以興嗣之文，可見謀惟祀事正爲興嗣而然。傳預透末句義於此，所以釋「謀」、「惟」本意，不專分析二字字訓也。若分析「謀」、「惟」字訓，則箋語明確矣。云：「諏謀其日，思念其禮。」

郊之位在國門外，須祭軷而行，蕭、羝、燔、烈皆爲軷祭也。自此而往郊，祈穀於上帝。「以興嗣歲」，正言往郊之意也。此指將祭時。下章豆、登、香、升，斯爲正祭時矣。二章文義相承，後儒以后稷諸侯不得郊祀，故以「取蕭」爲祭先，「取羝」爲祭軷。「燔」、「烈」總上兩祭於三句，文義則通矣。但祭先本出孝思，祭軷自爲行遠，與祈年之典絶不相蒙。章末興嗣，語不已贅乎？況軷之所祭即七祀中行神，乃祭之小者。詩主美大后稷肇祀之禮，不應舉其小祭。且與祀先大典竝稱，尤爲不類。

嚴《緝》辨「豆登」登字曰：「登升之登無丿，豆登之登有丿。」案：「豆登」字本作「⿱⺼⿱豆廾」，從二手持肉在豆上也。隸作「登」，從手持肉在豆上。與「登升」字從癶，音撥。從豆絶異。嚴僅以丿之有無別之，疏矣。

《生民》詩八章，架構至爲精密。首章推原后稷生於姜嫄，是一篇之綱領。末二句「載生載育，時維后稷」，則已爲下七章立案。次章言后稷之生不坼副、無菑害，此載生之事也。三、四章言稷之始而見棄，繼而見收，以及稍長有知識好種植，此載育之事也。五、六、七、八章言其爲稷官而教稼，封有邰而肇祀，烝民乃粒，上帝居歆，爲周室開基之太祖，所謂「時維后稷」也。況此七章文義俱首尾相銜，連環而下，章法極其工矣。且起句言「厥初」，由今而溯之初也。結句言

「迄今」，由初而推之今也。一起一結，遥相呼應，此最有格律之作，學長篇詩者宜熟玩之。

行葦

《行葦》雖成王詩，然所言皆先王事，惟「曾孫」始目成王耳。首章箋以爲先王之愛物，五章箋以爲先王將養老行射禮，七章箋以爲成王承先王之法。蓋《叙》云「周家忠厚」，是言絫世積德，非美一王也。先王之法，箋謂指文、武。其愛物行射之事，當别指先世有道之君矣。案：《吴越春秋》言公劉慈仁，行不履生草，運車以避葭葦。又班彪《北征賦》云：「慕公劉之盛德，及行葦之不傷。」又《後漢·寇榮傳》云：「昔文王葬枯骨，公劉敦行葦，世稱其仁。」皆以行葦勿踐爲公劉事。漢世古書史猶多，當必有據，豈三家詩説乎？康成雖不言何王，意或相合矣。

《行葦後叙》，東萊疑爲講師附益，容或有之。朱子譏其隨文生義，無復倫理，恐不然。仁及草木，愛物也。内睦九族，親親也。尊事黄耇，敬老也。總爲王者忠厚之道，何謂無倫理哉？又謂説此詩者不知比興之體、音韻之節，此特以毛、鄭二家指行葦勿踐爲忠厚之實事，不以爲興。而「或肆之筵」四句故言毛公分章，謂之故言。自爲一章，不以「几」字上叶「爾」字，「御」字下叶「斝」字耳。殊不知詩即行葦一物見王者愛物之仁，於義自通，何必判爲興體？又此篇毛分首章爲六句，次章四句，三章六句，後四章章四句，文義允愜。説見吕《記》。必欲易之以就韻，則「或肆之筵」四句分屬兩章，在本章既遭割裂，在前後章復成贅疣矣。三百篇中同韻而異章，同章而異韻者不僅此詩，能悉更定之乎？又因「曾孫」二字疑此詩爲祭畢而燕，恐未必然。「曾孫」雖是主祭之稱，然非祭時亦可稱也。《貍首》詩言射不言祭，亦云「曾孫侯氏」矣。蒯聵自稱「曾孫」以告三祖，哀二年。乃是戰時，非祭時。

葦是叢生之物，故毛傳釋「敦」爲「聚貌」。朱《傳》以「敦聚」爲「句萌之時」，已非本義。又其取興，則以「勿踐履」興「莫遠具爾」，以「苞體」、「苨苨」興「肆筵」、「授几」，尤爲不倫。敦聚如朱解，則勿踐履時，葦未成形方體。生葉苨苨。也。至肆筵授几，即莫遠具爾之實事耳。兩義豈能相配乎？

苞，草名也，可爲麤履。又本也，茂也。其見《詩》者，如「苞栩」、「苞櫟」、「苞杞」之類，皆訓爲「叢生」，則通作「枹」。《生民》之「實苞」、《行葦》之「方苞」，鄭皆訓「茂」，此《爾雅·釋詁》文也。朱《傳》訓爲「甲而未坼」，不知何本。

「方苞方體。」「方」者，方來而不已。方將苞茂，方將成體，其葉又苨苨然美好，故不忍傷之。此正方長不折之意，所以爲仁也。鄭箋以爲終爲人用故愛之，是直利之耳，所見小矣。

「莫遠具爾。」鄭以「爾」爲揖而進之，蓋《燕禮》有「爾卿爾大夫」之文也。「爾」字毛無傳，故疏以箋義述之，謂無論遠近皆揖之使進。

「嘉肴脾臄。」疏云：「燔炙是正饌，以脾函爲加助。」則經文是「加肴」矣。又云：「箋以脾函爲加，故謂之嘉。」是嘉美之加。又云：「定本、《集注》經皆作嘉。」是當時經文或「加」或「嘉」，本各不同也。未知誰得其正，惜毛不爲傳，無由定之。宋董氏言「舊本皆作『加肴』，定本作『嘉』，唐改從定本。」此特因疏語而揣度其然。玩箋文，則漢世經本已有作「嘉」者矣。孔氏申箋云：「正饌之外所加善肴則脾與臄。」合兩義而兼存之，亦未盡善。

「敦弓」兩章，鄭以爲大射，王肅述毛，以爲燕射。孔疏是鄭，吕《記》是王。案：此兩章前後皆言飲酒之事。前言飲酒是燕族人，《敘》所謂内睦九族也。後言飲酒是養老，《敘》所謂外尊事黄耇也。燕族人則旅酬之後射以爲樂，養老則先期行射禮擇士以爲賓。此燕射、大射之别，一在燕末，一在先期。而兩章言射在燕族之後，養老之前，則二説俱可通也。但此射爲燕射，則當承燕族取義，與下章養老各一禮。王既以爲燕射，而又以爲養老之燕射，則失經文先後之次。孔氏譏之宜矣。東萊不從《後敘》，謂此詩前後所言飲酒爲一事，無睦族、尊老之别，故以王説爲然。然此詩《首敘》本言忠厚，而忠厚元非一端。《後敘》列言三義以當之，亦非誤也。必如吕意，則全詩皆燕同姓語耳。《首敘》之義恐未盡於此。

「敦弓既堅。」《釋文》云：「敦，音彫，徐又都雷反。」此兩讀俱非「敦」字本音。傳訓「敦弓」爲「畫弓」。《説文》「弴」字亦訓「畫弓」，是「敦」本「弴」字，詩借用「敦」，依字仍當作「弴」耳。《説文》云：「弴，都昆切。」則此詩「敦」字亦應如本音矣。都昆切雖出徐鉉，然「弴」以「𦎫」得聲，

「𦎫」字從亯，從羊，讀如純。此叔重舊注也。純、𦎫、敦、弴聲韻皆同，則「敦弓」之「敦」斷宜以如字爲古音矣。陸音、徐反俱不必拘。

「敘賓以賢。」毛云：「賓客次第皆賢。」復引孔子矍相之射證之，是論其素行之賢也。鄭謂「多中爲賢」，較切於射。然毛説實爲正大。況素行賢則射亦必多中矣。

「四鍭如樹。」意在美其中耳。《集傳》曰：「言其貫革而堅正也。」貫革豈禮射所重乎？

「敘賓以不侮。」東萊獨取晦庵「不以中病不中」之説，源終嫌其巧。箋云：「不侮，敬也。」其人敬於禮則多中，此即射義内正外直之意，宜可用也。今《集傳》先訓不侮爲敬，後及不以多中陵人之説，則朱子之所折衷有在矣。

「酌以大斗。」《釋文》云：「斗字又作『枓』，都口反。徐音主。」《小雅》「維北有斗」，《釋文》亦兩音，而音主者沈重也。據徐、沈音，是「斗」與「主」、「醹」元同韻，不必用叶也。《集傳》叶之，贅矣。近世陳第《古音考》音「主」爲「祖」，音「斗」爲「堵」，亦謬。主、祖、堵今亦同韻，不獨古也，何必改音？況主、斗同音，不僅韻同，何反分爲兩音乎？案：《説文》：「十升曰斗，當口切。枓，勺也，之庾切。」此詩大斗爲酌酒之器，則依字當作「枓」。又案：《易·豐卦》「日中見斗」，與「蔀」字「主」字協。彼《釋文》云：「見斗，孟作『見主』。」蓋以音同故通用也。《説文》「枓」字亦諧「斗」聲，則「斗」、「枓」二字古音爲「主」無疑。《正韻》四語韻中收此兩字，皆音主，得之。

「以祈黄耇。」王氏解爲乞言，良是。下章引、翼、介、福，則善言之益也。《叙》云「養老乞言以成其福禄」，正指此爾。毛訓「祈」爲「報」，鄭訓「祈」爲「告」，俱未若王義長。嚴《緝》從之。

《爾雅》云：「鮐背耇老，壽也。」則「黄耇鮐背」特老人之通稱耳。《大全》載輔廣之言，謂鮐背則老更甚於黄耇，不知出何典。毛傳云：「鮐背，大老也。」不言黄耇次之也。《方言》云：「秦晉之郊、陳楚之會曰耇鮐。」二者省文而合爲一稱，其非兩義可知。《釋名》云：「九十曰鮐背，或曰黄耇。」亦以二者爲同實而異稱。竝不如廣所言也。

鮐背，箋云：「台之言鮐也。大老則背有鮐文。」疏引《爾雅》舍人注，以爲背似鮐魚。案：鮐，音臺，又音台。《史記·貨殖傳》「鮐鮆徂禮切。千斤」、《漢書》同。《文選·吴都賦》「王鮪鯸鮐」，指此魚也。宋羅願《爾雅翼》以爲即今之河豚魚。又案：《文選》劉逵注云：「鯸鮐，狀如科斗，大者長尺餘，腹下白，背上青黑有黄文。性有毒，雖小獺及大魚不敢啗之。烝煮食之肥美。」據此，則羅語良是。

《行葦》末二章是養老之事，故「以引以翼」，毛、鄭以爲成王之事。「黄耇」，吕、嚴以爲黄耇之輔成王。義皆可通矣。朱《傳》指爲頌禱之詞。則黄耇者特稱願之虚言耳，無所指目也。引翼之者誰？又誰所引翼者乎？

既醉

「公尸嘉告。」公者，君也。天子祭宗廟，以卿爲尸。卿出封則爲侯伯，侯伯入仕王朝則爲卿，皆有君道，故稱公尸。以爲周先公之尸者，非是。成王時七廟，爲先公者三，其四皆王也。豈大王以下無嘏詞乎？雖曰舉尊以概卑，然文義偏枯矣。況周先公未追王者自得蒙王號、享王祭。《武成》大告稱后稷爲先王，《周禮・大宗伯》六享所稱先王則遍指后稷以下也，何獨於尸而以公名之？朱《傳》又引「秦稱皇帝，而男女稱公子、公主」相例，則愈儗非其倫。秦不師古，全無禮文法度，豈成周比哉？至天子女下嫁，三公主之，故有公主之稱，非自天子爲公也。且至今猶然，不獨秦也，此證尤屬疏漏。

「其告維何。」箋云：「公尸所以善言告之，是何故乎。」蓋此「維何」與下三「維何」語氣稍異，故鄭特加訓釋，是問其告之故，非問其告之詞也。祭饌既美，助祭者又有威儀，克當神明之意，正答以告之故也。《集傳》以爲尸告之如此，又謂自此至終篇皆尸告之詞，恐非是。詩僅八章，而五章皆嘏詞，反居其大半乎？又古嘏詞當有成文著於禮經，非臨時臆撰也。觀《少牢禮》載大夫嘏詞，則天子亦應有之矣。成周詩人全謄禮經成語目爲己詩，尤無是理也。況此五章文體與《少牢》嘏詞不類。

「君子有孝子」與「威儀孔時」連文，故毛、鄭以君子爲群臣。然首二章君子皆目成王，不應此獨異也。朱、吕以孝子爲主人之嗣子，則與下三章「祚胤」、「孫子」詞意重複。惟嚴《緝》云：「威儀甚得其宜，由成王有孝子之行。孝子之行無有匱竭，能化天下皆爲孝。」斯得之。但「威儀」上承「朋友」，嚴語尚未分明。當云：群臣之威儀甚得其宜，由君子有孝行以先之。則上承「朋友」既明劃，而下起「不匱」又有情矣。

「孝子不匱，永錫爾類。」毛云：「匱，竭。類，善也。」疏申之，謂以孝道轉相教化，無有匱竭，則天長賜王以善道也。《周語》釋「類」義云：「不忝前哲之謂。」夫克肖前人，何善如之？與毛義相成矣。世德相承，實天意使然，故云「永錫」也。鄭訓「類」爲族類，謂孝行無匱竭，長與女之族類。又據《左傳》所引，證考叔純孝施及莊公爲説，不知左氏以證施及，當取不匱義，非取錫類也。況此與下章同言「永錫」，皆謂天與之耳。鄭以「爾類」爲人與，「祚胤」爲天與，義不劃一矣。

「室家之壼。」謂善道施於室家而廣及天下。毛訓「壼」爲「廣」，與《周語》合，必是古義相傳如此也。鄭以「壼」爲「捆」，謂室家先捆致相親，以化天下使相親。則意太迂曲，不如毛氏訓「廣」，合之《周語》「廣裕民人」之解爲順矣。近有以室家指民間，言者更爲明捷，又與毛傳、《周語》不相違，可采也。至朱《傳》深遠嚴肅之説，恐礙於義。深居九重，王者之常事，何勞臣子致祝耶？況聞聲稱朕，趙高所以愚二世也。而詩人亦以此稱願於王，是成周賢公卿與亂秦宦豎所見乃略同。吾未敢信。

鳧鷖

《叙》言「守成」，又言「持盈守成」。持盈，正所以守成也。盈易溢，溢則成者毁矣。持之使勿溢云爾。「無有後艱」，傳云：「言不敢多祈也。」斯持之之道與！

朱《傳》以鳧鷖爲賓尸之樂，殆非也。繹者，祭名也。祭祀樂章宜歌頌，豈歌雅哉？繹祭之樂歌自有《絲衣》矣，焉用《鳧鷖》乎？朱子之爲此説，徒據「公尸來燕」語耳。然詩詞與樂章不相應者多有，此詩雖咏繹，非必奏之於繹祭時也。《鵲巢》詩豈國君娶婦之樂？《采蘩》詩豈夫人助祭之樂乎？又以《假樂》爲尸答賦，一似賓尸時王與與公尸即席唱酬者，尤令人難信。

《鳧鷖》五章「公尸」，毛傳皆指宗廟言。鄭箋分之爲五，以首章在涇爲祭宗廟之尸，次章在沙爲祭四方萬物之尸，三章在渚爲祭天地之尸，四章在潨爲祭山川社稷之尸，末章在亹爲祭七祀之尸。曲爲分配，永叔譏其臆説，信矣。然或謂天地山川社稷之有尸，乃漢儒之説，不足信。此大不然也。案：《周禮》：「大司樂：大祭祀，尸出入奏《肆夏》。大祝：大祭祀，隋許規切。釁逆牲逆尸。小祝：大祭祀，送逆尸沃尸盥。」凡言大祭祀者，兼天神、地祇、人鬼而言也。而《國語》亦言：「晉祀夏郊，董伯爲尸。」是郊祀天地有尸矣。《周禮·士師》：「祀五帝，則沃尸。若祭勝國之社稷則爲之尸。」是祭五帝與祭社稷皆有尸矣。《禮記·曾子問》：「天子既殯，五祀之祭，尸三飯不侑酳不酢。」又《月令》注引《逸禮·中霤禮》云：「凡祭五祀於廟，用特牲，有主有尸。皆先設席於奧。」是祭五祀有尸矣。《緇衣》篇繹祭高子以爲靈星之尸，是祭星辰有尸矣。此皆見於經傳，安得謂漢儒之説乎？況漢世近古，其傳聞必有據。《石渠論》、《白虎通》所言，《石渠論》云：「周公祭天，大公爲尸。」《白虎通》云：「周公祭大山，召公爲尸。」《既醉》正義引之。未可疑其妄也。

《鳧鷖》五章，陸佃以前四章分配神祇祖考，而末章總之，較勝於箋矣。來成言祖也，來爲言考也。傳云：「厚爲孝子。」則考可知。天神在上，故言來下。地祇在下，故言來崇。此與《叙》甚合。「福禄來爲。」毛云：「厚爲孝子也。」鄭云：「爲，猶助也。」助之正以爲之，鄭申毛意耳。「爲」訓「助」，故《釋文》云：「于僞切。」又云：「協句如字。」朱《傳》訓「助」而無音叶，豈欲讀如字乎？

假樂

《假樂》「假」字音暇，訓嘉。《詩》、《禮記》、《爾雅》三《釋文》皆同。朱《傳》據《中庸》、《左傳》改爲「嘉」。不知「假」本訓「嘉」，何必破字也？案：「假」字有遐、賈、嫁、暇、格五音。其音「暇」者，凡五見《詩》及注。此詩「假樂」與《周頌》「假以溢我」、「假哉皇考」三「假」字，傳皆訓「嘉」。《商頌》「昭假遲遲」，箋訓「暇」。又《皇矣》箋引《書》「五年須假」，亦爲暇義。此五「假」字，《釋文》皆音暇，而假之一音實兼嘉、暇兩義也。又案：朱《傳》「假」作「嘉」，非音嘉也。近世俗本《集傳》直云「音嘉」，誤矣。以楊用修之博雅，亦據其音爲正，列「假」字於《轉注古音》楊所著書名。六麻韻中。甚矣，俗本之誤人也。

《大明》篇「保右命爾」、《假樂》篇「保右命之」，一指武王，一指成王，文同義亦同也。鄭箋於《大明》云：「安而助之，又遂命之。」於《假樂》則以爲成王官人，必群臣保右而舉之乃後命用。何忽異其説也？「右」本訓「助」，轉爲薦舉之義，不已迂乎？舉而後用，官人之常，何足稱美乎？此詩毛無明解。案《中庸》引此，鄭氏注云：「保，安也。右，助也。」孔氏述之云：「天乃保安右助，命之爲天子。又申重福之。」當以此解爲正。《集傳》亦主《禮》疏。

「不愆不忘，率由舊章。」古注本指成王，蘇氏以爲子孫遵成王之法，恐不然。朱《傳》則併下二章皆言子孫矣。詩本嘉成王，何反詳於子孫而略於成王也？又「穆皇」以下既祝子孫，則與首章所指各別，文義亦不相蒙。《大全》載劉瑾語，乃謂下三章皆申首章而一一分配之。述朱而失其旨矣。

「無怨無惡。」鄭云：「天下皆仰樂之，無有怨惡。」歐陽云：「其臨下無有怨惡，於人意大同而小異，皆謂不爲人所怨惡也。」此説得之。其以爲無私怨惡於人者，誤矣。不獨横增一「私」字也。有私惡必有私好，止言無私怨惡，文義反成遺漏矣。《集傳》兼載兩説，而反置鄭義於後。

「燕及朋友。」以族人之恩及之也。禮有族食、族燕，燕乃其常。群臣有功則燕，非其常也，故云「燕及」，以美王恩意之隆也。此箋説。朱《傳》訓「燕」爲「安」，而曰：「人君能綱紀四方，臣下賴之以安。」文義亦通，但與下「不解于位」不相顧矣。「不解」兼指君臣言也，君臣皆勞，民始得安，何得臣獨逸乎？東萊云：「上逸則下勞矣，上勞則下逸矣。不解于位，民所由休息。」朱

《傳》既云「臣賴君以安」，而又引吕語，不自相牴牾耶？

《邶風》「伊余來塈」、《大雅》兩「民之攸塈」，凡三塈，傳、箋皆訓「息」。《假樂》疏據《爾雅》「呬息」某氏注引《詩》「民之攸塈」，以爲「塈」與「呬」古今字，良是也。案：呬，《説文》作「𩑛」，云：「卧息也。从鼻，隶音弟。聲。」然則《詩》作「塈」，乃借也。《説文》「塈」作「墍」，云：「仰塗也。从土，既聲。其冀切。」《書》「塗塈茨」梓材。當此義矣。《詩》借爲「息」，故《釋文》云：「虚器切。」音亦不同。至「㤅」者，乃古「愛」字。《玉篇》以當此「塈」，恐不然。又《正韻》釋「塈」字引《詩》「來塈」、「攸塈」，從仰塗取義，訓爲「依附」，説亦可通，但不知何所本。其《摽梅》「塈」字，毛訓「取與」。三詩同音而異義。

皇清經解卷七十八終

漢軍樊　封舊校

南海潘繼李新校

毛詩稽古編　卷二十

吴江陳處士啓源著

生民之什中正大雅

公劉

《大雅》自《公劉》至《召旻》，正、變《雅》十有六篇，《叙》皆得作者主名。召康公、穆公、凡伯、衛武公、芮伯、仍叔、尹吉甫，凡伯共八人。召康公三詩皆正雅也。其變雅則召穆公三詩，二刺厲王，一美宣王也。衛武公、芮伯各一詩，皆刺厲王也。仍叔一詩，尹吉甫四詩，皆美宣王也。兩凡伯共三詩，一刺厲王，二刺幽王也。《抑》爲武公作，《桑柔》爲芮良夫作，别見《春秋》内外傳。《崧高》、《烝民》則吉甫自著名氏，餘皆賴《叙》以明，其説必有所受矣。朱子不信《小叙》，故除武公、芮伯、吉甫四詩外，皆爲疑詞。《卷阿》詩則又參以《紀年》之説。

先《書·武成》孔傳云：「公，爵。劉，名。」彼疏云：「公劉之後有公，非公祖紺之類。〔一〕先公多矣，獨三君稱公，當時之意耳。」《詩·公劉》疏則取王肅之説，以公爲號而非爵。且言三君獨稱公，豈餘君不爲公也，所見良是。然不言之於書疏者，殆束於傳義耳。

不窋竄翟，公劉遷豳，其故迹多載圖經。《史記正義》云：「《括地志》不窋故城在慶州弘化縣南三里。」案：唐慶州，即漢北地郡，今爲慶陽府。不窋冢在府城東三里，城内有不窋廟，是不窋竄居在今慶陽府也。鄭氏《豳譜》云：「今屬右扶風栒邑。」《史記正義》云：「公劉徙漆縣。」《括地志》：「豳州新平縣，即漢漆縣也。」案：栒邑，在今西安府邠州三水縣西二十五里。邠州西有新平廢縣，本漢漆縣，而公劉墓及廟皆在邠州城東六十里，是公劉遷都在今邠州也。慶陽與邠州相去五六百里，兩地本甚縣隔。然慶陽舊號北豳，韋昭注《國語》，以不窋竄戎爲在豳，殆以此與？又慶陽之寧州治西亦有公劉邑，寧州亦稱豳寧，意豳都獨在漆縣，而豳境所統則兼及於北地乎？但公劉侯國，其封域廣輪不應及五六百里之遠。蓋夏時西裔已棄爲戎翟之居，土曠民稀，不得以常制限也。

公劉遷豳，毛傳以爲本居於邰，遭夏亂迫逐，避中國之難，遂平西戎，疏謂與之交好，得自安居，非

〔一〕「祖」，原作「組」，據庫本、張校本改。「紺」，疑衍，參見《尚書注疏》卷十一。

戰而平之也。而遷其民邑於豳焉。呂《記》不然其説，以爲參之《國語》、《史記》，不窋已竄西戎，至公劉而復興，拓大境土，遷都於豳。是公劉之遷，毛以爲自邰而避亂，呂以爲在戎翟而復興，事情正相反。後儒率宗呂矣，但毛氏遠有師授，傳聞最真，未可漫以爲非也。夫史遷以公劉爲不窋孫，中間止隔鞠陶一世，不容他徙，當仍在戎狄之間，故不言公劉遷豳，而曰子慶節立國於豳也。不知「爰方啓行」即遷豳之實事，況詩中明有「于豳斯館」、「豳居允荒」之語，尚可非毛而信遷乎？至《周語》言不窋奔翟，公劉不應更在邰，與毛傳相矛盾。《綿》篇孔疏又以爲不窋已竄豳，猶尚往來邰國，未即定居於豳，至公劉而盡以邰民往居焉，是定居於豳自公劉始。此足通兩書之異而未盡也。仲達斯言猶拘於《周本紀》所著世次及康成《豳譜》謂公劉與太康同時之説耳。《本紀》以周十五世當夏殷二代千三百年之久，先儒已睹其謬。孔疏云：「計每世在位八十許年，子必將老始生。以理推之，實難據信。」《史記索隱》《正義》辨之，意亦同。《豳譜》之言又與《周語》不合，辨見下條。俱未可信。則公劉之與不窋相去不知幾世，決非祖孫也。源謂不窋失官奔翟，因夏之衰。韋昭以太康之亂當之，應不誤。迨少康中興，纂禹之績，愛民重農，不窋子孫自當遷於舊都，修先人之職，則有邰疆土仍如故。《竹書紀年》云：「少康三年復田稷。」沈約注云：「后稷之後不窋失官，至是而復。」復其官，必并復其國矣。至公劉再遭夏亂，是桀時，説見下條。始去有邰定都於豳耳。故不窋之竄，公劉之遷，皆避夏亂，皆自邰出，事略相同，而時世不必相接。後儒不信毛傳，皆因過信《史記》，以兩君爲祖孫，世次相近之故。故特論之，以俟識者擇焉。

公劉遷豳，毛傳止云：「遭夏人之亂。」未定何王之世也。鄭《譜》指爲大康時，孔疏疑之，謂據韋昭《國語注》，不窋與太康同時，公劉乃不窋孫，不應共世，當矣。但謂不窋失官在太康始衰之時，公劉見逐在少康未立之前，此特遷就其説，曲爲鄭《譜》回護耳。夫太康之後又歷仲康、帝相兩王始滅於寒浞，則少康未興以前，豈得越兩王而名爲太康時邪？《譜》之言仍不合也。案：子長作《周本紀》，拘於太子晉十五王及衛彪傒十五世之語，皆見《周語》。晉言后稷靖民十五王而文始平之，傒言后稷勤周十五世而興，當是賢君有十五耳，非世數盡於此也。所記世次最爲疏漏。公劉之爲后稷曾孫，未可信也。婁敬説高祖，言「周自后稷封邰，積德累善十餘世，公劉避桀居豳」。漢初去古不遠，敬所聞當有據矣。夫十餘世則非曾孫，避桀則非與太康同時，此足正《本紀》及《豳譜》之失。敬語今見《史記》，子長録之於傳而不改《本紀》之誤，何弗思乎！

《公劉》之言「篤」，猶《生民》之言「誕」也。傳云：「篤，厚也。」《叙》所謂「厚於民」是也。首章言去邰之事，次章言度地之勤，三章言建立都邑，四章言燕勞群臣，五、六章言築室、授田、利民、富國之事，而六以「篤」字冠之，則皆厚於民之道也。公劉之厚非一端，而避夏、遷豳尤爲厚之至。公劉食足兵彊，雖遭迫逐，猶可固守，如篇首言其可居而弗居、可安而弗安，有疆埸、有積倉而皆去之弗惜，以脱民於鋒刃，厚莫加於此矣。太王之避狄遷岐，殆其家法乎？然二君雖當奔竄之餘，而相度從容，經理周密，絶非流離播遷倉皇失措者比。蓋其棄國之初，胸中先有成畫。去小利就大謀，度可爲而後動，非徒姑息爲仁、退避爲義者也。厚德之中有大略存焉，見於《綿》、《公劉》兩詩矣。

「于橐于囊。」諸家釋「橐」、「囊」各異，約之有四説焉。毛傳曰：「小曰橐，大曰囊。」《玉篇》解亦同。孔疏申毛，引《左傳》趙盾食靈輒置食與肉於橐及《公羊傳》陳乞盛公子陽生於囊，以橐僅容物證其小，囊可容人證其大。此一説也。干寶《晉紀論》引此詩，吕注云：「大曰橐，小曰囊。」與毛傳反。此又一説也。《釋文》引《説文》云：「無底曰囊，有底曰橐。」孫奕《示兒編》亦引之。今本《説文》云：「囊，橐也。橐，囊也。」與二書所引不同。此又一説也。《唐韻》云：「橐，無底囊。」徐鍇曰：「無底曰橐。」《漢書》師古注云：「無底曰橐，有底曰囊。」《刑法志》及《趙充國傳》二注皆同。宋董氏及朱傳因之，此與《釋文》反。又一説也。四説各異，而毛傳最古矣。又孔疏引趙盾、陳乞二事，似爲確證。然《史記·平原君傳》云「若錐之處囊中」、《漢書·揚雄傳》云「士或自盛以橐」，又云「范睢扶服入橐」，則囊未嘗不以盛物，橐未嘗不可容人也。意二物本大同小别，可以互稱，人各以意名之，故説各不同乎？

「干戈戚揚。」箋云：「戈，句孑戟也。」疏無發明。案《考工記·冶氏》：「戈廣二寸，内倍之，胡三之，援四之。」注云：「戈，今句孑戟也。或謂之雞鳴戟，或謂之擁頸。」又《禮記·文王世子》注云：「戈，句孑戟也。」疏云：「如戟有孑刃。」因引《冶氏》文而繼之云：「以其句曲有孑戟。」又《曲禮》疏云：「戈，句孑刃也。如戟而橫安刃，但頭不向上而鉤也。直刃長八寸，〔一〕橫刃長四寸，接柄處長四寸，竝廣二寸，用以句害人。」據此諸説，是戈戟皆句兵，但小枝向上爲戟，平之爲戈，微有不同，故戈亦蒙戟名，而以句、孑別之。句孑者，以其橫安刃不向上而鉤也。《説文》謂之平頭戟，云「戈，从弋、一，橫之，象形」是已。又莊四年《左傳》「楚武王授師孑焉」，杜引《方言》云：「孑者，戟也。」疏云：「《方言》戟，楚謂之孑。」郭注云：「取名於句孑也。」戟有上刺之刃，又有下句之刃，故以句孑爲名。是戈戟之用俱在句孑，大類而小別也。《方言》又云：「凡戟而無刃，秦、晉之間謂之孑，吴、揚之間謂之戈，東齊、秦、晉之間謂其大者曰曼胡，其曲者謂之句孑曼胡。」郭注云：「句孑曼胡，即今之雞鳴句孑戟也。」夫戟而無刃，殆即所謂橫安刃不向上者，正指戈而言。然則孑者本以名戈，而楚獨以名戟，杜特據楚語釋孑耳。故《冶氏》疏引《左傳》注云：〔二〕「孑，句孑。」是服、賈諸家語。不言是戟，與杜異也。

「爰方啓行。」毛、鄭皆釋爲方開道路而行。蓋時遭迫逐，道路必有阻難，故整其師旅、設其

〔一〕「寸」，原作「尺」，據庫本、張校本改。參見《禮記·曲禮》孔疏。
〔二〕「冶」，原作「野」，據庫本、張校本改。參見《周禮·考工記·冶氏》。

兵器以方開之也。《齊語》管仲曰：「君得此士也，三萬人以方行天下。」二「方」字字法相同。《集傳》曰：「方，猶始也。」文義亦通，但與上二語少情。

毛傳謂公劉遷豳，從者十有八國。本指諸侯也。曾氏以爲民之從遷，而引爲「既庶既繁」之證，誤矣。諸侯之從不過同避夏亂耳，非同適豳也。豳地能容十八國乎？

「而無永歎。」傳云：「民無永歎，猶文王之無悔也。」此特釋長歎之爲悔爾。民不以遷爲悔，猶文王之作事無所可悔也。仲達謂民不恨公劉，猶文王之德不爲人恨，遂用此義以述《皇矣》詩，殆未得毛旨。

「鞞琫容刀。」朱《傳》既從正義釋「容刀」爲「容飾之刀」，又引或説，謂「容刀如容臭，言鞞琫之中容此刀」。此誤解《詩》并誤解《内則》也。案《内則》疏引庾氏蔚語云：「以臭物可以修飾形容，故謂之容臭」，正與《詩》疏「容刀」同義。

《詩》多言原隰，皆泛指廣平下濕之地耳。獨《公劉》篇「度其隰原」，鄭氏著之於《豳譜》，云：「在《禹貢》雍州岐山之北原隰之野。」孔疏申之云：「《禹貢》雍州『荆岐既旅，原隰底績』，是岐山原隰屬雍州也。」公劉居豳，度其原隰以治田，是豳居原隰之野。孔氏《書》疏又云：「原隰，豳地。從此致功，西至豬野。鄭玄以《詩》云『度其隰原』，即此原隰是也。」據此當爲地名。而況《禹貢》「原隰底績」上有「荆岐」、「終南」、「惇物」、「鳥鼠」，皆山名。下有「豬野」，是澤名。

「原隰」與之竝列，定非地形高下之通稱。鄭氏既引《書》以作《豳譜》，孔氏復合《詩》、《書》二文以證其爲一，則《公劉》篇之「隰原」自應訓爲地名矣。然鄭氏箋此詩云「度其隰與原田之多少」，則仍是廣平下濕之通稱耳。孔氏亦隨文釋之，未雖引《豳譜》，而不爲置辨，殊屬疏忽。

「取厲取鍛。」鍛者，治鐵之名，非石名，亦非鐵名也。毛傳云：「鍛，石。」鄭嫌以鍛爲石名，故申之云：「鍛石，所以爲鍛質。」孔疏云：「質，椹也。鍛金之時須山石爲椹質。」是鍛雖非石名，然取石以供鍛用，則毛之訓爲石，仍是道其實也。朱《傳》訓爲「鐵」。鐵未有名鍛者，豈以爲鍛成之鐵乎？鍛成之鐵已爲人有，不比山間頑石可取之無禁也。又《釋文》云：「鍛，本又作『碫』。《説文》云：『碫，厲也。』」豈厲與鍛乃一石乎？又今《説文》「碫」作「碬」，徐音乎加切，與《釋文》異。别有辨，詳《附録》。

「芮鞫之即。」傳云：「芮，水涯也。」箋云：「芮之言内也。」然則芮乃水内涯名，非水名也。字當作「汭」。《周禮·職方氏》雍州「其川涇汭」，鄭氏注引《詩》「芮鞫」證之，及箋《詩》則不用前説。孔疏以爲注《禮》時未詳《詩》意，良是也。蘇氏反取其《禮》注，《通義》駁之當矣。又案：《職方》賈疏亦辨其故，謂《詩》上言「夾其皇澗，溯其過澗」，故以「芮鞫」爲外内。周公制禮時以汭爲水名，汭即皇澗，名爲汭耳。賈以汭爲皇澗之别名，殆是臆説，不如孔疏之當。又鞫訓水外字當作「垿」。《職方》鄭注引《詩》作「泦」，《漢書·地理志》引《詩》作「阸」，師古曰：「《韓詩》作『阮』。」案：埦、泦、阮三字不見《說文》而見《玉篇》，皆居六切，注云：「水外曰埦。阮，古岸也。泦，水文也。」《廣韻》「泦」訓同《玉篇》。埦、阮二字皆兼曲岸水外之義，則「芮鞫」鞫字當以「埦」爲正，餘皆借也。

泂酌

《公劉》、《泂酌》、《卷阿》三詩皆召康公戒成王，而意各有所指。《公劉》戒以厚民事也，《泂酌》戒以修德行道也，《卷阿》戒以求賢用士也。鄭氏釋《泂酌》用《左傳》昭忠信之説，正合《叙》意。潦水可薦神明，所謂皇天親饗也。豈弟爲民父母，所謂有德有道也。成王他日命君陳曰：「至治馨香，感于神明。黍稷非馨，明德惟馨。」蓋深有得於此詩之義矣。蘇子由以爲行潦至薄，挹而注之，可以餴饎，見物皆可用，喻君子之於人才彊教悦安，未嘗有所棄，猶父母之無棄子。與《叙》意全不相蒙。況「民之父母」、「民之攸歸」、「民之攸暨」，「民」字應概指士庶言，何得專目賢才？又求賢用吉士是下篇立言本旨，不當此詩豫及之也。

「可以餴饎。」言行潦可供餴饎之用耳。朱《傳》釋「餴」義，謂「烝米一熟，而以水沃之，乃再烝」。一似用行潦專爲再烝也，豈一烝時不須水乎？又毛云：「餴，餾也。」正義引《爾雅》孫炎注云：「烝之曰餴，匀之曰餾。」郭璞注云：「餈音修。飯曰饙，饙熟曰餾。」而申之云：「烝米謂之餴，餴必餾而熟之，故言饙餾。」然則一烝之後匀之便熟，何用更沃水乎？又「餴」字義，《説文》云「一烝米」，《玉篇》云「半烝飯」，《廣韻》亦云「一烝」，竝無再烝之説。又案：餴，本作「饙」，或作「饋」。

《泂酌》詩，《集傳》引《表記》「彊教悦安」、《大學》「民好民惡」之語，不過證「豈弟」、「父母」之義，非有兩層意也。《大全》載輔廣之言，以「彊教悦安」爲成民之才，「民好民惡」爲體民之心。又云：「既有以成其才，又有以體其心。」則是「豈弟」、「父母」成體義矣。世有「彊教悦安」尚與民心好惡相違者乎？

卷阿

《卷阿》詩十章，凡十言「君子」，而其六則言「豈弟」，箋、疏皆目大臣，即《叙》所謂賢也。《叙》所謂吉士，則經文之「藹藹吉士」、「藹藹吉人」也。能信任大賢，處之尊位，則衆賢滿朝矣。嚴坦叔推演其説，以爲成周雖多吉士，不可無大賢以爲之統盟。時周公有明農之請，召公恐周公歸政之後成王任用非人，故勸王虚心詘己，求豈弟之賢而任之。斯語良是也。朱子《辨説》謂賢與吉士不得分爲兩等，同一「豈弟君子」，《泂酌》目成王，不應此篇遽爲賢人。似矣。但首章云「來游來歌」，七章云「維君子使，媚于天子」，「來」是自外而至之詞，非所以稱王。「媚于天子」，不得云「王使媚之」，均礙於文義。又召公意在勸王用賢，何得二三四章徒爲頌禱之諛詞，不一及本旨乎？朱《傳》以爲「極言壽考福禄之盛以廣王心而歆動之，五章之後乃告以致此之由。」此特彊爲之詞耳，詩意未必然。

人主用賢，始則虛心詘體以致其來，終則寵賚錫予以報其功。而賢者既用，上則能成就君德，下則能表正民俗，中則能使庶僚竭力以致太平，其義皆具於《卷阿》詩矣。首章取興卷阿，末章稱述車馬，正用賢始終之道也。二、三、四章三言「俾爾」，謂君德成也。五、六章兩言「四方」，謂民俗正也。七、八章兩言「藹藹」，謂庶僚竭力也。九章言鳳鳴之和、桐生之盛，謂致太平也。此用賢之效也。首尾二章論人君用賢之道，而中八章皆盛稱其效以爲勸，篇法、章法最爲完整。

《卷阿》，《集傳》云「召康公從成王游歌於卷阿之上，因王之歌而作此以爲戒」。其說本《竹書紀年》。《紀年》云「成王三十三年，王游於卷阿，召康公從」是也。然阿是大陵之通稱，卷是卷曲義，非地名也。詩以爲興，不言王游於此也。且《紀年》言王游，不言王歌也。言「王歌」見《紀年》注則在十八年，非歌於游卷阿時也。歌見後。《紀年》因《詩》而傅會，《集傳》又因《紀年》而增益之耳。《紀年》之書，先儒不用以釋經。故朱子雖祖其説，而不著其所自出。

首章「飄風自南」，《釋文》「飄」作「票」，云：「本亦作『飄』。」其「匪風飄兮」、「飄風發發」，《釋文》皆云：「飄，本又作『票』。」案：票，《説文》云：「火飛也。从火，𡿺與䙴同意。」䙴，七然切。䙴之或體。从舁，囟聲。升高也。火飛必上升，故云同意。今「㶾」字惟見《周禮》，他書皆作「票」，隸省也。《周禮・草人》「輕㶾用犬」，注：「㶾，輕脆者。」疏云：「㶾、脆聲相近，故知㶾即脆也。」又《漢書》「票姚校尉」、「票騎將軍」，師古注以爲勁疾之貌。《五行志》谷永言成帝崇聚輕票無誼之人。合諸説觀之，票乃輕速之稱，蓋從火飛取義也。毛訓飄風爲回風，疏引《爾雅》「回風飄」李巡注云：「回風，旋風也。」凡風之回旋者必輕揚而迅速，《詩》「飄」、「票」文雖異，義則相通矣。

伴奐，毛訓爲「廣大有文章」，音判渙。鄭訓爲「自縱弛之意」，音畔換。孔疏辨之矣。茀祿，「茀」字毛訓「小」，音弗。鄭訓「福」，音廢。《釋文》引徐、沈二家語亦甚明。呂《記》、朱《傳》皆從鄭訓而用毛音，不已疏乎？又「伴奐」如鄭解則與優游意複，不如毛訓之當。且本於孔子之言，孔晁引之云「奐乎其有文章，伴乎其無涯際」，見正義。尤爲有據。

馮、翼、孝、德分爲四義，皆指賢人之德。言馮、翼是施用之名，孝、德是成行之稱，孔疏之解甚當。呂《記》謂馮翼目成王言，言王當有所馮依、有所輔翼，必得有孝有德者然後可則。四「有」字文義參差，殆非詩旨。

「鳳凰于飛。」箋云：「時鳳凰至，因以爲喻。」孔疏引《書・君奭》「鳴鳥不聞」證之，當矣。案：《周語》内史過曰：「周之興也，鸑鷟鳴於岐山。」韋昭注云：「鸑鷟，鳳凰之别名也。《詩》云：『鳳凰鳴矣，于彼高岡。』其岐山之舊乎？」此又一證也。又《周書・王會解》云：「西申以鳳鳥，方揚以皇鳥。」《解》所言正指成王時王城既成，大會諸侯及四夷之事。此尤足爲證。而孔不之引，豈偶未及耶？至《竹書紀年》云：「成王十八年鳳凰見，遂有事於河。」沈約注云：「鳳凰翔庭，王援琴而歌，作《神鳳操》。」此《集傳》所謂游歌也。《紀年》非正典，宜不爲孔所據信矣。按《神鳳操》曰：「鳳凰翔兮於紫庭，余何德兮以感靈。賴先王兮德澤臻，于胥樂兮民以寧。」詞調卑弱，非三代人手筆，其爲僞作無疑。

吕《記》云：「亦集爰止」，言萃聚也。「亦傅于天」，言布散也。此二義取興最優。萃聚喻入佐朝廷，與「媚于天子」相應。布散喻出莅民社，與「媚于庶人」相應。

藹藹，毛云「猶濟濟」，鄭云「奉職盡力」，意皆出《爾雅》。疏合二義言之，云：「美容，又盡力。」夫美容、盡力，所以爲吉士也。蘇氏改訓「衆多」，則下「王多」複出矣。又《釋文》云：「藹，《説文》作『譪』。」案：《説文》：「譪，从言，葛聲。臣盡力之美。」亦與《釋訓》同。又此字近世有上、去二讀，《正韻》解、泰二韻皆收之，非古也。《釋文》：「藹，於害反。」《説文》、《玉篇》竝同。止有此一音，無讀上聲者。又皆入言部。《示兒編》云：「譪字，《釋文》與《禮部韻》竝音去聲。」意宋世已有上聲之誤，故孫特致辨與？

「維君子使。」《集傳》以君子目王，自知與下句文義難通也，因引《六月》篇「王于出征，以佐天子」相例。不知彼詩于本訓曰出征以佐天子、正王命，吉甫語也。故王與天子文連，無礙於義，非此詩之比。

以鳳凰、梧桐爲太平之實驗，而致此瑞則由王之用賢，此毛義也。以鳳凰喻賢士，梧桐喻明王，此鄭義也。較論之，鄭義差長。

「既庶且多」、「既閑且馳」，言賢者車馬之盛，見王寵賚之隆也。若君子自王不過王有此車馬耳，與優賢意何關？

「矢詩」即首章之「矢音」也，「遂歌」即首章之「來歌」也。「來歌」、「矢音」承上「豈弟君子」言，「矢詩」、「遂歌」承上兩「君子」言，皆謂賢者矢之而爲歌也。但首章來歌以矢其音是賢者自歌之，末章矢詩而遂爲歌是樂工歌之爲異耳。末章傳云：「不多，多也。明王使公卿獻詩，遂爲工師之歌。」傳泛言公卿，是即《詩》之「君子」，而《叙》所謂「賢」也。箋以「矢詩」爲召公自言，孔疏因謂《公劉》、《泂酌》、《卷阿》即所矢之詩，而此二語爲三篇總結，似矣。然「矢詩」、「遂歌」與「來歌」、「矢音」首尾文義相應甚明，箋疏之述傳，殆未合詩意。

生民之什下變大雅

民勞

《民勞叙》下箋云：「厲王，成王七世孫也。」疏引《世本》及《周本紀》明其世次，以爲共王生懿王及孝王，孝王生夷王，此誤矣。案《本紀》，孝王乃共王弟，夷王乃懿王子也。《世本》即《史記》所據，亦應與《本紀》同。疏又引《左傳》服虔注，言召穆公是康公十六世孫。康公與成王同時，穆公與厲王竝世，世數不同者，生子有早晚、壽命有短長故也。此語固然，而猶未盡。案：召康公最稱多壽，《論衡》言其百八十歲，必有據矣。計其生存時，當及見七八世孫。成又沖主，特與其雲仍同輩耳。世數差，殊又何足怪。

「汔可小康。」毛云：「汔，危也。」鄭云：「汔，幾也。」疏申毛云：「汔之下云小康，明是由危即安，故以汔爲危。」又申鄭云：「汔之爲危無正訓，又勞民須安，不當更云危，故以汔爲幾。」源謂孔氏失毛、鄭意矣。毛云危，即近義。《易》曰「其殆庶幾」，「殆」與「危」義皆可通於「近」。但毛語未明，故鄭云「幾」，正申毛「危」意，非易傳也。又《爾雅·釋詁》：「噊、幾、烖、殆，危也。𧰉，音祈。汔也。」幾、𧰉、危、汔轉互相通。毛「危」鄭「幾」，同歸「近」義耳，豈有異乎？又案：汔，《爾雅》、《說文》皆作「汽」，從水，气聲。气即古「氣」字，省作汔，借爲乞與、請乞義。但《爾雅》釋文汽音蓋，《詩》釋文及《說文》皆許訖反，音各不同。《說文》云：「水涸也，或曰泣下。」與《詩》、《雅》義又不同。《廣雅》：「汔，許乞反，盡也。」音同許、陸，而訓釋又異。當以毛、鄭爲正。

「無縱詭隨。」毛訓爲「詭人之善，隨人之惡」，朱《傳》訓爲「不顧是非而妄隨人」，雖小異，而實同歸也。《後漢書·陳忠傳》引此詩章懷注云：「詭詐委隨之人。」朱說當本此。

「憯不畏明。」《說文》引之，「憯」作「朁」，云：「曾也。从曰，兓聲。」臣鉉等以今咎字即朁之譌。又《說文》別有「憯」字云：「痛也。」則朁、憯是兩字。《詩》中「憯」字多訓「曾」，當以不著心旁爲正。惟《雨無正》「憯憯日瘁」當從心耳。後人傳寫，合兩義於一字久矣。

「柔遠能邇。」見《書》，亦見《詩》。鄭注《書》則曰：「能，恣也。」箋《詩》則曰：「能，猶伽也。」「伽」字唐初已不載字書，音義莫考。《釋文》借用《廣雅》「如」字訓《廣雅》云：「如，若也，均也。」釋之，正義用《書》注「恣意」釋之。然鄭箋自有解矣，箋云：「安遠方之國，順伽其近者。」則「伽」義當與「順」相同。又《釋文》云：「能，徐云：毛如字，鄭奴代反。」據徐反，「能」與「耐」通，「伽」當訓「忍」訓「任」。徐邈，晉人，去鄭未遠，宜得「伽」字之解矣。但毛傳「能」字無訓，孔述毛全用鄭「順」意，不知徐云「毛如字」當作何義也。

板

《板》、《蕩》首章「上帝」皆謂王者。《板》詩二四五六章、《蕩》詩次章及《桑柔》首章「天」字亦斥王，毛、鄭之説有自來矣。三家義雖無考，然《韓詩外傳》以「上帝板板，下民卒癉」爲君反道而民愁，則「上帝」亦指君。《爾雅·釋詁》云：「天帝皇王，君也。」正謂此諸詩耳。後儒易其説，最是拘墟之見。又「天之牖民」下文皆言王者之事，尤難徑屬上天。李氏解爲「順天理以牖其民」，迂矣。朱《傳》曰：「天之開民，其易如此。以明上之化下，其易亦然。」亦迂。

「靡聖管管。」毛以「管管」爲「無所依繫」，必有本也。訓爲「小見」者，蓋因「管」字而傅會之，曹氏之陋説，《詩緝》引之，誤矣。案：管，本作「悹」。《廣韻》云：「古滿切。《詩》傳『悹悹無所依』，又音貫。」然則此詩「管」字乃「悹」之借也，與管見義何預？《爾雅・釋訓》云：「憲憲、泄泄，制法則也。」小人逢迎其主，往往創立新法以助其虐。厲王時紛更舊典必多，《周語》大子晉曰「厲始革典」，斯其證也。首章「靡聖管管」、六章「無自立辟」正此意。《孟子》解「泄泄」云：「言則非先王之道。」以先王爲非，故敢於自立法也。與《釋訓》意合。朱《傳》以泄泄爲「怠緩悦從」，恐非《孟子》「沓沓」之義。「沓沓」者，雜沓競進之貌，辨見《小雅・十月之交》。故以無禮義、非先王實其説。夫無禮義、非先王，豈止於怠緩悦從哉？案：《説文》「泄泄」作「呭呭」，云：「多言貌。」「沓沓」云：「語多沓沓。」義正相符矣。又「多言」與「制法則」，似異而實同。人主紛更舊典，群小必争先獻媚，各進其説。《説文》解字義，故止云「多言」；《爾雅》釋《詩》義，則推其多言之故。

《詩》三言「泄泄」。「泄泄其羽」傳云：「雉飛而鼓翼也。」「桑者泄泄兮」傳云：「多人貌。」「無然泄泄」傳云：「猶沓沓也。」三泄泄所指異而義則同。鳥之鼓翼，爲求雌也。人之衆多，急蠶桑也。臣之雜沓，争獻媚也。總爲競進趨先之態。朱《傳》皆反其義。

「天之方蹶」。蹶，俱衛反，動也。朱《傳》既解爲動矣，又云「顛覆之意。」訓顛覆則蹶當居月反，今兼兩義，不知讀何音。

「辭之輯矣」、「辭之懌矣」，鄭以「詞」爲王者之政教。蓋上文戒群臣毋助王爲虐，因言國之安危係於出令，如此不得輕變先王法也。其説本當，而嚴《緝》非之，謂戒以僚友言論宜相和協，誤矣。夫言論貴其是，豈必其同乎？以下數章觀之，當時懽懽者止一老夫耳，其囂囂者、謔謔者、夸毗者皆隨聲附和，唯諾恐後者也，尚慮其不相合哉？嚴又譏鄭以上下文皆責僚友，中忽言王者出令，詞意不倫。則不獨失詩意，併失鄭意。鄭原云「此戒語時之大臣」，政教雖出於王者，而輯之、懌之，臣亦與有責焉，故告戒之。與上下文正一意，安得謂不倫乎？

「聽我囂囂。」毛云：「囂囂，猶謷謷也。」疏引《爾雅》「謷謷傲也」申之，謂傲慢其言而不聽也。囂，五刀反。朱《傳》許嬌反，訓爲「自得不肯受言之貌」。以「自得」訓「囂囂」，雖本《孟子》趙注，然轉爲不肯受言，迂矣。

傳云：「夸毗，以體柔人也。」義同《爾雅》，先儒皆遵用。朱《傳》獨曰：「夸，大也。毗，附也。小人之於人，不以大言夸之，即以諛言毗之。」夫夸毗與籧篨、戚施一類，乃見成稱目，非可分析取義也。此解不已疏乎？況毗，人臍也，轉訓益，訓厚，訓輔，竝無作阿附解者。案：夸毗，《玉篇》、《廣韻》皆作「⿰身夸⿰身比」。「⿰身比」字，《集韻》亦作「⿰身毘」、「⿰身坒」，與「毗」字本訓不相蒙。

《爾雅》：「籧篨，口柔也。戚施，面柔也。夸毗，體柔也。」此三者曲盡小人狐媚之態，而皆見《詩》。今合之他典，則《周書》「巧言」、「令色」、「便辟」，語異而義同。巧言即口柔，令色即面柔，便辟即體柔耳。《論語》亦言「巧言」、「令色」、「足恭」，注云：「足恭，便辟貌。」《書》傳亦云：「便辟，足恭。」孔仲達釋「夸毗」云：「便辟，其足前卻爲恭。」今經生解足恭異此，誤也。則足恭也、便辟也、夸毗也，三名而一實也。孟子述曾子、子路之言，所謂「未同而言」者其口柔乎？「諂笑」者其面柔乎？「脅肩」者其體柔乎？取人與律身皆當戒此三者。聖賢之垂訓，古今同符如此。又案：籧篨，《廣韻》作「蘧蒢」。戚施，《説文》作「䵶鼀」，《廣雅》及《玉篇》作「覢𧢋」。《晉語》以二者爲疾名，《説文》以「籧篨」爲粗竹席，「䵶鼀」爲「詹諸」，取象於廢疾與器物，其賤惡之稱，與「夸毗」亦必有所象。今不得其説矣。

「喪亂蔑資。」毛以「蔑」爲「無」，「資」爲「財」，義本通也。《集傳》曰：「資與咨同，嗟歎聲。」不獨改字，文義亦乖。

「民之多辟，無自立辟。」立辟者，立法也。自立法必廢祖宗之法，所謂國將亡必多制也。成王之賢也由舊章，厲王之暴也自立辟，可識興亡之故矣。李氏謂民多邪僻，王不宜又爲邪僻，朱、吕皆從之，此非《詩》旨。《左傳》宣四年孔子引此詩譏洩冶處邪僻之世不可自立法，意正與古注同。不然，洩冶諫君，可言邪僻乎？

又此兩「辟」字，毛、鄭上訓邪僻，下訓法。故《釋文》上匹亦反，下婢亦反。下章「大師」，毛、鄭以爲三公，故《釋文》音泰。吕《記》「立辟」從李氏訓邪僻，「大師」從王氏訓大衆，而音反仍襲《釋文》之舊，殊少檢點。

以大宗爲同姓世適，宗子爲王之適子者，鄭康成之説也。以大宗爲巨室，宗子爲同姓者，王安石之説也。晉士蔿對獻公《僖五年》。引此詩云：「君其修德而固宗子，何城如之？」宗子暗指申生，正適子之謂。鄭説有本矣。李樗從王説，反引《左傳》證之，誤矣。

「及爾出王。」毛訓「王」爲「往」。「王」之訓「往」獨見此耳，説《詩》者頗以爲疑。近世《説文長箋》言狂、迋、誑、往等字皆從㞷，《詩》「出王」本作「㞷」，石經因凡字從㞷者俱湝㞷爲王，併出㞷字亦省作王。斯言良是也。案《説文》「㞷」從屮，在土上。屮本象艸出，而借訓往。㞷以屮取義，訓艸木妄生，則亦可借訓往。傳義有徵矣。又趙謂此字是石經所改，則孟蜀以前經文尚作「㞷」也。故㞷、平光切。王雨芳切。異音，而《釋文》無音反，是唐本之爲「㞷」字可知也。後儒不察，妄爲往音以就之，陋矣。夫王字止有平、去兩讀，安得有上聲乎？

皇清經解卷七十九終

漢軍樊　封舊校
南海潘繼李新校

毛詩稽古編　卷二十一

吴江陳處士啓源著

蕩之什上變大雅

蕩

《蕩叙》云："厲王時天下蕩蕩，無綱紀文章，故作是詩。"《爾雅》云："版版、盪盪，僻也。"箋云："蕩蕩，法度廢壞之貌。"蓋"上帝"本指厲王，譏其無法度而在民上爲人君也。此詩"蕩蕩"與堯之"蕩蕩無名"、《洪範》之"王道蕩蕩"取義各别矣。歐陽氏訓爲"廣大"，殊失詩旨。蘇氏因此謂《小叙》"蕩蕩"與《詩》之"蕩蕩"不合。夫叙《詩》者豈能逆料後人之誤解乎？案：《説文》平坦義當作"愓"，狂放義當作"愓"，亦作"愓"，滌除義當作"盪"，廣大義當作"潒"。蕩本水名，與此四義俱無涉。今愓、惕、潒三字不用，以一蕩字總其義。而間亦作"盪"，此俗之譌也。古經文必有别矣。即如《詩》"魯道有蕩"，此"愓"字也。《書》"以蕩陵德"、《論語》"其蔽也蕩"、"古之狂也蕩"及《詩》"蕩蕩上帝"，此"惕"字也。法度廢壞，正狂放義矣。《書》"洪水蕩蕩"，孔傳訓「滌除」，此「盪」字也。《論語》「君子坦蕩蕩」及堯之「蕩蕩」，當作「潒」。潒訓水潒漾，近廣遠義矣。《書》「王道蕩蕩」，孔訓開闢，則亦廣遠意，當作「潒」也。漢世去古未遠，所見經本較真，又師授有自，故訓釋得其當。後儒徒據俗本，妄肆紛更，譏先儒爲誤，豈非經學之一阸哉？

又案：經典中語同而美惡異義者甚多。如同一「欽欽」，《晨風》以爲憂，《鼓鐘》以爲樂。同一「翩翩」，《四牡》以興使臣，《南有嘉魚》以興賢者，《巷伯》以刺讒人。同一「藐藐」，《抑》篇以爲不相入，《崧高》以爲美貌，《瞻卬》以爲大貌。「豈弟君子」，至美之稱也，而齊人譏文姜亦用之。「繾綣從公」，昭二十五年《左傳》語。忠愛之誼也，而召公惡詭隨則謹之。此類難勝詘指。蓋自有經以來，字體屢更，經文亦屢易。衛包所改之經已非漢隸之舊，況古文大篆乎？較之删定之原文，不啻内典之遭翻譯矣。又加以傳寫之踳誤、俗學之沿謌，垂二千年後，古經面目幾不可復問。然字形雖易，而字義猶可考，此漢唐注疏所以爲功不小也。

「曾是掊克。」毛訓「掊」爲自伐，「克」爲好勝。蓋定本「掊」作「倍」，倍是兼倍於人，故爲自伐。毛殆據「倍」字釋之耳。箋不易傳意，漢世經本皆作「倍」也。《釋文》云：「掊，聚斂也。」案：《説文》訓「掊」爲「把」，乃入水取鹽之名。《史記·武本紀》「掊視得鼎」，注以「掊」爲手把土，皆是剥取之義。陸云「聚斂」，當是也。然此止釋「掊」義耳。王氏曰「掊斂好勝之人」。「掊」訓從陸，「克」訓從毛，此得之。朱《傳》徑解爲聚斂之臣，恐遺「克」義。《漢書敘傳》師古注引此詩而釋之曰：「掊克，好聚斂。克，害人也。」豈謂以聚斂行其克害乎？朱子最喜顏監，殆祖其說。但克害之事多端，寧僅聚斂？顏注云云，或分爲二義亦未可知。

《蕩》詩兩「義」字皆訓「宜」。「而秉義類」，而汝所秉用之人宜善也。箋訓「類」爲善。「不義從式」，言沈湎之行不宜從而法式之也。案：古義、儀、宜三字通用。「宜鑒于殷」，《禮記》引之，「宜」作「儀」。「如食宜饇」，《釋文》云：「宜，本作『儀』。」「其儀一兮」，箋訓「儀」爲「義」。「我儀圖之」，《釋文》「儀」作「義」，傳訓「宜」。此詩兩「義」之爲「宜」，毛、鄭不誤矣。後人亦知「義」訓「宜」，不知此兩「義」及《烝民》之「儀」直當「宜」字用也。義、儀、宜，古皆音俄。音同，故用之亦不甚別。

「流言以對。」毛傳云：「對，遂也。」夫彊禦衆怨之人宜黜逐也，不根之流言宜遏絶也。而使之得遂，是王用人聽言之不審也。用人不審，則寇攘進矣。聽言不審，則詛祝興矣。孔申傳云：「爲流言以遂其惡事。」毛意未必然，鄭以「對」爲「答」，義短於毛。

詛者盟之細也，詛用牲而祝無之。祝又詛之細也，古重盟詛之禮。蓋其風始於苗民，而後王因著爲令。《周禮》春官之屬有詛祝，惟此祝如字讀。秋官之屬有司盟，詛民之不信者。其獄訟則使之，詛盟皆掌之以官，而朝廷之上亦自行之。《巧言》詩「君子屢盟」，是王與臣下盟也。蘇公欲詛何人？是大臣互相詛也。此皆君臣相疑、乖戾不和所致。厲王之時，群小接迹，流言交構。君臣之間不能相信，至要神質鬼以釋其疑，宜其多詛祝矣。東遷而降，斯風尤盛。如鄭詛射潁考叔者，晉詛無畜群公子，魯作三軍則詛之，陽虎亂魯則詛其君及國人，秦伐楚則亦詛之於神，事不勝枚指。後世民情愈澆，鬼神不足約束之，於是上不立此法，下亦莫重其事矣。《集傳》以詛祝爲怨謗，即周公所謂「小人怨汝詈汝」、晏子所謂「夫婦皆詛」者也。與箋疏異，文義亦通。但厲王行監謗之令，國人以目而已，敢厥口詛祝乎？

傳云：「咆哮，猶彭亨也。」韓愈《石鼎聯句詩》「豕腹脹彭亨」，蓋用其語。然鄭之述毛云：「炰烋，氣矜自健之貌。」與韓咏鼎腹意異。韓雖用毛語而失其旨矣。案：《易》釋文大有卦。引干寶注云：「彭亨，驕滿貌。」《玉篇》、《廣韻》「彭亨」作「憉悙」，注云：「自彊也。」意皆同鄭。

「如蜩如螗。」傳云：「蜩，蟬也。螗，蝘也。」陸疏云：「宋、衛謂之蜩，海岱之間謂之蟬。蟬，通語也。螗蟬之大而黑色者一名蝘虭。」然則蜩爲總名，螗乃諸蜩中之一種。郭之注《爾雅》同此義，又與毛傳合，當是也。孔疏據《爾雅》舍人注，謂方語不同，三輔以西爲蜩，梁宋以東謂蜩爲蝘。是螗、蜩一物而異名，與郭義殊，殆不然。《爾雅》所列蜩之種凡七，而總名之曰蜩。螗之名居七者之一耳，何關方語乎？又《爾雅》云「蜩蜋蜩螗蜩」，首一蜩總諸蜩也。蜋蜩與螗蜩，七蜩中之二也。孔疏引之云「蜩蜋蜩螗」，截去一「蜩」字，意舍人句讀然乎，不如郭之當矣。孔舍郭而取舍人，既失之，邢昺述郭者也，載舍人語於《雅》疏而不知其與郭異，其疏忽尤甚。

「内奰于中國。」傳云：「不醉而怒曰奰。」《説文》引傳語，「奰」作「𡚁」。云：「壯大也。从三大音闥，本作大，與大小字别。三目。二目爲䀠，居倦切，目圍也。三目爲𡚁，益大也。平秘切。」然則今作「奰」，省文也。又《魏都賦》「姦回内贔」，劉淵林引此詩證之，「奰」作「贔」。孔疏引《西京賦》「巨靈贔屭」語以證此詩，彼「奰」亦作「贔」也。奰、贔其一字乎？《説文》有「𡚁」字無「贔」字，「贔」殆「𡚁」之破體，後遂分爲兩字耳。

鬼方之名，見《易》既、未濟卦及《詩・蕩》之篇。《易》釋文云：「鬼，遠也。」《詩》傳曰：「鬼方，遠方也。」孔疏云：「未知何方。」然則國之所在不可考矣。後儒見《易》言高宗伐鬼方，《商頌》亦言高宗伐荆楚，疑爲一事，遂謂鬼方即荆楚。宋黄震之説。或又謂今貴州本羅施鬼國地，即古鬼方。皆臆説也。高宗在位五十九年，所伐豈必一國乎？《世本》謂黄帝娶於鬼方氏，《大戴禮・帝繫》篇謂陸終娶於鬼方氏，要不知在何地。匡衡言成湯化異俗而懷鬼方，則殷時鬼方本服從于中國，武丁時復畔，故伐之耳。孔疏以爲鬼方殷之諸侯，故施於紂世。良然。案：干寶《易》注云：「鬼方，北方國。」見李鼎祚《集解》。《文選》注引《世本》注云：「鬼方於漢則先零戎。」見《玉海》。先零，西羌也。皆不言是南裔。則以爲荆楚者非是。

《蕩》以紂比厲王，則厲之惡如紂矣。然而不亡者，以時無文、武耳。商之季，天爲民生文、武。民之幸，非商之幸也。不然，安知武庚不爲宣王哉？芮良夫云：「天下有土之君，厥德不遠，罔有代德。時爲王之患，其惟國人。」語見《周書·芮良夫解》。噫！代德者必如文王乃可。穆公假陳其言，殆深爲厲王危乎？雖然，訖周之世無文王，而周以亡。上天立君之局，至此乃變。後世之興亡，惟力是視而已。

抑

《抑》之篇，其作於共和之世乎？自共和元年迄平王十四年，爲歲八十有五。而衛武公薨，《楚語》言武公九十五猶箴儆於國計，其壽當百歲左右也。厲王未流彘時，武公尚在童年，共和時則方少壯，《抑》詩應作於此際矣。孔仲達謂武公時爲諸侯庶子，無職事於王朝，不應作詩刺王，必是後來追刺。蘇氏主其説，而源以爲未然。詩發於性情，主文譎諫，無出位之嫌。匹庶尚可爲之，況侯國公子。武公好學，老而彌篤，少壯時必德性過人。彼目擊厲王之虐而發憂危之語，固其宜也。其後用以自警，至耄不忘。入相於周，必日諷誦焉。大師之官因取而列於《大雅》矣。《叙》云：「刺厲王，亦以自警。」漢侯苞苞著《韓詩翼要》十卷。亦云：「衛武公刺王室，亦以自戒。行年九十有五，猶使人日誦是詩，而不離於側。」毛、韓義同也。吕《記》、嚴《緝》以爲庶子時作，當矣。又此詩本爲刺王而作，非爲自警而作也。朱子《辯説》以《叙》之刺王爲失，遂引侯苞語以削其刺王室之説。夫武公自警，特侯國詩耳，何得編於《雅》哉？

「靡哲不愚。」謂王政暴虐，賢者佯愚以免禍，不爲容貌。毛、鄭之説當有本也。觀《韓詩外傳》引箕子佯狂事以證此詩，異家而同説可見矣。朱《傳》以此詩刺時，故别立新解，謂哲人而無威儀，則無哲而不愚。夫既無威儀，何名哲人乎？或謂此哲人乃自以爲哲，猶後言「哲婦傾城」。不知婦人無非無儀，故無貴於哲。若哲夫則成城矣，豈可證此詩？况詳玩經文，竝無自以爲哲之意。

「無競維人。」言莫彊於得賢人也。訓四方而化其俗，是得賢之效，正見其所以彊也。古注本明白正當，後儒皆從之。《集傳》「盡人道」之解頗爲迂闊。案：《左傳》哀二十六年子貢言衛輒内無獻之親，外無成之卿，而引此詩。因繼之曰：「若得其人，四方以爲主，而國於何有？」此詩説之最古者，箋疏之解不謬矣。

「無言不讎。」毛以「讎」爲「用」，則應平聲。鄭以「讎」爲「售」，則應去聲。故《釋文》有市由、市又二反。案：古讎、售二字通用。《漢書》曰「酒讎數倍」，又曰「收不讎」，如淳及師古注皆讀爲「售」是也。又案：《表記》引此詩，鄭注以「讎」爲「答」，《韓詩》「讎」作「酬」，《藝文類聚》引此詩作「詶」，亦是答義。「答」與「報」，二語正相敵，較爲優矣。吕《記》、朱《傳》、嚴《緝》皆從之。

「子孫繩繩。」《爾雅》作「憴憴」，云：「戒也。」鄭箋本此以釋《抑》詩。《螽斯》毛傳云：「繩繩，戒慎也。」意亦同。蓋字訓古矣。况謹飭自持是保世之意，故兩詩以言子孫，取義亦長。蘇氏以爲「不絶貌」，殊短於味。

「相在爾室，尚不愧於屋漏。」鄭指祭末陽厭之禮。尸謖之後，改設饌西北隅。殆不謬也。古人以祀爲大事。伊尹言桀慢神，武王言紂昏棄肆祀，皆以祭典不虔爲亡國之大罪。厲王無道，助祭者無嚴敬之心，武公刺詩應及之矣。又下文言「神之格思」，明是祭時語。《中庸》引之以證「齋明承祭」之説。其引「屋漏」，亦與《烈祖》篇連文，可見《詩》本言祭也。朱《傳》純以慎獨立解。夫戒慎恐懼，聖賢主敬之學自應如此，非因畏鬼而然也，何必援神明以自繩束邪？

「彼童而角。」鄭以喻皇后預政，殆狃於「厲倡嬖」、「郯配姬」之緯書也，誠謬矣。然後儒以爲理之必無，與投桃報李相反，亦非詩意。源謂厲王用事之臣必有無知而自用者，將壞亂王室，故經文曰「彼」，是實有指目之稱。傳云：「童，羊之無角者也。而角，自角也。」夫無角而自謂有角，猶無能而自謂有能，詩人設喻之意應爾。

「實虹小子。」傳云：「虹，潰也。」本《釋言》文。彼《釋文》云：「虹、訌同。」此古字通用，與虹霓之虹無涉也。曹氏解爲蝃蝀，而嚴《緝》從之，誤甚。

詩人稱目，其君尊之則曰天，曰上帝；親之則曰爾汝，曰小子。難以常禮拘也。又《民勞》以下諸篇雖刺厲王，實兼戒用事之臣。則《抑》篇「實訌小子」、「於乎小子」，或指臣言亦可。《周書·芮良夫解》云「爾執政小子」，是當時有此稱謂矣。嚴《緝》以爲武公自稱，非是。

《說文》引「告之話言」以爲傳語，豈指《左傳》襄二年文乎？然《傳》本引《詩》，何不徑以爲《詩》語也？若文六年《傳》則云「著之話言」，文稍異，非許所引矣。案：傳云「話，古之善言也」，《說文》作「語」，云：「合會善言也。」古言多善，須合會之，二意互相足矣。又案：話，籀文作「譮」，《玉篇》作「䛡」，云：「古文話。」《集韻》同。今經典俱作「話」。又話本户快反，讀如壞。《正韻》收入禡韻，讀如華岳之華，蓋就俗音。

㝱、夢二字義别。《詩》惟《正月》「視天夢夢」、《抑》篇「視爾夢夢」當作「夢」，莫紅切。餘俱當作「㝱」。莫鳳切。案《說文》云：「㝱，寐而有覺也。从寐，从夢。」引《周禮》「六㝱」之文。又云：「夢，不明也。从夕，瞢省聲。」是㝱者㝱寐之義，夢者昏昧之義。今經典相承，通作「夢」，其誤久矣。又案：《廣雅》：「㝱，想也。」今人以「夢」作「㝱」，失之矣。

桑柔

《周書·芮良夫解》，其言與《桑柔》詩往往相合。意芮伯先作《解》以戒王及執政小子，戒之不從，又作詩刺之乎？《詩》所謂「告爾憂恤」、「誨爾叙爵」、「誦言如醉」，正目作解言也。《解》云：「爾執政小子不圖善，偷生苟安，爵以賄成。」夫偷生苟安則不知憂恤矣，爵以賄成則不能叙爵矣。亦既告之誨之，無奈其如醉何？故後著之於《詩》，冀其聞而改悟。忠臣憂國，卷卷無已類如此。又厲王朝除召穆公、芮伯、凡伯二三賢臣外，餘皆貪佞小人專利監謗之事先意逢迎者，正不僅榮公、衛巫輩也。故詩亦刺王信用小人。如所云「惟彼愚人，覆狂以喜」、「維彼忍心，是顧是復」，不一詞而足。其刺群臣亦不外貪佞二意，如「朋友已僭」、「貪人敗類」、「征以中垢」及「善背善詈」、「用力爲寇」諸語，皆與《周書》所戒相符。合《詩》與《解》觀之，流彘之由，居可知矣。

箋云：「芮伯，字良夫。」疏據《左傳》引芮良夫詩及《周書》有芮良夫篇證之。然據《周書》，則良夫乃芮伯名，非字也。《周書》芮伯曰：「予小臣良夫。」自稱當以名，不以字矣。

經傳多言「劉」，如「無盡劉」、「遏劉」、「咸劉」、「虔劉」，大抵皆訓「殺」。惟《桑柔》篇「捋采其劉」，毛云「爆爍音剥落。而希」，而《爾雅·釋訓》「毗劉暴樂」音同上。之文亦正釋此詩。蓋古義如此，故《雅》、傳同也。又《詩》言「捋采」，止取其葉耳，於樹之根榦無損，何得云「殺」乎？王氏訓此「劉」爲「殺」，舛矣。況「捋采其殺」，亦不成語。又轉爲盡義，何其迂也。《集傳》訓爲「殘」。殘即稀疏意，蓋陰用「爆爍」之解而又不肯顯襲其詞。

「民靡有黎。」傳云：「黎，齊也。」孔申之，謂「民既被兵，或存或亡，無齊一平安者」。此解本通。鄭易傳，訓爲「不齊」，過矣。王安石訓爲「黑」，言黎民猶言黔首。說本杜撰，而施於此詩，尤謬，不僅「民靡有黑」不成語也。華谷譏之如此。詩本言民遭禍亂，少得生存耳，豈謂民皆白首乎？嚴《緝》訓「黎」爲「衆庶」，得之。但詩本極言民生凋敝，不應止言不衆，則傳義尤允。

「天步」、「國步」，步皆訓行。「天步艱難」，謂天行此艱難於申后也。「國步斯頻」，謂國家行此困急於民之道也。傳云：「頻，急也。」「國步蔑資」，謂國家行政輕蔑民之資用。毛、鄭義本如此。程子以天步爲時運，陳氏以國步爲國運，今遂習爲常語。但訓「步」爲「運」，終未安。

傳云：「濯，所以救熱也。禮，所以救亂也。」箋云：「手持熱物之用濯，猶治國之道當用賢者。」疏謂「惟賢人能行禮」。箋正申足傳意。今因用賢之解與上敘爵語相接成，故皆從鄭。然傳義實優，匪直與衛北宫語合也。見《左傳》，疏亦引之。周家一代專恃禮爲治，春秋卿大夫恒以禮之有無決國之存亡與人之休咎，則以濯喻禮，傳得詩旨矣。又毛公爲荀卿弟子，荀卿之書謂隆禮爲儒術之先務，故毛之釋詩亦多言禮。如《鄭·東門之墠》、《唐·蟋蟀》、《豳·破斧》《伐柯》諸傳皆是。此詩以禮救亂，亦其師説然也。

「好是稼穡」四語，毛、鄭既異解，而後儒釋之，復人各一説。吕《記》兼用李、歐二氏之説，謂好是稼穡，民力不可輕也，惟有功於民者使之代耕而食，稼穡當以爲寶，必以禄養賢才。意實本於王肅之申毛。而嚴《緝》衍之，尤爲明確。嚴以好稼言重農，代食言任賢，維寶言詔禄，不可輕維好言，擇人不可濫。此青出於藍矣。朱《傳》用蘇氏之説，謂君子欲進而不能進，則維退而務農以代禄食，雖勞而無患。恐非詩旨。

「具贅卒荒。」傳訓「贅」爲「屬」，蓋贅肬贅壻，皆「繫屬」義。然與荒虚義不相協，故鄭氏申之，以爲見繫屬於兵役也。朱《傳》由屬義轉爲危義，恐大迂遠。夫有所繫屬，何言危乎？

以「旅力」爲「膂力」，於《北山》篇已辯其誤矣。至《桑柔》篇「靡有旅力，以念穹蒼」，亦作「膂力」解，文義尤不可通。詩本責在朝諸臣莫肯協力同心，憂念天變耳，念之當納誨於王，修舉政事以挽回天意，定須大小群僚合力爲之。訓「旅」爲「衆」，正合詩意，何反釋爲「膂」邪？且「靡有」者是當念而不肯，非欲念而不能也。今謂危困之極，無力以念天禍，尤不可解。念天禍焉用拳勇乎？況正因危困故須憂念，反云危困而不能憂念乎？

「寧爲荼毒。」孔疏以「荼」爲苦菜，「毒」爲螫蟲，殆未然也。荼爲禮食所用，豈螫蟲之比哉？荼蓼之荼乃穢草，薅之欲其速朽，《詩》或指之。

「征以中垢。」傳云：「中垢，言闇冥也。」孔申之，謂「垢者，土處中而有垢土，故以中垢言闇冥」。是合兩字方成闇冥之義。朱《傳》分訓「中」爲隱暗，「垢」爲汙穢，則由蘇氏語而衍之也。至嚴《緝》云：「中垢，内污也。以閨門之事污衊君子，如王鳳之誣王商。」尤爲妄説。「中垢」與「式穀」相對，言君子、小人性行之不同如此耳，豈如嚴所云哉？君子光明正直，無事不可對人言。小人反之，其所行作甚且不可告妻子。此傳所謂闇冥也。知小人之闇冥，則良人之式穀必然光明正直。知光明之爲善道，則闇冥之不善可知。《詩》二語意又互相備也。

「聽言則對，誦言如醉。」聽言，道聽之言。誦言，誦《詩》、《書》之言也。聞淺近之言則應答，聞正言則眠臥如醉，《左傳》杜注亦云：「昏亂之君不好典誦之言。」無識之人往往如此。此非箋、疏一家之說也，《韓詩外傳》述郭公出亡，御者責其不聽諫則怒御者，稱其太賢則以爲然，而引此詩證之，正與箋疏同意。近解迂回太甚。

《桑柔》詩末二章三言民俗之敗，皆歸咎於執政之人。上欺違則民心罔中矣，上尚力而不尚德則民行邪僻矣，上爲寇盜之行則民心不能安定矣。此詩刺王而兼及朝臣，故篇末縷陳之也。王肅述毛皆主民言，殆非毛意。當以箋爲正。

雲漢

宣王遭旱之年，箋、疏不能定其早晚。以《雲漢叙》推之，殆初年事乎？《叙》云「宣王承厲王之烈」，是去前王未遠也。又云「内有撥亂之志」，〔一〕是撥亂方有其志未見諸政事也。又云「天下喜於王化復行」，是前此王化尚未及行也。其在初即位時可知矣。皇甫謐以爲宣王元年不藉千畝，天下大旱。二年不雨，至六年乃雨。孔疏疑其無據。然合之《叙》，非謬也。又經言「饑饉薦臻」，與「六年乃雨」說亦相符。劉道原《通鑑外紀》全祖士安之說，諒有見矣。《竹書紀年》以爲二十五年大旱禱之而雨，此不可信。又《叙》「厲王之烈」，箋云：「烈，餘也。」《爾雅》本有此

〔一〕「志」，原作「意」，作者避家諱改字。今回改，下仿此。

訓，故鄭用之。後儒以「烈」爲「暴虐」，不如訓「餘」之自然。

《左傳》謂「天灾有幣無牲」，僖二十五年。而《雲漢》詩云「靡愛斯牲」。《祭法》鄭注亦云「祭水旱用少牢」，與《左傳》異。《周禮・大司徒》賈疏及《禮記・祭法》、《詩・雲漢》篇孔疏皆推明其故，而説各不同。賈疏謂祈禱無牲，灾滅之後有牲。孔氏之説則不然，其《禮》疏以爲初遇水旱先須修德，不當用牲。若水旱歷時，禱而不止，則當用牲。其《詩》疏則引《祭法》注，見上。又引《春官・大祝》「六祈」注，造、類、禬、禜皆用牲。故説用幣而已，知天灾祈禱皆用牲。較論三説，《詩》疏長矣。

「藴隆蟲蟲。」傳云：「藴藴而暑，隆隆而雷，蟲蟲而熱。」疏云：「藴，平常之熱，而隆隆又甚熱，故暑、熱異文。」藴、隆，經本單舉，而傳爲重文。古義當爾矣。王氏：「藴，積。隆，盛。」解真臆説。《釋文》云：「藴，本又作『熅』。」紆文切。《説文》：「鬱，煙也。」正義云：「温字，定本作『藴』。」則古本經文藴、熅、温三字雜見也。熅與温亦訓爲藴積耶？

斁，旁從攴，音亦解也，又厭也。其音妬者本作「殬」，旁從歺，音櫱。敗也。通作「斁」。《詩》惟《雲漢》篇「耗斁下土」訓敗，音妬，餘俱音亦。但殬、斁俱諧睪聲。睪，羊益切，音與妬遠。殬之得聲，意古人韻緩，或可相通乎？

子由釋《雲漢》詩有可取者三。釋「寧丁我躬」云：「與其耗斁下土，寧使我身當之，無使人人被其患。」釋「寧俾我遯」云：「苟我不當天心，寧使我遯去以避賢者，無以我苦此庶民。」釋「黽勉畏去」云：「棄位以避憂患，非人主之義。故黽勉不敢去，以求濟難也。」皆勝古注。

「靡有孑遺。」毛云：「孑然，遺失也。」疏云：「孑然，孤獨之貌。無有孑然得遺漏者。」《孟子》趙注云：「無有孑然遺脱不遭旱灾者。」皆以爲「孑然」。《小爾雅》云：「孑，餘也。」訓「靡有餘遺」尤明直。朱子因《説文》「無右臂」之解，遂釋謂「無復有半身之遺者」。正使留得半身，尚可以爲民哉？

「先祖于摧。」傳云：「摧，至也。」與《釋詁》義同。疏用孫説申毛，以「于摧」爲于何所至，言民皆餓死，先祖之神將無所歸也。轉至爲「歸」義，太迂。源謂至者猶云來假耳，言酷旱如此，天將使我民無有遺留。先祖之神何不助我畏此旱灾而來假乎？毛意或如此。康成改「摧」爲「嗺」，固非是。蘇氏「摧落」之解，亦屬臆説。

鄭破「摧」爲「嗺」，云：「嗺，嗟也。先祖之神于嗟乎，告困之詞。」如箋義，則經文「于」字當讀爲「吁」。《釋文》無音反，非陸之疏即傳寫之脱漏也。

「滌滌山川。」傳以「滌滌」爲旱氣，蓋貌狀語，無關「滌」之本訓也。朱《傳》用王説，謂山川如滌除，此依文傅會耳。《説文》引此作「蔋蔋」，徒歷反。與滌除何預哉？又，《樂記》「狄成滌濫」，疏引《詩》「踧踧周道」證「狄」，「滌滌山川」證「滌」，云：「皆物之形狀。」但彼注以「狄滌」爲往來疾貌，義稍殊。

「我心憚暑。」「憚」字，毛訓「勞」，則丁佐反。鄭訓「畏」，則徒旦反。疏及《釋文》辯之甚明。朱《傳》兼取勞、畏兩義，不知當何讀。又丁佐反者，字本作「癉」，《説文》云：「勞，病也。从疒，單聲。」然則《大東》「憚人」、《小明》「憚我」、此詩「憚暑」，皆借也。勞、畏二義異音并異字，安得兼之於一字乎？

「云如何里」、「悠悠我里」，二「里」字一訓病，一訓憂，兩意皆通。《爾雅》：「痗，病也。悝，憂也。」里乃痗、悝之借耳。鄭解《雲漢》之「里」爲憂，而嚴《緝》譏其破字，誤矣。朱《傳》從鄭，訓「里」爲憂，得之。但引《季布傳》「無俚」爲「無聊賴」，以爲義同，則未當。有聊賴則不憂，憂則無聊賴。俚正是聊賴之義，與「里」訓「憂」相反。安得同？

「昭假無贏。」「昭假」二字，王申毛，以爲昭其至誠於天下。朱《傳》以爲精誠昭假於天，義皆可通。而王較優矣。《詩》言「昭假」者五，《烝民》「昭假於下」、《噫嘻》「既昭假爾」、《泮水》「昭假烈祖」、《長發》「昭假遲遲」及此詩是也。惟《烝民》、《泮水》二「昭假」，經文一言「于下」，一言「烈祖」，所指自明，不容異解。其三「昭假」，古注多以及民取義，近解率用感天爲説。其《噫嘻》詩朱子初説雖訓爲「格上帝」，而《集傳》則易之。惟《雲漢》、《長發》皆以爲昭假於天。案：「昭假遲遲」，疏用箋義述毛，以「假」爲寬暇，説近迂。獨其注記《孔子閑居》。謂「湯之明道下至於民」，與遲遲義較順，詳見《總詁》。似勝於《集傳》也。至「昭假無贏」，則王義尤得之。上章「靡人不周」，言群臣恤民之事。此又欲其始終不倦，故勸以昭布至誠，施惠於下，無或少有留贏。以民命瀕危，當賑救之，無棄其成功也。此於前後文義最爲通貫矣。

皇清經解卷八十終

漢軍樊　封舊校

南海潘繼李新校

毛詩稽古編　卷二十二

吴江陳處士啓源著

蕩之什下變大雅

崧高

《崧高》傳竝舉甫、申、齊、許四國，以爲姜氏四伯之後。鄭箋因之，以甫、申爲甫侯、申伯，當矣。至以甫即訓夏贖刑之甫侯，則吕《記》譏之，謂二人宜皆宣王時賢諸侯，而鄭氏遠取穆王時人爲非是。然以古況今，文義之常。以同姓名賢配申伯而爲言，正見稱美之至，箋義不謬也。至康成注記時未悉詩義，故以甫爲山甫，及箋詩則改之，仲達辯之甚明。而嚴《緝》反取其舊説，斯舛矣。王伯厚《困學紀聞》駁之允當。

「王命召伯，定申伯之宅。」王肅曰：「召公爲司空，主繕治。」孔疏引之，以明獨使召伯營謝之故。肅所謂召公，專指穆公也。時穆公適爲司空耳。《集傳》引或説，曰「大封之禮，召公之世職」，是謂康公以來世世爲司空也。殆非肅意。别有辯，見《韓奕》篇。

「王命傅御，遷其私人。」傳云：「御治事之臣也。」鄭以爲冢宰，雖未必然，然既王命之，定是王臣，非申伯之家臣也。朱《傳》以爲家臣之長，不知何據。又引漢明帝賜東平國傅手詔，以爲古制如此，恐周制未必同漢也。申伯當是有土之君，入相王室，如衛武公、虢文公之類。周家王后皆侯國女，申伯是王舅。若非舊爲國君，安得與王室連姻？其城謝也，猶下篇之城齊，乃遷國，非始封也。孔疏以爲申伯舊國已絶，今改而大之。恐未然。申伯身在王朝，其家室仍在申。遷其私人者，自申而遷於謝耳。申伯眷戀闕廷，未遽返國，而家室在塗，宜有將導統率之者。又新邑人民未習申伯威德，其家室先到，豈能賓至如歸？亦須王臣銜命而往以鎮服之，此豈家臣可勝其任哉？迨後申伯遄行，則家室已獲寧居，故徑從郿入謝，不復過其故都矣。六章「謝于城歸」是也。案：《一統志》今南陽府南陽縣附郭爲古申國。今汝寧府信陽州在南陽府城北二百七十里州境，內有古謝城。是申與謝兩地相去亦不甚遠。申伯私人當自今南陽府至信陽州耳。

《崧高》弟六章云「申伯信邁」，又云「謝于誠歸」，又云「式遄其行」，一似始疑其不果行，今方信其行者。鄭箋以爲申伯不欲離王室，王氏以爲王之數留，兩意正相反。較而論之，則鄭説長也。此篇屢言「王命」，又言「王纘之事」，又言「王錫」、「王遣」、「王餞」，不一而足。玩其詞氣，殆是王促之使行，非留之也。古諸侯在其國則南面而爲君，入王朝則北面而爲臣，又當勤勞於職，非若後世重內而輕外也。況申伯以卿士進爲牧伯，箋云：「申伯，周之卿士。」又「南國是式」箋云：「改大其邑，使爲侯伯。」疏引《左傳》，謂侯伯是爲州牧。新膺重寄，自應執謙引避。宣王倚毗念切，亦宜敦迫再三。反謂申伯欲行而宣王固留，情事豈應爾爾？

「王餞于郿。」郿在鎬西，非適謝之路，故箋云「北就王命於岐周」，以郿在岐之東也。嚴《緝》乃謂酆有文王廟，故至酆策命申伯。誤矣。酆、鎬相去止二十五里，酆亦在郿之東，與鎬等耳，何得道郿而入謝哉？

「申伯番番。」傳云：「番番，勇武貌。」曹氏改釋爲「耆艾之狀」，而嚴《緝》宗之，非也。彼謂「番番」，與《書・秦誓》「番番良士」同，而《書》言「旅力既愆」，則「番番」不得爲勇武之稱耳。殊不知「番番」語其平昔，「既愆」語其目前，在《秦誓》詞意原無礙也。《爾雅・釋訓》云：「番番、矯矯，勇也。」與傳義同，此解不可易矣。又「番」音「波」。若作「耆艾」解，則當音「婆」，與「皤」通，班固《辟廱》詩「皤皤國老」是也。嚴仍音波，音與義左矣。嚴本又作「畨」，注云：「畨，《書》作『番』，音義同。」尤謬妄。此詩諸本無作「畨」者，不知嚴所見何本也。且字書亦無「畨」字，俗人誤減其筆畫寫「番」爲「畨」則有之，元不成字也。案：番，本音煩，獸迹。從釆，從田，象形。假借爲波音耳。又案：釆，音辨，辨別也。若去上丿，則米字矣，豈容溷乎？

《雅》詩四言「嘽嘽」，毛公解之各異。《四牡》傳云：「喘息貌。」《采芑》傳云：「衆也。」《崧高》傳云：「喜樂也。」《常武》傳云：「盛也。」蓋《四牡》勞使臣，故言其行役之勞。《采芑》、《常武》美出師，故言其軍容之壯。《崧高》紀就封之事，故言其内喜樂而外安舒，合於入國不馳之禮，以見申伯之賢。義各有當也。今概訓爲「衆盛」，而先儒釋經之微旨不可得見矣。「周邦咸喜」，鄭以「周」爲「遍」，言遍邦之人相喜而慶也。蘇氏以爲指王臣之使申者。然王臣在申，當云「周人」，不得云「周邦」。況王臣素與申伯共事，久知其賢，何至申而方喜？又申有賢君，不必周人代爲之喜。皆情事之難通者也。嚴《緝》謂普天莫非王土，侯國皆可稱周邦，此南方諸國得良牧而喜也。其説似矣。然周邦既爲通名，則何由見爲南方諸國？且前言「南國」、「南邦」、「南土」皆别而名之矣，何此忽統名以周也？《詩》中「周」字不訓爲國名者，豈獨是詩？宋儒之解不已固乎？

烝民

《烝民》詩雖因贈行而作，然意不專在贈行也。經八章，其言「出祖」，言「徂齊」，末二章始及之耳。首章言山甫之生，次章言山甫之德，三章言山甫之職，四、五、六章備言山甫之德可以事上、率下、保身、出政，能稱厥職。而宣王之知人善任以致中興，不言可知矣。蓋與《崧高》詩同是贈行，而體製既殊，意義亦别。申伯之職以藩翰爲重，故首章既及之，而通篇述就封始末甚詳。山甫之職兼總内外，城齊之役其暫耳，故篇末方言之。復卷卷望其遄歸，二詩旨趣各有在也。《崧高敘》云「建國親侯」，《烝民叙》云「任賢使能」，允矣。

「有物有則。」箋、疏謂物者象也，五性象五行；則者法也，六情法六氣。是物乃性，則乃情也。孟子釋此詩曰有物必有則，猶云有性必有情。正見性善情亦善，義亦相符矣。吕《記》取楊氏之説，以物爲形，則爲性。朱《傳》同之，其義較優，而實本《孟子》注疏。趙注云：「有物則有所法，則人法天也。」孫奭云：「所謂物者，即自人之四肢五臟六腑九竅達之於君臣父子夫婦兄弟朋友也。所謂則者，即仁之於父子，義之於君臣，禮之於夫婦、兄弟，信之於朋友也。」仁義禮信皆天命之性，此趙注「人法天」之意乎！但兄弟以恩合，宜與父子同言仁。孫疏專屬之於禮，未爲允當。楊氏之言，詳見吕《記》。斯青出於藍矣。

《書・舜典》「出納朕命」，《詩・烝民》「出納王命」，言「出納」雖同，而職則異。龍爲納言之官，其職掌如後世封駁之任而已。山甫式百辟、保王躬、賦政四方，是百寮之長，佐王出政者也。故傳以「喉舌」爲「冢宰」，疏亦引《周官・大宰》之「贊聽治」及「歲終詔王廢置」爲出納之實事。

「我儀圖之。」朱《傳》以儀爲度，言圖度之，於本句則理順矣。然非字義也。案：《説文》：「儀，度也。」乃法度之度，非揆度之度也。法度之度徒故反，揆度之度待各反，音義各别，安得誤溷爲一，又移其誤於他字乎？又案：毛訓「儀」爲「宜」，文義本通，但孔疏述之大迂。源謂毛意當云：德輕易舉也而莫能舉，我亦宜自謀舉之。乃舉之者，維仲山甫耳。信乎山甫之德深遠而莫助也。如此則數句文理皆順，而「儀」、「愛」愛義見下條。二字訓解正不必更新。

「愛莫助之。」毛云：「愛，隱也。」疏云：「《釋言》文。」案：《釋言》「愛」作「薆」，蓋愛、薆古通用。此詩之字形雖「愛」，而義則「薆」也。毛學由師授，故得其真。源謂尋繹傳義可考正經文者，此類是已。

韓奕

首章以禹比宣王，言王能平大亂、命諸侯，有倬然顯明之道。是道乃宣王之治道也，故以倬然美之。近解以道爲路，謂韓侯由此路而入朝受命，真屬戲論。

「鞗革金厄。」毛云：「厄，烏蠋。」鄭云：「以金爲小鐶，往往纏搤於革切。之。」孔疏申二家之説，謂「金厄者，以金接轡之端，如厄蟲然」。箋以不言如厄，故易傳。據疏語，則毛、鄭之解金厄元是一物，但取義異耳。然古人制器尚象，多即以所似之物名之，如畢以星得名，爵以鳥得名皆是。即此章「元衮」，乃龍首也。「赤舄」，舄乃鵲字也。「金厄」既似厄蟲，亦可名「厄」，何必言「如」？

「炰鼈鮮魚。」疏云：「炰，毛燒肉也。缹，烝也。服虔《通俗文》云：『⿰火參煮曰缹。』炰與缹別，而此及《六月》『炰鼈』音皆作缹，則炰與缹皆烝煮之也。」案《韓奕》釋文：「炰，薄交反。徐云：甫久反。」《六月》釋文無音反，殆傳寫之脱漏也。「毛燒」之義不可施於鼈，兩《詩》「炰」字俱作缹音爲當。又案：缹，《廣雅》云：「焊謂之缹。」注音不。《玉篇》云：「缹，火熟也。」《廣韻》云：「炰，烝煮也。」字今作「炰」。焷音皮，又音碑。

「維筍及蒲。」鄭云：「蒲，深蒲也。」疏引《周禮·醢人》深蒲注，謂「蒲蒻入水深始生水中」者是。案：《說文》作「蒤」，云：「蒤，蒲蒻之類也。从艸，深聲。」則深蒲自是蒲之名。

蒲可爲席，亦可爲菹。故《書》有「蒲筵」，《周禮·醢人》加豆有深蒲、筍菹。其見於《詩》者，《澤陂》、《魚藻》之「蒲」皆興也，惟《韓奕》「筍」、「蒲」則爲蔌焉。案：《本草》「香蒲」入本經上品，吴普《本草》謂之「醮石」。宋《圖經》云：「春初生嫩葉時，取其中心入地白蒻，大如匕柄者生啗之，甘脆。又以醋浸，如食筍，大美。《周禮》蒲菹是也。今人罕有食者。至夏抽梗於叢葉中，華抱梗端，如武士奉杵狀，俗名蒲槌，亦曰蒲萼華。華中蘂屑細若金粉，謂之蒲黄。」亦本經上品藥也。《韓奕》傳云「蒲蒻」，箋云「深蒲」，正指大如匕柄者。

「韓侯顧之。」毛傳云：「曲顧道義也。」孔疏云：「君子不妄顧視，而言顧之，則於禮當顧。謂升車授綏之際當曲顧以道引其妻之禮義。於是之時當有曲顧也。」傳義既有本，而仲達發明之尤明確矣。古人步言視聽無敢越禮，正目而視，猶云上則敖、下則憂、傾則姦，必予之以節焉，況可無故回首顧視乎？詩人寄興托詞雖不必悉拘於禮文，然國君於親迎之際，瞻顧無常，乃失容之大者，豈反咏之以爲美乎？漢世近古，先王禮教猶存，諸儒皆七十子之徒，淵源有自，故毛傳雖簡，實而推詳。「顧之」二字不憚詞費，定是師傳如此。可見古人行禮無一節敢忽，又見古經立言無一字或苟，真有補於世教人心者也。魏晉以還，放達成風，瞻顧小節，尤莫知自束於禮。幸先儒之説縣諸功令，學《詩》者尚得闡明其義。至宋儒盡棄古注，往往據所習見以釋古經，直謂韓侯無故而回顧，而古人瞻顧不苟之義置之不講，今世經生遂無由得聞。嗚呼！禮教之壞，不獨庸俗人致之矣。楊用修論此詩，言若非禮而妄顧，則是覘斂裝之厚薄、窺媵御之治容。雖似戲談，實爲正論。

「有熊有羆，有貓有虎。」各以類分句。羆者，熊類也。貓者，虎類也。熊羆皆蟄獸。熊如豕，黑色。羆大於熊，色黄白。又有小而色黄赤者謂之魋。三種皆見《爾雅》，一類也。虎白爲䶑，音含。黑爲虪。式竹切。似虎淺毛謂之虦音孱。貓，非捕鼠之貓也。《周書·世俘解》「武王狩禽，虎二十二，貓二」，即此貓虎矣。其似虦貓而食虎豹者謂之狻音酸。猊，即今獅子。三者皆見《爾雅》，亦一類也。《爾雅》又云：「熊虎醜。」蓋其猛又相同也。故古者畫熊虎於旗，教則師都建之，出軍則軍吏載之。

「韓姞燕譽。」言既安之又有顯譽。二字各一義也。《射義》引《貍首》詩「則燕則譽」，正與此詩義同。蘇氏曰：「譽，樂也。」殆欲破「譽」爲「豫」。案：服虔注《左傳》，訓「譽」爲「游」，又引《孟子》「一游一譽」，見《昭元年》孔疏。譽、豫似可通用。然元凱已不用其説矣。

「溥彼韓城，燕師所完。」鄭箋訓「燕」爲「安」，云：「古平安時衆民所築完也。」則「燕師」二字爲不詞矣。王肅、孫毓皆以燕爲燕國，得之。至《水經注》載肅語，謂今涿郡方城縣有韓侯城，王符《潛夫論》亦言宣王時有韓侯國近燕。近儒有據此立説，謂此詩之韓在今順天府固安縣，非西安府之韓城縣，殆未必然也。爲此説者因燕遠於韓，不得用其師。貊是東夷，與今韓城隔遠，不應以貊錫韓耳。然命燕城韓，東萊引《春秋》事例之，洵爲允當。且非直此也，周公作洛，四方民大和會，五服咸至，無間遠邇。山甫城齊，自鎬而往，與燕之去韓，路亦相等。至以貊爲東夷，鄭氏注《周禮》據漢世言之耳。《魯頌》「淮夷蠻貊，莫不率從」，本謂淮夷行如蠻貊，非謂蠻貊亦服。《魯》傳義不謬也。《孟子》言貊五穀不生，此北方氣寒之證。《説文》亦以貊爲北方豸種。此詩「其追其貊」，又與「奄受北國」連文，其爲北垂荒裔無疑矣。貊，俗字也，本作「貉」。此詩「追貊」、《書》「華夏蠻貊」，石經皆作「貊」。注疏作「貊」，而諸本因之。

呂《記》、朱《傳》以燕爲燕國，其説當矣。然所謂燕師者，直是燕國之民而召公子孫受封於燕者率之以城韓耳。朱《傳》謂韓初封時召公爲司空，王命以其衆爲築此城。此言非也。燕雖召公之國，召公未嘗至燕也。召公自食采於畿内，若召公率之，則所用之衆乃王師也。王師而謂之燕師，天子而蒙侯國之號，可乎？況召公爲司空不見經典，朱子爲此説者，特因《崧高》疏載王肅語，謂召公爲司空主繕治，遂意召氏當世居此職耳。不知宣王時城謝則使召穆公，城齊則使樊仲山甫。穆公一身尚未必常居司空之職，況其先世乎？又案：召康公歷事文、武、成、康四王，封韓大約在成王時也。《周書·顧命》列諸臣位次，召公嘗爲冢宰，而司空則屬毛公。詳見孔氏《書傳》。《左傳》又云聃季爲司空。見定四年。則成康之世爲司空者，已有兩人明著於經傳，而召公不與焉。安得謂召氏世居此職邪？又周家六卿竝無世職者，成王時蘇公爲司寇，康叔亦爲之。穆王命君牙爲司徒，而幽王時番爲之，鄭桓公亦爲之。謂司空獨世屬召氏，豈其然乎？

豹有赤白二種，皆黑文。羆有黃白二種，《韓奕》詩所獻則各指其一也。《玉海》云：《山海經》春山多赤豹。中山、東胡有黃羆，成王時東胡獻此獸。

江漢

《崧高》、《烝民》、《江漢》、《韓奕》四詩皆尹吉甫作。申伯、韓侯稱爵，仲山甫稱字，召穆公稱名。詩以寓興而已，非有義例也。然穆公獨稱名者，殆以別於召公、召祖而言之與？

《江漢》「淮夷來鋪」，傳云：「鋪，病也。」疏云：「鋪，病。《釋詁》文。彼『鋪』作『痡』，《音義》同。」蓋此詩文「鋪」而義「痡」，亦《烝民》「愛」、「薆」之類，此經字之賴傳以正者也。《詩》中字似此者多矣。

「秬鬯一卣。」毛、鄭異説。秬鬯必和鬱，不和鬱不名鬯，此毛説也。和鬱名鬱鬯，未和鬱名秬鬯，此鄭説也。孔氏右鄭。然鄭之爲此説者，止因《周禮》鬯人、鬱人分爲二職，而鬱人掌鬱，鬯明是鬯人所掌，尚未和鬱，故分而二之耳。殊不知《周禮》二職對舉，則秬鬯、鬱鬯誠有未和、已和之分。若盡舉經傳中秬鬯，概以未和鬱解之，則又非也。鬯之爲義，取芬芳條暢，元因鬱草而得名耳。《説文》「鬯」字注云：「以秬釀鬱艸，芬芳攸服，以降神也。」此可證矣。使止是黑黍之酒，則與常酒等耳，何獨取名於鬯？竊意鬯之名本因鬱草，而秬黍之酒實爲和鬱而釀。則當其未和鬱時，亦概以秬鬯名之。後遂別名已和者爲鬱鬯，故《周禮》分而爲二。要之：對舉則別，散文則通也。鄭氏執《周禮》之文以釋《詩》，固矣。又孔氏申毛，既引《禮緯》「秬鬯之草」及《中候》「鬯草生郊」之文證鬱金草亦可名鬯草矣，復言古今書傳香草無稱鬯者，何自相背戾哉？案：秬鬯之稱見於《詩》、《書》、《左傳》者不一而足，皆稱「秬鬯」，竝無稱「鬱鬯」者。豈非以言鬯則鬱在其中乎？又案：此鬱金乃鬱金華，出鬱林郡。漢鬱林郡，今廣西、貴州潯、柳、邕、賓諸州。《一統記》惟載柳州羅城縣出鬱金香，即此也。與藥中鬱金根名同物異。鬱金根無香，出蜀中。鬰，今通作「鬱」。《説文》：「鬱，从林，鬰省聲。木叢生也。」與「鬰」異字。

《周禮·鬱人》注謂鬱草若蘭，以其俱是香草，故取以相方耳。若鬱金之種類又各不同。朱穆《鬱金賦》云：「歲朱明之首月，步南園以迴眺。覽草木之紛葩，美斯華之英妙。」是華以四月也。傅玄《賦》云：「葉萋萋而翠青，英蘊蘊而金黃。」是華色正黃也。楊孚《南州異物志》云：「鬱金出罽賓，色正黃，與芙蓉華裹媆蓮相似，可以香酒。」此與傅賦合。至《唐書》言太宗時伽毘國獻鬱金，葉似麥門冬，九月開華，狀似芙蓉，其色紫碧，香聞數十步，華而不實。《本草綱目》引此。《本草》云：「其華十二葉，爲百草之英。二月、三月有華，狀如紅藍。」《埤雅》引此。兩書言華之色候互異，以朱、傳二賦較之又不同，其種類當不一矣。不知古人所用何種也。又案：罽賓、伽毘皆遠夷，鬱林郡在古世亦屬荒服。鬱金非常有之物，而古人每祭必用，未審從何取給？豈三代時中華本産斯卉，而後世無之，天時地氣有變遷與？

「告于文人。」謂告于召氏先祖有文德者也。《集傳》以爲文王，非是。上圭瓚、秬鬯，正賜之爲告文人之用也。若是文王，王何不自告之而以賜虎哉？又下言「于周受命」，是就文王廟命之，此時方告文王耳。詩人叙事自有次第也。

「錫山土田。」傳云：「諸侯有大功德，賜之名山土田附庸。」經無「附庸」而傳云云者，當是引成語連及之耳。且傳自述周制如此，非言賜召公也。孔疏申之曰：「土田即是附庸。」恐非毛旨。

「于周受命。」鄭以周爲岐周，蓋岐下有周原，周之名實昉于此，故《詩》言「周」，所以別於酆鎬也。嚴《緝》以周爲酆，殊無謂。彼謂文王作酆，當有其廟耳。殊不知岐乃王迹所基，周之別廟多在焉，豈獨無文王廟乎？況召公采邑亦在岐陽，上文「錫山土田」，正岐地也。就彼錫命，于理尤允。

常武

《常武叙》云：「召穆公美宣王也。有常德以立武事，因以爲戒然。」旨哉斯言！可以論世已。宣王懲艾前愆，厲精圖治，赫然中興，信稱合主。但英明過甚而學養未純，雖鋭於始，必倦於終，穆公早得之幾先矣。宣王少長於穆公家，其資性之純駁，公所素知，故方勤政之初已切鮮終之慮。以「常武」名篇而因美以爲戒，洵老臣納誨之深心也。厥後魯戲立而諸侯貳，千畝敗而戎患興。武事不立，實由德之不常，此詩殆有先見。當時國史深識穆公作詩本旨而著之於《叙》，誠有本之言也。又案：《小雅》宣王詩十四篇，美刺兼之。《大雅》宣王詩六篇，有美無刺。然《小雅》兼美刺而終之以美善，善長也。《大雅》專於美而終之以戒，不欲没其實也。夫子之編二《雅》，厥旨微矣。

「南仲大祖，大師皇父。」毛、鄭異解。孔疏引孫毓之言，以鄭説爲長，當矣。但謂命將本祖而援陳勝舉兵稱項燕事比之，恐非確證。勝之稱燕，假其名也，非以爲祖而追本之也。孫既誤而孔亦不覺，胥失之。案：封申伯則遠舉四岳，錫召虎則追溯康公，命皇父則先述南仲，皆本其祖德以爲榮。而《韓奕》篇亦言「先祖受命」，《烝民》篇亦言「纘戎祖考」，數詩立言之體大略相同。

「王奮厥武，如震如怒。」《釋文》曰：「此兩『如』字，一本作『而』。」案：如、而二字古通用。

震、怒又非譬況語，經文當以「而」字爲正。鄭箋云：「王奮揚其威武，而震雷其聲，而勃怒其色。」明是「而」字之解。孔疏申之爲「如」，恐非鄭意。

「鋪敦淮濆。」毛無傳，述毛者以「鋪」爲「陳」，「敦」爲「厚」，謂布陳敦厚之陳於淮濆。〔一〕鄭讀「敦」爲「屯」，言陳屯其兵於淮上。鄭破字固不可從，述毛者亦費力。王氏以爲厚集其陳，而後儒皆宗之。然「鋪」字未醒。案：《釋文》云：「鋪，《韓詩》作『敷』，云『大也』。敦，《韓詩》云『迫也』。」大迫淮濆與濯征徐國文義相類，當是也。又《後漢書·馮緄傳》引此詩亦作「敷敦」，注云：「敷，布也。布兵敦迫淮水之涯。」《典引》注引此作「鋪敦」，云：「敦，猶迫也。」鋪、敷雖異，而敦迫則同，勝鄭、王之説矣。

《江漢》「淮夷來鋪」，「鋪」字，毛訓「病」，則與「痡」字通。《常武》「鋪敦淮濆」，「鋪」字徐音孚，《韓詩》作「敷」，訓大意。經文兩「鋪」字，古本容或異文矣。嚴《緝》欲合爲一，恐非是。

「如飛如翰。」毛云：「疾如飛，鷙如翰。」二字各一義，疾言其神速，鷙言其精悍也。故疏云：「鷙是鷙鳥，若鷹鸇之類。」申傳意甚明。朱《傳》統訓爲「疾」，恐遺如翰義。

《常武》詩紀淮北用兵之事，先及淮濆，繼征徐國。蓋此時叛者非一國矣。疏謂淮浦之國非

〔一〕「淮」，原作「准」，據上下文及庫本改。

淮夷，殆未然。《禹貢》徐州有淮夷，《費誓》之淮夷與魯接壤，皆在淮北也。況《江漢》疏言淮南北皆有夷，何《常武》疏又言淮浦所伐非夷乎？ 意此時淮北之國徐爲大，宣王討叛，先治其小者，支黨既散，然後以兵臨徐，孤立無援，故不待痛而服。此用兵之次第也。鄭箋以爲既服淮浦，又大征徐國。得之。

瞻卬

「懿厥哲婦。」《釋文》云：「懿，於其反。」鄭箋云：「懿，有所傷痛之聲。」孔疏云：「懿與噫，字雖異，音義同。痛傷褒姒亂國政也。」古詩義本如此。案：《書·金縢》「信噫公命我弗敢言」，彼《釋文》云：「噫，馬本作『懿』。」然則懿、噫通用，古字之常耳。宋李樗引《漢書》師古注解之，曰「言幽王以褒姒爲美」，此彊古經以就今字也。朱《傳》因之，且訓爲「懿美之哲婦」，則是詩人美之，并非幽王美之矣。夫「爲梟爲鴟」，何美焉？況《楚語》「懿戒」，韋讀「懿」爲「抑」，則從之《詩》「懿厥哲婦」鄭讀。「懿」爲「噫」獨不可從乎？又「抑」亦讀「噫」，《十月之交》「抑此皇父」是也。幽王時皇父亂政於外，褒姒亂政於內，二詩皆噫之，傷禍本也。然皇父七子皆恃艷妻以爲奥援，則褒姒尤屬戎首矣。

「時維婦寺。」毛云：「寺，近也。」言幽王維婦人是近也。歐陽訓「寺」爲「寺人」，義雖通，然詩止言婦人亂國，無一語及閹豎，不應此獨竝稱之。又歐陽僅曰「舉類而言耳」，朱《傳》則云「幽王嬖褒姒、任奄人以致亂」，直謂此詩兼刺婦寺矣。豈因《召旻》箋而爲之説與？

介狄，毛無傳。王述之，以「介」爲「大道」，「狄」爲「遠慮」。鄭以爲被甲之夷狄。孔疏是鄭，得之矣。案：《小雅·漸漸之石》《苕之華》《何草不黄》三詩《叙》皆言「四夷交侵」，下篇亦言「日蹙國百里」，此介狄之明證也。幽王不此之懼，而反讎視忠臣，可勝歎哉！《集傳》本從鄭，又引或説以「介狄」爲「女戎」，而以婦寺當之，殊屬穿鑿。

召旻

閹寺之禍始見於齊之貂、宋之戾，至秦之高而甚焉。三代以前未嘗有也。幽王時亂政小人，《詩》有尹氏，有皇父七子，《國語》有虢石父，皆非寺人。即史伯所云讒慝暗昧頑童窮固侏儒戚施妖試幸措亦非寺人也。其寺人僅有遭讒被刑無可控訴而作《巷伯》詩以鳴其不平者，其他閹官未必怙寵弄權可知。蓋周官法度精密，此時未盡亡。又勳舊之族世掌國鈞，此輩止供洒埽、給使令，未敢預政也。《召旻》篇「昏椓靡共」，毛傳「昏」字無訓，「椓」訓「夭椓」，未嘗以爲閹人。鄭箋始以昏爲閹官，即《周禮》閽人之官。閽、昏通。椓爲毀陰。孔疏證成其説，言傳意亦與箋合。愚以爲未必然也。鄭生桓、靈之世，目覩諸常侍之惡，故激而爲此解耳。然以論世則疏矣。朱子不用其説，良爲有見。但《瞻卬》篇又以任閹人爲説，則失之。

「靖」訓爲「謀」，本於《釋詁》。「夷」之爲「滅」，則恒訓也。「實靖夷我邦」，言此昏椓回遹之人實謀滅王之國也。語本簡捷。後儒以「靖夷」爲「治平」，謂王所使治平我邦者非其人，迂矣。

《召旻》之五章，上四句言君子之病，下三句言小人之盛也。毛傳得之。「維昔之富不如時，維今之疚不如兹。」疏申傳云「明王富賢人，今世則病之」，解甚明徑。「彼疏斯粺」傳云「彼宜食疏，今反食精粺」，亦簡當。又與「胡不自替」文義連貫。後儒之解俱不及。又箋云：「米之率：糲洛帶切。今作「糲」，音厲。十、粺九、鑿八、侍御七。」是糲米一石得米九斗爲粺也。《説文》云：「粺，毇許委切。也。毇米一斛舂爲八斗也。」與箋異，箋得之矣。別有辨見《大雅·生民》篇。又：「替」，《説文》作「𣊖」，云：「从竝，白音自與黑白字別。聲。廢，一偏下也。」又作「暜」，從曰。音越，與日月字別。又作「朁」，從兟。所臻切，從二先。先乃先後之先，非首笄之先。二先爲兟，子林切。徐鉉曰：「今作『替』者非是。」案：「替」字見《玉篇》，入夫部，從扶。扶，蒲旱切，竝行也。徐應指此。《玉篇》別有𣊖暜字，而云：「今作『替』。」則「替」雖俗字，其來久矣。

「池之竭矣，不云自頻。」傳云：「頻，厓也。」案：《説文》「頻」作「瀕」，云：「水厓。人所賓附，頻蹙不前而止。从頁，从涉。」然則「頻」字本義元爲水厓，後人借爲頻數之頻，而別作「濱」字以當水厓之義耳。《釋文》引張揖《字詁》以爲「頻」是古「濱」字，箋破「頻」爲「濱」，疏以傳爲古字通用，皆非是。

周、召分陝而治，爰有二《南》之詩，二公皆周之元臣也。召康公之後，又有穆公翊戴宣王，周文公之後無聞焉。故幽王之世，《黍苗》篇思穆公，《召旻》篇思康公，分見二《雅》。康輔創業，穆佐中興，祖孫濟美，俱爲王室倚賴，相望於二三百年之中，宜乎思召者甚於思周矣。雖然，《詩》始於周、召，而《風》之終以《豳》，《雅》之終以召，以二公爲《風》、《雅》之始終，夫子叙《詩》，其有微旨乎？

皇清經解卷八十一終

嘉應邱　翀舊校

番禺高學瀛新校

毛詩稽古編　卷二十三

吴江陳處士啓源著

頌

周頌

《周頌》三十一篇，朱《傳》之與《叙》合者，《清廟》、《我將》、《時邁》、《思文》、《振鷺》、《豐年》、《有瞽》、《潛》、《有客》、《閔予小子》、《訪落》、《敬之》、《小毖》、《酌》、《般》，凡十五篇。其迥與《叙》别者，《天作》、《昊天有成命》、《執競》、《臣工》、《噫嘻》、《雝》、《載芟》、《良耜》、《絲衣》，凡九篇。《天作》以爲祀大王，而不思經文兼頌文王。《昊天有成命》及《執競》以爲康昭以後詩，而不思《周頌》俱周公所定。《臣工》《噫嘻》以爲戒農官，而不思《頌》篇皆用於祭祀。《雝》詩以爲武王祭文王，非禘太祖，而不思文王廟中不應斥言昌後。辨詳《通義》。《載芟》、《良耜》徒譏《叙》誤，不能定其何用，而不思祭社稷豈獨無樂章。《絲衣》以爲祭而飲酒，不能詳其何祭，而不思《絲衣》士服繹祭之明證，《叙》説本不必易。此皆失之顯然者。至於《維天之命》、《維清》、《烈文》、《載見》、《武》、《桓》、《賚》凡七篇，則朱《傳》與《叙》在離合之間，尤有當辨者。《維天之命》及《維清》皆以爲祭文王，本與《叙》不遠，而獨削其告大平、奏象舞之説。夫上推天命，下及曾孫，明是功成治定歸美祖考之詞。此因大平而祭，非常祭也。至象箾之舞是文王之樂，見於《左傳》，《叙》語實有明徵，奈何必欲棄之？《烈文》、《載見》皆助祭之詩，亦與《叙》合，而不用其初即政及始見之意。夫諸侯助祭常事耳，惟莅阼之始見廟、臨諸侯，詩人樂見新王丰采，故述而爲歌。《叙》説豈可廢乎？其《武》、《桓》、《賚》三詩之説與《叙》不異矣，然據《左傳》楚子之言，以《武》爲《大武》之首章，《賚》爲《大武》之三章，《桓》爲《大武》之六章，則甚非也。《通義》辨此甚詳。《左傳》以「耆定爾功」爲《武》之卒章，竝不以《武》爲《大武》之首章也。《周頌》篇止一章，無疊章者。傳指末句爲卒章，意以一句爲一章與？且「耆定爾功」爲卒章，則此句之後不得更有武頌矣。朱子反目爲首章，方欲借《左》以證成其説，而顯與之違，何以取信於人邪？其三、其六，杜注本以篇言之，不言章也。朱子何弗察也？

清廟之什

清廟

康成據《書》傳「周公攝政五年營成周」，合之《召》、《洛》二誥《書叙》，知洛邑之成亦在五年。而六年朝諸侯，與《明堂位》所言爲一事。東萊非之，而據《洛誥》「周公誕保文武受命惟七年」之語，以爲成洛邑在七年，不在五年。又謂《洛誥》「王在新邑，烝祭歲，文王騂牛一，武王騂牛一」，與《清廟叙》祀文王爲一事。源案：孔氏《書》傳、毛氏《詩》傳皆以作洛爲七年事。則《清廟》祀文王在七年，理固有之也。但《洛誥》所謂「受命七年」乃總計周公居攝之年，所謂「烝祭」乃爲封魯而祭，非爲成洛而祭。又兼祭文、武，非專祭文王。東萊引以爲據，恐與《叙》未必合。

「駿奔走在廟。」傳以「駿」爲「長」，箋以「駿」爲「大」，箋義與《周書・武成》傳合，可從也。顯、承、無射，傳指文王，箋指祭者。傳義爲優。

維天之命

《叙》云：「維天之命，太平告文王也。」傳引孟仲子美周之禮，鄭亦以爲周公將欲制作，先祭告文王。後儒莫從其説，然合之經文，斯言良是。經云「我其收之」，又云「曾孫篤之」。「收之」者，所以承先。「篤之」者，所以傳後也。非禮樂孰當之哉？周家爲治全恃禮樂，周公制禮作樂，是輔相成王一大事業。故降至春秋，日尋兵革，猶聘問燕好，以禮相維，而天王亦賴以全其守府之尊者二三百年，其重可知矣。但周公制作必有所因。文王爲受命開基之祖，居位最久，意五十年中，規模制度犁然備矣。今紀載闊略，無由考其詳。然稍著於經傳者，如禴祠、烝嘗，靈臺、辟廱，皆見於文王正雅。《書·康誥》言用刑立政，言任人必以文王爲法。至晉韓起見周禮於魯，則文之易象在焉。吴季札觀周樂於魯，則文之南籥舞焉。又《詩》言文王之典，《書》言文王之謨，孔子亦言文王之文，信乎文王之時制作已備也，特未布之天下耳。周公既致大平，更取而斟酌釐定之爲一代大法，《明堂位》所謂「六年頒度量」是也。此詩正作於斯時，所云收聚文王之德惠，順文王之意指，制禮作樂，於義爲允。

「假以溢我」，與《假樂》「假」字皆訓嘉，音暇。毛、鄭所同。其「溢」字，毛訓「慎」，鄭訓「盈溢」。「盈溢」之訓，今世通用。其訓「慎」則見《釋詁》。一云「溢慎」，一云「溢慎静」。慎則必静，義亦相通也。舍人云「行之慎」，郭氏以爲義見《詩》，正指此頌矣。孔疏云：「文王有嘉美之道以戒慎我子孫。」義本諸此。王、崔申毛，作「順」字解，見《釋文》。又云：「慎，本或作『順』。」蓋讀本不同。然合之《爾雅》，則「慎」字爲正也。又「假」，《説文》作「誐」。誐，音娥，云：「嘉善也。」與毛、鄭字異而義同。

維清

《勺》與《象》，皆舞曲也。《勺》舞見《禮記》之《内則》及《儀禮》之《燕禮》，《象》舞見《禮記》之《文王世子》、《明堂位》、《祭統》、《内則》、《仲尼燕居》諸篇。鄭氏注《内則》，以《勺》爲文舞，《象》

爲武舞。疏引熊氏語證之，蓋《勺》即《頌》之《酌》，《象》即《頌》之《武》也。其《維清敘》云：「奏《象》舞。」獨見於《左傳》襄二十九年，不在六樂之列，與《大武》之《象》異。《大武》之《象》，象武王之伐。《維清》之《象》，象文王之伐。此雖經典未有明文，而先儒相傳如此，當有本也。吕《記》於《維清敘》下引劉氏語，以《象》爲文舞，即《左傳》之《象箾歌》，《維清》以奏之。《勺》爲武舞，即《大武歌》，《大武》以奏之。夫以《象》爲《象箾》雖與鄭異，然猶與《周禮·樂師》賈疏合也。至《酌》、《武》明有二頌，乃合之爲一舞，可乎？

《維清》篇惟鄭氏釋之最明。而後儒莫用者，因祭天枝伐之説出於緯書耳。《中候·我應》云：「枝伐弱勢。」注云：「伐紂之枝黨以弱其勢，若崇侯之屬。」《我應》云：「伐崇謝告。」注云：「謝百姓，且告天。」主爲崇也。既以祭天非文王事，勢必以肇禋屬之成王。然「迄用有成，維周之禎」，正指文王之典。而中隔「肇禋」一語，文義不續。故朱子疑經有闕文，則何如仍以「肇禋」屬文王，文順而義貫也。源謂祭天枝伐雖緯書之説，然文王之伐崇類祭，見《皇矣》詩，此可信也。類祭之爲祭上帝，見《書·舜典》《泰誓》及《禮記·王制》諸書，此又可信也。合二者觀之，則以「肇禋」爲文王始祭天，非無稽之談也。又周世武功惟文王最多，文王武功以伐崇爲大，故《文王有聲》篇言繼伐，獨舉伐崇爲言。《皇矣》篇之「是類」，又正指伐崇之事。則肇禮雖言祭，實美文王征伐之功。以經證經，枝伐之言非謬矣。

烈文

朱子《辨説》譏《烈文叙》，以爲詩中未見即政意。然《清廟叙》言成洛邑、朝諸侯，詩中亦無此意，而《集傳》取之。同一《叙》也，何是彼而非此？

「烈文辟公，錫茲祉福。」毛以爲文王錫諸侯，鄭以爲天錫文王，歐陽以爲文武錫我君臣，於義皆通。《集傳》謂「諸侯助祭，使我獲福」，是諸侯錫我。夫祭而受福，不歸功於祖考，而以爲臣下之力耶？楊用修駁之當矣。嚴《緝》又謂辟公夾輔以克興周祚，是錫我以福。斯尤爲妄説。嗣王莅政之始諭誥諸侯，自當稱揚天命，原本祖德，以爲立言之端。乃徒歸美群下，感其翊戴之私，津津道之不置，何其陋也！

《烈文》篇皆告諸侯語。首四語告以文王之德，次二語告以武王之德也。箋謂「辟」爲卿士，「公」爲諸侯，殆不然。卿士日在王朝，豈與外諸侯竝敕之乎？毛義勝矣。毛又以「封靡」爲「大累」，「崇」爲「立」，言武王克紂時，諸侯無大累於汝邦者，仍立之爲君。嘗論其世，知斯語誠然也。殷未亡，三州之侯黨惡於紂。紂誅，應概從翦滅。但其中或出脅從，不皆助紂爲虐、大累於民，武王仍封立之，俾得自新，洵曠蕩之恩也。此時亦在助祭之列矣。其黨惡之甚者，則弔伐加焉。《孟子》云「滅國五十」，《周書・世俘解》云「武王征四方，凡憝國九十有九」，謂此也。《周書》又云「凡服國六百五十有二」，則所謂無大累而得封立者也。足證此詩傳義矣。箋以崇爲增其爵土，恐非是。進爵益地，所以賞有功也。僅無大累而已，遽膺此賞，可乎？王氏以「封靡」爲「專利傷財」，字義雖通，但詩旨恐不爾。

天作

《天作》詩「彼作矣」、「彼徂矣」，二「彼」字皆彼萬民也。「彼作」言民之先在岐者作室以居，「彼徂」言民之後至岐者望岐而往也。蘇氏以「彼作」指大王，「彼徂」指文王，誤矣。「岐有夷之行」，岐謂岐周之君，正目大王、文王言耳。蘇又謂岐周之人世載其夷易之道，亦謬。

「彼徂矣，岐有夷之行。」朱子據《韓詩》改「徂」爲「岨」，又於「岐」字絶句，持之甚堅。然「徂」之爲「岨」，是從沈括之誤引。「岐」字絶句，又出師心之創説。皆與《韓詩》無涉也。韓惟「矣」字作「者」不同於毛耳，其訓「徂」爲「往」，「行」爲「道」，「岐」字屬下句讀，竝無異於毛。案：《後漢·南蠻傳》引《詩》云「彼徂者岐，有夷之行」注引薛君《章句》云：「徂，往也。夷，易也。行，道也。彼百姓歸文王者皆曰：岐有易道，可歸往矣。易道，謂仁義之道易行。故岐道阻險而人不難。」朱子徒執其「岐道阻險」一語，改「徂」爲「岨」，竟不思「徂」之爲「往」，薛君自有正訓。其云「阻險」者，反明夷行之義，〔一〕非釋「徂」義也。且括之誤引，朱子所明知。而必欲從之，信後

〔一〕「之」下，原衍一「之」，據庫本删。

儒之謬說，疑古經之正文，誠不識其何意。

朱子以《天作》爲祭大王詩，故首尾俱以岐山立說，因以岐山之道路平易釋「有夷之行」，斯舛矣。夫「有夷之行」，謂平易之道也。康成引《易》「乾易」、「坤簡」當之，《韓詩章句》亦以爲仁義之道，故曰「子孫保之」，言世世守此道耳。今以爲道路平易，豈欲子孫保守此道路乎？

昊天有成命

鄭氏論祭天地有郊丘之異，固不可盡信。至《昊天有成命》爲郊祀天地詩，《小叙》所言不誣也。朱子據歐陽《時世論》判此篇爲祀成王之詩，《通義》辨之允當。案：以成王爲王誦之謚，漢以來元有此疑賈誼《新書》引叔向言，以成王爲武王子。故韋昭《國語》注已辨之，不意先儒吐棄之說復見采取於歐、朱二公也。至「宥密」二字，《外傳》訓「宥」爲「寬」、「密」爲「寧」。鄭箋申其意云：「寬仁所以止苛刻，安靜所以息暴亂。」甚爲正當。朱《傳》改訓「宥」爲「宏深」。近世楊用修非之，良有見也。案：「宥」字，《說文》本訓「寬」，其見於經典者《易》云「宥罪」，《書》云「流宥」、「宥過」，《周禮》及《王制》皆云「三宥」，盡取「寬」義。而《南華》亦有《在宥》篇。彼《釋文》云：「寬也。」蓋「宥」字義止一寬盡之，更無他訓。朱子因「寬」而轉爲「宏」，又因「宏」而轉爲「深」，全是遷就經文以入己說耳。況寬仁安靜乃是帝王御世大德，與《書》「臨下以簡」、「御衆以寬」同義。一二字足垂法千古，所以爲經也。宏深靜密，取義不已迂乎？輔廣演爲四義，尤可哂也。

毛傳釋《昊天有成命》純用《外傳》叔向語，鄭箋亦因其解，獨「熙廣」、「純固」，則破「廣」爲「光」，「固」爲「故」。蓋因《外傳》訓字皆同《爾雅》，「廣」「光」、「固」「故」必以音近而誤，故改之也。然《外傳》又云：「廣厚其心以固和之。」又云：「終於固和。」而毛氏引之，亦作「廣」、「固」，不應數處同誤。況「以固和之」終於「固和」，若「固」爲「故」，則二語不詞矣。鄭之破字殆非也。案：韋昭注《國語》「熙廣」用鄭説，「固和」則否，豈非以「固」字本無誤乎？源又謂「熙」之訓「廣」，《詩》、《書》多有之，乃字義之常也，亦不必更改。

我將

《我將》兩「右」皆訓「助」，諸家所同也。朱《傳》釋爲右手之右，云：「右，尊也。」此好新之過也。於「維天其右之」云「天降而在牛羊之右」，天與牛羊叙尊卑乎？真屬戲論。於「既右饗之」云「文王降而在此之右」，不知此字何所指？文義難通矣。案：「右」字本訓「助」。其作「佑」者，徐鉉以爲後人妄加也。此詩《釋文》云：「右，本亦作『佑』。」

右手字本作「又」，象形。其「右」字則爲「助」義。《詩》「左右流之」、「保右命爾」、「保右命之」、「維天其右之」、「既右饗之」、「日右叙有周」、「既右烈考」、「亦右文母」，諸「右」字皆「助」也。古經「右」、「助」字俱如此，他典多添旁作「佑」，當是衛包所改。《詩》「右」字偶未改耳。朱《傳》於《周頌》「右」字皆訓右手之右，又轉爲尊義，殊費迂回。胡其不講於小學也。

祭天用特牲，而《我將》明堂享帝之時乃兼言牛羊。孔疏以爲配者用太牢，故得有羊。又言《夏官・羊人》「釁積供羊牲」，積是積柴，然在釁下則是槱燎非祭天，故有羊牲，以見此詩「維羊」乃爲配享而設非享帝所用也。辨之亦詳確矣。華谷用《詩故》之說，亦引《羊人》文證祭天有羊牲，不如孔義之當。

時邁

「莫不震疊。」傳云：「疊，懼也。」疏云：「《釋詁》文。彼『疊』作『慴』，音義同。」案：《說文》：「慴，懼也。讀若疊。」是疊、慴二字同音可通用也。徐鉉「疊」徒協反，「慴」之涉反，分爲兩音。《詩》、《雅》釋文亦然。〔一〕古今異音如此，孔所據乃古音。又《爾雅》郭注云：「慴，即懾也。」然《說文》懾、慴各一字而音同。

「明昭有周，式叙在位。」《韓詩外傳》引之者凡四，皆以爲任賢稱職之證，與毛鄭義相符矣。《集傳》以「在位」爲諸侯，以「式叙」爲慶讓之典，較切巡狩時事。

執競

「執競」、「無競」，二「競」義本同也。無競，猶不顯，反詞也。《集傳》云：「武王持其自彊之

〔一〕「雅」，原作「惟」，據庫本、張校本改。

心，故其功烈之盛天下，莫得而競。」則下「競」字乃「争競」之「競」，非自彊之競矣。又天下之競，非武王之競矣。豈不毫釐千里？

吕叔玉《周禮注》以《時邁》、《執競》、《思文》爲三夏。先鄭引之，而康成不從。韋昭、杜預注内外《傳》，與吕説小異而大同，皆以《肆夏》、《昭夏》、《納夏》當此三詩，不如康成所見卓矣。朱子取吕、韋二注語載之《集傳》，意在與鄭箋立異也。然既遵吕説，則《執競》乃《昭夏》，周公制周禮時已著爲樂章，令鐘師奏之。乃又謂成、康爲二王之謚，而《執競》是昭王以後詩。夫周公所定樂章安得預歌昭王詩哉？前後語自相戾矣。劉瑾謂《時邁》、《思文》信爲《肆夏》、《納夏》，而《執競》之爲《昭夏》則否。蓋不敢斥言其非，而又難於彊飾，故作此騎墻語。

思文

「貽我來牟。」鄭引僞《大誓》「赤烏以穀來」語證之。後儒以爲妄説而不用，謂貽是稷以貽民，非天以貽武，似矣。然《説文》云：「來，周所受瑞麥來麰也。天所來也。」《漢書》劉向引此詩作「釐麰」，云：「釐麰，麥也。始自天降。」皆言天賜之，不言稷播種之也。向又言武王君臣「以和致和而獲天助」，意與鄭同。又此詩及《臣工》篇皆特舉「來麰」，不旁及餘穀，與他詩泛稱嘉種語意自殊。則赤烏銜穀之祥，當時容或有之，不得以涉于符瑞而概斥其誣也。又此詩上四句言后稷粒食，斯民復其常性，下四句言天以后稷養民之功，賜武王以嘉祥，使有天下。兩意相承也。若如後儒之説，謂后稷貽民以來牟之種遍養下民，則仍是「粒我烝民」之意。謂陳其君臣父子之常道於中國，則仍是「莫匪爾極」之意，詞旨不冗複哉？况后稷播種，其爲嘉穀多矣，何獨取「來牟」一物鄭重言之也？又案：來牟，大麥也，是一穀之名。《吕覽》、《説文》及劉向封事，其説皆同。《韓詩》「貽我嘉麰」，薛君云：「麰，大麥也。」見《文選》注。班固《典引》曰「元秬黄麰」，亦以爲一物矣。惟《廣雅》分爲大小二麥，來，小麥。牟，大麥。朱《傳》、嚴《緝》從之，非是。

《時邁》、《思文》皆言「時夏」。箋云：「樂歌之大者稱夏。」又云：「夏之屬有九。」韋昭《國語》注亦云：「樂章大者曰夏。」是稱樂爲夏，古有此名也。《集傳》釋「夏」爲中國，且謂《肆夏》、《納夏》因「時夏」語得名。然則《執競》不言「夏」，何以名《昭夏》乎？

臣工之什

臣工

《臣工叙》云：「諸侯助祭遣於廟也。」朱子非之，而以爲戒農官之詩。夫戒農官何與於祭祀而編之於頌乎？况合之經文，未見其然也。經先戒臣工，後戒保介勸農之詞，獨詳於保介耳。其戒臣工全不及農事也。又臣工者，有位之通稱。保介者，鄭箋《詩》及注《月令》皆以爲車右。高誘《吕覽注》以爲副倶，不云農官也。朱子欲證成戒農官之説，特取高誘注而益之曰「農官之副」。凡官有長必有貳，何由知此副定屬農官乎？且農官之正安在？乃獨戒其副乎？

「維莫之春。」疏謂是周之季春而夏之孟春。一引《月令》及農書證耕事當在建寅之月，不當遲至夏之季春。一引《王制》及《明堂位》證諸侯朝祭同在夏之孟月，助祭而遣應以孟春。援據甚詳確。後儒多易之，左矣。至朱子初説言商周改正朔但爲歲首，其朝祭猶用夏正。夫朝祭大事，不用本朝正朔，則所改之正將施於何用乎？

赤烏所銜惟來牟一穀，周以爲受命之瑞，故獨著於《思文》，而《臣工》詩又特稱之。下又言「帝命」，言上帝正見其爲天賜也。若謂后稷播植之，則當如《生民》、《閟宫》二詩，廣舉諸穀名以美大其功矣。

「命我衆人。」朱《傳》曰：「衆人，甸徒也。」案：周世「甸徒」有二：《禮記·祭義》「五十不爲甸徒」，是指四丘之甸所出長轂一乘之甲士步卒從君蒐狩者也。《周禮·天官·甸師》「徒三百人」亦名甸徒，用以耕槈王耤，《國語》所云「庶人終畮」者是已。《臣工》詩不言獵，亦不言耕耤，朱《傳》所謂「甸徒」不知何指，述朱者何竝無申釋也？

《管子》曰：「農有一相一銚，音姚。一鎌音廉。一槈，一椎一銍，然後成農。」而銚、槈、銍三器皆見《臣工》詩。銚，即《詩》之錢也，用以耕。槈，或作「鎒」，俗作「耨」，即《詩》之鎛也，用以耘。銍，《詩》亦名銍，用以穫。今備覈之。《爾雅》「斛謂之疀」，郭云：「皆古鍬鍤字。」斛，《説文》從斗作「斛」，引《爾雅》亦作「斛」，土雕切。鍤，《說文》云：「斛也。楚洽切。」徐曰：「鍬、鍫、銚、斨、鐰，皆同一字。」案：鍬，七遥反。邢疏音秋。《詩》釋文云：「銚，七遥反。何士遥反，沈音遥。」《方言》又有斛、鏵、鍏、臿、畚、喿、梩諸名。《世本》云：「垂，作『銚』。」以上爲名甚多，實與「錢」一器矣。《爾雅》「斪劚謂之定」，李巡云：「鉏别名。」郭璞云：「鉏屬。」《詩》疏引《釋名》云：「鎛，鉏頭也。」《廣雅》云：「定謂之槈。」《呂氏春秋》云：「槈六寸以間稼。」高誘以爲「耘苗之器」是也。《世本》亦以爲垂作之。《考工記》「段氏爲鎛器」，然則鎛也，斪劚也，定也，槈也，鉏也，一器也。《爾雅》又云「斫謂之鐯」，張略切。郭云：「钁也。」而《說文》以钁爲大鉏，此又鎛之同類而稍别者與。銍，《釋文》、正義皆引《釋名》、《說文》解之，劉云：「穫禾鐵也。」許云：「穫禾短鎌。」又《小爾雅》「截穎謂之銍」，亦言穫也。獨此器無名，傳云：「錢，銚。鎛，鎒。銍，穫也。」銚與鎒廣其名穫，言其用矣。又案：錢本田器名，即淺切。後世借爲貨泉字，讀如全，他書史皆然，惟此詩「錢」字猶存本音本訓。

噫嘻

《噫嘻》篇「昭假」，鄭引《堯典》「光被四表格于上下」釋之，言能成王業，其德著且至也。朱《傳》引《書》「格汝衆庶」，則脱去「昭」義矣。

「既昭假爾。」「爾」字毛、鄭俱未有所指。孔述毛云：「王之政教光明，至於天下。德既光明，顯著如此。」以「如此」二字代「爾」字，句法較穩。嚴《緝》引錢氏云：「爾，語詞。」正祖孔意。朱子初説以「爾」指上帝，《集傳》以「爾」指田官，均未安。

「駿發爾私。」朱《傳》云：「溝洫用貢法，無公田，故皆謂之私。」此言殆非是。井田有公田，故在民者以私別之耳。鄉遂之田既無君民之分，豈得名之以私哉？毛傳云：「上欲富其民而讓於下，欲民大發其私田。」孔疏申之，以爲《大田》「雨我公田，遂及我私」，是民意之先公也。此云「駿發爾私」，言不及公，是王意之讓下也。此見盛世君民相愛之情。傳、疏義優矣。又朱子以溝洫法論此詩者，説本鄭箋耳。鄭因《詩》「三十里」、「十千耦」適合一川萬夫之數，當是每三十里分爲一部，設一主田吏，即此詩農夫也。故引《地官·遂人》文證成其説，似專指鄉遂貢法矣。然疏謂「萬夫」，乃四縣之田，六遂三十縣爲七部猶餘二縣，蓋與公邑采地共爲部，何者？《遂人》云「川上有路以達于畿」，鄭云：「至畿則中有都鄙，遂人盡主其地。」是都、鄙與遂同制，此法故知其共爲部也。據此，則鄭所謂「一川萬夫」，應兼鄉、遂、都、鄙言。井田八家之衆亦在其内矣。朱子專用溝洫爲説，祖鄭而未究厥旨。

康成之説，巧合《詩》語。然論此詩本旨，不如傳義之平正也。傳云：「終三十里，言各極其望也。」王肅申之：「三十里天地合，所之而三十則天下遍。」疏亦謂「人自所望極於三十，每各極望則遍及天下」。萬爲盈數，故舉十千，非謂三十里内有十千人也。不拘拘以夫田之數相配，最得之。

振鷺

《振鷺》詩「在彼無惡，在此無斁」，朱《傳》從鄭箋解之，義本勝。又載陳氏説以爲「彼不以我革其命而惡我，我不以彼墜其命而厭彼」，誤矣。此詩「我客」兼指二王後，周革商命，未嘗革夏命也。墜命者桀紂耳，非東樓與微子也。況彼墜其命是爲可傷，有何可厭？厭之非人情，在惡薄小人或有然耳，乃以無之自多乎？又無惡斁而有譽同指「客」，句法本相應。若「惡」屬「客」，「斁」屬「我」，則與有譽文義不貫矣。

豐年

《叙》云：「秋冬報也。」不言報何神。箋謂烝嘗，據《叙》秋冬詩祖妣文也。後儒各自立説，王氏以爲祭上帝，蘇氏以爲秋祭四方、冬祭八蜡，朱《傳》以爲田祖先農方社之屬，曹氏又謂大享明堂，四方、八蜡、天地、百神無所不報。諸説紛紛，皆無確證。案：宗廟之祭以展孝思，非報田功。鄭云「烝嘗」，未可信也。報祭上帝即大享明堂爾，歲止一祭，不容分用秋、冬兩時。況明堂樂章已有《我將》，何又歌《豐年》？田祖之祭在孟春吉亥，不在秋冬。又是祈祭非報祭，至秋報社稷當歌《良耜》，不應又以此詩爲樂章。此皆失之顯然者。王、曹與《集傳》之説俱未必然也。蘇氏以爲方蜡，或近之。其饗農致天地百物，則總於八蜡中矣。

《豐年叙》，朱子《辨説》譏其誤，及爲《集傳》，仍用《叙》説，蓋細思之知其不可易也。朱克升

《疏義》謂《集傳》初本作「穀始登而薦於宗廟」，濮一之、胡一桂、輔廣俱宗此說。改本作「報賽田事」，趙氏以此說爲是。而以初本爲是。殊不知穀登而薦者即《月令》「嘗新薦廟」之事也。稷菽麻麥皆有薦，何無詩乎？且此詩稌黍竝言，將以薦黍乎？薦稌乎？二穀又不應同薦矣。晦翁已悟其非而改，克升尚執爲是，非善述朱者也。劉瑾疑朱子既謂《叙》誤，猶用其說，是後來所改有未盡。豈未見初說乎？

「亦服爾耕」、「亦有高廩」，二「亦」字鄭皆訓爲「大」義，本《釋詁》。但彼「亦」作「奕」，孔疏以爲音義同，古字容有然矣。源又謂「亦」者旁及之詞，《噫嘻》之「服耕」與上「駿發」同意，《豐年》之「高廩」即上黍稌所藏，皆非旁及之事，惟訓「大」爲允當也。鄭意應爾，而疏無發明，故辨之。

有瞽

《叙》云：「始作樂而合乎祖也。」《武叙》云：「奏大武也。」《酌叙》云：「告成《大武》也。」此三頌，疏以爲一時之事。今以《酌》箋觀之，殆不然。箋云：「周公居攝六年，制禮作樂，歸政成王，乃後祭於廟而奏之。其始成告之而已。」據此，則告成當在居攝之六年，《酌》是也。合樂奏《武》當在成王即政之初，《有瞽》及《武》是也。疏失箋意矣。又《武》頌，奏《大武》而已。《有瞽》箋曰：「合者，大合諸樂而奏之。」是所奏不止於《大武》也。《維清》疏云：「大合諸樂乃爲此舞。」則文王之《南籥》當亦奏於此時。又《春官·大司樂》「以六舞大合樂」，注謂「徧作六代之樂」，而此箋亦言「大合諸樂」，則《叙》所云「始作樂」，是始作《大武》。所云「合乎祖」，是以《大武》而與諸樂合奏之爾。疏謂經「止説周之樂器」，當獨奏《大武》。「合樂」者，合諸樂器，非合異代之樂。此未必鄭意。諸器畢備，特作樂之常，何云「大合諸樂」也？況經所言，惟縣鼓是周制耳，餘器則《虞書》、《商頌》已有之，豈專爲周樂設哉？

《有瞽》釋文云：「無目眹曰瞽。眹，直謹切。」案：《説文》：「眹，目精也。从目，关聲。勝、賸皆从朕聲，疑古以朕爲眹。」許所謂古，其古文乎？「朕」又作「眲」，《後漢·盧植傳》注云「無目眲曰瞽」是也。又案：《靈臺》傳以有眸子爲矇，而《有瞽》箋釋「瞽」爲「矇」，則瞽非無眹者矣。《説文》「瞽」字注亦云：「但有眹。」俱與此《釋文》異。《靈臺》疏又以「瞽」爲矇瞍之總名，此皆以意分别，不可執也。《廣雅》云：「瞽、矇、瞍，盲也。」殆通稱耳。

潛

《爾雅·釋器》云：「槮音糝，又霜甚反。《説文》作「罧」，所今切。《字林》山沁切。謂之涔。」潛同，又音岑。毛之傳《詩》本之《小爾雅》。《廣獸》云：「櫓，槮也。積柴水中而魚舍焉。」李巡、孫炎、郭璞注《爾雅》皆本之。是「潛」之爲取魚器也古矣。王介甫謂積柴取魚，疑於盡物，不可爲訓，故改釋「潛」爲「取之深」。夫取之深而有多魚，殆幾於竭澤，獨不爲盡物乎？案：古人捕魚之具見於《詩》者，曰罾，曰梁，曰笱，曰罛，曰竹竿，曰九罭，曰罩，曰汕，曰綸，曰網，曰罶，併此詩之「潛」，凡爲名十有二。其中如梁之堰水，是爲絶流。罛之細目亦同於數罟，不僅積柴爲盡物矣。

《潛》篇，朱《傳》引《月令》「季冬天子嘗魚先薦寢廟」及「季春薦鮪」之文。輔廣辨之曰：「今《月令》但有季冬至寢廟之文而已，季春薦鮪及《叙》說也。」吁！季春薦鮪之文載在《月令》，人皆見之，廣獨不見邪？修《大全》者又筆其語於書，可嗤也。

鰷、鱨、鰋、鯉，箋云：「鰷，白鰷也。」孔疏無申述。案：《爾雅》「鮂，音囚。黑鰦音兹。」注云：「即白鰷，江東呼爲鮂者是也。」《韻會》云：「亦作『鯈』、『鮍』。《莊子》『鯈魚出游』、『食之鰌鮍』」，荀子「鯈浮陽之魚」，《淮南子》「鯈魚望之可見即之不可得」，皆此魚也。《埤雅》云：「鰷狹而長，似鱨而白，性浮。江淮之間謂之鰺。」羅願言此魚好游，故濠梁有魚樂之喻，理或有然。《本草》謂之鰲鰺同。魚，注云：「長數寸，狀如柳葉。」今俗呼鰲鰷，與鱨皆凡魚也，而鰲味尤不臧。《詩》徒取多魚，故不辨其美惡與？

雝

《雝叙》：「禘大祖。」呂《記》述之，良是。惟以「皇考」爲武王，「烈考」爲文王，則易古注。呂謂此詩推得禘之由而頌皇考爲獨詳，武王初有天下，宜當之。又烈考配文母而言，宜爲文王耳。源謂造周之功，文爲最盛，故《雅》、《頌》推本王業，恒詳文而略武。又烈考、文母，子母竝稱無嫌，古注本通也。朱《傳》不用《叙》義，《辨説》謂《詩》不及嚳、稷，則非禘大祖。若吉禘於文王，則與《叙》又不協。其以爲祭文王，則同於箋。惟謂武王祭之則異。然朱子初説實不如此。嚴《緝》云：「古注以皇考爲文王，烈考爲武王。」朱氏從之。既以烈考爲武，決非武王主祭矣。但朱子言禘素不主鄭學，初説祭文王，未審以爲何祭也。

宋李樗謂周穆王名滿而有王孫滿，襄王名鄭而有衛侯鄭，魯武公名敖而有公孫敖，證《雝》詩祀文王不諱昌之義。此非確證也。周人以諱事神，生時無諱也，廟既毀亦無諱也。衛侯鄭與襄王同時，不得有諱。此正與衛襄公名惡，而大夫有齊惡事同。《穀梁傳》所謂君子不奪人名，不奪人親之所名是也。昭七年。王孫滿當定王時，穆王已在三昭三穆之外。公孫敖當僖公時，武公已在三昭三穆之外。親盡廟毁，不得有諱，如《檀弓》謂「既卒哭，宰夫執木鐸以狗於宫，曰：舍故而諱新」是也。若周公定禮樂在居攝之六年，與此二義俱無當，何得取以爲證乎？然《雝》詩不諱昌，何也？曰：疏言之矣：「《詩》是四海歌頌之聲，本非廟中之事，故其詞不爲廟諱。及採之爲經典，所謂《詩》、《書》不諱，故無嫌耳。」孔語或近之。然則奏爲樂章，必更有釐定矣。益信古人詩樂分爲二教也。

載見

「鞗革有鶬。」鄭云：「鶬，金飾貌。」疏以爲即《韓奕》之「金厄」是也。朱《傳》取《烈祖》箋「聲和」語釋之，恐未當。彼言八鸞，故以鶬鶬爲聲耳。轡首之金有幾，而亦和鳴哉？況車上設鈐，本取其聲。革末垂金，止以爲飾。詩人稱美，義各有歸，宜乎訓解之不同也。何得移彼釋此？

「以孝以享，以介眉壽。」疏謂三言「以」者，皆以諸侯爲此。良是也。又謂孝、享、介、壽通爲一事，則未盡。案：三者雖皆指祭言，而義亦微別。孝者内盡其心，所謂合萬國之歡心也。享者外備其物，所謂三牲魚腊四海九州之美味也。介眉壽者，祭畢而受嘏，所謂小大稽首使君壽考也。此三者皆賴諸侯之助。

「綏以多福」，安諸侯以多福也。「俾緝熙于純嘏」，使繼續廣大其純嘏也。李氏之解本於鄭箋、孔疏，而「緝熙」義較優，總欲諸侯亦享其福耳。朱子初説以爲「均福於諸侯」，意本相同。後復變其説，與《烈文》篇「錫兹祉福」同解，未見其勝。

有客

「亦白其馬。」傳以爲「亦周」，箋以爲「亦武庚」。傳得之矣。先代之後，亦得如王朝自乘所尚，所以尊大之也。若駁武庚以美微子，恐非客所欲聞。詩人忠厚之旨，當不其然。

「且」字有四音。子餘切者，其本音也，《説文》訓「薦」。又七也切，此二音人所習聞。又音徂，《鄭風》「匪我思且」，《釋文》云：「存也。」「士曰既且」，《釋文》云：「往也。」又七叙切，音取，《韓奕》「籩豆有且」，鄭云「多貌」，《頌》「有萋有且」，毛云「敬慎貌」。而《韓奕》「有且」則兼菹、取兩音。《正韻》「且」字音慈庾切，而引《頌》「萋且」當之，誤矣。慈庾切應讀如聚，與取各一音。不知何本。

「敦琢其旅。」箋謂「以治玉比擇人」，蓋雕琢皆治玉之名，本於《爾雅》，非鄭氏臆説也。嚴《緝》據《棫樸》毛傳，謂雕、琢分別金、玉。雕本治金之名，其言「治玉」是鄭意非毛意，誤矣。《棫樸》詩「追琢」與「金玉」連文，毛姑即經文而分釋之耳，非「雕」字定訓也。此詩「敦琢」自當以《爾雅》爲正。案：雕、追、敦，字異義同。

「薄言追之，左右綏之。」追，送也。已發上道，王使追逐而餞送之，左右之臣又與燕飲安樂之。觀《韓奕》詩韓侯出宿而顯甫往餞，可見古禮如此。朱《傳》曰：「追之者，已去而復還之。」夫不留之於未行而追之於已去，往返僕僕，重勤嘉賓，恐古人無此待客之禮。又訓「左右」爲「無方」，説本蘇氏。賓禮掌於行人，郊勞贈賄皆有常儀，饗燕芻牢皆有定制，非可意爲厚薄也。安而留之，豈得無方乎？

「既有淫威，降福孔夷。」傳云：「淫，大。威，則。」鄭申「大」、「則」之義，謂用殷正朔行其禮樂如天子也。朱《傳》雖不訓「威」爲「則」，而意與毛、鄭同。至呂《記》、嚴《緝》俱載什方張氏語，以淫威爲誅武庚事，此最爲謬説。周家忠厚待人，其命微子也，但述成湯以聖德受命，勉其踐修。詞氣和平如骨肉相告語，竝無猜防之意。豈於其來朝，無故舉亂亡之禍以傷其心哉？後世智略之士稱揚朝廷威德以攝遠夷叛賊則有之矣，不聞忠厚之朝施此於象賢之裔也。

武

「嗣武受之。」毛訓「武」爲「迹」，謂嗣文王之迹而受之。鄭以爲「嗣子武王」，文義俱通。但《雅》、《頌》稱先王，皆以王配謚而言。其單舉謚，惟《江漢》「文武受命」、《閟宫》「至于文武」而已。彼二王竝舉，容或省文。此專目武王，不同彼例。且嗣子之稱雖對文王言，亦非所施於既殁之後。當以傳義爲正。

「耆定爾功。」疏謂宣十二年《左傳》引此詩云「耆昧也」，誤矣。「耆昧」者，引「於鑠王師，遵養時晦」而釋之耳，乃隨武子之言也。楚子引「耆定爾功」亦在宣十二年，然竝不訓耆昧。豈誤合二文爲一乎？

閔予小子之什

閔予小子

以武王崩，周公即攝政七年。歸政之後，成王廟見而作《閔予小子》、《訪落》、《敬之》、《小毖》四詩者，此毛公之意，而王肅述之也。以成王年十三免武王喪，將即政而朝廟，作《閔予小子》、《訪落》、《敬之》三詩，自言不堪任事，周公始居攝。其《小毖》一詩則作於歸政之後者，此鄭氏之説也。今觀之，鄭之誤有三焉。成王免喪年僅十三，自難躬親萬幾。周公大聖人，又其親叔父也，豈不知君德淺深，必待其自言不能方始居攝乎？誤一也。《頌》雖非成王自作，然必意嚮果如此，詩人乃述而歌之。觀三詩所言皆敬天法祖、勤學好問之事，十三歲童子意嚮如此，可謂天姿過人矣。何至惑於流言，疑忌周公，積年不悟？誤二也。又四詩《小叙》首曰「朝於廟」，次曰「謀於廟」，又次曰「進戒」，又次曰「求助」，蓋因朝而謀，因謀而進戒，因聞戒而求助。四《叙》語意相連貫，而皆稱「嗣王」，定是一時之事。鄭分前三詩在居攝前，後一詩在歸政後，相去七年。誤三也。則王義允矣。宋儒好貶鄭學，而《閔予小子》三詩獨從其免喪朝廟之説者，蓋謂周公居攝止行冢宰事，嗣王見廟臨群臣當在新立時，不應遲至七年後耳。不知公之攝政，縱未必踐阼負扆南鄉朝諸侯，然謂僅行冢宰事，未必然也。當是時，出則征伐四方，入則制禮作樂，以至建親藩、營洛邑，事事皆出公手，此豈尋常臣職乎？其訓於王，則曰「沖子」，曰「孺子」，曰「小子」，豈臣子對君之稱乎？非常之舉，非聖人不能行，故堯、舜禪讓，湯、武征誅，尹之放，公之攝，皆曠古一見之事。姦人托之以爲利，儒生諱之以爲誣，其不知聖人，一而已。源謂成王初免喪時非不祀先接下，但公方居攝，政非己出，不必有咨問之言。及歸政之後，親理庶務，自當從容延訪以盡下情，博采群言以裨治道。四詩正作於此時矣。

《閔予小子》四詩，朱子既謂免喪時作矣。及釋「甹夆」、「桃蟲」，又以爲指管、蔡事。輔廣述朱，亦以《訪落》篇「多難」爲指管、蔡。則是成王之疑公以至悟而迎公，皆在未免喪時矣。嘗考之《書·金縢》，殆不然也。周公居東二年，罪人斯得。二年以前，武王崩，管叔方在殷也，聞之而流言，言達於周而王疑，王疑而公出，不知幾閱月也。二年之後得罪人而王不悟，因作詩詒王。王見詩而猶不悟，始有風雷之警，又不知幾閱月矣。居喪二十七月，此王肅之說。除居東二年，前後僅三月耳，豈能歷此多故哉？況成王衰絰之中，不應服弁服也。宅憂諒陰，不應出郊也。公亦在衰絰中，不應迎以袞衣繡裳也。此皆理之難通者。然則四詩之作在七年歸政後無疑也。若成王初免喪，疑公方甚，安得有懲前毖後之言乎？

孔疏引《曲禮》云「天子在喪曰予小子」，以證《閔予小子》三詩是初免喪時作，非也。案：「予小子」，古天子之恒稱也。《召誥》、《洛誥》及《周官》載成王之言皆有此稱。作洛在攝政之七年，孔氏《書》傳、毛氏《詩》傳說同。除喪已久。至作周官在四征弗庭之後，則即政又久矣。又康王命畢公、穆王命君牙亦自稱「予小子」。《畢命》作於十二年，王在位久矣。《君牙》之作未詳何年，未必初立時也。《江漢》詩亦云「無曰予小子」，紀年謂伐淮夷在宣王六年，雖未必果爾，要非初即位事矣。此皆見於《詩》、《書》，歷歷可據者。《曲禮》之言，殊未可泥。

訪落

「庭，直也。」此《詩》、《書》常訓也。「陟降庭止」，言文王上事天、下治人，皆以直道也。「紹庭上下」，言繼文王之直道施於上下也。兩詩俱言「庭」，意相符合矣。朱《傳》以庭爲庭户之庭，「陟降庭止」既以「見羹」、「見墻」釋之，至《訪落》之「紹庭」二語，則云：「紹其上下於庭，陟降於家。」夫鬼神陟降於庭，本屬虚想，非實有其事也，將何以紹之？況「紹庭」二字亦不詞矣。又朱子解「陟降庭止」本用《漢書注》説，因謂顔監精史學而不牿於專經之陋，故獨得詩之本旨。源謂斯言不然。經義弘深，專精於是者尚詆其陋，反謂涉獵者得之乎？

艾，曆也。曆，數也。《釋詁》文也。鄭訓「朕未有艾」，轉「曆」而爲「數」，不如王氏訓曆之爲徑也。《集傳》謂如「夜未艾」之「艾」，則艾爲盡矣。又云「予不能及」，「及」與「盡」異義，當何適從乎？又此篇《集傳》本順文釋經，須語語相綴方得文義蟬連。中間脱去「維予小子」二語，殊屬疏忽。

敬之

疏謂周頌諸篇，皆當時實有其事，詩人見之而述爲歌，則作者主名不可考矣。《閔予小子》四篇當是一人手筆，《敬之》篇述成王君臣相告語之言，皆旁人代爲之詞耳。朱《傳》曰「成王受群臣之戒而述其言」，又曰「乃自爲答之之詞」，是直以此四詩爲成王作矣。

「陟降厥士。」士，事也，天之事也。二氣之運行，萬物之化育，皆天之升降其事也。朱《傳》曰「陟降於吾之所爲」，則與「日監在茲」意複出矣。

「莫予荓蜂，自求辛螫。」荓蜂，亦作「甹夆」，訓爲瘳曳。毛、鄭之解與《爾雅》同，其來古矣。訓爲「使蜂者」，王氏之謬説也。彼之《新經》、《字説》，皆此類耳。不意朱、吕大儒乃爲所惑。且安石之爲此説者，徒見下句言「螫」耳。然「辛」、「螫」竝言，豈辛者蜂之味耶？又「辛螫」，《韓詩》作「辛赦」，云：「赦，事也。」見《釋文》。可見經字元多借用，非有師授不能得其真。徒據今本而妄爲傅會，失之遠矣。

小毖

桃蟲，飛鳥之喻，泛言事理如此，當謹於微。詩名「小毖」以此，非有所指出。疏用王肅述毛言「將來患難當慎其小」，非悔不誅管、蔡。詩意良然。鄭謂成王悔不早誅管、蔡以至叛亂，此誤矣。管、蔡乃成王叔父，流言僅口語小罪，豈得輒加刑戮？況此時已挾殷叛矣。〔一〕以爲叛於居東後者，亦鄭之臆説，向讀《金縢書》已辨之。

鷦巧而危，故得巧雀、巧匠、巧女、巧婦、女匠、襪匠之名。而《荀子》説蒙鳩有苕折卵破之喻，即桃蟲也。小於黄雀，取茅秀爲巢。大如雞子，所須不過一枝。《爾雅》曰「桃蟲鷦其雌鴱」是也。先儒以爲鴟鴞、鸋鴂，亦此鳥矣。《小毖》箋合鷦與題肩及鴞三者爲一鳥，其以爲鴞者，即

〔一〕「挾」，原作「扶」，據庫本、張校本改。

鶚鳩之説。至曰「鴞之所爲鳥題肩」，則證成拚飛義也。然疏云事不知所出矣。案：陸璣謂桃蟲之雛化而爲鵰，焦貢《易林》亦言「桃蟲生鵰」。鵰與題肩皆鷙鳥，意與鄭同，其説當有本。

載芟

朱子《辯説》謂《載芟》、《良相》二詩未見有祈報之異。夫春祈秋報，總爲農事，故歷言耕作之勤、收獲之盛以告神明。而一則願其將來，一則述其已往，祈報意自在不言中矣。豈能句櫛字比，務與題意相配，如後世詩人較工拙於毫芒者哉？

《載芟敘》云：「春藉田而祈社稷也。」疏引《祭法》釋之，以此社是泰社。其《禮記・祭法》疏引《載芟敘》，則以此詩所祈是王社。兩疏皆出孔氏而説互異，較論之，《詩》疏義長矣。《詩》疏云：「《祭注》：『王爲群姓立社曰泰社，王自爲立社曰王社。』此爲百姓祈祭，當主於泰社。其稷與社共祭，亦當謂泰社社稷。」《祭法》疏云：「泰社在庫門内之右。王社所在，書傳無文。崔氏云：『王社在藉田，王所自祭，以供齍盛。』今從其説，《詩・頌》『春藉田而祈社稷』是也。」源謂《詩》主爲民祈祭，誠如疏言。況《詩》言主伯亞旅、婦媚士依，自説民間父子家室藉田終畝，惟甸徒三百人，乃庶人之役於官者，不應有此稱也。則藉田與祈社當各爲一事，《月令》「孟春躬耕帝藉，仲春命民社」，俱在春時。而社爲泰社無疑矣。至《郊特牲》疏謂社爲五土總神，稷是原隰之神，有社必有稷，稷壇在社壇西，或云在其北。據此，則王社在藉田，亦應有稷。《詩》疏以社稷共祭，定是泰社。又似王社不必有稷，説亦自相矛盾也。至崔氏之説，《通義》引《穀梁傳》語云「天子親耕」，故自立解。證之，其非無本，信矣。至蘇氏用以釋此詩《叙》，則未必然耳。又案：《周禮·大司徒》「設其社稷之壝而樹之田主」，注云：「田主，田神后土、田正之所依也，詩人謂之田祖。」疏云：「句龍爲后土配社，棄爲田正配稷。」此田主當在藉田中依樹木爲之。田主爲神農祭，尊可以及卑，故使后土、田正依之同壇共位也。賈氏以田主在藉田中，蓋亦本崔氏之説。

《載芟》篇「俶載」以下方及播穀，以上則甫闢其土也。華谷謂首言「芟」、「柞」，地尚有草木，當是新墾之田。理容有之。故「千耦其耘」，既耕而耘也，是去草木根株。「緜緜其穮」，既苗而耘也，是去苗間草。不獨箋、疏之解甚明，即經文前言「其耘」，承「芟」、「柞」之文，後言「其穮」，承「傑」、「苗」之文，二耘之不同，一覽而較如也。朱子初説「千耦其耘」，本從箋義。《集傳》改釋爲「去苗間草」，未審何意。劉瑾宗朱，亦指其誤。

「十千維耦」，謂萬人相與爲耦，當得五千耦也。「千耦其耘」，謂爲耦者千，當得二千人也。二文有辨。孔疏云。

「有嗿其饁。」傳云：「嗿，衆貌。」《釋文》勑感反。《説文》：「嗿，聲也。他感切。」音義俱不同。李氏曰：「嗿者衆人飲食之聲。」殆合毛、許二義而爲之説。然經文「嗿」字本指「饁」言，則是方饋時耳，何遽有飲食聲乎？不若毛氏《韻增》釋爲「衆聲」，不言飲食，足通毛、許之異，而經義亦合。

《載芟》之「婦士」，即《七月》之「婦子」也，皆謂行饁之人。婦女幼弱不任耕耘，則使之行饁，故彼詩「婦子」繼以「饁畝」之文，此詩婦士上承「嗿饁」之語。傳云：「士，子弟也。」義允矣。李氏以「婦」、「士」爲夫婦，恐非詩旨。

「有飶其香」、「有椒其馨」，古注目「酒」、「醴」言，玩文義亦當然。《集傳》云：「飶，芬香也。未詳何物。」是不欲以酒醴當之也。案：《説文》云：「飶，食之香也。」與《詩》注異。朱子其因此而致疑與？

「振古如兹。」毛云：「振，自也。」鄭云：「振，亦古也。」鄭義雖本《爾雅》，然不如毛之當矣。《集傳》訓「振」爲「極」，不知何本。況「極古」語亦未順。

良耜

「其饟伊黍。」箋謂「豐年之時賤者猶食黍」，而彭氏以爲「無珍味」，意相反。夫農夫豈食珍者耶？彭殆食肉糜之見也。《大全》偏録其語。

荼、蓼竝見《爾雅》。荼者，荼委葉也。毛、郭皆引此詩。〔一〕蓼者，薔虞蓼也。孔疏云。王肅皆以

〔一〕「毛」，原作「某」，據庫本改。

爲䕸本作「薉蕪」也，田中穢草也。草，而荼爲陸䕸，蓼爲水䕸，當矣。但未詳荼之性狀。《爾雅》「蒤委葉」，郭注引《詩》而外亦不著其形。今案《古今注》云：「荼，蓼也。紫色者荼也，青色者蓼也。其味辛且苦，食明目。或謂紫葉者爲香荼，青色者爲青荼。亦謂紫色者爲紫蓼，青色者爲青蓼。其長大不苦者爲高蓼。」或作馬蓼。此與王氏水、陸二䕸意同。朱子所謂辣荼，或即斯草。但不當以苦菜當之耳。

蓼雖䕸草，然古人飲食資其性味。《内則》烹雞豚魚鼈皆實蓼腹中，又切之以和羹膾，與葱芥等耳。漢史游《急就篇》蓼與葵韭蘇薑竝列於蔬品。《淮南子》亦云「蓼菜成列」，《説文》以爲辛菜。而《尹都尉書》有種芥葵蓼韭葱諸篇。見劉向《别録》。又《北史》蕭大圜云：「穫菽尋氾氏之書，露葵徵尹君之録。」又《漢書·藝文志》農家者流有《尹都尉》十四篇。有用也。《良耜》篇特以其妨稼故薅之。案：顔師古言蓼有數種，鋭而薄生於水中者曰水蓼，葉圜而厚生於澤中者曰澤蓼，一名虞蓼。《唐本草》謂虞蓼爲水蓼。蘇恭注云：「生下濕水旁，葉似馬蓼，大於家蓼。」韓保昇《本草》言：「蓼有七種，曰青蓼、香蓼、水蓼、馬蓼、紫蓼、赤蓼、木蓼。紫、赤二蓼葉小狹而厚，青、香二蓼葉相似而薄，馬、水二蓼葉濶大有黑點，木蓼亦名天蓼，蔓生，葉似柘葉。六蓼華皆赤白，子大如胡麻，惟木蓼華黄，白子，皮青滑。諸蓼皆冬死，惟香蓼宿根重生。」合此諸説觀之，唐、蜀二《本草》之水蓼，其即顔之澤蓼乎？《良耜》

所薅當指此草。孔疏引《爾雅》「虞蓼」之文以釋《詩》，而虞蓼、澤蓼，顔以爲一草矣。又案：蓼，字亦作「漻」。

絲衣

《絲衣》「載弁」，箋云：載，猶戴也。士助祭之服也。正祭視濯視牲，則使小宗伯。今使士，則非正祭矣，故爲繹賓尸。此《叙》與詩相符合有明證者也。朱《傳》改爲祭而飲酒之詩。夫祭而飲酒，正《楚薺》所謂「燕私湛露」，所謂在宗也。乃燕也，非祭也。燕飲樂章，不應列之於《頌》。

《絲衣叙》「靈星」，孔疏引《漢書》張晏注釋之。《漢・郊祀志》云：「高祖令天下立靈星祠，常以歲時祠以牛。」晏注云：「龍星左角曰天田，則農祥也，晨見而祭之。」又《後漢書・祭祀志》云：「漢興八年，高帝令天下立靈星祠，以后稷配食。」謂天田星也。」與班《書》晏注同。案：農祥即房宿，以霜降晨見東方，則祠靈星當在夏九月矣。《論衡》謂「靈星即龍星，又謂周制春雩，秋八月亦雩。今靈星乃秋之雩」。此語非是。雩正祭在巳月，祈祭則秋之三月皆可行，春秋非雩之正期。又雩祭祭五精帝，非祭靈星，不得合爲一祭。且八月龍星未見，安得而祭之？《通典》亦言周制仲秋之月祭靈星於國之東南，殆襲充之誤也。《玉海》云：「《周書・作雒》：農星皆與食。」今《周書》云「日月星辰皆與食」，不云「農星」。《玉海》據宋本，當不誤矣。

祊有二種：一是正祭時既設祭於廟，又求神於廟門之内。《禮記・郊特牲》「索祭祝於祊」及《小雅・楚薺》「祝祭於祊」是也。二是明日繹字亦作「襗」。祭時設饌於廟門之西室，《郊特牲》「祊之於東方失之矣」及《頌・絲衣》是也。繹與祊同時，而繹其大名也。廟門外之西有堂有室，繹於堂以接尸，祊於室以祭神。是日祭禮簡，接尸禮大，故《絲衣叙》繹賓尸、《春秋》宣八年壬午猶繹，皆言繹而不言祊。《特牲》疏云：「『自堂徂基，自羊徂牛』，是祭神也。『兕觥其觩，旨酒思柔』，是接尸也。故知事神禮簡，接尸禮大。」

「不吳不敖。」「吳」字有胡化、下快、五乎三切，而義同。胡化切者，何音也。下快切者，陸音也。俱見《釋文》。五乎切者，徐音也，見《説文韻譜》。陸、徐兩家説「吳」字俱據《説文》而音形各異，正未知誰合古義耳。《釋文》云：「吳，舊如字。《説文》作「吴」。吴，大言也。何承天云：『吳字誤，當作吴。从口，下大。故魚之大口者名吴，胡化反。音樺。此音恐驚俗也，音話。下快切。』」今《説文》云：「吳，姓也，郡也。一曰大言也。从矢阻力切，傾頭也。口，五乎切。音吾。」徐鍇曰：「大言，故矢口以出聲。《詩》曰：不吳不揚。今寫詩者改『吳』作『吴』，又音乎化切，其謬甚矣。陸引《説文》作『吴』，而今本从矢口。」然則今《説文》「吳」字豈徐氏所定乎？至於口下大及胡化切，説本何承天，其來已久。徐氏謂今人寫《詩》之謬，殊不可解。又大言何須仄口，不如口下大取義明捷，何説較優也。但《史記・武本紀》引《周頌》作「不虞不驁」，《趙世家》索隱亦言古虞吴音相近，故舜後封虞亦姓吴，虞本以吴得聲，古字通用，多取音形仿彿。又似從矢口五乎切爲得也。黄氏《韻會》虞、卦兩韻收「吴」字，禡韻收「吳」字，而於虞韻取徐説，於卦韻、禡韻取何、陸二家之説。不辯其孰是，得闕疑之道矣。近世楊慎《古音略》從何音「樺」作「吳」，亦從陸音「話」。陳第《古音考》從徐音「吾」作「吴」，殆一偏之見也。又案：孔疏述毛，《絲衣》「吴」字作「娱」，云：「人娱樂必讙譁，故以娱爲譁。定本作『吴』。」《泮水》「吴」字依王肅作「誤」，云：「誤與傷爲類，故以揚爲傷，謂不過誤、不損傷也。」毛傳不破字，而兩詩「吴」字，一以爲「娱」，一以爲「誤」，皆離於本訓。然娱、虞同爲樂義，與《史記》合。娱、虞、誤皆諧吴聲，古字多假借，文同不妨義異。毛公得於師授，説必有本，得其義可勿泥其文。從「大」從「矢」，非經旨所關，兩存之可也。

勺

「遵養時晦。」毛以「遵」爲「率」，「養」爲「取」，謂率此師以取闇昧之紂，指武王言也。鄭以爲追美文王，言養紂而老其惡。案：《左傳》宣十二年晉隨會引此詩證「攻昧」之義，而解之曰：「耆，昧也。」注云：「致討於紂。」則「養」之訓「取」，春秋時已爾。毛義有本也。永叔曰：「退自循養，與時俱晦」。後儒多從之。語雖美，恐非詩旨。況以此語指武王，愈不得言養晦。五年須暇，姑緩紂誅耳，何嘗自晦哉？

釋《勺》頌者多異説，而傳爲正矣。傳意云「於」，美武王之師也。率此師以取是闇昧之紂，於是周道大光明矣。是用天下無不助之，所以然者，因我周之受殷，用天人之和，「龍」訓「和」，辨見《商頌》。不以彊力也。蹻蹻然有威武者，武王之所爲，則用之使後世有所承嗣，實維爾之事，信得用師之道矣。「大介」、「有嗣」，參用歐、蘇説述之。餘皆疏義。

桓

《書·牧誓》云「桓桓」，而《詩》亦有《桓》頌。《書·武成》云「大賚」，而《詩》亦有《賚》頌。名雖同，義實別矣。《牧誓》勉將士，而《桓》頌美武王。《武成》言賑賜，而《賚》頌謂封建也。

賚

《叙》云「大封於廟也」，封於文王之廟，故述文王之勤勞以勸敕諸侯也。朱《傳》本遵《叙》，獨首句云「此頌文、武之功」，與經文殊不相合。劉瑾謂朱《傳》頌文、武之功，亦如《大武》兼頌文、武之德。不知《大武》篇經文文、武竝言，此篇經文言文不言武，豈可相例耶？朱《傳》「文武」當作「文王」，定是傳寫之誤。

《賚》、《般》二頌皆云「時周之命」，言此周之所以受命也。一則由於勤勞天下，一則由於懷柔百神，各承上文而明其致王之由耳。《集傳》於《賚》頌云「凡此皆周之命而非商之舊」，於義短矣。周之代商，當世共知，何煩作驚喜之詞以自夸詡耶？

般

「裒」字三見《詩》，《常棣》、《殷武》及《般》頌是也。三「裒」字，毛皆訓「聚」，鄭則《般》頌獨訓「衆」。案：《爾雅》云：「裒，聚也。」又云：「裒。衆多也。」聚則必多，二義相成，鄭不爲易傳矣。《韻會》謂「裒」通作「掊」，引《易》「裒多益寡」，古《易》作「掊多」爲證。案：古《易》「掊多」，見《易》釋文及《玉篇》，誠有之。然「掊」乃把取義，與《詩》「掊克」義同，非此三詩之「裒」。又字或作「襃」。「襃」乃襃揚字，博毛切。當是借用。

皇清經解卷八十二終　嘉應生員邱翀校

毛詩稽古編　卷二十四

吴江陳處士啓源著

魯頌駉之什

《魯頌》四篇，箋、疏以爲作於文公時。宋世説《詩》者以《泮水》、《閟宫》二詩多祝願之詞，疑爲僖公時作。不知僖公居位最久，故有「難老眉壽」之稱。至「萬有千歲」語，特頌美過其實耳，非必生前之祝願也。《叙》言「季孫行父請命於周而史克作頌」，孔疏謂「僖公在時不應請命於王自頌己德，故知作於文公時」。斯言良是。且非直此也，季孫行父文六年始見《春秋經》，至襄五年而卒，卒之年去僖公之薨凡五十九歲。當僖公世，行父方在童齡，安能任請命之役乎？又《禮記》《檀弓》。疏引《世本》，行父乃公子友之曾孫。云：友生齊仲，齊仲生無逸，無逸生行父。據《春秋》杜預注、范甯注，則行父是友之孫。友爲僖公季父且事僖，其孫及曾孫未必仕於僖公世也。

駉

牧馬坰野，無妨田作，不必言務農而務農在其中矣。飲酒胥樂，情禮優厚，不必言有道而有道在其中矣。使人得之於言外，此所以爲善頌也。朱子譏《叙》爲鑿，徒以其詞而已。夫古人作詩多微詞渺恉，言有盡而意無窮，豈如後世記事之文、講學之語哉！

「駉駉牧馬」。疏云：「牧馬，定本作『牡馬』。」《詩考》云：「河北本作『牧馬』。」可見古詩牧、牡二字迭用。今本注疏作「牡」，餘本同。惟呂《記》首章作「牧馬」。

《駉》篇所説馬名凡十有六，其七《爾雅》無文而賴傳以明，驪、黄、騂、騵、雒、驔、騏也。然傳云「豪骭古案切，脚脛也。曰驔」，疏以爲「骭毛白長」。《説文》云：「驔，驪馬黄脊也。」所言物色互異。其騂則傳云「赤黄」，《説文》云「赤色」。騏則傳云「倉祺亦作「騏」。」。《説文》云「青驪文如博綦」，及驪之「純黑深黑」、騵之「赤身黑鬣」與「赤馬黑毛尾」，皆稍異而不甚相遠。惟黄與雒，《説文》無釋。要之毛先於許，當以傳爲正矣。又案：驪、騵二名亦見《爾雅》，但未解其毛色耳。而驔馬則與《爾雅》之驓《釋畜》云：「四骹皆白驓。骹，口交切，脛也。驓音增。」物色相類，豈一馬而兩名與？又案：十六馬中，其驪、皇、黄、騏、駱、駰、騵七者别見他詩，惟《小戎》之騏、《東山》之皇、《四牡》之駱、《皇華》之駰有傳。皇、駱、駰，傳云「《駉》同」。騏則彼傳云「騏文」，此傳云「倉騏」。彼疏疏謂「青黑色名綦，馬名騏，亦作『綦文』」。此疏謂騏是黑色，倉騏青而微黑也。則二傳義亦同。又《四驖》傳以「驪」訓「驖」，驖、驪皆黑義，亦同此傳。

騂，本作「騂」，從馬，觲息營切。省聲。馬赤色也。惟《駉》篇有「騂」當此義。「騂騂角弓」，當作「觲」。「騂牡」、「騂黑」、「騂剛」皆當作「牸」。又「有莘其尾」，當作「觲」。

《駉》四章分配良、戎、田、駑四馬，本毛傳之説，而孔氏申之云：「良馬以朝祀，故云『彭彭』，言有力有容也。戎馬齊力尚強，故云『伾伾』，言有力也。田馬齊足尚疾，故云『繹繹』，言善走也。駑馬給雜役，貴其肥壯，故云『祛祛』，言強健也。」義允矣。後儒説《詩》罕用其説，惟宋張文潛衍其意云：「良馬以朝祀故云『斯臧』，戎馬尚強故云『斯才』。臧言其德，才言其用也。田馬尚疾故云『斯作』，駑馬給雜役故云『斯徂』。作者習其動止之節，徂則足以行而已。」於義更暢。惟「斯作」與毛異耳。毛訓「作」爲「始」，謂同於古始也。

有駜

「鷺于下」、「鷺于飛」，猶云載飛載下也。指鷺鳥言以興潔白之士也。《周頌・振鷺》取義亦同。今以「鷺」爲「鷺羽，舞者所執」，而「于下」、「于飛」爲舞者之容，特見下文「鼓鼘鼘」、「醉言舞」，故作是解耳。然則次章「醉言歸」，是執鷺羽以歸家乎？

「屢舞僊僊」、「屢舞傞傞」，《小雅》以爲刺。「鼓鼘鼘，醉言舞」，《魯頌》以爲美。彼之舞以醉而越於禮，此之舞以醉而盡其歡也。盡歡而能不越禮，斯善已。然詩人已防其過也，故次章即繼之云「醉言歸」，正《賓之初筵》所謂「既醉而出，竝受其福」者也。

泮水

《泮水》、《閟宮》兩詩述僖公武功，皆因人成事耳。伐淮夷，鄭《譜》以十六年會淮當之。孔疏申其意，謂淮夷近魯，霸者獨令魯伐之，應在十七年之末。經傳無文者，因舊史脱漏之故。「戎狄是膺」疏亦以爲史文脱漏，或十年齊伐北戎，魯使人助之，帥賤師少，故不書。其説或然。然源謂十三年會鹹、十四年城緣陵皆爲淮夷病杞，十六年會淮亦謂淮夷病鄫，魯實從役，斯亦伐淮夷之一證也。而會鹹之舉亦因王室有戎難，秋爲戎難，故諸侯戍周。十六年又以戎難，故諸侯戍周，詎非膺戎之事乎？作頌者夸大其詞，掠人之美，歸功於君，臣子之常情耳。成二年鞍之戰、襄十八年平陰之役皆借晉力也，而季文子立武宫以示後世，季武子以所得於齊之兵作林鐘而銘魯功焉，正祖史克之故智也。朱子以爲祝願之詞，殆不然。僖公時齊、晉相繼而霸，攘除四裔，實有其事。會盟征伐，魯悉與焉，豈徒祝願哉？

「頖」、「泮」一字而異形。《王制》、《明堂位》、《禮器》皆作「頖」，《魯頌》作「泮」。《詩》釋文作「頖」，云：「本又作『泮』。」頖、泮信一字矣。頖宫之爲學名，見《王制》、《明堂位》，而《魯頌》「獻馘」、「獻囚」等語又與《禮》「將出征，受成於學，反以訊馘告」之制合。則爲學名無疑矣。戴埴據《通典》魯郡泗水縣有泮水，謂僖公築宫於泮水上，因名泮宫。泮宫非學名。近世楊用修深信之，然實非也。泗水縣今隸兖州府，泮水一名雩水，源出曲阜縣治西南，西流至兖州府城，東入泗水。見《一統志》，信有然矣。但水以泮宫故名泮，以舞雩故名雩，俱起於後世，殆好事者取經語以名水耳。水因《詩》而得名，反執水名以亂《詩》説，何其惑也？用修又引《左傳》「晉侯濟自泮」語以證此詩泮水，則益誤。襄二十五年《左傳》：「晉侯濟自泮，會於夷儀。」夷儀，衛地，今順德府邢臺縣也，夷儀故城又在縣西百二十里。晉都今太原府，平公自西來，濟泮始至夷儀，則泮水又在夷儀西矣。北直之邢臺與山東之曲阜相去甚遠，《左傳》之泮水在晉、衛間，與魯無涉。而《通典》之泮水發源曲阜而入泗，始終不出魯境，安得經流晉、衛間？用修引此證彼，彊合二水爲一，疏矣。總之，璧廱、頖宫爲天子、諸侯學名，有圜水、半水之異。漢儒近古，定有據而言之。後人好爲異説，適見其陋也。宋胡仁仲欲解《靈臺》、《文王有聲》二詩璧爲君、廱爲和，夫「於樂君和」、「鎬京君和」，成何文義哉？

「旆茷」，疏云「古今字」，則此詩「茷茷」，即《出車》之「旆旆」矣。毛公《出車》傳云：「旆旆，旒垂貌。」《泮水》傳云：「茷茷，言有法度也。」語殊而義合。今用李氏説，兩詩皆訓「飛揚貌」，與毛正相反。夫旂幟飛揚，正可得市童憐耳，豈詩人所樂觀哉？又「茷」字誤作「筏」，辯見《附録》。

茆，《釋文》云：「音卯，徐音柳。」《説文》云「力久切」，《玉篇》云「閭酉切」，皆同徐。《集傳》叶謨九反，不知何本。朱子叶《詩》全用吴棫《韻補》，此字吴亦力九切，朱子弗從，未審其故。又毛晃謂音卯者從寅卯之卯，蓴菜也。音柳者音申酉丣。之酉，蒲茆也。此殆臆説。

茆，今之蓴菜也。《周禮》醢人供茆菹以爲朝事豆實。毛傳《詩》、鄭注《周禮》，皆云「鳬葵也」。《釋文》引鄭小同云「江南人謂之蓴菜」是已。陸疏亦以爲蓴，又云「或謂之水葵」。案：蓴，亦作「蒓」。《顔氏家訓》謂蔡朗父名純，諱蒓爲露葵，即此菜矣。《陶氏别録》列於下品，葉如荇而圜，華實亦如荇，莖紫，大如箸，柔滑可羹魚，但不可與鱔鼈同食，食者成病。見《爾雅翼》。春夏莄莖未葉名稚蓴，葉稍舒名絲蓴，至秋老名葵蓴，或作豬蓴，又譌爲瑰蓴，爲龜蓴。顔之推以豬蓴爲荇，蘇恭從之。宋馬某修《明寶本草》，始辯其非當矣。又《後漢·馬融傳》注引《廣雅》「茆鳬葵」，而云：「葉圜似蓴，俗名水葵。」以茆、蓴爲二草，亦誤。

「順彼長道，屈此群醜。」傳云：「屈，收也。」案：《釋詁》屈、收皆訓「聚」，則義得相通。傳意應同此，而疏不之引。箋云：「屈，治也。」疏引《釋詁》「淈，治」某氏注引此詩，以證「淈」、「屈」二字音義同。然毛義長矣。如毛説，則「醜」爲「衆」，指魯國人民。如鄭説，則「醜」爲「惡」，指淮夷。此詩後四章方侈陳服淮夷之事，前四章未及此意也。郭景純注《爾雅》，於「屈收」引此詩，於「淈治」則云：「淈，《書叙》作『汩』，音同。」而不引此詩，是從毛不從鄭。又《釋文》引《韓詩》云：「屈，收也。收斂得此衆聚。」義亦同毛。

閟宫

《閟宫叙》云：「頌僖公能復周公之宇。」蓋取經弟七章語蔽全詩之義也。七章「復周公之宇」，正與三章「大啓爾宇」二「宇」字相應。三章「啓宇」與「侯魯」文連，七章「復宇」與「常許保魯」文連，則「宇」爲土宇而非屋宇，雖愚者亦知之矣。朱子乃謂叙《詩》者誤以宇爲屋宇而譏其謬，何陋視古人至此！竊意朱子之謂此説者，殆因己以修廟爲作詩本旨，遂謂《叙》意亦然，當指宫廟爲宇耳。夫使叙者之意果同《集傳》，則當云「頌僖公能修閟宫」，與《泮水叙》一例矣，何變文爲周公之宇乎？源謂《泮水》、《閟宫》兩詩取義各别，《泮水》主頌修泮宫，故每章皆言泮。《閟宫》備言僖公能興復祖業，故追本先德以及其身，又歷舉其承祀即戎、拓土服遠之事，内而室家之睦，外而臣下之宜，天錫眉壽，民樂赴功，至卒章營建之事，則興復祖業之一端也。且寢廟竝舉，不專言廟也，亦無由見新廟之即爲閟宫也。朱子合新廟、閟宫爲一事，因斷全詩專爲修閟宫而作，固已疏矣。又移己之誤於《叙》而大譏之，何以服古人之心乎？

毛以閟宫爲姜嫄廟而在周，新廟爲閔公廟。鄭以閟宫、新廟皆姜嫄廟而在魯。兩家所見既殊，後儒復出新説，大約皆合閟宫、新廟爲一，而廟則泛指群廟也。夫以廟爲群公之廟，理猶可通，至謂新廟即閟宫，詩因修廟而作，則甚誤。末章寢廟竝言，所修不獨廟矣，不應首章獨言廟，誤一也。通篇惟祭祀是廟中事，外如公徒、公車、龜蒙、鳧繹、常許，諸章所述與修廟無涉，誤二也。后稷，周公皇祖，固祭於廟矣。皇皇后帝，何與於廟祭而亦及之，誤三也。故凡以修廟爲作詩本旨，而閟宫、新廟首尾相應者俱非也。細推詩義，惟傳得之。傳以閟宫爲姜嫄廟，詩意不在閟宫也，特借爲咏姜嫄之發端耳。以新廟爲閔公廟，詩意不專在新廟也，特舉爲頌僖公之一事耳。詩之意在廣述僖公恢闢疆土、修舉制度，以復周公、伯禽之舊，故《叙》用「復周公之宇」一語蔽之。後儒舍此而求諸首尾，失之遠矣。然康成之説實肇其端。

詩篇之長未有如《閟宫》之百二十句者，詩章之長亦未有如《閟宫》弟三章之三十八句者。然細案其分章之法，甚有倫次。首章追溯后稷，次章叙周之興，皆未及魯。三章始言魯公受封，因及僖公祭祀之勤。四章言僖公征伐之威，五、六章言其土境之廣，七章言其福禄之厚，末章言其興作之功。蓋以類分章，不計句之多寡也。朱子嫌其多寡相縣，彊欲取而均之，遂據首章四章各十七句爲率，分二、三兩章爲三章，而所分第四章止十六句，則直指爲經文脱落，欲於「籩豆大房」下加「鐘鼓喤喤」語以足之，[一]斯亦武斷之甚矣。又經文「克咸厥功」以上言克商之事，「王曰叔父」以下言封魯之事，意本兩截，宜分也而反合之。「乃命魯公」承上四句，皆言封魯。「秋而載嘗」以下與上文皆言祭祀，語氣相接，宜合而反分之。章法未能盡均，而章意先受割裂矣。

「居岐之陽」，一語而兩見《詩》。《皇矣》言文王，則岐陽乃程邑也。《閟宫》言太王，則岐陽乃周原也。太王遷周，文王宅程，兩都皆在岐之陽，相去百里而近矣。案：岐，字本作「郂」，山

〔一〕「加」，原作「如」，據庫本、張校本改。

名，亦水名。岐水亦名大欒水，出石橋山東南，流合漆水，又合社水，《水經注》引《淮南子》及《漢書》，音義皆同。徑岐山而又詘徑周城南周原，於山爲南，於水爲北，皆居其陽，故曰岐陽。

「實始翦商」與「甘棠勿翦」，「翦」字皆當作「前」。《說文》云：「翦，羽生也。前，齊斷也。」《甘棠》傳以「翦」爲「去」，《閟宮》傳以「翦」爲「齊」，箋以「翦」爲「斷」，俱當「前」義，非「翦」義矣。《說文》又有「揃」字，云：「搣也。」與二詩之「翦」俱無當。《韻會》「揃」字注引《閟宮》詩，殆不然。又案：翦從羽，前從刀，皆諧歬聲。歬，從止，在舟上。今改「歬」爲「前」，而又加刀爲剪，加羽爲翦，皆隸變之譌。

「致天之屆。」「屆」字今釋爲「至極」，句法實不順。箋云：「屆，殛。」而疏引《釋言》證之，與今本《爾雅》雖不同，然必不誤也。釋爲「致天之誅」，文義始明快矣。《爾雅注》今止存郭氏一家，故無由證其異同。郭之外，注者十餘家，其存於唐初者有李巡注三卷、樊光注六卷、孫炎注六卷、沈寶集注十卷，與郭注俱載《藝文志》。陸德明《敘録》有犍爲文學、劉歆、樊光、李巡、孫炎五家注，《五經正義》所引又有某氏、謝氏、顧氏之説，則仲達所見注本尚多。「屆殛」之訓，必有據矣。

「龍旂承祀。」疏申箋意，引《明堂位》語證魯君祀帝當建日月之章，此龍旂定是廟祭。舊説以此爲郊祀者謬。宋曹氏曰：「《司常》言日月爲常，王建之。交龍爲旂，諸侯建之。魯雖僭郊禮，而以旂不以常，猶不敢全僭也。《明堂位》乃曰『日月之章』，則又過矣。」嚴華谷信其說。然此經下文云「六轡耳耳，春秋匪解，享祀不忒」，則此承祀即春秋享祀，明是廟祭而非郊祭。魯郊之不建常，仍無明文可據也。

「享以騂犧。」「犧」字止有許宜一反。《集傳》欲與下「宜」、「多」兩叶，故有虛宜、虛何二反。然古「多」字與「祇」字通用，音相同，故移、趍、侈、姼等字皆以「多」得聲。「多」之與「犧」韻本同，不必轉「犧」音以就「多」也。《集傳》叶《詩》率宗吴棫《韻補》。案《韻補》收「多」於四支，不收「犧」於五歌。朱子果於自信，蓋亦不全用其說矣。又下文「犧尊」，《釋文》素何反，此亦可叶多。朱子不用而創立一音，斯自信之太過也。

「夏而楅衡。」康成《周禮·封人》注以爲「楅設於角，衡設於鼻」。及箋《詩》則從毛傳，以爲「楅衡其角」。孔疏兩存之，不辯其孰是。案：《説文》「衡」字從角，從大，行聲。本取横大木於牛角耳，與鼻無涉也。況《封人》職注，鄭司農、杜子春皆以爲設於角。康成先注《禮》雖破鄭、杜之義，後箋《詩》仍從毛傳，蓋自覺前説之短矣。

《閟宫》詩「公車千乘」，此大國之賦見於經者也。馬融注《論語》引《司馬法》，謂百井爲成，每成出車一乘。包咸注《論語》，謂每十井出車一乘，説各不同。宋李樗以爲百里之國提封萬井，適合千乘之數。若百井一乘，必十萬井而出千乘。十萬井之地，開方計之，爲方三百一十六里有奇，與大國方百里之制不合，故取包説。然此乃拘方之見也。朱《傳》用司馬法之説以釋《閟宮》，與箋、疏意同，亦知魯地不僅百里矣，故其《論語注》言顓臾在魯地七百里中。《明堂位》之説，朱子不盡以爲非也。後儒昧於論世，徒執《孟子》、《王制》之語而斥《周禮·職方》爲誣，不知孟子止聞其略，而《王制》一篇乃漢文時博士諸生所作，豈可過信哉？必如包氏説，則十井之田止八十家耳。使之出兵車一乘，輜車一乘，四馬十二，牛甲士步卒等共百人，以及甲胄弓矢五兵旌旗之屬無一不具，民豈能堪？先王之世不應有此重賦。朱子舍包而取司馬，良有見矣。

《詩》言「二矛」者二，而康成解之不同。《清人》箋云：「二矛，酋矛、夷矛也。」《閟宮》箋云：「二矛、重弓，備折壞也。」疏申其意，以爲酋矛長有四尺，夷矛三尋，是酋短於夷也。《清人》禦狄，守國之兵。守國兵欲長，當兼用夷矛。《閟宮》膺戎狄，懲荆舒，攻國之兵。攻國兵欲短，當止用酋矛。故一弓而重之，亦一矛而有二，俱備折壞，二矛當是二酋矛。斯言甚詳辯。然《衛風·伯兮》箋引《考工記》兵車六等爲説，與此箋意正合。六等者，一軫、二戈、三人、四殳、五戟、六酋矛，不數夷矛。而彼疏論六等、六建之異同，六建數夷矛，不數軫。謂前驅車上當具五兵。五兵者，戈、殳、戟、酋矛、夷矛也。又謂步卒無夷矛，前驅非步卒當有夷矛。夫《伯兮》詩爲伐鄭而作，亦攻國之兵。而孔氏以爲用夷矛，與此自相戾矣。要之，此詩二矛與重弓文連，無異弓，當亦無異矛。鄭總以「備折壞」釋之，最爲允當。

「公徒三萬。」鄭以三軍釋之，其答臨碩則又以爲二軍。孔疏取其二軍之説，謂「舉大數必就其近者，三軍三萬七千五百人，可云四萬，頌主誇美，不應減退其數。又襄十一年《春秋》書作三軍，明前此無三軍也。昭七年復書舍中軍，則其作、其舍皆書也。使僖公有三軍，文以後無之，《春秋》何不書舍？故知僖公無三軍矣。」其説良是。嚴《緝》載李氏語，謂伯禽以來已有三軍，襄公時三卿專權，分三軍爲己之賦耳，非此時方有三軍也。噫！謬矣。三家作三軍，正因前此止二軍，不便於三分故也。設本有三軍，竟三分之可耳，焉用作乎？若不作而書作，是《春秋》乃曲筆，非信史，何名爲經？且孔疏言魯二軍，原不言周公、伯禽時即然也。東遷之後，諸侯彊者弱，弱者彊，非復西京之舊。衛、晉皆侯爵也，而臧宣叔言衛於晉不得爲次國。杞，二王之後，宜公爵也，而《春秋》或書侯或書伯。晉武公受王命，本以一軍爲晉侯也，見莊十六年。而獻公作二軍，見閔元年。文公作三軍，見僖二十八年。又作五軍，三十一年。襄公舍二軍，文二年。景公作六軍，成三年。厲公罷新上、下軍，見成十六年杜注。止存四軍，悼公舍新軍，襄十四年。豈有常哉？又當時諸侯多樂自居弱小，以避霸國重賦，故魯作三軍，叔孫慮政將及子。宋之會，季孫願視邾、滕。襄十四年。平丘之會，子産争承以鄭爲伯男。昭十三年。則春秋時除齊、晉、楚霸國外，能具三軍者尠矣。魯之弱已久，事事非伯禽之舊，豈獨軍制哉？頌主誇美，故鄭姑以三軍釋之耳，要非其實也。

「公徒三萬。」朱《傳》曰：「三軍爲車三百七十五乘，三萬七千五百人，其爲步卒二萬七千人。」此以每乘百人計之也。併炊家子、固守衣裝、厮養、樵汲二十五人悉數之爲軍矣。夫此二十五人皆老弱不任荷戈者耳，可備伍兩卒旅師之列乎？案：一乘甲士三人，步卒七十二人。三軍當用車五百乘，其爲步卒則三萬六千人。（併甲士一千五百人，共三萬七千五百人。孔疏説三軍之數謂此，故《采芑》疏亦以三千車爲十八軍。）

「淮夷來同，莫不率從。」鄭以「來同」爲「同盟」，「率從」爲「從中國」。蓋僖公非王非霸，故不係諸魯也。良爲有見，而後儒莫用。

鳧、繹二山俱在今兖州府鄒縣東南。鳧在縣東南五十里，繹在縣南二十五里，亦名鄒山。《禹貢》「嶧陽孤桐」，即此山也。郭景純謂此山純石積構，連屬如繹絲然，故以爲名。《禹貢》作「嶧」，尊其名也。《魯頌》作「繹」，取其義也。又有葛嶧山，在今淮安府邳州，非此詩及《禹貢》之「嶧」。《漢書·地理志》云東海下邳縣西有葛嶧山，古文以爲嶧陽。《説文》云：「葛嶧山在東海下邳。《夏書》云：嶧陽孤桐。」皆誤以《禹貢》之嶧陽爲葛嶧。孔仲達、蔡仲默俱引《漢書》以釋《禹貢》，失於考矣。案：鄒縣本邾國，鳧、繹二山不在魯境内。《詩》曰「保有」，殆誇詞。蓋魯擊柝聲聞於邾地，密邇而世相讎殺，魯君臣欲吞邾久矣。作頌者，共情見於詞乎？上章「大山」、「龜蒙」，下章「常許」，本魯地，其曰「詹」、曰「奄有」、曰「居」，道其實也。惟此章純是溢美之談。

「居常與許。」傳云：「常、許，魯南鄙、西鄙。」獨言南、西，毛必有本也。疏申之以爲常南鄙、許西鄙，傳意或爾矣。鄭以常爲薛之旁邑，而引《春秋》莊三十一年築臺於薛及田文封薛號孟嘗君以證薛旁有常邑，又以許爲許田。《左傳》隱八年鄭易許田、桓元年鄭假許田，孔疏俱引此詩。蓋據箋爲説耳。此未必然也。築臺於薛，魯地也。孟嘗之薛，奚仲舊封也。春秋時薛尚存，魯安得築臺於其國中？明是異地而名偶同耳。常自在奚仲國旁，與魯之薛邑何涉哉？至許田爲鄭有，桓公本以易祊耳，豈僖公復以祊易之鄭邪？經傳無明文，亦臆説也。或謂常是齊所侵地，蓋本於《管子》。今案：管仲勸桓公親諸侯，反其侵地，故歸魯常、潛。《國語》亦載其事，「常」作「堂」。此桓公始圖霸時事也。僖公即位在桓公二十七年，齊久已稱霸矣。常地之歸當在莊公時，不在僖公時，不應舉以頌僖。又齊在魯北，常爲齊侵，定是魯北境，與傳南鄙又不相符。此説亦不足信也。

「令妻壽母，宜大夫庶士。」謂善其妻、壽其母、宜其大夫庶士也，皆承「魯侯燕喜」言。令、壽、宜本一例。朱《傳》曰：「令善之妻，壽考之母。」則下句文義難通矣。可云大夫庶士是令妻壽母宜之邪？

《閟宫》與《殷武》末章皆言營作之事，故朱子謂文義略同。胡一桂從而附會之，言《閟宫》篇全倣《殷武》而作，如出一手。吁！謬矣。二詩除末章而外，詞旨既殊，體裁亦別，何嘗相似乎？揚雄言奚斯睎考父，止謂兩人皆作頌，非謂文體之同也。要之，《商頌》傳自周太師，而考父得之，非考父作。奚斯但作廟，未嘗作頌。雄言亦謬也。又《閟宫》末章先言路寢，後言新廟，是寢、廟俱修。輔廣、陳櫟乃謂寢即廟中之寢，尤爲謬妄。彼特欲證閟宫、新廟爲一，不當兼言修寢耳。獨不思古人廟制前廟後寢，廟比於路寢，廟後之寢比於小寢，故天子之廟亦有小寢五。若此詩之寢果在廟中，是乃小寢耳，何云路寢哉？

《魯頌》頌僖公之賢，而《春秋》多書其失德之事，學者疑之。宋趙氏、黄氏、李氏諸儒皆論其故，大約以僖特中材庸主，而《頌》詞多溢美，故任季友則賢，任仲遂則否；天下有霸主則能自固，無霸主則不能自立。其説似之，而未盡然也。源謂僖公自是中材以上之人，過惡誠有之，要不失爲賢君也。古來人主除二帝三王數大聖人外，其餘令德之君俱不能每事盡善。成、康至賢，尚有誤信流言、佩玉晏鳴之失，宣王中興英辟，而美刺竝載於《詩》，《國語》亦紀其失。則列國諸侯爲詩人所美者，衛武公、文公、鄭武公、秦仲及襄公、齊桓公、魯僖公，凡七君。衛、鄭二武與秦之兩君事在《春秋》前。其見《春秋》者，衛文滅邢，書名以示貶；齊桓霸業雖隆，而内多慙德。要此二君者不害其爲賢侯，僖公亦猶是爾。安得因《春秋》所譏，併疑《頌》語之失實乎？案：魯遭慶父之亂，禍難相尋。齊人睥睨其旁，欲乘釁襲取。微仲孫湫言，禽父幾不祀，事見《左傳》閔元年。國勢岌岌矣。及僖公立，魯復晏然。意其撫和臣民，交好鄰國，易亂爲治，轉危爲安，綏輯定應多術。《詩叙》所言足用、愛民、務農、重穀、君臣有道，以及修泮宫、復周公之宇，乃其實事也。不賢而能然乎？但所行者不過修舉舊章、勤政節用，無赫赫可紀之功。而《春秋》之法，常事不書，無由取而筆之於經。其失德之彰彰者載在國史，又不可盡削。夫子既書之以垂戒後世，更録《魯頌》頌美之詞以補《春秋》之未及，殆不無微旨焉。又魯本羸國，僖亦非雄才，欲保境自安，勢須結援大國。無伯而從楚，此社稷之故，未可深罪也。至《春秋》書郊始於僖者，以其既成牲後卜日爲怠慢，故譏之耳。常郊不書，因卜之非禮而書，非謂郊始於此也。黄氏謂僖始僭郊，爲不賢之大，謬矣。若夫敗邾於偃、敗莒於酈，禦侮之勇也。取須句、反其君，存亡之義也。納玉於王、求釋衛侯，親親之仁也。僖之美亦稍見《春秋》經傳，不僅《頌》有之矣。

商頌那之什

那

「置我鞉鼓」傳云「殷置鼓」，改《明堂位》「楹鼓」爲「置鼓」，以就經文，明是釋「置」爲「楹」也。鄭通其意，讀「置」爲「植」，云：「植鞉鼓者，爲楹貫而樹之。」蓋「植」即古「置」字，見《金縢》「植璧」注。故疏引之以證此二字之異同。然則此詩「置」字，毛、鄭義本同，音亦宜同矣。《釋文》云：「置，毛如字，鄭作『植』，時職反。又音值。」恐非是。

「湯孫奏假」。「假」字，毛音「賈」，訓「大」。鄭音「格」，訓「升」。而皆以爲奏樂。大者大樂也，升者升堂之樂也。奏鼓爲堂下之樂，奏假爲堂上之樂。下文鼓管與磬，亦有堂上、堂下之分。鄭解較明劃矣。

「綏我思成。」箋云：「安我心所思而得成之，謂神明來格也。」呂《記》、朱《傳》引之，皆云：「安我以所思而成之，人謂神明來格也。」皆改「心」爲「以」，而於「成」之下增一「人」字。朱《傳》又謂「箋有脱漏，今正之」。蓋指此二字矣。然箋語自通，不煩增改。疏中箋云：「於祭之時，心所思者，惟思神耳。故知安我心所思而得成之，謂神明來格也。」竝不疑箋有脱漏。朱子亦知箋不誤，特欲裁剪其言以就己説耳。嚴《緝》引箋仍用原文，已窺破此意。

「自古在昔」四語，毛、鄭皆祖《外傳》「先聖王之傳恭，猶不敢專」立解，朱、呂亦遵用焉。嚴獨以「有作」爲「作樂」，謂此樂乃古昔時前人所作也。意雖順而戾於古。

烈祖

《大雅》之稱文、武，必追美太王、王季，《商頌》之於二宗亦然。「嗟嗟烈祖」，頌中宗也。「古帝命武湯」、「昔有成湯」，皆頌高宗也。推本祖德以爲子孫光，詩人立言之體後先一轍矣。

「鬷」字兩見《詩》，《陳風》「鬷邁」、《商頌》「鬷假」是也。《陳》箋、《商》傳皆訓「總」。「鬷假」者，謂總集大衆，指助祭諸侯及群臣而言。當此而無言無争，所以難也。朱子據《中庸》改「鬷」爲「奏」，恐不然。《左傳》引此詩亦作「鬷」矣，何獨以《中庸》爲正乎？況經傳引《詩》與本文互異者多有，安得皆舍此而從彼？又「百禄是總」，字亦作「鬷」，見《釋文》。可見鬷、總古通用。《烈祖》篇三「假」字，鄭皆音格，訓升。毛則「鬷假」以「假」皆訓「大」，「來假」無傳，王肅述之，訓「至」，是。「來假」、「假」字毛、鄭皆音格也。「假」字有五音，其音格者訓「來」、訓「至」、訓「登」，見《易》「王假有家」釋文。「來」與「至」義同，「登」即「升」也，格音止有此二義耳。宋人又轉爲感通之義，殆因「至」義而附益之與？又案：「假」訓「至」者，字本作「佫」，亦作「狢」。假，通作「格」，「神之格思」、「神保是格」是也。《書》「格于上下」、「格于皇天」及「有苗格」、「遠人格」，孔傳俱訓「至」矣。其「假」字見《說文》，云：「至也。从彳，叚聲。古雅切。」

玄鳥

東萊於《生民》祖鄭箋「巨迹」爲説，於《玄鳥》祖毛傳「春分郊禖」爲解。履迹吞卵，事同一轍，或用或否，商、周互異。蓋《公劉》次章以後，皆未經刊定之書也，方知吕《記》初本元以毛義解《生民》矣。

「正域彼四方」，謂湯也。「肇域彼四海」，謂武丁也。美中興之功，詞同於開創，《詩》所以爲善頌也。

「武丁孫子。」疏云「作詩所以稱王名者」，王肅云「殷質以名」。蓋以武丁爲殷王名矣。案：殷天子皆以號舉，觀湯名履而號天乙則可推矣。疏之言非也。

「武丁孫子。」王肅述毛，以爲武丁之爲人孫子，此大勝鄭。雖因《那》詩毛傳「湯爲人子孫」之語而爲之說，然實青出於藍矣。嚴《緝》從其說，且辯之云：「武丁之後無顯王，况孫子祀其先王，不應自誇其武德。」蓋解爲武丁之孫子，本鄭氏說。而呂《記》、朱《傳》皆從之也。

「武丁孫子，武王靡不勝。」鄭以爲武丁之孫子有武功、有王德。曾子固譏之，當矣。然謂武王即成湯，則二語文義不屬。又成湯功業，上文述之已詳。此又複述，亦未必然也。王肅述毛云：「武丁爲人子孫，能行先祖武德，王道無不勝任。」庶爲得之。况如鄭說，則前美成湯，後美孫子。如曾意，則前後俱美成湯，皆無一語稱揚武丁功德。詩本祀高宗，不應反略之也。

「龍旂十乘。」鄭以爲二王後及八州之大國，蓋獨舉尊者言之，助祭諸侯固不止十乘也。呂《記》載朱子之說，謂助祭者既以服數爲節，又使分助四方之祭。不知四方之祭何祭也？如指方社之方，則祀典多矣，何獨言方祭？如就此詩而言，則祀高宗止於廟中，安得有四方之祭？殊不可曉。《集傳》不著斯語，殆亦自悟其非與？

長發

「禹敷下土方，外大國是疆。」朱子引《天問》語，斷於「方」字絶句。案：孔疏申毛、鄭云：「禹敷廣下土，以正四方。京師外之大國於是畫其疆境。」則解爲「四方」而屬上句。先儒句讀元如此，不始於朱《傳》也。嚴《緝》以「禹敷下土」爲句，非是。

「幅隕既長。」「隕」字毛訓「均」，鄭讀爲「圓」。案：隕，于敏切。圓，王問切。音本相近，故鄭改讀以就「均」訓。「圓」本訓「圜」，全也。後世讀「圓」爲王權切，而音始相遠矣。《説文長箋》以爲始於宋儒，或有然。

感生帝之説雖出於緯書，然謂古帝王之興各乘五行之王氣，當有其理，豈可概斥爲誣？

「玄王桓撥」，鄭以爲承黑帝而生子，故稱玄。韋昭注《國語》，亦以水德爲説，義本通也。永叔改「玄」爲「深微」，而引《老子》「玄之又玄」語證之。易讖緯以黃老，相去無幾耳。

「受小國是達，受大國是達。」鄭以爲堯封契於商爲小國，舜復益其土地爲大國，此據緯書《中候握河紀》、《考河命》。爲説。故宋儒不從，釋爲隨其大小無所不宜。然《詩》頌「玄王」，當舉其實事，未必漫爲虛詞也。緯書之言雖不可盡信，豈遂無一語足信乎？

玄王前受小國，後受大國。孔申箋，據《握河紀》、《考河命》二緯書之言，謂稷、契皆公爵，堯封之當百里，舜又益之，當不止百里。此仲達揣度之詞也。案：《史記三代年表》褚少孫云：「堯知稷、契賢，故封之。契七十里，稷百里。」褚或別有據乎？然則堯封契止七十里，舜益之始百里耳。

「湯降不遲。」鄭訓「降」爲「尊賢下士」，非臆説也。宋公孫固引此詩以美晉公子已作是解矣。見《晉語》。《詩》疏亦引之。宋爲商後，彼自釋其先代之詩，豈無所本乎？又《韓詩外傳》七引此詩皆證謙己下人之義，毛、韓異師而解同，尤見非一家之私説。今釋爲「降生」義，殊短。

「昭假遲遲。」王肅述毛，「假」字音格，訓至。孔氏專用鄭説爲毛義，取「寬暇」之意，而王義無聞焉。後儒皆以爲感格上帝，則遲遲義難通。縱彊爲之説，終未愜矣。案：《孔子閑居》引此詩注，以爲湯之明道及於民，遲遲然安和。是鄭本以「假」爲「至」，及箋詩而改之也。源謂「昭假」者，光昭被格之義。「遲遲」者，弘遠悠裕之義。聖德及人，無所偏黨，亦非取效旦夕。故《書》言「光被」，《易》言「顯比」，此「昭假」之謂也。《易》言「久道化成」，此「遲遲」之謂也。

「昭假」之「假」，鄭訓「寬暇」，孔謂寬暇者取假借之義，則假不必改音。故《釋文》云「古雅反」。其以爲毛音格、鄭言暇者，徐邈之説也。源謂「假」字訓「至」者，賈、洛二音俱可讀。「假」字音「賈」者，至、暇二義俱可通。則此詩「假」字止讀本音，可括鄭、王兩家義矣。

毛傳解「綴旒」爲「表章」，「駿厖」爲「大厚」，謂爲下國之表準章程，使下國之性行極其純厚，文義本通也。鄭氏貪用《公羊傳》語，以「綴旒」取喻於旌旗，至「駿厖」二字無可引證，則以「駿」爲「俊」，言湯爲英俊厚德之君。後儒嫌其與「綴旒」義不相當，故争立異解。宋董逌以《齊詩》作「駿駹」，而《集傳》取之。輔廣因爲之説，言「綴旒」以旂喻爲諸侯。傳著「駿駹」以馬喻能乘載諸侯，自以爲工矣。但三國時《齊詩》已亡，董宋人，何由見之？恐不可信。案：宋葉夢得云：「今《韓詩章句》不存，而《齊詩》猶有見者。然唐人謂之既亡，則書之真譌未可知也。」葉所疑，正董所據者耳。近世有僞造申公《詩説》及子貢《古詩編次》者，或云《古詩編次》乃鄞人豐坊僞作。宋世《齊詩》當即此類。董既誤信，後人復信董氏之誤，其如經學之決裂何？

「不競不絿。」傳云：「絿，急也。」案：「絿」字，《爾雅》無文，《説文》亦訓「急」，義同毛。朱《傳》訓「緩」，反其義，徒取與「競」對耳。然字訓須有本，可意爲之乎？

毛傳訓「龍」爲「和」者二，《勺》頌「我龍受之」、《長發》「何天之龍」是也。孔疏不能詳其義。然古人字訓不盡與後世同，毛之師傳有自，正不必以後人文義彊推其故耳。鄭云：「龍，當作『寵』。」今皆從之。不知《蓼蕭》毛傳訓「龍」爲「寵」，則「龍」字本有「寵」，訓無煩改字也。但傳既訓「龍」爲「寵」，而於二《頌》則易其解，定是詩學相傳如此，必非苟爲異也。後儒從鄭，不如從毛之當。

「允也天子。」鄭箋云「信也天命而子之」。然則「天子」者，猶云昊天其子之爾。下予之以卿士，正謂天之下而子之，惟子之故。「予之」文義連貫，皆言天意如此。朱《傳》云「天子指湯」，則以「天子」爲稱目之詞，下文「降予」無所承，更須補出「天」字，不如箋義之明順矣。又「降予」，朱《傳》誤作「降于」。觀傳釋「降」爲「賜」，而「予」字無訓，則作傳時已誤。偶然邪？抑有意改之邪？

殷武

《殷武》第四章皆言湯事，頌武丁而追述其祖德也。後儒必欲目武丁，則武丁爲天子，不應稱下國。王氏以下國爲諸侯之國，而高宗命之，則與首句「命」字不應同章而異指。朱《傳》云

「命之以天下」，則易「于」爲「以」，文義又乖，俱難通也。源謂鄭箋指湯言，非誤也。《左傳》引此詩而申之曰：「此湯所以獲天福也。」襄二十六年。後漢黄瓊亦云：「《詩》咏成湯之不怠遑。」見瓊本傳。則以此詩言成湯，其來甚古，非康成臆創之解矣。詩首言天之眷命，所以降鑒於殷者，以其能嚴敬下民也。因言嚴敬之實，在於慎賞罰無所僭濫，勤政事不敢怠遑，故天命湯於七十里之小國，使爲天子，大建其福也。湯德如此而武丁繼之，安得不中興乎？言湯正所以言武丁耳。

《鄘風》、《商頌》皆有「景山」之語，先儒直釋爲「大山」，不云山名也。朱《傳》於《鄘》則曰「測景」，於《商》則曰「山名」。源謂景山之名載於輿志者甚多，皆後人因《詩》而傅會爲之耳。案：《寰宇志》：「景山在廢緱氏縣西南八里。」緱氏今屬河南府偃師縣，是西亳有景山也。又云：「景山在應天府楚丘縣北三十八里。」宋應天即今歸德府，所謂穀孰南亳也。其北五十里有大蒙城，即所謂北亳蒙也。《括地志》亦謂蒙城爲景，亳因景山而得名。是南北二亳之間亦有景山也。《寰宇志》又云：「景山在澶州渭南縣。」澶州，今大名府開州。《水經注》亦言「濟水北徑元氏縣，又北徑景山」，而引《衛》詩證之。則是三亳之外别有景山也。合而觀之，衛南之景山因《鄘風》而得名，緱氏、應天之景山因《商頌》而得名，皆好事者之傅會，作詩時未必先有此名耳。又《山海經》亦有兩景山，其見《北山經》者，「南望鹽販之澤」，郭注引《外傳》「景霍爲城」語，則此山在晉地。其見《中山經》者爲荆山之首，郭注以爲今南郡界中，則此山在荆域。皆非《詩》之景山。《山海經》爲伯益所記，其山名在作詩之前。然二山去商、衛絶遠，俱非詩人所指。而三亳、衛南景山之名又起於後世，故先儒釋《詩》，直以爲大山，良有見也。而朱《傳》獨以《殷武》之景山爲山名者，徒據《左傳》「景亳」之語，遂謂景山之名湯世已有之耳。然《左傳》云：「商湯有景亳之命。」昭四年。景與亳連文，定是地名，非山名也。使景爲山名，則當如下文「岐陽塗山」之稱矣。又「景亳」，皇甫謐以爲即北亳。《括地志》祖其説。杜預注云：「鞏縣西南有湯亭。或言亳即偃師。」則又以爲西亳。謐、預皆晉人，而言景、亳互異，可見地名變易，已無可考，何得據之而指爲山名乎？

《殷武》篇皆頌武丁生存之事。末章言其能修寢廟復舊制，如《定之方中》、《斯干》、《綿》、《閟宫》諸詩皆以宫室之修治見興盛之氣象，詩人往往如此。故毛傳以寢爲路寢，鄭箋亦謂「孔安」爲「王居之而甚安」，則「成之」者，高宗自成之也。朱《傳》不用古義，以寢爲廟中之寢，恐不然。寢在廟後，其小者耳。《詩》何舍廟不言，反舉小以該大乎？礙於義矣。又謂「此特爲百世不遷之廟，不在三昭三穆之數，既成始祔而祭之之詩」。則其言又自相違戾。夫後死者合食於先祖，斯謂之祔，故昭祔於昭、穆祔於穆也。既在昭穆之外而號爲特立之廟，又焉祔哉？

今以殷之世次考之，則以寢爲百世不遷之廟，尤無是理也。高宗後迄殷亡僅八君耳，除祖甲、庚丁二君外則爲六世，〔一〕是紂乃高宗七世孫也。紂之時高宗尚在三昭三穆中，非親盡應祧時也。百世不遷之廟，誰立之乎？劉瑾以爲當立於帝乙時，是併數二及爲世矣，〔二〕不亦謬乎？瑾又推明朱子立廟之説而以周制斷之，謂三宗之廟，中宗當穆，高宗祖甲當昭。後世祧主，穆當入中宗廟，昭當入高宗祖甲廟，如周之文、武世室。夫祖甲乃祖庚弟、武丁子，父子同爲昭，周制果爾乎？武丁之主未及祧，而鼎遷於周矣，安得更有祧主入武丁廟乎？周之文穆武昭著在經傳，故後人得知之。商之孰爲昭孰爲穆，經傳無明文，瑾何所據而言之鑿鑿乎？又案：殷有三宗，中宗、高宗皆見《頌》。其一爲大宗，則湯孫太甲也，見《史記·殷本紀》及《漢書》。王舜、劉歆毀廟議甚明，瑾乃以祖庚弟祖甲當之，而謂與二宗同立不遷之廟，其謬尤甚。彼之爲此説者，因蔡沈解《無逸》以祖甲爲帝甲而非太甲耳。夫《無逸》述祖甲事在二宗之後，故鄭注以爲帝甲，而蔡傳從之，不爲無理。然但言祖甲之賢，不言祖甲之稱宗也。至湯孫太甲之爲太宗，則史有明文可據也。瑾乃以意易之，可乎？

皇清經解卷八十三終

嘉應邱　翀舊校

番禺高學瀛新校

〔一〕「君」，原作「及」，據庫本改。

〔二〕「是」至「矣」，庫本作「是直言五世而遷矣」。

毛詩稽古編　卷二十五

吴江陳處士啓源著

總詁

舉要

小叙

歐陽永叔言：「孟子去《詩》世近，而最善言《詩》。推其所説《詩》義，與今《叙》意多同。」斯言信矣。源因考諸孟子所論讀詩之法，其要不外二端。一曰：「誦其詩，不知其人，可乎？是以論其世。」一曰：「説詩者不以文害詞，不以詞害意。」然則學《詩》者必先知詩人生何時，事何君，且感何事而作詩，然後其詩可讀也。誠欲如此，舍《小叙》奚由入哉！何則？凡記載之文以詞紀世，議論之文以詞達意，故觀其詞而世與意顯然可知。獨《詩》則不然。除《文王》、《清廟》、《生民》

數篇外，其世之見於詞者寥乎罕聞矣。又寓意深遠，多微詞渺旨。或似美而實刺，或似刺而實美，其意不盡在詞中，尤難臆測而知。夫論世方可誦詩，而《詩》不自著其世；得意方可説詩，而《詩》又不自白其意。使後之學《詩》者何自而入乎？古國史之官早慮及此，故詩所不載者則載之於《叙》。其曰某王、某公、某人者，是代詩人著其世也。其曰某之德、某之化、美何人、刺何人者，是代詩人白其意也。既知其世，又得其意，因執以讀其詩，譬猶秉燭而求物於暗室中，百不失一矣。故有《詩》必不可以無《叙》也。舍《叙》而言《詩》，此孟子所謂害意者也，不知人不論世者也，不如不讀《詩》之愈也。

《詩叙》本自爲一編，毛公分置篇首，本欲便於讀耳，無他意也。輔廣附和朱子之説，至詆毛公上誣聖經，罪不可逭。吁！何至此哉。源謂《叙》非注比，自宜置經前。注順文釋義而已，未讀其文，無庸尋其義也。若《叙》所指者乃作詩之世與其人及作之之故，苟未明乎此，雖誦之終篇，茫不知所言何事、言之者何意也，惟得《叙》而始曉然矣。故置之篇首，俾讀者先觀焉，則於經易入。斯亦甚有惠於後學，而反以爲罪乎？况一篇之《叙》猶全書之叙也，全書之叙必置卷端，一篇之叙獨不可置篇首乎？朱子之《詩傳》亦以《叙》弁諸首矣，廣亦將罪之乎？

朱子《辯説》力詆《小叙》，而於《國風》尤甚，謂其傅會書史、依托名謚、鑿空妄説以欺後人。源竊怪其言之過也。《小叙》傳自漢初，其《後叙》或出後儒增益，至《首叙》則采風時已有之，由來古矣。其指某詩爲某君事、某人作，皆師説相傳如此，非臆説也。若必求其證驗昀切，別見他書史而後信之，則《詩叙》與他書史皆秦以前文字，而漢世諸儒傳之者也，安見他書史可信而《詩叙》獨不可信乎？至「依托名謚」之語，尤屬深文。《邶·柏舟》之刺頃、《唐·蟋蟀》之刺僖，猶與謚義相近也。若宣非信讒之名，昭非好奢之號，而《陳》之《防有鵲巢》，《叙》以爲刺宣公；《曹》之《蜉蝣》，《叙》以爲刺昭公。何所依托乎？朱子又謂《小叙》之説，必使《詩》無一篇不爲美、刺時君國政而作，不切於情性之自然，又使讀者疑當時之人絶無善則歸君、過則歸己之意，非温柔敦厚之教。斯語尤不可解。夫《詩》之有美、刺，總迫於好善嫉邪、忠君愛國之心而然耳。此非性情，必醜正黨惡、視君親如秦越而後爲性情耶？況刺時之詩大抵是變風、變雅，傷亂而作也。處污世、事暗君，安得不怨？怨則安得無刺？孔子曰「可以怨」，孟子曰「不怨則愈疏」，未嘗以怨爲非也。惟其怨，所以爲温柔敦厚也。而朱子大譏之，是貢諛獻媚、唯諾取容，斯謂之忠愛，而厲王之監謗、始皇之設誹謗律，足稱盛世之良法矣。有是理哉？史遷有言：「《詩》三百篇，大抵聖賢發憤之作。」朱子所見，何反出遷下也？既以刺時爲不可，而悉指爲淫女之辭。大淫奔之女反賢於忠臣義士耶？

《詩》之有《小叙》，猶《春秋》之有《左傳》乎？《春秋》簡而嚴，《詩》微而婉，厥旨渺矣，俱未可臆求而懸定也。無《左傳》則《春秋》不可讀，無《小叙》則《詩》不可讀。

《毛叙》之有《齊》、《魯》、《韓》，猶《左傳》之有《公》、《穀》也。《公》、《穀》存，故人皆尊《左》。《齊》、《魯》、《韓》亡，故人或疑《毛》。俱存則短長易見，偏亡則高下難明也。人情好異而厭常，往往然矣。

《毛叙》後《齊》、《魯》、《韓》而立，而後之《詩》悉宗《毛》。《左傳》後《公》、《穀》、《鄒》、《夾》而行，而後之《春秋》必首《左》。其舍彼取此，非一時一人所能定也。其見確矣，其論公矣。《大全》修而《毛》、《左》復詘，後世之經學，其可問哉？

經之足重，以其爲古聖賢作也。古聖賢作之，復得古聖賢釋之，不愈足重乎！六經訓釋，惟《詩》最古，其字訓則有《爾雅》，蓋周公及子夏之徒爲之也。其篇義則有《大》《小叙》，又子夏之徒爲之也。繼之則有《詁訓傳》，而兩毛公亦六國及先漢時人也。視《易》之王、《書》之孔、三《禮》之鄭，俱出其前矣。然則學《詩》者止當以《雅》、《叙》、《傳》三者爲正宗，而精求其義。三者所未備，然後參以後儒之説可耳。《雅》、《叙》、《傳》有定解，反舍而他求，斯舛矣！蓋己之神智既非能勝於古人，而人情、事勢、度數、名物及字之義訓、聲形又不如生其世者見聞之確，反欲跨而出其上，亦不自量之甚矣！

四始

「四始」之説，先儒言之各異。二雅、風、頌四者，人君能行之則興，不行則衰，故此四詩爲王道興衰所由始，此鄭康成之説，而本於《大叙》者也。《關雎》爲風之始、《鹿鳴》爲小雅之始、《文王》爲大雅之始、《清廟》爲頌之始，此司馬子長之説也。《大明》在亥爲水始、《四牡》在寅爲木始、《嘉魚》在巳爲火始、《鴻雁》在申爲金始，此《詩緯汎曆樞》之説也。觀《大叙》歷言風、雅、頌之義，而總斷之曰「是謂四始」，則風、雅、頌正是始，非更有爲風、雅、頌之始者。鄭説得之矣。子長未見《毛叙》，其所言「四始」，不知宗何詩也。翼奉治《齊詩》而知五際七情之要。五際七情，亦《緯書汎曆樞》之説也。然則亥、寅、巳、申之爲四始，其出於《齊詩》乎？

六義

《詩》有六義，其首曰「風」，《大叙》論之語最詳。複約之，止三意焉：云「風天下而正夫婦」，又云「風以動之，教以化之」，又云「上以風化下」，此風教之風也。云「下以風刺上，主文而譎諫」，又云「吟咏情性，以風其上」，此風刺之風也。云「美教化移風俗」，又云「以一國之事繫一人之本，言天下之事，形四方之風」，此風俗之風也。餘所言「風」，則專目國風。要之：風俗之風正當國風之義矣。然必有風教而後風俗成，有風俗而後風刺興。合此三者，國風之義始備，而風教實先之。惟風刺之義，其風自下及上，故《大叙》十七「風」字，獨「以風刺上」、「以風其上」，陸氏讀爲「諷」焉。

詩人興體假象於物，寓意良深。凡托興在是，則或美或刺，皆見於興中。故必研窮物理，方可與言興，學詩所以重多識也。朱子論興獨異。是謂興有兩意，有取所興爲義者，有全不取其義但取其一二字者。夫全不取義，何以備六義之一乎？即如《關雎》之次章本賦也，而《集傳》目爲興，究其所謂興者，止取「左右流之」、「寤寐求之」兩「之」字相應耳。其釋《召南》之《小星》，取兩「在」字、兩「與」字爲興；《王風·揚之水》取兩「之」字、兩「不」字爲興，皆此類也。不近兒戲乎？甚有經文本無其字，而《集傳》代爲補出使其句法相應者，如《鄭風·揚之水》、《魏風·園有桃》、《唐風·綢繆》、《小雅·常棣》之類，不勝詘指。是六義不在《詩》而在《集傳》矣，尤可笑也。元儒有朱克升者著《詩傳疏義》，最推重《集傳》，謂能以虚詞助語發明詩藴，克升《疏義》爲修《大全》諸臣所諜襲而没其名，併滅其書。殆指斯類而言。然吾之不能無疑於《集傳》亦正在此。又案：蘇子由謂興者是當時所見而有動乎其意，非後人可得而知。如《關雎》之類乃比而非興。噫！誤矣。朱子雖不純用其語，而所云「全不取義」者，實蘇語爲之厲階。

毛公獨標興體，朱子兼明比賦。然朱子所判爲比者多是興耳。比、興雖皆托喻，但興隱而比顯，興婉而比直，興廣而比狹。劉舍人論比體，以金錫、圭璋、澣衣、席卷之類當之。然則比者以彼況此，猶文之譬喻，與興絶不相似也。朱子釋《詩》新例，凡興義之明白者即判爲比，如《螽斯》、《緑衣》、《匏有苦葉》諸篇本興也，而以比目之，由是比、興二體疑溷而難分。故釋興體反欲推而遠之，使離去正意，而「全不取義」之説出矣。

興、比皆喻而體不同。興者，興會所至，非即非離，言在此，意在彼，其詞微，其旨遠。比者，一正一喻，兩相譬況，其詞決，其旨顯。且與、賦交錯而成文，不若興語之用以發端多在首章也。如「我心匪石」、「螓首蛾眉」、「毳衣如菼」、「如山如阜」、「金玉爾音」、「如跂斯翼」、「价人維藩」、

「敦琢其旅」之類皆比也。而《集傳》概以爲賦。夫《詩》中顯然之比體既溷之於賦中，更欲於興體中分立比體，取本同者而彊求其異，不得不争同異於毫芒之間。如《凱風》篇以首章爲比，次章爲興。《小雅·谷風》篇以前二章爲興，末章爲比。《青蠅》篇以首章爲比，二、三章爲興。支離穿鑿，風雅掃地矣。反謂先儒不識興比，何以服其心乎？

風、雅、頌之名，其來古矣，不獨《大叙》言之也。見《周禮》大師之職，又見《樂記》師乙答子貢之言，又見《荀子·儒效》篇，歷歷可據也。又三百十一篇，皆古樂章也。二南、雅、頌之入樂，載於《儀禮》之《燕禮》、《鄉飲禮》及内、外傳，列國燕享所歌無論已。至魯人歌周樂，〔一〕則十三國繼二南之後，《周禮》籥章迎寒暑則龡《豳詩》，祈年則龡《豳雅》，祭蜡則龡《豳雅》。《大戴》投壺禮稱可歌者八篇，則《魏風》之《伐檀》在焉。漢末杜夔能記雅樂，則《伐檀》之詩與《鹿鳴》、《騶虞》、《文王》並列，十三國變風之入樂，又歷歷可據也。宋程大昌謂《詩》有南、雅、頌而無國風，自邶至豳十三國詩皆不入樂，豈非妄説乎？彼特見蘇氏釋《鼓鐘》篇「以雅以南」，誤以爲二雅二南，故生此説耳。蘇氏之謬，前辯之已悉矣。見《小雅·鼓鐘》篇。程又謂季札觀樂，自邶以下，《左傳》但紀國而不言「風」，故知無國風之名。殊不知二南之詩不盡得於境内，兼得之於南國。

〔一〕「樂」，原作「禮」，據庫本、張校本改。

周、召之名不足以盡之，故言「南」。南指其地，非以爲詩名也。十三國之詩皆得於境内，自應舉國名以概之。言「國」言「南」，皆據實而言，其爲風，一而已。且季札聞邶、鄘、衛，則云是其「衛風」，聞齊，則云「泱泱乎大風」，風之名較然，程獨不見乎？又案：《吕氏春秋》云：「禹省南土，塗山氏女命妾往候。女作歌曰：『候人猗兮。』實始爲南音。周公、召公取風焉。」程以「南」爲詩名，或本於此。然《吕覽》言「取風」，不言「無風」也。況《吕覽》豈傳信之書耶？

詩樂

《詩》篇皆樂章也。然《詩》與樂實分二教。《經解》云：「《詩》之教，温柔敦厚。樂之教，廣博易良。」是教詩、教樂，其旨不同也。《王制》云：「樂正立四教以造士。春秋教以《禮》、《樂》，冬夏教以《詩》、《書》。」是教詩、教樂，其時不同也。故叙《詩》者止言作詩之意，其用爲何樂則弗及焉。即《鹿鳴》燕群臣、《清廟》祀文王之類，亦指作詩之意而言，其奏之爲樂，偶與作詩之意同耳。《叙》自言詩，不言樂也。意歌詩之法自載於樂經，元無煩叙詩者之贅及。樂經今已不存，則亦無可考矣。《集傳》於正雅諸詩皆欲以樂章釋之，或以爲燕饗通用，或以爲祭畢而燕，或以爲受釐陳戒，俱以詞之相似億度而爲之説。殊不知古人用詩於樂，不必與作詩之本意相謀。馬端臨《文獻通考》論之甚悉。如射鄉之奏二《南》，兩君相見之奏《文王》、《清廟》，何嘗以其詞哉？況舍詩而徵樂，亦異乎古人之詩教矣。朱子嘗答陳體仁書，言「《詩》之作本以言意，非爲樂而作」。

斯語甚當。及傳《詩》則傳會樂章以立義，與己説相違。此不可解也。

詩人

《詩》三百篇，其作者之主名有詩人自著之者，如《節南山》、《巷伯》、《烝民》、《崧高》是也。有見於他典者，如《載馳》、《左傳》，亦見《叙》。《鴟鴞》、《書·金縢》，亦見《叙》。《常棣》、《國語》。《抑》、《國語》，亦見《叙》。《桑柔》、《左傳》，亦見《叙》。《時邁》、《思文》皆《國語》。是也。其詩人不言，他典不載，而《叙》得其姓氏者，《風》之《清人》、公子素。《渭陽》、秦康公。《七月》，周公。《小雅》之《何人斯》、蘇公。《賓之初筵》，衛武公。《大雅》之《公劉》、《泂》、《酌》、《卷阿》、皆召康公。《民勞》、召穆公。《板》、凡伯。《蕩》、召穆公。《雲漢》、仍叔。《韓奕》、《江漢》、皆尹吉甫。《常武》、召穆公。《瞻卬》、《召旻》皆凡伯。及《魯頌》四篇皆史克。爾。其餘或言某大夫、某人，或言大夫，或言微臣，或言下國，或言大子傅，或併不言其人。蓋古世質樸，人惟情動於中，始發爲詩歌以自明其意，非若後世能文之士欲暴其才，有所作輒繫以名氏也。及傳播人口，采風者因而得之，但欲識作詩之意，不必問其何人作也。國史得詩，則述其意而爲之《叙》，固無由盡得作者之主名矣。師儒傳授，相與講明其意，或於《叙》間有附益，然終不敢妄求人以實之。闕所不知，當如是耳。朱子《集傳》始以《葛覃》、《卷耳》爲后妃作，《緑衣》、《燕燕》、《日月》、《終風》爲莊姜作，《東山》、《文王》、《大明》、《綿》爲周公作。惟《文王》本《呂氏春秋》，然非先儒所取信。鑿然言之，毫不置疑矣。

集傳詩證

朱子釋《詩》，多引他書以證成己説。如釋《鄭·遵大路》則引宋玉《登徒賦》，釋《秦·晨風》則引百里奚妻《扊扅歌》，釋《雅·楚薺》、《神保》則引屈原《九歌》，釋《頍弁》則引漢魏以來樂府，釋「文王陟降」則引《春秋傳》天王命諸侯之詞，釋《行葦》、《江漢》諸詩則引《博古圖》、《器物銘》，釋《周頌》「陟降庭止」則引《楚詞·大招》，皆取其語之相同及文勢之相似者，以爲取義亦必相類，其用意可謂勤矣。源間嘗考六經之文，互相沿襲者多有，語雖同，意未必盡同也。即如「柔遠能邇，出納朕命」，舜命官言之。見《書·舜典》。而《民勞》詩亦云「柔遠能邇」，《烝民》詩亦云「出納王命」，不得謂此二詩因命官而作也。「不憖遺一老」、「煢煢余在疚」，魯哀公誄孔子言之。見《左傳》哀十六年及《禮記·檀弓》。而《十月之交》亦云「不憖遺一老」，《閔予小子》亦云「嬛嬛在疚」，不得謂此二詞因悼賢臣而作也。「鶉之賁賁」，與「奔」同。晉童謡也。見《左傳》僖五年。而《鄘》之《鶉奔》豈克敵之詩乎？「如魚竀尾」，與「赬」同。衛卜繇也。見《左傳》哀十七年。而《周南》之《汝墳》豈失國之詞乎？竪良夫見夢於衛侯云：「綿綿生之瓜矣。」哀十七年。可謂《大雅》之《綿》爲怨鬼之語乎？胤侯數羲和之罪，云「顛覆厥德沈湎于酒矣」。見《書·胤征》。可謂《抑》之弟三章爲誓師之文乎？此類殆不勝詘指。又專舉詩詞言之，如「之子」之稱可施於女子，亦可施於天子。《杕杜》之興以刺寡特，亦可以勞士卒。「喓喓草蟲」、「倉庚喈喈」之語，采桑女及嫁子語出《桃天》傳。用之，而王者之勞將帥亦用之。至如「萬壽無疆」、「介爾景福」、「樂只君子」、「彼其之子」、「四牡孔阜」、「所謂伊人」等語皆重見疊出，然而篇各一義，義各有歸，不得概而同之也。況後世騷人墨士擷取經文，不過攬其芳華以資潤色，豈暇尋其本旨哉？今因片詞之偶同遽謂經之正解在是，是猶指隙中之末光而盡日月之全照，據杯中之一勺而測江海之洪流也。彼引《詩》斷章，尚不可用爲正訓，況字句之間偶相蹈襲，在彼亦出於無心者乎？

逸詩

古詩三千，孔子删爲三百，其亡逸者多矣。篇名之稍見於書史者，如《貍首》、《鳩飛》、《茅鴟》、《河水》、《新宫》、《驪駒》、《祈招》、《采齊》、《肆夏》、《樊遏》、《渠》、《支祴》、《明明》、《崇禹》、《生開》、《武宿夜》、《轡之柔矣》之屬，先儒皆云逸詩，不彊爲之説也。惟吕叔玉以《肆夏》、《樊遏》、《渠》爲《時邁》、《執競》、《思文》三頌，韋昭以《鳩飛》爲《小宛》，《河水》爲《沔水》。然鄭康成不用三頌之説，杜元凱不用沔水之説，皆卓見也。宋儒又以《新宫》爲《斯干》，《采齊》爲《楚薺》，益屬傅會。若夫《徹》之爲《雝》，《振羽》之爲《振鷺》，《勺》之爲《酌》，《象》之爲《武》，斯固説之有本者矣。

皇清經解卷八十四終

嘉應邱　翀舊校
番禺高學瀛新校

毛詩稽古編　卷二十六

吴江陳處士啓源著

考異

爾雅毛傳異同

《爾雅》與《詁訓傳》皆《詩》説之最古者也。《爾雅》始於周公，而子夏之徒述而成之。《詁訓傳》作於大毛公，而淵源實出於子夏。故此二書之釋《詩》往往相合，然其中亦不無小異。或《詩》之所有而《雅》無文，或《雅》之所釋而毛無傳，或《雅》、《傳》並有訓釋而義趣迥不相謀。竊嘗推其故，二書皆出子夏，而弟子各述其師説則不盡同。傳《爾雅》之學者雖稍增益其文，而未必取資於《詩傳》。毛公之傳《詩》亦自述其師説，著之於書，而未嘗規摹於《爾雅》。是其同者由於所出同，而非諜襲。其異者由於述者之殊，而非有意於立異也。孔疏申毛，於其同者則云毛依用《爾雅》爲説，於其異者則云毛謂《爾雅》未可盡從。此殆未必然也。後儒又謂《爾雅》後出，依仿傳義改易字形，尤爲謬論。辯見魏、秦兩《風》。今案：傳義之與《雅》異者才十之一耳，而其異之實又各有不同。有異而不可同者，有異而未嘗不同者。今特表出之，以俟考辨。「寤寐思服。」服，思之也。案《釋詁》云：「服，事也。」箋用以易傳。○「左右芼之。」芼，擇也。案：《釋言》云：「芼，搴也。」孔疏通兩義爲一，辯見本詩。○「于沼于沚。」沚，渚也。「鳧鷖在渚。」渚，沚也。案：《釋水》云：「小渚曰沚。」○「抱衾與裯。」裯，單被也。案：《釋訓》云：「幬裯同。謂之帳。」箋用以易傳。○《野有死麕》：「郊外曰野。」案：《釋地》云：「郊外謂之牧，牧外謂之野。」○「壹發五豵」、「一歲曰豵」、「言私其豵」傳同。案：《釋獸》云：「豕生三豵。」箋用以易傳。辯詳《七月》詩。○「惠然肯來。」言時有順心也。案：《釋言》云：「肯，可也。」箋用之，本詩有辯。○「景山與京。」京，高丘也。「如坻如京」傳同。案：《釋丘》云：「絶高爲之京，非人爲之丘。」〔一〕丘與京異。○「騋牝三千。」馬七尺以上曰騋。此《周禮·廋人》文。騋馬與牝馬也。案：《釋畜》云：「騋牝驪牡。」此郭義也。《禮記》鄭注引此作「騋牝驪牡玄」。○「考槃在阿」、「曲陵曰阿」。案：《釋地》云：「大陵曰阿。」孔疏謂《大雅》「有卷者阿」，則阿有曲者，於隱遁爲宜。○「悠悠蒼天。」蒼天，以體言之。尊而君之則稱皇天，元氣廣大則稱昊天，仁覆閔下則稱旻天，自上降鑒則稱上天，遠而視之蒼蒼然則稱蒼天。案：《釋天》云：「穹蒼，蒼天也。春爲蒼天，夏

〔一〕「爲」，當作「謂」，參見庫本、張校本。

爲昊天，秋爲旻天，冬爲上天。」傳取義分，《雅》以時別。康成和合二説，語詳孔疏。○「齊子豈弟。」言文姜於是樂易然。案：《釋言》云：「愷悌，發也。」箋用其義。○「胡瞻爾庭有縣特兮。」獸三歲曰特。案：《釋獸》云：「豕生一特。」○「騆驪是驂。」黄馬黑喙曰騆。案：《釋畜》云：「黑喙騆。」不言黄馬。《説文》同傳。○「宛在水中坻。」坻，小渚也。案：《釋水》云：「小渚曰沚，小沚曰坻。」○「宛丘之上兮。」四方高、中央下曰宛丘。案：《釋丘》云：「宛中，宛丘。」又云：「丘上有丘。」《宛丘》本詩有辯。○「心焉惕惕。」惕惕，猶忉忉。《齊·甫田》傳云：「忉忉，憂勞也。」案：《釋訓》云：「惕惕，愛也。」郭云：「《韓詩》以爲悦人，故言愛。」○「溉之釜鬵。」鬵，釜屬。案：《釋器》云：「䰝謂之鬵。鬵，鉹尺氏切。也。」孔疏云：「䰝非釜類。雙舉者，以其俱是食器。」○「言私其豵，獻豜于公。」豕一歲曰豵，三歲曰豜。案：《釋獸》云：「豕生三豵。」又云：「鹿麕絶有力麉。」箋用《爾雅》「豵」義易傳，疏併用「麉」義述箋。辯詳本詩。○「于彼原隰。」高平曰原。案：《釋地》云：「廣平曰原，高平曰陸。」○「坎坎鼓我，蹲蹲舞我。」坎坎，無傳。蹲蹲，舞貌。案：《釋訓》云：「坎坎、蹲蹲，《爾雅》「蹲」作「壿」，《説文》同。喜也。」○「如竹苞矣。」苞，本也。案：《釋木》云：「如竹箭曰苞。」郭注爲叢生義。○「九十其犉。」黄牛黑脣曰犉。「殺時犉牡」傳同。案：《釋畜》云：「黑脣犉。」郭以爲通謂黑脣牛，不主爲黄牛。《説文》同毛傳。○「執爨踖踖。」踖踖，爨竈有容也。案：《釋訓》云：「踖踖，敏也。」○「皇尸載起。」皇，大也。案：《釋詁》云：「皇，君也。」箋用以易傳。○「先集維霰。」霰，暴雪也。案：「霰《釋天》云：「雨霓霰同。案《說文》「霓」即「霰」之或體。爲霄雪。」郭以爲水雪雜下。孔申傳云：「霰久必暴雪，非謂霰即暴雪。」○「止于丘阿。」丘阿，曲阿也。案：《釋丘》云：「非人爲之丘。」大陵曰阿，丘與阿別。孔疏云：「以下丘側、丘隅類之。」則丘、阿非二物。○「奉璋峩峩。」半圭曰璋。案：《釋訓》云：「峩峩，祭也。」箋從之。王肅以爲傳不言祭，辯詳本詩。○「依其在京。」京，大阜也。案：《釋地》云：「大阜曰陵。」《釋丘》云：「絶高爲之京。」孔疏通其義，謂「丘高大爲京」，則京亦土之高者，與大阜同。○「履帝武敏。」敏，疾也。案：《釋訓》云：「敏，拇也。」箋從之。孔申傳云：「毛謂《爾雅》不可盡從。」○「陟則在巘。」巘，小山，別於大山也。案：《釋山》云：「小山別，大山鮮。」又云：「重甗郭注云：「山形如絫兩甑。」孔疏引以釋「巘」。隒。」○「錫爾介圭，以作爾寶。」寶，瑞也。案：《釋器》云：「珪大尺二寸謂之玠。」則非諸侯瑞圭。箋用《雅》義易傳。《韓奕》「以其介圭」同。○「振古如兹。」振，自也。案：《釋言》云：「振，古也。」箋用以易傳。○「在坰之野。」邑外曰郊，郊外曰野，野外曰林，林外曰坰。案：《釋地》云：「郊外謂之牧，牧外謂之野。」孔疏云：「野爲通稱。又彼牧與此牧異，嫌相涉，故略之。」○「烝烝皇皇。」烝烝，厚也。案：《釋訓》云：「烝烝，作也。」箋以「烝烝」爲「進進」，與興作義相近。○右諸條皆異而不可同者也。

「惄如調飢。」惄，飢意。案：《釋詁》云：「惄，思也。」《釋言》云：「惄，飢也。」箋從《釋詁》，孔謂「惄」本訓「思」，是飢之意，非飢之狀。故箋以「思」義相接成。○「終風且暴。」暴，疾也。案：《釋天》云：「日出而風曰暴。」二義雖異，然相兼，亦可通。○「庶姜孽孽。」孽孽，盛飾也。案：《釋訓》云：「孽孽，戴也。」郭注云：「頭戴物。」孔疏以爲頭戴物乃婦人盛飾貌。○「在河之漘。」漘，水隒也。案：《釋丘》云：「夷上洒下漘。」《釋山》云：「重甗隒。」孔疏通之言漘是水岸，隒是山岸。故漘爲水隒。○「將叔無狃。」狃，習也。案：《釋言》云：「狃，復也。」箋從之。孔謂復亦摜習意。○「在水之湄。」湄，水隒也。案：《釋水》云：「水草交曰湄。」孔通之，與「漘」同。○「中唐有甓。」唐，堂塗也。案：《釋宮》云：「廟中路謂之唐，堂塗謂之陳。」孔通之云：「堂之與陳，廟廷之異名耳，其實一也。」○「象弭魚服。」弭，弓反末也。案：《釋器》云：「有緣者謂之弓，無緣者謂之弭。」孔用孫炎義釋之，謂不以繳束骨飾兩頭爲弭。是弭乃弓弰，弛則反曲，故爲弓反末。○「歲亦陽止。」陽，曆陽月也。案：《釋天》云：「十月爲陽。」此詩及《杕杜》箋皆用之。孔謂曆盡有陽之月方至十月，毛正解十月名陽之義。○「其爲飄風。」飄風，暴起之風。案：《釋天》云：「回風爲飄。」回旋之風必猝然而起，義相通。○「以妥以侑。」侑，勸也。案：《釋詁》：「侑，報也。」孔云：「已飲食而後勸之，亦是重報之義。」○「追琢其章。」追，彫也。金曰彫，玉曰琢。案：《釋器》云：「玉謂之雕，金謂之鏤。」又云：「玉謂之琢。」孔云：「散文可以相通。」○「其椔其翳。」自斃爲翳。案：《釋木》云：「自斃柛，音申。蔽者翳。」郭注引此詩。孔通其義云：「生木自倒，枝葉覆地而陰翳。」○「汔可小康。」汔，危也。案：《釋詁》云：「幾，汔也。」箋用《雅》義，辯詳本詩。○「徂隰徂畛。」畛，埸也。案：《釋言》云：「畛，殄也。」邢疏謂：「畛，地畔之徑路也。至此而易之主，故畛爲埸。易則地絶，故謂之殄。」○又《釋訓》所釋晏晏、旦旦、丁丁、嚶嚶、蓁蓁、萋萋、皋皋、琄琄、憲憲、泄泄、懽懽、愮愮、謔謔、熇熇諸義皆與傳異。孔疏申之，以爲傳解字訓，《雅》言作詩之故，故有不同。○右諸條皆異而未嘗不同者也。至於《周南》之「崔嵬」、「岨」，《魏風》之「岵」、「屺」，《雅》、《傳》相反，乃後世傳寫之誤，非作者本意。茲不贅及焉。

鄭箋破字異同

康成釋《詩》多改經字以就己説，説《詩》者譏之。然其間得失縣殊，不能無辨，今悉考之。有自據當時讀本未嘗改者，如「願言則疐」，「疐」爲「嚔」；《釋文》云：「疐，本又作『嚔』。」「素衣朱繡」，「繡」爲「綃」；《魯詩》作「綃」，見《士昏禮》注。「東有甫草」，「甫」爲「圃」；《韓詩》作「圃」。又甫、圃古通用。「古之人無斁」，「斁」爲「擇」；孔疏云：「此經『斁』字本有作『擇』者。」「串夷載路」，「串」爲「患」；《釋文》云：「串，一本作『患』。」疏亦云。「好是稼穡」、「稼穡維寶」，「稼穡」皆爲「家嗇」；《釋文》云：「尋鄭本二字皆無『禾』。」疏亦云。「景員維河」，「河」爲「何」；《釋文》云：「河，本或作『何』。」是也。有古字音義本相通者，如「其虛其邪」，「邪」爲「徐」；古邪、徐音同。《魯頌》「邪」字協「徂」。《爾雅·釋訓》作「其徐」。「籧篨不殄」，「殄」爲「腆」；疏引《儀禮注》云：「腆，古文字作『殄』。」「其魚魴鰥」，「鰥」爲「鯤」；疏云：「鰥、鯤古通用。」「烝在栗薪」，「栗」爲「裂」；「公孫碩膚，詒厥孫謀」，「孫」皆爲「遜」；疏云：「古遜字借孫爲之。」「示我周行」，「示」爲「寘」；疏云：「古示、寘同讀。」「視民不恌」，「視」爲「示」；鄭自云：「視，古示字。」「鄂不韡韡」，「不」爲「柎」；「抑此皇父」，「抑」爲「噫」；「飲酒温克」，「温」爲「蘊」；疏云：「温、蘊通用。」「既匡既敕」，「匡」爲「筐」；《説文》云：「匡，飲器，筥也。」筐乃重文。「垂帶而厲」，「厲」爲「裂」；「裂假不瑕」，「裂假」爲「厲瘕」；《祭統》「厲山氏」，《魯語》作「裂山氏」，可見古厲、烈、裂通用。「維其勞矣」，「勞」爲「遼」；疏云：「字相假借。」「孔棘我圉」，「圉」爲「禦」；圉、禦通用，辨詳《正字》。「靡人不周」，「周」爲「賙」；賙，通用「周」。「懿厥哲婦」，「懿」爲「噫」；「不云自頻」，「頻」爲「濱」；「置我鞉鼓」，「置」爲「植」辨皆詳本詩。是也。此二者似改字而實非改也。又有改其字而不改其義者，如「白茅純束」，「純」爲「屯」；「其之展也」，「展」爲「襢」；「隰則有泮」，「泮」爲「畔」是也。有所改之字義雖小異而不甚相遠者，如「自詒伊阻」、「所謂伊人」、「伊可懷也」、「伊誰云憎」，「伊」字皆爲「繄」；「出其闉闍」，「闍」爲「都」；「既敬既戒」，「敬」爲「儆」；「立我烝民」，「立」爲「粒」；「幅隕既長」，「隕」爲「圓」是也。有改之而有補於文義者，如「良馬祝之」，「祝」爲「屬」；「齊子豈弟」，「豈弟」爲「闓圛」；「其弁伊騏」，「騏」爲「綦」；疏云：「《禮》無騏色弁。《顧命》有之者，新王特設此使士服之。此言諸侯常服當作『綦』。」《釋文》云：「騏，《説文》作『璂』，云：弁飾也。」「浸彼苞稂」，「稂」爲「涼」；「無相猶矣」、「其德不猶」，「猶」皆爲「瘉」；「勿罔君子」，「勿」爲「末」；「舟人之子」，「舟」爲「周」；「熊羆是裘」，「裘」爲「求」；「賓載手仇」，「仇」爲「斢」；「莫肯下遺」，「遺」爲「隨」；「謂之尹吉」，「吉」爲「姞」；「應田縣鼓」，「田」爲「朄」是也。有改之而無妨於文義者，如「説懌女美」，「懌」爲「釋」；「山有橋松」，「橋」爲「槁」；「其人美且鬈」，「鬈」爲「權」；「有蒲與蕑」，「蕑」爲「蓮」；「田畯至喜」，「喜」爲「饎」；《七月》、《大田》同。「其祁孔有」，「祁」爲「麎」；「攘其左右」，「攘」爲「纕」；「上帝甚蹈」，「蹈」爲「悼」；「有兔斯首」，「斯」爲「鮮」；「其政不獲」，「政」爲「正」；「以歸肇祀」、「后稷肇祀」、「肇域彼四海」，「肇」皆爲「兆」；「用狄蠻方」、「狄彼東南」，「狄」皆爲「剔」；「實墉實壑」，「實」爲「是」；「來旬來宣」，「旬」爲「營」；「徐方繹騷」，「繹」爲「驛」；「鋪敦淮濆」，「敦」爲「屯」；「何天之龍」，「龍」爲「寵」是也。有改所不必改而文義反迂者，「緑兮衣兮」，「緑」爲「禒」；「説于農郊」，「説」爲「襚」；「俟我乎堂兮」，「堂」爲「棖」；「他人是愉」，「愉」爲「偷」；「小人所腓」，「腓」爲「芘」；「不可與明」，「明」爲「盟」；「似續妣祖」，「似」爲「巳」；辰巳之巳。「君子攸芋」，「芋」爲「幠」；「維周之氏」，「氏」爲「桎」；「先祖是皇」、《楚茨》、《信南山》。「烝烝皇皇」，「皇」皆爲「暀」；《爾雅》釋文音旺。「俶載南畝」，《大田》、《載芟》、《良耜》。「俶載」爲「熾菑」；「式勿從謂」，「式」爲「慝」；「無自瘵焉」，「瘵」爲

「際」；「后稷不克」，「克」爲「刻」；「先祖于摧」，「摧」爲「嗺」；「草不潰茂」，「潰」爲「彙」；「賚我思成」，「賚」爲「來」；及《叙》「哀窈窕」，「哀」爲「衷」；「刺幽王」，「幽」爲「厲」；《十月之交》、《雨無正》、《小旻》、《小宛》四《叙》同。「祀高宗」，「祀」爲「祫」《玄鳥叙》。是也。

康成他注與箋詩異同

康成箋《詩》與注他典之引《詩》者多有異同。蓋因先通《韓詩》，後見《毛叙》，又他典所引類多斷章，則就文立義故也。其得失亦往往互見，故後儒釋《詩》或反取他注。今列其異同，頗加裁擇焉。「君子好逑」，《緇衣》「逑」作「仇」。注訓「仇」爲「匹」，彼疏申之，言以好人爲匹。與毛傳「善匹」小異而實同。箋訓「逑」爲「怨耦」，謂和好衆妾之怨者。辯見本詩。○《葛覃》「服之無斁」，《緇衣》「斁」作「射」。注言采葛爲君子之衣，令君子服之不厭。箋訓「服」爲「整」，言整治之無厭倦。○《何彼襛矣》，《箴膏肓》以爲齊侯嫁女，乘其母王姬嫁時之車。《儀禮》疏謂此乃三家詩説。箋以王姬嫁於齊，自乘其車。○「壹發五豝」，《射義》注以爲喻多得賢，彼疏云斷章，箋以爲不忍盡殺，仁心之至。○「威儀棣棣」，《孔子閑居》「棣」作「逮」，注以「逮逮」爲安和貌。箋從傳，富而閑習。○「先君之思，以勖寡人。」《坊記》「勖」作「畜」。注以爲「定姜詩，言獻公當思先君以孝於我」，彼《釋文》云：「此是《魯詩》。」箋從《毛叙》，「莊姜送歸妾」。鄭答炅模云：「後見《毛詩》，改之。」○「采葑采菲，無以下體。」《坊記》注有二説：一謂采其葉而可食，無以根美，并取之。

證《記》不盡利。一謂人之交友取一善而已，不可求備於人。此則別解《詩》義，彼疏以爲注《記》時未見毛傳，不知是夫婦之詩也。箋謂「無以顔色之惡棄其相與之禮」。○「鵲之彊彊」、「鶉之奔奔」，《表記》「彊彊」作「姜姜」，「奔奔」作「賁賁」，注以爲爭鬬貌，云：「大鳥姜姜於上，小鳥賁賁於下。」以證君命逆臣有逆命。箋謂「居有常匹，行則相隨」。○「爾卜爾筮，體無咎言。」《坊記》「體」作「履」，注訓「履」爲「禮」，言既卜筮然後與我爲禮，則無咎惡之言。箋從毛傳，爲「兆卦之體」。○「心之憂矣，於我歸說。」《表記》注以爲欲歸其所説忠信之人。彼疏謂斷章以證不以口譽人。箋以爲君無所依，當於我舍息。○「何戈與祋。」《樂記》注引此詩，「祋」作「綴」，云：「綴，表也。所以表行列也。」彼疏以爲魯、齊、韓詩。毛傳云：「祋，殳也。」箋不易傳。○「維鵜在梁，不濡其翼。」《表記》注以爲鵜胡善居泥水之中，在魚梁以不濡汚其翼爲才，如君子以稱其服爲有德。箋以爲鵜當濡翼，而不濡非其常，喻小人在朝非其常。○「夏屋。」《檀弓》注以爲今之門廡，其形旁廣而卑，箋以爲設禮食大具。○《七月》篇，《周禮·籥章》注以「流火」、「觱發」爲《豳風》，「于耜」、「舉趾」、「饁彼南畝」爲《豳雅》，「穫稻」、「春酒」、「躋彼公堂」、「稱彼兕觥」爲《豳頌》。箋以「女心傷悲」爲《豳風》，「穫稻」、「春酒」爲《豳雅》，「朋酒斯饗」爲《豳頌》。○「人之好我」、「示我周行」。《緇衣》注以爲示我忠信之道，箋以爲人有以德善我者置之於周之列位。此及「德音」，今皆從《記》注。然箋義實勝。○「德音孔昭。」《鄉飲酒禮》注以爲嘉賓有孔昭之明德可則傚，箋以爲語先王之德教甚明可以示天下之民。○六笙詩，《鄉飲酒禮》注以爲其義未聞，又以爲孔子之前已亡。箋以爲孔子時俱在，其義與衆篇合編，故存。○「成不以富，亦祇以異。」《論語》「成」作「誠」，注以爲此行誠不可致富，適足以爲異。箋以爲女不以禮爲室家成事不足以得富也，亦適以此自異於人道。○「執我仇仇，亦不我力。」《緇衣》注以爲待我仇仇然不堅固亦不力用我，箋以爲待我謷謷然亦不問我在位之功力。○「潛雖伏矣，亦孔之炤。」《中庸》「炤」作「昭」，注以爲聖人雖隱居，其德甚明。箋以喻賢者伏處炤炤易見，不足以逃。○「明發不寐，有懷二人。」《祭義》注以「明發」爲「明日」，繹祭之夜自夜達旦。「二人」，謂父母，文王繹祭之夜達旦不寐，思其父母。箋從毛，以「二人」爲文、武。○「靖共爾位，正直是與。神之聽之，式穀以女。」《表記》注訓「穀」爲「禄」，言敬治女位之職事與正直之人爲友，則神聽女之所爲用禄與女。箋訓「共」爲「具」，「穀」爲「善」，言有明君謀具女之爵位，神明則祐聽之，其用善人必與女。吕《記》取《禮》注，較優。○《鼓鐘》篇，《中候握河》注以爲昭王時詩。孔疏云：「時未見《毛詩》，依三家爲説。」箋從《叙》刺幽王。○《彼都人士》「狐裘黄黄。」《緇衣》注以爲黄衣則狐裘大蜡之服。彼疏云：「此以正衣解之。」箋謂取温裕而已，不言大蜡。○「心乎愛矣，遐不謂矣。」《表記》「遐」作「瑕」，注以「瑕」爲「胡」，「謂」爲「告」。箋以「瑕」爲「遠」，「謂」爲「勤」。○「侯于周服。」《周禮·職方》注引此云：「服，服事天子也。」箋云：「爲君于九服之中。」○「於緝熙敬止。」《緇衣》注以爲明明乎敬其容止，箋以爲敬其光明之德。○「駿命不易。」《大學》注讀易爲去聲，云：「天之大命，持之誠不易。」箋音亦，云：「不可改易。」難易義長，今從之。○「上天之載，無聲無臭。」《中庸》注讀「載」爲「栽」，言上天造生萬物，人無聞其聲音臭氣者。以喻化民之德清静如神。箋謂天之道難知。○「聿懷多福。」《表記》注訓「懷」爲「至」，言述行上帝之德以至於多福。箋訓「懷」爲「思」，言述行此道思得多福。○「六師及之。」《答臨碩》以六師即六軍。箋以爲二千五百人爲師，未備六軍，殷末之制。孔疏以箋爲誤。疏得之。○「鳶飛戾天，魚躍于淵。」《中庸》注以爲聖德至天則鳶飛，至淵則魚躍。箋以喻惡人遠去，善人得所。《記》注優矣，本詩有辨。○「豈弟君子，求福不回。」《表記》注以君子求福修德以俟之，不爲回邪之行。箋以「不回」爲不違先祖之道。○「予懷明德，不大聲以色。」《中庸》注訓「懷」爲「歸」，言我歸有明德，以其不大聲爲嚴厲之色以威我也。箋以爲不虚廣言語以外作容貌。○「匪棘其欲，遹追來孝。」《禮器》「棘」作「革」，「欲」作「猶」，「遹」作「聿」。注以爲文王改作，非欲急行己之道，乃追述先祖之業來居此豐邑而行孝道，時使之然也。箋訓「來」爲「勤」，言非急欲從己之欲，乃追述王季勤行之孝。本詩有辯。○「武王成之。」《坊記》注以爲武王築成鄗京，箋以爲伐紂定天下成龜兆之吉占，疏謂《記》斷章，此當顧上下文，必著其功之盛美，方可繼以君哉。後儒皆從《記》注。○「豐水有芑，武王豈不仕？詒厥孫謀，以燕翼子。」《表記》注訓「芑」爲「枸檵」，「詒」爲「遺」，言武王豈不念天下之事乎如豐水之有芑矣，乃詒其子孫以善謀以安翼其子也。今皆從此，亦通。彼疏云：「翼，助也。」此證數世之仁。箋從毛，「芑」爲「草」，「詒」訓「傳」，「孫」訓「順」，「翼」亦從毛爲「敬」，言傳其順天下之謀以安其敬事之子孫。○《生民》詩，《檀弓》注引《大戴禮·帝繫篇》，言帝嚳有四妃，則姜嫄乃帝嚳妃，稷乃帝嚳子。箋以姜嫄爲高辛氏之世妃，稷非帝嚳子。○「后稷肇祀，庶無罪悔，以迄于今。」《表記》「肇」作「兆」，注以爲祀后稷於郊以配天，庶無罪悔乎，福禄傳世乃至於今。箋以爲后稷祀帝於郊而衆民咸得其所，無有罪過也，子孫蒙福以至於今。○「既醉以酒，既飽以德。」《坊記》注以爲饗燕非專爲酒肴，亦以觀威儀成德美。箋從毛傳，以德爲施惠及歸俎。○「顯顯令德。」《中庸》「顯」作「憲」，注以「憲憲」爲興盛貌。箋以「顯顯」爲光。《中庸》疏云：「憲憲，乃齊、魯、韓之詩。」○「保右命之，自天申之。」《中庸》「右」作「佑」，注以爲天乃保安佑助命之爲天子，又申重福之。箋以爲成王官人群臣保右而舉之，乃後命用之，又用天意申敕之。《記》注允矣。○「芮鞫之即。」《周禮·職方氏》注以芮爲水名。箋以芮爲水内，鞫爲水外。箋得之。○「有覺德行。」《緇衣》「覺」作「梏」，注云：「大也，直也。」箋從毛，止訓「大」。兼二義亦勝，朱《傳》從之。○「無言不讎。」《表記》注以爲「讎」猶「荅」也，箋以「讎」爲「售」。二義稍異而實同。○「相在爾室，尚不愧于屋漏。」《中庸》注以爲君子雖隱居不失其容德，視女在室獨居猶不愧于屋漏。屋漏非有人也，况有人乎？箋以爲刺助祭者在宗廟之室怠惰不敬，不念屋漏有神而起愧心。○「維此惠君。」《祭統》注以

「惠」爲施惠。箋以「惠」爲「順」。○「生甫及申。」《孔子閑居》注以「甫」爲仲山甫，箋以爲甫侯。○「肅雝顯相。」《書傳》注以「肅雝」指助祭諸侯，云四海敬和明德來助祭。箋以「肅雝」屬周公，「顯相」屬諸侯。《書傳》注義長。○「不顯不承，無射於人斯。」《大傳》「射」作「斁」，注以爲文王之德豈不顯明，豈不承成先人之業。箋以爲助祭者光明文王之德，承順文王之意。鄭《答炅模》言注《禮》在前，箋《詩》在後，故有異。二説俱未盡善，當從毛義。○「夙夜基命宥密。」《孔子閑居》注訓「基」爲「謀」，言夙夜謀爲政教以安民。箋從毛，以「基」爲「始」，言早夜始順天命，不敢解倦行寬仁安静之政。○《鄉射禮》注引吕叔玉語，以《時邁》、《執競》、《思文》三詩即《肆夏》、《樊遏》、《渠》。《詩》箋、《周禮》注皆不用其説。○《王制》注以「辟」爲「明」，「雝」爲「和」，所以明和天下。「泮」之言「班」，所以班政教。《泮水》箋以爲「辟雝者，築土雝水外，圓如璧。泮之言半，東西門以南通水，北無也。」孔疏以爲箋言其形，《禮》注解其義，兩相接成。○「夏而楅衡。」《周禮·封人》注以楅設於角，衡設於鼻。箋以爲皆設於角。○「公徒三萬。」《答臨碩》以爲二軍，箋以爲三軍，孔疏以二軍爲是。○「鬷格無言，時靡有争。」《中庸》「鬷」作「奏」，注訓「假」爲「大」，言奏大樂於廟中，人皆肅敬，金聲玉色，無有言者。箋訓「假」爲「升」，言總升堂而齊一，寂然無言語争訟。○「爲下國綴旒。」《郊特牲》注引此「綴旒」作「畷郵」，以證「郵」表「畷」之義，以爲田畯督約百姓於井閭之處。彼疏謂此乃三家詩，「畷郵」者井道相連畷之處造郵舍以處田畯，言成湯施仁政，爲下國諸侯之處所，使不離散。箋以爲諸侯繫心於天子，如旌旗之旒綴著於縿。箋勝注。然毛傳尤當。○右間有臧否，雖出管見，或不無一得焉。其不置辯者，則以箋義爲正矣。

釋文正義異同

毛傳簡質，述者各有異同，今止存康成一家之説，蓋因孔氏正義義取畫一，毛無傳者概用箋義述之。惟箋義顯與傳殊，始旁取王肅、孫毓諸家之説以述毛義，否則略焉。然諸家之説固有大勝於鄭者，惜其書已亡，不可考已。今取其音義見於《釋文》而孔疏所遺者紀之於左，以俟後之識者擇焉。「窈窕淑女。」王肅云：「善心曰窈，善容曰窕。」此揚雄語，與毛傳「幽閑」義本合。孔用鄭申毛，故駁揚。○「左右流之。」左右，王申毛如字，鄭音佐佑。孔用鄭申毛。近解用王音，然不如鄭。○「百兩御之。」御，王肅魚據反，云「侍也」。毛云「送御皆百乘」，則亦當音訝。肅此音義併易傳，不如訝義長。○「逝不相好。」好，王、崔、申、毛如字。毛云「不及我以相好」。孔不爲疏，未詳如字之義。○「濟盈不濡軌。」軌，舊龜美反，謂車轊頭也。依傳意直音犯。今用舊音。○「將其來施。」施，王申毛如字，鄭七羊反。案：次章箋云：「言其將來食亦應如字，若七羊反，當爲請義。」○「二矛重喬。」傳：「重喬，絫荷也。」荷舊音何，謂刻矛頭爲荷葉相重絫也。沈胡可反，謂兩矛之間相負荷。孔引《候人》傳以「荷」爲「揭」，義同沈。○「舍命不渝。」舍，音赦。王云「受也」，沈書者反。鄭訓處，孔述毛用之。○「不寁好也。」好，如字。鄭云：「善也。或呼報反。」近解用或反。○「聊樂我員。」樂，音洛，一音岳。毛、鄭義皆作洛音，未詳音岳之義。○「士曰既且。」且音徂，往也。徐子餘反。「既且」無傳，鄭亦不訓往。○「會且歸矣。」且，七也反，沈子餘反。未詳沈義。○「葛屨五兩。」兩，王肅如字，沈音亮。音異義同。○「莫我肯勞。」勞，如字，又力報反。如字非箋、疏義，近解用之。○「碩大無朋。」傳云：「朋，比也。」王肅、孫毓申毛。比，必履反，謂無比例也。近用此解。○「人之爲言。」爲，于僞反。或如字，下皆同。本或作「僞」者非。于僞乃鄭義，孔申毛作「僞」，依定本也。孔又云：「王肅諸本皆作『爲言』。」如字豈王義乎？近解皆讀如字。○《小戎》，王云「駕兩馬。」毛云「兵車」，鄭云「此群臣之兵車」，孔云：「元戎先行，從後行者謂之小戎。故箋申之，皆不言駕兩馬。」○「穀旦于差。」旦，本亦作「且」。王七也反，苟且也。徐子餘反。差，鄭初佳反。王音嗟，《韓詩》作「嗟」。徐七何反。沈云：「毛意不作『嗟』。」案：毛無破字，宜從鄭讀。據此則王亦破字。然觀徐之「且」音及韓之作「嗟」，則或是讀本之異。○「何戈與祋。」何，何可反，又音何。何義未詳。○《七月》，毛傳「爾土晚寒」，謂晚節而氣寒也。與鄭異義而勝之。○「鬻子之閔斯。」鬻，由六反。徐居六反。一云：賣音育，衒也。也。○「勿士行枚。」行，毛音衡，鄭音銜，王户剛反。「行」字，毛無傳，何自知其音衡？鄭云：「行陳銜枚」則「銜」字非釋行也。「行陳」之「行」正應户剛反，不當獨爲王義。《釋文》恐有誤。○「烝在栗薪。」栗，毛如字，鄭音列。孔用鄭申毛，亦爲析薪義。○「烝然罩罩。」烝，王衆也。吕用王義。○「保艾爾後。」艾，五蓋反。徐音刈。毛訓養，徐音當訓治，亦通。○「共武之服。」共，鄭如字。王、徐音恭。近解用恭音。○「侵鎬及方。」鎬，王云「京師」。鄭得之，王非是。○「于焉逍遥。」焉，於虔反。又如字。於虔反，鄭義也。孔述毛用之。近解用如字，爲義不及鄭優。◯「噲噲其正，噦噦其冥。」傳：「正，長也。冥，幼也。」長，崔直良反。幼，崔音杳。辯詳本詩。◯「不弔昊天。」弔，如字。又丁歷反，下同。毛、鄭皆爲至義，應丁歷反。如字不知誰義，近解用之。◯「抑此皇父。」抑，如字，詞也。徐音噫。近用如字之義。◯「曰予不戕。」戕，在良反。王作「臧」。臧，善也。孫毓評以鄭爲改字。上二條本詩皆有辯。◯「舍彼有罪。」舍，音赦，一音捨。毛訓除，應從捨音。◯「淪胥以鋪。」鋪，遍也。王云：病也。王用《江漢》傳義，亦通。◯「飲酒温克。」温，王如字，柔也。鄭於運反，蘊藉也。近解從王。◯「誰適與謀。」適，如字。王、徐都歷反。如字者箋、疏義也。近用王、徐音。◯「廢爲殘賊。」傳：廢，忕也。一作「廢」，大也。此是王肅義。肅得之，本詩有辯。◯「哀我憚人。」憚，丁佐反。徐又音但，下同。音但當訓畏，未詳其義。◯「禮儀卒度。」度，如字。沈待各反。◯「神嗜飲食。」《釋文》「嗜」作「耆」，云：「而至反。徐云：『又巨之反。』下同。」沈、徐二反，義俱未詳。◯「乘馬在廄。」乘馬，王、徐繩證反，四馬也。鄭如字。近從王、徐。◯「福禄艾之。」艾，徐又音刈。◯「實維何期。」期，本亦作「其」，音基。王如字。基音乃鄭義。若如字讀，則「期」乃「期望」，義亦通。◯「各奏爾能。」能，如字。徐奴代反，又奴來反。二反義皆未明。◯「有那其居。」王：「那，多也。」毛無傳，孔以鄭述毛，莫聞王義。◯「中心藏之。」藏，鄭子郎反，王才郎反。《表記》釋文亦云「王如字」。辯詳本詩。◯「駿命不易。」易，毛以豉反，鄭音亦。下文及「不易維王」同。本詩有辯。◯「王赫斯怒。」斯，毛如字，此也。鄭音賜。鄭云：「斯，盡也。」孔述毛，亦云「盡怒」。

◯「於論鼓鐘，於樂辟廱。」於，音烏。鄭如字。辯見本詩。◯「昭茲來許，繩其祖武。」來，王如字，鄭音賚。說見本詩。◯「聿追來孝。」「來」字同「來許」。◯「貽厥孫謀。」孫，王申毛如字，鄭音遜。孔以鄭述毛，近解從王。◯「先生如達。」達，他末反，小羊也。沈云：「毛如字。」孔謂毛、鄭意同。未詳沈義。◯「柔遠能邇。」能，徐云：「毛如字。」鄭奴代反。孔以鄭申毛，其申鄭亦不同「耐」義，說見本篇。◯「覆狂以喜。」狂，王居往反，鄭求芳反。王義未詳。◯「胡不相畏。」相，毛如字，鄭思亮反。孔以鄭述毛。◯「云如何里。」王云：「𤸎，病也。」與憂義小別。◯「其風肆好。」風，福鳳反。王如字，云「音也」。鄭以風切爲義，孔述毛用之。近解從王義。◯「邦國若否。」否音鄙，惡也。舊方九反，王同，云「不也」。近從王。◯「慶既令居。」令，力呈反，使也。又力政反，命也。王「善也」。近從王義，辯見本詩。◯「燕師所完。」燕，於見反。徐云：「鄭於顯反。」王肅、孫毓皆烏賢反，云：「此燕國。」本詩有辯。◯「來旬來宣。」來，毛如字，鄭音賚。孔以鄭申毛。近解如字。◯「鋪敦淮濆。」敦，王申毛如字，云：「厚也。」近解爲厚義，而未必同王。◯「懿厥哲婦。」懿，於其反。沈又如字。近用沈音，本詩有辯。◯「不弔不祥。」弔如字，又音的。鄭訓至。孔申毛，從之。近解如字。◯「假以溢我。」傳云：「溢，慎。」慎，王、崔申毛，並作「順」解。孔從「慎」義。◯「無此疆爾界。」界，《釋文》作「介」，云：「大也。」「界」字，毛無傳。箋、疏皆經界義。介，大。未知誰義。◯「既昭假爾。」假，鄭、王並音格。沈云：「毛如字。」如沈讀則「假」音賈，訓大。當謂王業之光大，亦通。◯「於薦廣牡。」於，鄭如字，王音烏。近從王音。◯「假哉皇考。」假，音暇。徐古雅反。今從徐音。〇「耆定爾功。」耆，毛音指，致也。鄭巨移反。《韓詩》音同鄭，云：「惡也。」案：鄭云「老不云惡」。鄭字誤，不知誰解。〇「朕未有艾。」艾，五蓋反。徐音刈。與《保艾》同。〇「命不易哉。」易，鄭音亦，王以豉反。與《文王》、《大明》同。〇「於繹思。」於，鄭如字，王音烏。同於薦。〇「狄彼東南。」狄，王他歷反，遠也。孫同鄭作「鬄」。沈云「毛如字」，未詳所出。〇「敦商之旅。」敦，鄭都回反，王都門反，厚也。毛無傳，王義可以述之，孔申毛用鄭義。近解亦從箋。〇「昭假遲遲。」假，古雅反，鄭云：「暇也。」王訓「至」，音格。孔以鄭述毛。近解從「至」義。

又案：陸博士、孔祭酒俱生唐初，又同在十八人之列，然其釋《詩》旨趣多殊。陸實吴人，孔爲冀産，意學有南北之分與？非也。孔奉敕爲正義，故專主傳、箋；陸之《釋文》得任己意，自應旁引他説矣。諸家之述毛，見《釋文》而不見正義者，前既表出之，至《釋文》所引《韓詩》及《説文》與諸家之説，或迥與毛、鄭義别，而著之於編，當必有取焉爾。今亦紀之如左，以見陸、孔之異同，因稍加折衷焉。[一]

「我姑酌彼金罍」引《説文》「姑」作「夃」，云：「秦以市買多得爲夃。」不如毛、鄭姑且之説爲順。〇「施于中逵」引《左傳》杜注「塗方九軌」。案：毛云「九達之道」，義合《爾雅》。杜爲鄭國

[一]「稍」，原作「梢」，據庫本、張校本改。

言之，故異義。孔辯之良是。〇「不可休息。」「息」作「思」。陸、孔意異，辯見本詩。〇《鵲巢箋》「鵲之作巢，冬至架之」，陸云：「架，俗本作『加功』。」孔云：「冬至加功，所見箋本各異。」〇「迨其吉兮」引《韓詩》云：「迨，願也。」案：鄭云：「迨，及也。」義各通。〇「寔命不同」引《韓》「寔」作「實」，云「有也」。案：毛云：「寔，是。」順。〇《江有汜叙》「嫡能悔過」，陸以嫡爲夫人，孔疑是大夫以下。孔得之。〇「渚」引《韓》「一溢一否曰渚」。案：毛云「渚，小洲也。」水岐成渚」。毛義合《爾雅》。〇「胡迭而微。」「迭」引《韓詩》作「臷」，云：「常也。」不如孔訓「更迭」長。〇「終風且暴」引《韓》云：「終風，西風。」毛云：「終日風。」《韓》說或有本。〇「死生契闊。」「契闊」引《韓》云：「約束也。」不如毛訓「勤苦」明當。〇「招招舟子」引《韓》：「招，招聲也。」案：毛云：「號召之貌。」聲貌義稍殊。陸又引王逸云：「以手曰招，以言曰召。」意同毛。〇「中心有違」引《韓》云：「違，很也。」案：毛云「離也」，鄭云「徘徊也」。毛義長。〇「湜湜其沚。」「湜」引《說文》「水清見底」，與鄭「持正」義異。水清近之。〇箋「涇水以有渭，故見渭濁」，「見渭」或作「見謂」。陸、孔本異，辯見《附録》。〇「不我能慉。」陸云：「慉，毛興也。」孔云：「諸本皆作『慉養』，孫毓引傳云『慉興』，非也。」慉養義順。〇「碩人俁俁」引《韓》作「扈扈」，云：「美貌。」與毛云「容貌大」俱通。〇「毖彼泉水。」「毖」引《韓》作「祕」。《說文》作「䀣」。案：毛云：「毖，流貌。」《韓》義未詳。《說文》誤引。《附録》有辯。〇「王事敦我」引《韓詩》

「敦迫」。案：毛云「厚」，鄭云「投擿」，不如「敦迫」明順。○「室人交遍摧我。」「摧」引《韓》作「誰」，云：「就也。」案：毛云「沮」，鄭云「刺譏之言」，當從毛。○「新臺有泚」引《韓》「泚」作「漼」，云：「鮮貌。」與毛訓「泚」爲「高峻」俱通。○「河水浼浼」引《韓》作「浘浘」，音尾。云：「盛貌。」毛以「浼浼」爲「平地」。《韓》較長。○《鄘》引鄭云「紂都以南曰鄘」，引王云「王城以西曰鄘」，孫毓譏肅語無驗，鄭義爲長，得之。○「中冓之言」引《韓詩》云：「中冓，中夜。謂淫僻之言。」案：毛云：「中冓，内冓。」鄭申之云：「宫中所冓成淫僻之語。」不以冓爲夜。又案：《漢書》注晉灼云：「冓，《魯詩》以爲夜。《博雅》亦云夜也。」《玉海》引此。皆同《韓》。○「不可詳也。」「詳」引《韓》作「揚」。「揚」，猶道也。較毛「詳審」義爲顯。○「邦之媛也」引《韓》「媛」作「援」。援，取也。案：毛云「美女曰媛」，鄭以「媛助」申之，爲允。○「騋牝三千。」陸云：「騋，馬六尺以上也。」孔申傳云：「七尺曰騋。定本云六尺，恐誤。」孔得之。○「大夫跋涉」引《韓》「不由蹊遂而涉曰跋涉」。案：毛云：「草行曰跋，水行曰涉。」勝《韓》。○「有匪君子」引《韓》「匪」作「邲」，美貌。案：毛云：「文章貌。」義勝。○「澗」引《韓詩》、《説文》，不如毛義優。辯見本詩。○「考槃在澗。」「澗」引《韓》作「干」，云：「磽确之處。」與毛「山夾水曰澗」各通。○「巧笑倩兮，美目盼兮」引《韓》：「倩，蒼白色。盼，黑色。」案：毛云：「倩，好口輔。盼，黑白分。」勝《韓》。○「鱣鮪發發」引馬云：「魚著兩尾發發然。」案：毛云「盛貌」，馬較優。○「庶姜孽孽」引《韓》「孽」作「巘」，云：「長貌。」與毛「盛飾」義各通。○「泯」引《韓》云「美貌」，不如毛訓「民」。○「體無咎言」引《韓》「體」作「履」，云：「幸也。」與毛「兆卦之體」各通。○「曷其有佸。」「佸」引《韓詩》「至也」，與毛云「會」各通。○「不與我戍申。」「戍」引《韓》云「舍也」，不如毛訓「守」明當。○「緇衣之蓆兮。」「蓆」引《韓》云：「儲也。」《說文》云：「廣多。」案：毛云「大也」，合《爾雅》。○「駟介旁旁」引《韓》云：「旁旁，彊也。」案：孔用《北山》毛傳「不得已」釋「旁旁」，勝《韓》。○「二矛重喬」引《韓》「喬」作「鷮」，雉名。未詳其義。當以毛爲正。○「洵直且侯。」「侯」引《韓詩》「美也」。案：毛云「君也，美」。義較明，近解從之。○「子寧不嗣音」引《韓》「嗣」作「詒」。詒，寄也。不如毛「嗣，習」當。○「挑兮達兮」引《說文》「達，不相遇也」。案：毛云「往來相見貌」，義順。○「聊樂我員。」「員」引《韓詩》作「魂」。魂，神也，義亦通。孔云：「員，助語。」○「有女如荼」箋「荼，茅秀」引劉昌宗「秀」作「莠」，〔一〕音酉。孔申箋「秀如字」，得之。○「方秉蕑兮」引《韓詩》「蕑，蓮也」。案：毛以「蕑」爲「蘭」，當矣。○「洧之外洵訏且樂」引《韓》作「恂盱，樂貌也」。案：毛云「訏，大也」，較勝。○「贈之以勺藥」引《韓》「勺藥，離草也，言將離別贈此草」。案：毛云「香草」，韓義美矣。○「還」引《韓》作「嫙」，似沿切。「儇」引

〔一〕「有女如荼」，原作「有女如茶」，據庫本、張校本改。

《韓》作「婘」，音權。皆云「好貌」。案：毛云：「還，便捷貌。儇，利也。」義長。○「美且鬈鬈」引《説文》云「髮好貌」。「偲」引《説文》云「彊也」。案：毛「鬈」云「好」，「偲」云「多才」，較優。○「齊子發夕」引《韓》云：「發，旦也。」不如毛「自夕發至旦」明順。○「行人儦儦」。「儦儦」引《説文》「行貌」，不如毛云「衆貌」。○「四矢反兮」。「反」引《韓詩》作「變，變易也」，不如鄭云「反復」。○「河水清且淪猗」引《韓》云「順流而風曰淪」。案：毛云「小風水成文轉如輪」，義各通。○「不素飧兮」引《字林》云「飧水澆飯也」。案：毛云「孰食」，鄭云「魚飧」。毛訓爲正。○「見此邂逅」引《韓》「邂覯，不固之貌」。不固，義未詳。當從毛訓解説。○「生於道周」引《韓》「周」作「右」。案：毛以「周」爲「曲」，各通。○「俴駟孔群」引《韓》「駟馬不著甲曰俴駟」。案：毛云「四介馬也」，義相反。韓非是。○「宛丘」引《爾雅》郭注「中央隆高」，勝毛。本詩有辯。○「穀旦于差」引諸説見前則。皆不如毛、鄭。○「予所蓄租」引《韓》云「租，積也」，與毛云「爲也」各通。○「烝在栗薪」引《韓》「栗」作「蓼」，力菊反。云：「衆薪也。」案：鄭以「栗薪」爲「裂薪」，孔申毛用之，未知「衆薪」作何解。○《破斧》一、二章引《韓》云：「錡，木屬。銶，鑿屬。」又云：「銶，今之獨頭斧。」案：毛云：「錡，鑿屬。銶，木屬。」孔云「未見其文，亦不審厥狀」。則毛、《韓》之相反，難辨其孰是。○「坎坎鼓我」引《説文》「坎」作「竷」。云：「舞曲也。」案：毛無傳，鄭云：「擊鼓坎坎然。」俱通。○「蹲蹲」引《爾雅》，見前則。與毛異義而俱通。○「烝然汕汕」

引《説文》：「汕汕，魚游貌。」案：毛云「樔鉏交切。也」，不可易。〇「劬勞于野」引《韓》云：「劬，數也。」不如毛。〇「賁然來思」云：「徐音奔。毛、鄭全用《易》爲釋。」意似右徐而左毛、鄭。然毛、鄭優矣。〇「下莞上簟。」釋「莞」與箋異義。箋當矣，辯見本詩。〇「或寢或訛」引《韓》「訛」作「譌」。譌，覺也。與毛云「動也」各通。〇「節南山」引《韓》云：「節，視也。」不如毛云「高峻」允當。〇「何用不監。」「監」引《韓》云「領也」，義未詳。當從毛、鄭訓「監察」。〇「昊天不傭。」「傭」引《韓》作「庸」。庸，易也。與「傭均」義各通。〇「視天夢夢」引《韓詩》云：「夢夢，惡貌。」不如毛、鄭「亂」義明當。〇「蔌蔌方有穀」，陸作「方穀」，以「方有穀」爲非。孔申毛有「有」字。〇「山冢崒崩。」「崒」字，陸、孔音讀各異，見本篇。〇「抑此皇父。」「抑」引《韓》云：「意也。」「不憖遺一老。」「憖」引《韓》云：「閒也。」二義俱不如箋。箋云：「抑之言『噫憖』者，心不欲自彊之詞也。」〇「旻天疾威。」《雨無正》篇。陸以「旻天」爲是，孔以「昊天」爲是。孔義勝。〇「民雖靡膴」引王及《韓詩》，義勝孔，見本篇。〇「哀我填寡。」「填」引《韓》作「疹」。疹，苦也。與毛云「盡也」各通。〇「惄焉如擣」引《韓》「擣」作「疛」，以爲義同毛，與孔疏申毛意異。辯詳《附録》。〇「僭始既涵。」「涵」引《韓》作「減」。減，少也。減少，未詳其義。〇「我心易也。」「易」引《韓》作「施」。施，善也。案：毛云「説也」，俱通。〇「緝緝翩翩。」「緝」引《説文》作「咠咠」，聶語也。義亦通。〇「出入風議。」云「風音諷」，本詩有辯。〇「秉畀炎火。」「秉」引《韓》作「卜卜」，報也。不如鄭云「秉持」。○「戢其左翼。」「戢」引《韓》云「揵音虔。也。」「揵其」，噣音晝。於左也。與毛「右掩左」義各通。○「有頍者弁。」「頍」引《説文》「舉頭貌」，與毛「弁貌」義相成。○「以慰我心」引《韓詩》及王義，辯見本篇。○「營營青蠅。」「營營」引《説文》作「謍謍」，云：「小聲。」案：毛云「往來貌」。聲貌異義，而實相成。○「有頒其首。」「頒」引《韓》云：「衆貌。」案：毛云「大首貌」，義勝。○「平平左右」引《韓》作「便便」，云：「閑雅之貌。」案：毛云「辨治」，謂辨治其屬國，義長。○「紼纚維之。」「纚」引《韓》云「筰在各切。也。」案：毛云「緌也」，俱通。○「如食宜饇。」「宜」本作「儀」，韓云：「儀，我也。」亦通。而「宜」義較順。○「薄言觀者。」「觀」引《韓》作「覩」。案：鄭云「觀多也」。近解祖《韓》。○「三星在罶。」「罶」本又作「霤」。霤豈謂屋霤乎？則在霤猶云在户。未詳其義。○「無遏爾躬」引《韓》「遏，病也」，與毛云「遏止」兩通。○「堇荼如飴」引《廣雅》：「堇，藋。」辯見本詩。○「捄之陾陾」引《説文》：「陾陾，築牆聲。」案：毛云：「衆也。」捄是盛土於器。「登登」，方言築。「衆」義允矣。○「薨薨」引《爾雅》云：「衆也。」引王云：「亟，疾也。」案：薨薨，傳、箋無釋，孔用王義。○「皋門有伉。」「伉」引《韓》作「閌」，音亢。云：「盛貌。」不如毛云「高貌」。○「黄流在中。」傳「黄金所以飾流鬯也」，或無「飾」字。陸、孔意異。○「民所燎矣」引《説文》，辯見本篇。○「其椔其翳」引《韓》：「椔，反草也。翳，因也，因高填下也。」不如毛「立死」、「自斃」二義合《爾雅》。○「崇墉仡仡」引《韓》

云：「仡仡，摇也。」案：毛「仡仡，猶言言」，皆高大也。義長。◯「文王烝哉」引《韓》云：「烝，美也。」與毛「君」義俱通。◯「築城伊淢。」淢，又作「洫」，引《韓》：「洫，深池。」不如毛「成溝」之當。◯「王公伊濯」引《韓》云：「濯，美也。」案：毛云「大也」得之。◯「皇王維辟。」辟，音璧。又婢亦反，法也。與箋異義而俱通。箋云「君也」。◯「荏菽旆旆」引郭璞云：「荏菽，今胡豆。」案：鄭云「大豆」，孔申箋駁郭，良是。◯「或歌或咢。」傳「徒擊鼓曰咢」，陸本作「徒歌曰咢」，孔以「徒歌」爲誤。孔得之。◯「公尸來止熏熏。」「熏」引《說文》作「醺」，云：「醉也。」案：毛云「和說」，鄭云「坐不安」。毛義長。◯「于橐于囊，取厲取鍛。」皆引《說文》。辯各見本篇。◯「曾是掊克。」云：「掊，聚斂也。」辯見本詩。◯「天不湎爾以酒。」云：「飲酒齊色曰湎。」又引《韓詩》：「閉門不出客曰湎。」上即鄭義，與韓俱通。◯「秏斁下土」引《韓》云：「秏，惡也。」此義迂。◯「胡寧瘨我以旱」引《韓》作「疹」，云：「重也。」與箋云「瘨病」俱通。◯「王纘之事。」「纘」引《韓》作「踐」。踐，任也。義亦通。◯「肇敏戎公。」「肇」引《韓》云「長也」，不如毛訓「謀」。◯「鋪敦淮濆」引《韓》。辯見本篇。◯「清廟」引杜預云：「肅然清静之廟。」案：杜注本賈逵。鄭箋云：「有清明之德者之宮。」孔申箋，以賈說爲非。孔義勝。◯「維天之命」引《韓》云：「維，念也。」義亦通。維，當作「惟」。◯「執競」云：「執，持也。」又引《韓》云：「執，服也。」上即鄭義，勝《韓》。◯「來麰」引《廣雅》。辯見本詩。◯「萬億及秭」云：「秭，一本作『數』。」《韓詩》云：『陳穀曰秭。』」案：毛云「數億至億曰秭」，秭乃數名，與《爾雅》合，又於文義爲順。《韓》説非是。○「潛有多魚。」「潛」亦作「涔」，音岑。引《韓》云：「涔，魚池。」案：毛云：「潛，槮。」合《爾雅》。○「辛螫」引《韓》作「辛赦」，見本詩。○「以車伾伾」引《字林》「伾」作「駓」，走也。案：鄭云「有力」，義長。○「有驒有駱。」「驒」引《韓詩》及《字林》，云「白馬黑髦」。案：毛云「青驪驎」，物色不同，未知孰是。○「狄彼東南。」「狄」引《韓》作「鬄」，除也。不如王申毛爲「遠」義。○「憬彼淮夷。」「憬」引《説文》作「懬」，音獷。云：「闊也。一曰：廣大也。」案：毛云「遠行貌」，義爲當。○「實實枚枚。」「枚」引《韓》云：「閑暇無人之貌。」案：毛云「礱密」，較優。○「大糦是承」引《韓》云：「糦，大祭也。」與鄭「黍稷」義各通。○「元王桓撥。」「撥」引《韓》作「發」。發，明也。不如毛云：「撥，治。」○「苞有三蘗。」「蘗」引《韓》云：「絶也。」案：毛云：「蘗，餘。」義長。○「撻彼殷武。」「撻」引《韓》云「達也」，義亦通。○「勿予禍適。」「適」引《韓》云「數也」，不如毛云「過也」爲允。

又《釋文》引《韓詩》有義與毛同，而語暢於毛，反足助顯其義者。今亦列之於左。

「我姑酌彼金罍。」毛云：「人君黄金罍。」韓云：「天子以玉飾，諸侯大夫以黄金飾，士以梓。」○「芣苢。」毛云：「芣苢，馬舄。馬舄，車前。」《韓》云：「直曰車前，瞿曰芣苢。」生於兩旁謂之瞿。○「采蘋。」毛云：「蘋，大萍。」《韓》云：「沈者曰蘋，浮者曰薸。」薸即萍。○「委蛇。」毛云：「行可從迹也。」《韓》云：「公正也。」公正故可從迹。○「謔浪笑敖。」浪，毛無傳，《韓》云：「起也。」孔引《爾雅注》云：「意萌也。」與「起」合。○「深則厲。」毛云：「以衣涉水曰厲，謂由帶以上也。」《韓》云：「至心曰厲。」○「毋發我笱。」發，毛無傳，《韓》云：「亂也。」○「實維我特。」特，毛云：「匹也。」《韓》作「直」，云：「相當值。」○「奔奔彊彊。」毛云：「鶉則奔奔然，鵲則彊彊然。」《韓》云：「乘匹之貌。」鄭申毛云：「居有常匹，行則相隨。」蓋本《韓》義。○「大夫夙退。」退，毛無傳，《韓》云：「罷也。」○「中谷有蓷。」蓷，毛云：「鵻也。」《韓》云：「茺蔚也。」陸璣《疏》本此。○「雉離于罿。」罿，毛云：「罬也。」《韓》云：「施羅於車上曰罿。」○「在我闥兮。」毛云：「闥，門內。」《韓》云：「門屏之間曰闥。」○「衡從其畝。」毛云：「衡獵之，從獵之。」《韓》云：「東西耕曰衡，南北耕曰由。」從《韓》作「由」。○「訊予不顧。」訊，毛云：「告也。」《韓》云：「諫也。」○「八月在宇。」宇，毛無傳，《韓》云：「屋霤也。」○「予手拮据。」毛云：「撠，挶也。」《韓》云：「口足爲事曰拮据。」○「和樂且湛。」《常棣》篇。湛，毛無傳，《韓》云：「樂之甚也。」○「厭厭夜飲。」厭厭，毛云：「安也。」《韓》作「愔愔」，云：「和悦之貌。」○「九皋。」毛云：「皋，澤也。」《韓》云：「九折之澤。」○「無父何怙，無母何恃。」毛無傳，《韓》云：「怙，賴也。恃，負也。」○「佻佻公子。」佻佻，毛云：「獨行貌。」《韓》作「嬥嬥」，徒了反。云：「往來貌。」○「構我二人。」毛無傳，《韓》云：「亂也。」○「見晛曰消。」毛曰：「晛，日氣也。」見，《韓》作「曣」，云：「曣見，《玉海》引

《韓》作「曣晛」。日出也。」《韓》併「曣晛」二字爲一義，日出故見日氣，義相成。◯「視我邁邁。」邁邁，毛云：「不悦也。」《韓》作「怖怖」，孚吠切。云：「意不悦好也。」◯「俔天之妹。」俔，毛云：「磬也。」《韓》作「磬」，云：「譬也。」箋、疏申毛本此。◯「綿綿瓜瓞。」瓞，毛云：「瓟也。」《韓》云：「小瓜也。」◯「度之薨薨。」度，毛云：「居也。」《韓》云：「填也。」居謂居之板中，填義較顯。◯「刑于寡妻。」刑，毛云：「法也。」《韓》云：「正也。」◯「貊其德音。」貊，毛云：「静也。」《韓》云：「定也。」◯「予其懲而毖後患。」懲，毛無傳，《韓》云：「苦也。」◯「綿綿其麃。」綿綿，毛無傳。《韓》作「民民」，云：「衆也。」王申毛云：「芸者甚衆，綿綿然不息。」蓋祖此義。◯「屈此群醜。」屈，毛云：「收也。」《韓》云：「收也。收斂得此衆聚。」◯右諸條或闡其未明，或詳其所略。後儒述毛者未必不取資焉，勿以異家而忽之也。

集傳用顔注韓詩異同

朱子自言最喜顔監説《詩》無專家之陋。又語門人：《文選》注多引《韓詩章句》，欲采録爲一册。然二家《詩》説多有與毛、鄭同者，朱子輒不從而别爲立解。原朱子之意專在攻《叙》，故獨取其異於毛、鄭者，而同者則置之也。今采《漢書》顔注説《詩》之語及《文選》注所引《韓詩》與毛、鄭同而異於《集傳》者，列諸左。

「愠于群小。」劉向曰：「小人成群，誠足愠也。」顔注云：「仁而不遇之詩。」此正祖《叙》

説，不言是婦人詩。○「匪風發兮，匪車偈兮。」王吉曰：「非有道之風也發發者，非有道之車也偈偈者。」顔注云：「見此飄風疾驅，則顧念哀傷周道。」此與毛傳同，不言非風發車偈，但爲念周道而傷。○「同我婦子，饁彼南畝。」顔注云：「其婦子同以食來。」此與鄭箋同，不言老者率之同來。○「嘽嘽駱馬。」顔注云：「嘽嘽，喘息貌。」此與毛、鄭同，不言衆盛貌。○「城彼朔方。」顔注云：「朔方，北方。」與毛傳同，不言靈夏地。○「蠢爾蠻荆。」顔注云：「蠢，動也。」與毛傳同，不言動而無知之貌。○「旻天疾威，弗慮弗圖。」顔注云：「幽王見天之威，不思念也。」○「淪胥以鋪。」顔注云：「無罪之人遇於亂政，横相牽引，偏得罪也。」此二條皆與毛、鄭同，是刺君，不是怨天。○「聖人莫之。」顔注引《詩》作「謨之」，與毛傳訓「謀」同意，不以「莫」爲「定」。○「迺眷西顧，此維與宅。」顔注云：「見文王之德而與之宅居也。」與毛、鄭以首二章言文王同意。不言大王。○「無然畔援。」顔注云：「彊恣貌，猶言跋扈。」與鄭箋同，不言離畔攀援。○「止旅迺密。」顔注云：「言公劉止其軍旅，欲使安静，乃就芮阮之間。」與鄭箋同，不言止居之衆日以益密。○「降福穰穰。」顔注云：「祀武王之詩。」此祖《小叙》之説，不言祀武、成、康三王。○「貽我來麰。」劉向曰：「始自天降。」顔注云：「言天遺此物也。」與鄭引「赤烏以穀來」事同，意不言是后稷貽民。○右《漢書》注。

「緑竹如簀」，《韓詩》作「緑䓯如蔶」，云：「蔶，積也。」薛君曰：「緑䓯盛如積也。」此與毛傳同，並不以綠竹爲綠色之竹、以簀爲棧。○「鸛鳴于垤。」薛君曰：「天將雨而蝗出壅土，鸛鳥見之喜而長鳴。」此與毛、鄭同，並不云鸛食螘。○「厭厭夜飲。」厭厭，《韓詩》作「愔愔」，云：「和悦之貌。」與毛傳「安」義同，並無安、久、足三義。○「以雅以南。」《韓内傳》曰：「王者舞六代之樂，舞四夷之樂，大德廣之所及。」並不言二《雅》、二《南》。○「綿蠻。」薛君曰：「文貌。」與毛傳「小鳥貌」雖稍異，然以爲貌則同。並不言鳥聲。○「貽我來麰」作「嘉麰」，薛君曰：「麰，大麥也。」此與毛傳同，並不分大小二麥。○「不震不騰。」薛君云：「騰，乘也。」此與毛傳同，並不合「震」、「騰」二字訓爲「驚動」。○右《文選》注。

皇清經解卷八十五終

嘉應邱　翀舊校

南海陳韶潘繼李新校

毛詩稽古編　卷二十七

吴江陳處士啓源著

正字

字義

讀書須識字，讀古人書尤須識古人字。古今之字音形多異，義訓亦殊。執今世字訓解古人書，譬猶操蠻粵鄉音譯中州華語，必不合也。夫字形之異，則古文大小篆猶存於《説文解字》及鐘鼎之銘，而唐李陽冰、宋徐鉉及弟鍇嘗辯之矣。字音之異，則宋吴棫《韻補》一書，紫陽用以協《詩》。而近世楊慎之《古音略》、陳第之《古音考》，又推演其所未備矣。至於義訓一誤，則古人之意趣俱失，所繫更重於音形。而後儒之釋經反欲彊古以就今，此大惑也。古人字訓其存於今者僅有《爾雅》之《釋詁》、《釋言》、《釋訓》三篇。《爾雅》之書固爲六藝之指歸，尤屬四《詩》之準的，故毛公《詩》傳亦以詁訓爲名。案：《詩》、《雅》疏皆云：詁，故也。古今異言，解之使人知也。亦作「故」。詁、故皆是古義。《釋言》者，《釋詁》之别耳。古今方國殊别，故爲作《釋訓》。

道也，道物之貌以示人也。由疏語觀之，可見古昔聖賢《釋詁》，周公作。《釋言》以下，子夏之徒作。早知古今文義不同，後將有誤解經意者，故爲此書以示之標指矣。其《爾雅》所未備，又賴毛傳釋之。大毛公六國時人，去古未遠，且源流出自子夏，傳中字訓皆有師授，與《爾雅》實相表裏也。自漢迄唐，悉遵此爲繩尺。宋人厭故喜新，各逞臆見，盡棄儒先雅訓，易以俗下庸詮。《爾雅》之文既庋置高閣，毛氏傳義稍不諧俗目者，亦以己意易之。近世學者溺於所聞，古人字訓幼未經見，執而語之，反驚怪而弗信，固其宜矣。夫字義之不知，何得謂之識字？讀書而不識字，豈能得書之意哉？今取《詩》中字訓出於《爾雅》而不與俗合者録如左，其《爾雅》未載而見毛傳者亦附於後。

左右，助也。○流，求也。○悠，思也。○服，整也。○言，我也。此義惟見《詩》。起《葛覃》「言告師氏」，盡《駉》篇「醉言歸」，凡六十七「言」字皆訓「我」。今概以爲語詞矣。○吁，憂也。《釋詁》作「盱」。○燬，火也。○公，事也。○謂，勤也。「迨其謂之」、「謂之何哉」、「遐不謂矣」，凡三見。○實，是也。○任，大也。《釋詁》作「壬」。○育，長也。○育，稚也。鬻，稚也。孔疏以爲《釋言》文。○肎，可也。○簡，大也。○懷，至也。○鮮，善也。○爰，曰也。○濟，止也。○槃，樂也。弁，樂也。《釋詁》作「般」。○軸，病也。《釋詁》作「逐」。○甲，狎也。○洵，均也。○侯，君也。○宜，有也。○踐，淺也。《釋言》作「俴」。○夷，説也。○鞠，盈也。○目上爲名。○曰，于也。○猶，可也。○逝，逮也。噬，逮也。《釋言》作「遾」。○伊，維也。○知，匹也。○屋，具也。《釋言》作「握」。○殆，始也。《釋詁》作「胎」。○烝，塵也。

○諗，念也。○每有，雖也。○孺，屬也。○飫，私也。○單，厚也。《釋詁》作「亶」。○戩，福也。○卜，子也。○質，成也。○黎，衆也。○于，曰也。○極，誅也。今《釋言》作「殛」。○正，長也。○冥，幼也。幼，或作「窈」。○毗，厚也。○仕，祭也。○訩，訟也。○懌，服也。○瘨，病也。○里，病也。《釋詁》作「瘽」。○徹，道也。《釋訓》云：「不徹，不道也。」○駿，長也。○淪，率也。○憮，敖也。○莫，謀也。《釋詁》作「漠」。○腹，厚也。○來，勤也。○庚，續也。《釋詁》作「賡」。○曷，逮也。《釋言》作「遏」。○廢，大也。王肅述毛引之。○熲，光也。○靖，謀也。○將，齊也。○皇，暀也。○暵，敬也。○林，君也。○純，大也。○壬，任也。○康，虚也。《釋詁》作「漮」。○妻，歛也。《釋詁》作「棲」。○尹，正也。○詹，至也。○觀，多也。「薄言觀者」、「遹觀厥成」、「永觀厥成」、「奄觀銍艾」，四「觀」字皆訓多。○聿，述也。孔疏以爲《釋詁》文。○路，大也。○省，善也。○登，成也。誕先登于岸。○按，止也。○對，遂也。○武，繼也。《下武》。○求，終也。○繩，戒也。○遹，述也。○濯，大也。○烝，君也。○融，長也。○誕，大也。○崇，重也。○密，安也。○話，善言也。○夸毗，體柔也。○价，善也。○斯，離也。○由，於也。《釋詁》作「繇」。○劉，爆爍而希也。《釋詁》云：「毗，劉。暴，樂也。」○烈，餘也。○摧，至也。○里，憂也。《釋詁》作「悝」。○燮，隱也。《釋詁》作「薆」。○虔，固也。○荒，虚也。惟某氏本有之。○慎，誠也。○鋪，病也。《釋詁》作「痡」。○肇，謀也。○繹，陳也。○假，嘉也。○溢，慎也。○夷，易也。○亦，大也。《釋詁》作「奕」。○威，則也。○仔肩，克也。《釋詁》云：「肩，克也。」○荓蜂，摩曳也。《釋訓》云：「甹夆，掣曳也。」○振，古也。○鑠，美也。○熙，興也。○屈，收也。○閟，神也。《釋詁》作「毖」。○翦，齊也。○屆，殛也。今《釋詁》作「極」。○競，逐也。○苞，豐也。○

以上皆見《爾雅》而傳、箋引之。

芼，擇也。○調，朝也。○獄，埆也。○蔽芾，小貌。○誘，道也。○疐，㰦也。崔集注本如此。○懷，傷也。○契闊，勤苦也。○説，數也。○洵，音絢。遠。○信，極也。○褎，盛飾也。○聊，願也。○願，每也。○讀，抽也。○姝，順貌。○祝，織也。○僩，寬大也。○簀，積也。○薖，寬大貌。○軸，進也。○將，願也。○泮，坡也。○桀，特立也。○甘，厭也。○暵，菸貌。脩且乾也。或作「日乾」。○魗，弃也。○嗣，習也。○伊，因也。○偲，才也。○抑，美色。○目下爲清。○選，齊也。○邂逅，解説之貌。○行，翮也。○防，比也。○值，持也。○晤，遇也。○卷，好貌。○悼，動也。○懷，歸也。○掘閲，容閲也。○媾，厚也。○忒，疑也。○苞，本也。○穹，窮也。○肅，縮也。○徹，剥也。○拮据，撠挶也。○租，爲也。○枚，微也。○烝，寘也。○周，至也。○每，雖也。○懷，和也。○究，深也。○衎，美貌。○單，信也。○除，開也。○腓，辟也。○奏，爲也。○佶，正也。○輊，摯也。○佽，利也。○央，旦《釋文》作「且」。也。○艾，久也。○空，大也。○干，澗也。○棘，稜廉也。○革，翼也。○猗，長也。○騁，極也。○勝，乘也。○遂，安也。○填，盡也。○擣，心疾。○僭，數也。○盜，逃也。○祇，病也。○襄，反也。○廢，忕也。○矜，危也。○

敕，固也。○蹈，動也。○哉，載也。○假，固也。○挾，達也。○載，識也。○肆，疾也。○自，用。○土，居也。○喙，困也。○瑟，衆貌。○度，居也。○兑，易直也。○耆，惡也。○因，親也。○論，思也。○許，進也。○岐，知意。○嶷，識也。○祈，報也。○壺，廣也。○徹，治也。○伴奂，廣大有文章也。○茀，小也。○汔，危也。○惛怓，大亂也。○兄，兹也。○黎，齊也。○赫，炙也。○揉，順也。○肆，長也。○贈，增也。○奄，撫也。○虜，服也。○截，治也。○寺，近也。○福，富也。○靡，累也。○崇，立也。○肆，固。○靖，和也。○艾，數也。○光，廣也。○佛，大也。○嗿，衆貌。○達，射也。○振，自也。○養，取也。○龍，和也。○揚，傷也。○抮，衆意。○憬，遠行貌。○虡，誤也。○承，止也。○荒，有也。○鬷，總也。○域，有也。○員，均也。○幅，廣。○隕，均也。○桓，大也。○絿，急也。○綴，表也。○旒，章也。○共，法也。○罙，深也。○以上皆毛傳文。

諸字訓有一見者，有數見者。兹獨著言我謂勤、觀、多三義，以其尤不可近俗也。餘或有辯證，已別見，故弗著。又其文具載傳、箋，可展卷而知也。至經中重語，《雅》、傳多隨文取義，兹弗贅及焉。

《禮記·郊特牲》云：「嘏，長也，大也。」《爾雅·釋詁》云：「嘏，大也。」《説文》云：「嘏，大遠也。从古，叚（借也，古雅切。）聲，古雅切。」然則大者嘏之本義也。又《儀禮·特牲》少牢有司命祝嘏主人之禮，故「嘏」又爲予福、受福之稱。《小雅·賓之初筵》、《大雅·卷阿》二詩「嘏」字，毛傳皆訓「大」。《周頌・我將》《載見》、《魯頌・閟宫》三詩「嘏」字，毛無傳，意必同《雅》矣。鄭於《雅》之二「嘏」訓「予福」，於《頌》之三「嘏」訓「受福」。未嘗徑言福也。自蘇氏釋《卷阿》詩訓「嘏」爲福，而後儒因之，遂以「嘏」爲「福」之通稱，忘其字義所自出矣。

詩中「奄」字，毛、鄭訓釋多異義。《皇矣》「奄有四方」，毛云：「大也。」鄭云：「覆有天下。」《執競》「奄有四方」，毛云：「同也。」《臣工》「奄觀銍艾」，鄭云：「久也。」王肅以「同」義述毛。《閟宫》「奄有下國」、「奄有龜蒙」，《玄鳥》「奄有九有」，鄭皆云：「覆也。」「久」訓旁取「淹」義，非「奄」字本訓。其「同」、「覆」二者，孔疏以爲義同。要之，與「大」義亦相通耳。案：《爾雅・釋言》云：「奄，同也。」《書》「奄有四海」、「奄甸萬姓」，孔傳亦訓「同」。然則「同」者，「奄」之本訓乎？《爾雅》又云：「奄，蓋也。」又云：「蒙、荒，奄也。」蓋與「蒙」、「荒」皆「覆」義，而「荒」又兼乎「大」矣。《説文》云：「覆也，大有餘也，又欠也。」《玉篇》云：「大也，覆也，大有餘也，息也。」又增「欠」、「息」兩義。然未有訓爲「忽」者。《唐韻》云：「忽也，止也，藏也，取也。遽也。」經後人借用，義訓轉增，非古矣。宋王安石始用「忽」義以釋《臣工》之「奄觀」。朱子釋《皇矣》「奄有」，亦云「在忽遂之間」。皆彊古經以就今義，詩旨殆不爾也。夫銍艾在一年之内，猶可以忽言之。周之有四方，自王季而後閔文迄武，多歷年所始得之耳，可云忽有哉？

「匪」、「非」義同，猶「不」與「弗」耳，無煩訓釋。而鄭氏箋《詩》，除《淇澳》「有匪」外，餘「匪」

輒訓「非」者。「匪」本筐篚字，借爲「非」用耳。其「篚」字乃車軨，非器似竹篋者也。《說文》：「匪，器似竹篋。」今以「篚」代「匪」，而「匪」專爲「非」義矣。漢世近古，「匪」猶爲器名，須隨文辨之也。「匡」字亦然。故「既匡既敕」，鄭解同「筐」。

卬，从匕，从卪，音節。望欲有所庶及也。有二音三義：五剛反者，我也。《詩》「人涉卬否」、「卬烘于煁」、「卬盛于豆」是也。又盛貌。《詩》「顒顒卬卬」是也。魚兩反者，《詩》「高山仰止」，《說文》引作「卬止」，又《大雅》「瞻卬昊天」是也。「顒卬」，字與「昂」通。「瞻卬」、「卬止」，字與「仰」通。

猗，本訓犗古拜切。犬，字見《詩》者俱借也。《詩》言「猗」凡十有七，而分見於十篇。《潛》、《那》二頌之「猗與」、《齊》之「猗嗟」，皆歎詞也。《伐檀》三「猗」、「與」、「兮」並用，則語詞也。《綠竹》之「猗猗」爲美盛，《萇楚》之「猗儺」爲柔順，《節南山》之「有實其猗」，毛以「猗」爲「長」，則指草木。鄭以「猗」爲「倚」，則指畎谷，皆貌物之詞也。《七月》之「猗彼女桑」，毛以「猗」爲角而束之。《巷伯》之「猗于畝丘」，毛以「猗」爲「加」。《淇》澳之「猗重較兮」，《釋文》以「猗」爲依車攻之，「兩驂不猗」。正義以「猗」爲依，倚則皆指事之詞也。此諸「猗」者，惟「猗儺」於可反，「重較」、「女桑」、「畝丘」三「猗」於綺反，「兩驂」之「猗」於寄、於綺二反，餘皆於宜反。於宜乃「猗」之本音，此借義而不改音者也。析而觀之，兩「猗與」、三「猗嗟」、二「猗猗」，其「禕」亦作「欹」。之借乎？三「猗儺」，其「婀」亦作婀旖㩋。之借乎？「女桑」之「猗」，其「掎」之借乎？「重較」、「兩驂」、

「畝丘」之「猗」及《節南山》之鄭義，其「倚」之借乎？「漣猗」、「直猗」、「淪猗」，其「兮」之借乎？然《爾雅》引此作「瀾漪」，則此三「猗」爲「漪」之借矣。惟「猗，長」之義《節南山》毛義。無本字可歸，當專於借。

將將、鏘鏘、瑲瑲、鎗鎗、鶬鶬，皆見《詩》，字異而音義同，襍指佩玉八鸞鼓鐘磬管之聲言也。五字惟瑲爲玉聲，鎗爲鐘聲，見《説文》，是本義。「鏘」字，《説文》無篆，而「臤」字注有「鏗鏘」字。鏘，从金，亦當爲金聲。其「將」、「鶬」二字之爲聲，乃借也。又《綿》之「應門」、《閟宮》之「犧尊」，亦言「將將」。門爲嚴正，尊爲盛美，皆非聲，與諸「將」異義。

字形

古籀之文一亂于斯，再亂于邈，而邈又甚焉。原其變隸之初，務在去煩趨簡，往往曲爲遷就以便俗書，於古人製字初心不能復顧，是可慨也。姑舉一二言之：如朋形異鳳，古朋、鳳同一字，皆作「[illegible]」。履本作「履」。義非肖。言本作「[illegible]」。失[illegible]音愆。聲，父本作「[illegible]」，从[illegible]舉杖。[illegible]者，手也。無杖指。奔、[illegible]。走、[illegible]。殊天趾之形，冄、[illegible]。衰[illegible]。異垂毛之象。戎、[illegible]。早[illegible]。離於甲義，舜、[illegible]。鄰[illegible]。去其炎文。本紆而今直者，支、[illegible]。木、[illegible]。千、[illegible]。求[illegible]。之首。本析而今連者，莽、[illegible]。垂、[illegible]。尾、[illegible]。並竝之身。以至孝、本作「[illegible]」。斈音教。教、斆字皆从此。難分，茲、从二玄。茲从艸，茲省。易溷。變「[illegible]」而爲「億」，改「[illegible]」而用「終」。更「圅」而用「函」，舍「㫗」而取「厚」。「[illegible]」

還作「壽」，「棄」乃爲「乘」。「庚」本作「□」。形正而反偏，「出」本作「□」。體斜而顧整。惟諧俗目，莫覩原文。至於施作偏旁，尤多譌舛。如立心疑小，挑手似才，去音弌。育、充等字从此。首如云艸頭亂。廾人汁切。莫、共等字从此。易艸爲廾，在羣、□則溷大，在昇、幷則溷丌。音基。省弓音節。爲卩，於御、卬則疑邑，於遷、卷則疑已。思、恖。毗、毘。細、細。从囟，音信。畏、𢃇。畀、畁。鬼、㓙。从甶。音弗，鬼頭也。而同爲田，尉、㷉。票、㶾。尞、寮。从火，絲、綿。京、帛。業、丵。从巾。此象形，非佩巾巾字。而並作小郭䳡。之𩫏，音郭。淳、淳。之亯皆爲享字，恒、㥏。之亘、亘亘，須緣切。之回，桓、宣等字皆从「亘」。俱作日形。似四而非四者，鑒之皿、賣之囧與羅、羈之网，罪、曼之目。似西而非西者，覃之鹵，鹹省。覆之襾，呼訝切。與遷、票之𡈼，無音說，見《卷阿》。粟、栗之卥。音條。又勺之勹，無音。句、㔿。之丩，丩音糾。與勹、□音包，旬、匊等从此。相類，□之□，古文「肱」字。台、㠯。之㠯，即以。與厶音私。不殊。夂，音旨。攴音朴。似文，肉、肙勝、俞等字从此。如月。敷、敷。以方而易寸，躬、躳。去吕而从弓。「茎」作「堇」，「耒」作「耒」，「㠯」作「卩」，「□」作「力」，俱就約而舍多。□上从文。爲布，有爲有，□爲灰，耆爲耆，並移右而居左。誰分市、音弗。市，本作「㞢」。莫辨□、口。音韋圍，石、倉、啚等字从此。凡此借差，難勝指摘者也。況經後儒傳寫，舛誤尤多。自南北分崩，同文莫覩。更齊、梁喪亂，譌字肆行。《藝苑雌黃》云：「蕭子雲改易字體，邵陵王頗作僞字。北朝喪亂，書迹猥陋，專輒造字，猥拙甚於江南。」迄乎唐世之開元，加以衛包之改定，遂變古經之字，悉從世俗之書，則今世之經文是也。觀其體裁之陋，併非隸變之元形。迹其譌謬之由，多因後人之妄作。故漢以來所謂今文者，乃程邈之隸書，而以古籀爲古。唐以後所謂今文者，乃衛包之俗字，而又以漢隸爲古。斯文墜地，莫甚於茲。竊謂沿襲已深者固難悉正，而差譌未久者尚可速更。不揣愚蒙，欲加考辯。未徧窮於六藝，姑先及乎四《詩》。謹疏所聞，備陳於左。

雎，本作「鴡」。○之，本作「㞢」。○州从重川。俗加水，徐鉉非之。○逑匹，字當作「仇」。○差，本作「𢀩」。○左右，上从𠂇、𠂈。○求，本衣求字。「求取」當用「逑」。逑，訓斂聚。○得，本作「㝵」、「得」。○恖，上从囟。音信。○版左从舟。○輾，本作「展」。展，本又作「㞡」。○反側，當作「仄」。「側」乃旁側字。○采，从爪木。與「釆」異。釆，古「辨」字。○琴瑟，本作「珡瑟」。○友，本作「㕛」。○芼，當依《玉篇》作「覒」。○覃，本作「𠧘」。○谷，从水半，見出於口。俗作「谷」，非。○葉中从卉。卉，蘇合切，三十并也。此徐鉉說。○飛，象形。○綌右从谷。谷，即「臄」字，與川谷字異。○𣠮，俗作「無」。○斁左睪。睪，从目，从𡘲。泥輒切。○告語，當作「誥」。○公私，當作「厶私」，禾也。○澣，本作「瀚」。○「害」訓「何」，當作「曷」。○寧，願詞也。安寍，當作「寍」。○卷，本作「弮」。○筐，隸文也。本作「匡」，或作「筐」。○嗟，本作「𧥼」。○虺隤，當依《爾雅》作「虺頹」。○以，本作「㠯」。秦刻石作「㠯」，从乙，从人。○觥，本作「觵」。《說文》以「觥」爲俗字。○矣，上从㠯。台、允等字同。○履，从舟。○綏安字，或云當作「妥」。

○將，依鄭義當作「牂」。凡牂、扶字並同。○螽，本作「蝨」。上从宍。宍，古文「終」字。○螽斯，當依《爾雅》作「蜇」。《七月》同。○薨薨，當依《廣雅》作「薨」。《齊·雞鳴》同。○宐，隸作「宜」。○𦏧，今作「爾」。○繩繩，當依《爾雅》作「憴」。《大雅·抑》篇同。○天，當作「𠀘」。○華，本作「蕚」。○椓，當作「斲」。○干城，當作「戰」，干犯也。○施，旗貌。斁、攱，字从攴。○矦，俗作「侯」。○腹，本作「腹」。○拸，本作「𠬪」。○喬，上从夭。○漢，本作「漢」。○秣，本作「䬴」。○肄，本作「𦙼」，篆作「𦘔」。○既，右从旡。旡，居未切，隸作「无」。○棄从𠫓、它骨切。卄、音殷。廾。音拱。古文作「弃」。○魚，本作「𤋳」。○𦐃，或作「𩓣」。○屖，从倒毛在尸後，隸从正毛作「尾」。○麟趾，當作「麐」。麟，大牝鹿也。○趾，本作「止」。○定，訓「題」，當作「顁」。○角，本作「𧢲」。○鵲，本作「舃」，篆作「雒」。○巢，从巛，象三鳥，从臼，象巢形在木上。俗作「巣」，非。○居，蹲也。亦作「踞」，凥處也。今凥義皆用居。○兩，二十四銖也。㒳，再也。今通用「兩」。○御，从彳，从午，从止，从卩。又迎義當作「訝」。○蘩，俗作「蘩」。○用，从卜中。○被鬄，字當作「髲」。○夙夜，本作「𣦼夾」。○艸，今作「草」。草本自保切，俗用爲艸字，別作「皁」字代草。○皁螽，當依《爾雅》作「𧑒」。○憂，當作「𢝊」。○亦，本作「夾」。○降，乃登降字。𧑒螽降，當作「夅」。夅，下江切，相承服也。○「蘋」乃俗字，本作「薲」。○濱，本作「瀕」。鉉云：「俗作『濱』，非。」○釜錡，「錡」當作「敧」。釜，俗作「釡」，非。○下，本作「丅」。○翦伐、翦商，當作「剪」。○芟，當作「𠬛」。○憩，本作「愒」。鉉云：「別作『憩』，非。」○勿拜，「拜」當作「扒」。○鼠牙，字各象形。○速，訓召，當作「誎」。○從，隨行也，去聲。从相聽許也，平聲。女從，當作「从」。○素，本作「𦂴」。○徦，古作「遐」，俗作「退」。○食，从亼，音集。从皀。皮及切。○緎，當依《說文》作「黬」。○靁，俗作「雷」。○𣪊，隸作「敢」。○摽落，當作「芆」。○摽梅，「梅」當作「某」。某，酸果。○今，下从「㇇」。「㇇」，古「及」字。○抱，當作「袌」。「抱」乃「捊」之或體。衾，俗作「衾」。○裯，依鄭當作「幬」。○也，秦刻石作「𠃵」。○死，本作「𣦸」。○春，本作「萅」。○脫脫，當作「娧娧」。○尨，俗作「狵」、「厖」，非。○襛，左从衣。○雝，隸作「雍」。○平，本作「亏」。○齊，本作「亝」。○壹，从壺，吉聲。隸省作「壹」。○發，上从癶。音撥。又：發乃破體，正當作「發」。○柏，俗作「栢」。○敖，本作「𢾊」。○「遊」乃俗字，本作「游」。○徃，隸作「往」。○選，俗作「選」。○閔，當作「愍」。○獲，下从「又」。○池，本作「沱」。鉉云：「別作『池』，非。」○送，本作「𨑒」。○望，从亾。與朔朢字異，下从壬。音挺。○上，本作「丄」。塞，乃邊塞先代切。字。「塞淵」、「允塞」，當作「寋」。○温，當作「昷」。温乃水名。○勖，从力冒。○寡，从宀頒。○乃，本作「𠄎」。○逝，當依《爾雅》作「遾」。《唐》「噬肎」同。○肎，上从冃。音冒。○報，从㚔，从卪，从又。○德，升也。德行字當作「悳」、「𢛳」。二字皆从直心，惟目横竪異。○暴，依義當作「㬥」。○敖，當作「傲」。○悼，本作「[illegible]」。○肯，本作「肎」。○陰，水南山北也。《終風》當作「佥」。○鼓，右从㕛。○兵，本作「㑃」，从斤収。○漕，本作「𣾴」，「朁」同。○陳，俗作「陳」。○䆀，从哭亾。○闊，本作「闊」。涽，右从昏。捪、諙等字並同。○偕，彊也。惟《北山》「偕偕」當此義，餘並當作「皆」。○寒，本作「𡫶」，从宀，从二。舛，从人，从仌。○晥，當作「晥」。《小雅・杕杜》《大東》同。○慰，本作「㷉」。○琛，俗作「深」，非。○厲，本作「砅」，亦作「濿」。○瀰，本作「瀰」。○雁、鴈字別，《詩》字皆當作「雁」。○冰，當作「仌」。○冰泮，當作「判」。○須待，當作「頪」。又：須左从彡。湏乃古文「沬」，荒内切。洒面也。○屑，隸作「屑」。○躳，隸作「躬」。竆下同。○鞫、鞠訓竆者當作「簕」，从宀，簕聲。○顛覆，當作「蹎」。○「御冬」、「御竆」，當作「禦」。○冬，本作「㚵」。○肄，依毛當作「勩」。○念，上从今。○塈訓息，當作「𣫯」。《假樂》、《泂》、《酌》同。○丘从北一。一，地也。○裘，今作「裘」，本作「求」。○戎，本作「戒」。○瑣，右从小、貝。俗作「瑣」，非。○流離，「流」當作「鶹」。○肯，隸作「前」。○籥如笛者，字當作「龠」。後並同。○爵，本作「䨲」。○榛栗，當作「亲」。惟《青蠅》當作「櫟」。○《邶》、《唐》「苓」字皆當作「蘦」。苓乃卷耳。○咼，俗作「西」。○毖，當作「泌」。○衛，隸作「衞」。○宿，本作「宿」。下「佰」，古文「殀」。○泲，他典皆借「濟」，惟此詩得其正。○歆，俗作「飲」。○殷，當作「慇」。○寠，从宀，不从穴。○瞡，本作「覞」。諠上从水。○讁，俗作「擲」。○《北風》篇「涼喈」當作「飄飄」。又「涼」从水，沖、減、況、決、潔同。此六字，《玉篇》以从仌爲俗。○雪，本作「䨮」。○「雱」乃「旁」之擂文，依義當作「滂」。○灻𪐗，隸作「赤黑」。○俟，大也。待，義當作「竢」。○於，本作「扵」。○愛，當作「㤅」。○蜘蹰，本作「峙躇」。○「泚」訓鮮明，當作「玼」。○鮮，依王肅訓「少」，當作「尟」。鮮乃魚名。○網，本作「网」、「罔」。○戚施，當依《説文》作「䵳鼀」。○乘，本作「椉」。○它，俗作「他」。○「慝」乃俗字，當作「忒」。○《牆茨》、《楚茨》當作「薺」。○蕭，作「冓」非。○長，本作「镸」。○「讀」右「賣」，音育，上从「𡕥」。𡕥，古「睦」字。○副笄，「副」當作「䯱」。○揚且清，「揚」當作「眻」。《鄭》、《齊》風同。○展衣，當作「𧜵」。○蒙覆，當作「冡」，从冃，莫保切。从豕。蒙乃唐蒙草。○㽌，俗作「要」。○韡，俗作「鞾」。○彊彊，字或云當作「猄」。○㮚，隸作「栗」。○梓漆，當作「桼」。○升，本作「升」。又：登升字當作「昇」。○然，當作「嘫」。○蝃，本作「螮」。○朝，本作「𣉩」。○干旄，當作「竿」。○畁，上甶，下丌。○嘉，上从壴。音注。喜同。○鼃，當作「苘」。○善，本作「譱」、「善」。○許，當作「鄦」。凡國名、地名同。○眾，今破作「眔」，又譌作「衆」。○「稺」右「屖」，先稽切。俗从犀，或又作「稚」，皆誤。○狂，右从㞷。今隸省。○邦，从丰。○奧，當作「澳」。○綠竹，當作「菉筑」。○匪，當依《禮記》、《爾雅》作「斐」。○磨，本作「礳」。磨字俗。○琇，當依《説文》作「璓」。○弁，本作「弁」。○寬，下从萈。胡官切。○較，本作較。○考訓成，考、攷俱通壽。考、考、妣當作「考」、「攷」、「擊」。稽攷，當作「攷」。○凝，本作「冰」。《説文》以「凝」爲俗字。○蠐，本作「齏」。

○眉，本作「睂」。○盼，作「盻」非。○曟，隸作「農」。○孽，本作「孼」。案：孼、辥、櫱、糱、蘖等字俱諧𦣞魚側切。聲。𦣞又諧屮音徹。聲。俗去屮从艸，其誤已久。○蚩，上从㞢。俗作「蚩」，誤。○布，上从父。○頓丘，當依《爾雅》作「敦丘」。○秋，本作「烁」。○垣，俗作「垣」。○復往來也，右从「夏」。音與「復」同。夏，行故道也。匔，扶又切。重也。今三義併於一復。○「漣」乃「瀾」之或體。《氓》詩當作「㦁」。㦁，泣下也。○簈，隸作「笲」。○䣊，从人各。○遷，隸作「遷」。○沃，本作「渓」。○耽，當作「媅」。○遂，當作「㒸」。○暴，當作「虣」。○泮，當作「畔」。○旦，當作「怛」。○源，作「𠫐」，省作「原」。鉉以加水爲非。○佩，从人。陸德明以从玉爲非。○支，當作「枝」。○「容」乃容受義。儀容，當作「頌」。○垂帶，當作「𠂹」。垂乃邊垂字。○帶，从重巾。卌，其連屬固結處。俗作「帯」，非。○甲，本作「[illegible]」。○「杭」乃「抗」之重文。《河廣》當作「航」。○跂，音歧，足多指也，非舉踵義。跂予，當作「企」。○曾，从八，从囮，从曰。○諼，當作「藼」。○綏綏，當作「夊夊」。《齊·南山》同。○瓊，右「夐」，从人，从穴，从旻。火劣切。○摇摇，當依《爾雅》作「愮愮」。○棲，本作「西」。俗作「栖」，非。○桀，當依《爾雅》作「榤」。○渴訓盡。飢渴，當作「㵣」。○陽陽，當作「昜」。《周頌·載見》同。陽乃水北山南之稱。○翿，本作「翳」。○人負戈爲戍，戈向人爲伐。○甲，俗作「申」。○燥濕，當作「溼」。毛晃以作「濕」爲後人之誤。濕本水名，省作「漯」，又轉作「漯」。○吪，从口。俗作「訛」。○聰，隸作「聦」。○滸，本作「汻」。

毛晃以从許爲非。○昆弟，當作「罤」。从弟，从眔。眔音沓，目相及也。昆訓同，訓後。○畏，从甶，从虎省。○奔，上从夭。○麻，下从林。匹卦切。○踰，右「俞」下从舟巜。○黽，隸作「繩」，俗作「巷」。○昪，从廾，音拱。貝省。○襢，當依《説文》作「膻」。又《釋文》作「袒」。袒裼，當作「但」。袒本文莧切，衣縫解也。今以「袒」當「但」義，而「袒」義別作「綻」。徐鉉以「綻」爲俗字。○射，本作「䠶」。○鴇，當依《爾雅》作「駂」。○阜，本作「𠂤」。○抑，本作「归」，从反印。「抑」乃俗字。○邕，當作「雝」。○介，从人，从八。○逍遥，本作「消搖」。鉉云：《詩》「逍遥」，後人所加。○舍，从亼，从屮，从口。○䖒，本作「敬」。○興，从舁，从同。○爛，本作「爤」，孰也。借爲燦爛字。○弋，橛也。繳射義當作「隿」，今以「弋」代「隿」，而「橛」義用「杙」，誤久矣。杙，劉杙也。見《説文》。果名。見《玉篇》。似梨。見《廣韻》。○舜，本作「䑞」。䑞䔦，當作「蕣」。○游龍，當作「蘢」。○童乃童僕字。狡童、狂童當作「僮」。○漂，當作「飄」。○溱，當作「潧」。○褰，當作「攐」。又：右褰，本作「褰」。○丰，與「丰」異。○昌，下从曰。○子衿，當作「襟」。○挑，當作「佻」。○員，依字當作「云」。又員上从口，音回。隸省从厶。○光从火，在人上。○夢寐，當作「㝱」，夢不明也。○閒从月、門。夜閉而見月光，是有閒隙。俗作「日」，非。○肩，當作「豣」。○著，當依《爾雅》作「宁」。○顛倒，當作「顛」，亦作「傎」。○樊，下从㸚。即攀字。又：樊圃，字當作「藩」、「棥」。《青蠅》同。○莫，从日在茻音莽。中。俗又加「日」，非。○蕩平，當作「愓」。

○五兩，當作「緉」。○冠，从冂，莫狄切。从元，从寸。○雙，下从又。○蓺，本作「埶」，从坴、音六，土也。丮。音戟，持也。持種之。俗作「藝」。○衡從，當作「橫縱」。○晦，亦作「畒」，俗作「畆」。○克，本作「亯」。○盧，中从「甾」。音兹。○鯀右，罤省。○猗嗟名兮，「名」當作「顋」。○貫，依鄭當作「攢」。○亂，當作「𤔔」。亂，治也。𤔔，煩也。○魏，本作「巍」。○提提，當依《爾雅》作「媞媞」。○褊，當作「辨」。○殺核，當作「肴」。加殳乃殺雜字。○謡，本作「䚻」，从言、肉。會徒歌意。○葢，下从盇。盇音合，覆也。从血，从大。隸作「蓋」。○漣，本「瀾」之或體，音同。今分兩讀，鉉以爲俗。○廛，从广、里、八、土。俗作「壥」，非。○縣左県，古堯切，从倒𦣻。俗下作「小」，非。本縣挂字，因借爲州縣字。俗又加心，徐鉉非之。○𢡃，隸作「憶」。○飧，从夕、食。俗作「飱」，非。○永號，當作「詠」。○蟀，本作「𧍒」。鉉以「蟀」爲俗字。○𦘒，今作「聿」，筆也。《詩》皆借。○「㝩」乃「穅」俗从米旁。之或體。康寍，當作「㝩」。○臾，从申，从丿。俗加點，非。○婁，从毌、中、女，俗作「婁」，非。○栲，本作「杬」。○洒、灑俱通。洒，本作「洗」字。○埽从土，俗从手，非。帚下巾，象𠦒隸作糞。除器。○鐘鼓，从支。弗鼓，从攴。餘可意推。○保，右从予、八。○粼，右从巜。○椒，本作「茮」。○翢，今作「朋」。○篤，馬行頓遲也。篤厚，字當作「筥竺」。○粲者，當作「效」。○睘，下从袁。○褎，作「褏袖」非。《説文》以「袖」爲俗字。○肅鸘羽，當依《博雅》作「鷫鸘」。《鴻雁》同。○苞，當作「枹」。《晨風》、《四牡》同。○以食食人，當作「飤」。○粲爛，當作「燦爤」。○嫢，隸省作「夏」。○白顛，字當作「驃」。○寺人之令，當依《韓詩》作「伶」。凡使伶字同。○耊，亦作「耋」。○鸞，當作「鑾」。《詩》「鑾」字並同。○歇驕，當依《爾雅》作「猲獢」。○暢，本作「暘」。○板，本作「版」。版，左从片。片，从半木。「板」字俗。○合，當作「敆」。凡會敆同。○㕣，下从口。○竹閉，當作「韔」。○伐，當作「瞂」。○寢，本作「寖」。○厭厭，當作「懕懕」。《湛露》同。○穆，右㬴从彡，㝈省聲。○孅右韱，音銛。諧夃子廉切。聲。今字从「韱」者皆作「韯」。○駈右冘。或作「駥」，非。○晨風，當作「鷐風」。○《晨風》「駮」、《東山》「駁」字異。○戟，今省作「戟」。○簋，中从皀。○市，本作「㞢」。○嫛，俗作「婆」。徐鉉非之。○衡内从角、大。○棲遲，作「屖遲」優。○樂，依鄭當作「㦡」。○梅枏，字與《摽梅》異。○鷊，當依《說文》作「虉」。○菡萏，本作「菡藺」。○檜，當作「鄶」。○欒，當依《說文》作「臠」。○藴結，「藴」本作「薀」。苑結同。○偈，當作揭。○弔，本作「弔」。○亯，篆作「亯」，隸作「亨」。本許兩切，轉爲普庚、許庚，二切同此字形。今普庚切作「烹」，許兩切作「享」。毛晃以爲後人妄加點畫。○溉，當作「概」。《泂》、《酌》同。溉乃水名。○何，本負何字，借爲誰何。○芾，本作「市」。○咮，本作「噣」。○忒，當作「忒」。○年，本作「秊」。○觱發，當依《說文》作「滭泼」。○栗烈，當作「溧冽」。○相，今作「耜」。鉉以爲俗。○懿，本作「懿」。○萑葦，本作「雈」。上艸下隹。音九。今省。與萑、音追。萑字溷。○鶪，左狊。狊，古闃切，上目下犬。

○莢，隸作「荚」。○狐貉，當作「貈」。○㷡，隸作「熏」。○塞向，當作「寋」。寋，本作「𡨄」。○菽，本作「尗」。○壽，本作「𠷎」。○𢇍，左㡭，古「絶」字。○壺，本作「𡔷」。○樗，當作「樗」。○重穋，本作「穜稑」。○沖，从水。○稱舉，字當作「再」。○鬻子，當作「育」。○蠋，本作「蜀」。○刱，隸作「制」。○伊威，當作「蛜」。○蠨，本作「蠨」。○皇駁，當依《爾雅》作「騜」。《駉》「有皇」同。○籩，今作「籩」。○小雅、大雅，「雅」當作「疋」。○賓，作「賔」非。○吹笙，當作「龠」。吹壎、吹篪等同。○恌，當作「佻」。○傚，本作「效」。「傚」字俗。○和，本作「咊」。○湛，當作「媅」，後同。惟「湛酒」當作「酖」。○皇皇者華，「皇」當作「騜」。○原，當作「邍」。○華鄂，字當依《說文注》作「萼」。○韡，本作「韡」。○脊令，當作「鶺鴒」。○況，从水。○鬩，从鬥。都豆切。○飫，本作「饇」。○矧，本作「弞」。○蹲，當依《爾雅》、《說文》作「壿」。○厚，當作「㫗」。○禴，本作「礿」。○弔訓至，當作「遈」。○恒，本作「恆」。○陽止，當作「霷」。《采薇》、《杕杜》同。○彼爾斯何，當依《說文》作「薾」。○魚服，當作「箙」。○「瘁」乃俗字，本作「悴」、「顇」。○《出車》、《北山》、《大明》、《烝民》、《韓奕》、《駉》篇「彭彭」皆當作「騯騯」。○和鸞，當作「鉌鑾」。○醻，本作「醻」。○沈，作「沉」非。○整，从束、攴正。俗从來、力非。○「佐」乃俗字，本作「左」。○奏，本作「𡕱」。○嚴，隸作「嚴」。○啟行、啟明皆當作「启」。輊，本作「輩」。○菑，中从巛。音灾。○涖，本作「竦」。今通用涖、莅、蒞三字。○率乃捕鳥。畢率，止當作「衛」。凡將率同。○

有奭，當作「赩」。○軝，右从氏。○淵淵，當作「鼘鼘」。《駜》「咽咽」同。○闐闐，當作嗔。○奕，从大。《詩》「奕」字皆同。从廾乃博弈字。○決拾，當作「叏」。叏，上屮象叏形，今作「夬」。○舉柴，當依《說文》作「[illegible]」。○《吉日》「麌」，當作「噳」。○《吉日》「率」字訓順，毛、鄭同。當作「[illegible]」。凡率循同。○噦，本作「鉞」。○鄉晨，當作「晨」。上从臼。音掬。晨，房星也。今借爲早義，而房星字借辰。○沔，俗作「汅」，非。○譌言，作「訛」非。○皋，隸作「臯」。○「其下維穀」、「無集于穀」，此二「穀」从木。餘从禾。○錯，當作「厝」。○爪牙，當作「[illegible]」。爪，乃爪取義。○藿，本作「䕌」。○優游，字今作「優」。○栗，本作「㮚」。○冥，从冂、日、六。隸破作「冥」，譌作「㝠」。○尪，上从允。即尪字。俗从「兀」非。○《斯干》「裼」當作「褅」。○瓦，象形。○蓑，本作「衰」。○兢，本作「兢」。○麾，本作「摩」。○畢，从由。𢌿、畢盡當作「畢」。○薦瘥，當作「洊」。洊，重也，再至也，音賤。薦，獸所食艸也，音箭。《詩》字皆借。○呲，本作「訿」。○憯，當作「朁」，後同。惟《雨無正》是「憯」字。○昊，本作「昦」，下从夰。古老切。《玉篇》以「昊」爲俗字。○届，从凷。凷，即「塊」字，从土，从凵。○「繁」乃俗字，本作「緐」。又「緐霜」當作「蕃」，凡蕃多並同。○愈愈，當依《爾雅》作「瘉瘉」。○蹐脊，本作「蹐脊」。○褎，本作「褎」，俗作「裦」。○屢，本作「婁」。《說文》以尸爲後人所加。○炤，本作「焯」。○日食，字當作「蝕」。○電，下从申。○沸騰，當作「灊滕」。○匔，从勹。音包。○豔，隸作「艷」。○憖，从來、心、犬。○徹我牆屋，當作「勶」。俗作「撤」，非。○競，本作「竸」。○里病，當作「𤸇」。○淪陷，當作「陯」。○畗，亦作「畗」。俗作「答」，或借答。○舌，上从干。○敷，隸作「敷」。○馮河，當作「淜」。○温，依鄭當作「薀」。○螟蛉，當作「蠕蛤」，蜻蛉也。○桑扈，當作「雇鳸」。○填寡，當作「殄」。○岸獄，當作「犴」。○壞木，當作「瘣」。○塻，當作「嫨」。○浚，當作「濬」。浚，抒也。濬，深通川也。○涵，隸作「涵」。○盜，从次。敘連切。○茬染，當作「栠」。○河麋，當作「湄」。○徸，从允。○篪，本作「䶵」。○祇，依毛當作「底」。又祇、底皆从氐，不从氏。○圓，隸作「面」。俗作「靣」，非。○萋菲，當作「緀」。○《谷風》「頹」當作「穨」。○萎，當作「婑」。○律弗，當作「嵂颵」。《蓼莪》、《四月》同。○睠，當作「眷」。○沈泉，當作「厬」。○穫薪，依鄭義當作「檴」。○憚人，當作「癉」。《小明》同。○漿，本作「㯱」。○鞙，當作「琄」。○跂，當作「伎」。○具腓，當作「痱」。○鶉，當作「鷻」。○鳶，本作「鳶」。○方奥，當作「燠」。○廱雝，當作「邕」。○祊，本作「鬃」。○燔，當作「鐇」。○酢，醶也。酬酢。當作「醋」。今二字互易。○芬，本作「芬」。○敕，从束、攴。○備，慎也。備具，當作「葡」。○稽首，當作「䭬」。○替，本作「㬱」。○霢，下从脈。○優渥，當作「瀀」。○或，當作「棫」。○騂牡，當作「牸」。騂，黑騂。犧、騂剛同。○耘，本作「䢵」，亦作「𦓤」。耔，本作「秄」，左从禾。耘、耔皆俗字。又耕、䢵等字左从耒。耒，从木，从丰。古拜切。今省。○齊明，當作「齍」。○禾易，或云：易，當作「殤」。○種，當作「穜」。種、穜互易，辯見《釋文》。○覃耜，當依《爾雅》作「剡」。《周頌》同。○螣，當作「蟘」。「螣」乃螣蛇，徒登反。○蟊，本作「蠹」，象形。徐鍇以「蟊」爲誤。○賊，本作「賊」，左則右戈。○有渰萋萋，當作「淒淒」。○斂，右从攴。○郴，从秝。俗从「月」，非。○觩，本作「斛」。○廄，从广，从𣪘。𣪘，居又切，屈服也。今从「既」作「廐」，《玉篇》以爲俗字。○來括，當作「佸」。○旳，从日。○童羖，當作「䍶」。○大頭是「頒」字本義。分頒，當作「攽」。○在鎬，當作「鄗」。○莘尾，當作「䱇」。○檻泉，當作「濫」。○殿，隸文也。本作「殿」，左居，从尸、丌、几，徒魂切。○臋从㞋。○騂騂角弓，當作「觲觲」。○猱，本作「夒」。○緇撮，當作「䌸」。○綢直，當作「𩯣」。○薑，本作「董」。○其葉有幽，「幽」當作「黝」。○滮，本作「淲」，从彪省。○漸漸之石，當作「嶃」。○浸，隸作「没」。○墳首，當作「頒」。○商，本作「商」。○同，从冃。冃，音冒。○不易，依王當作「傷」。○刜，从刀、井，罰罪也。《易》曰：「井，法也。」刑从开，刭也。儀刑，當从井。○洽陽，當作「郃」。○燮，从又。○牧野，當作「坶」。○隸，右从隶，音逮。今作「肆」。○陶復，當作「匋寝」。匋，瓦器也。加自，乃陶北字。○堇，黏土也。堇荼，當加艸作「堇」。○玆，从二玄，黑也。茲，从艸，玆省聲。艸，木盛也。玆此，借艸茲。徐鉉以爲借玆黑。○廼，當依石鼓文作「迺」。廼字俗。○削，當作「娟」。《桑柔》同。○高門者伉，當作「閌」。○混夷，當作「昆」。○維其喙矣，當作「㥌」。○棫樸，當作「樸樸」，音朴，木素也。○瑟彼玉瓚，當作「璱」。○菑翳，當作「椔」。○串，本作「𤰞」。

○省，本作「眚」，从眉省。从屮加宀爲宫省，加水爲減消，今通用「省」。○對，从口。漢文帝改从士。○類，下从犬。○距，雞距也，距止，當作「歫」。○赫怒，當作「嫼」。○衡，从童，俗作「衜」。○類禡，當作「禷」。○仡仡，當作「屹」。○虜，下从奴，从丌。○丵，从丵，从巾。○賁鼓，當作「鼖」。○辟廱，當作「璧」。○逢逢，當依《埤蒼》、《廣雅》作「韸韸」。○作求，當依《爾雅》作「絿」。○遹，當作「欥」。○豐邑，當作「酆」。○淢，當作「洫」。淢，音域，疾流也。非成閒洫。○豐水，當依《禹貢》作「灃」。○考卜，當作「攷」。凡稽攷同。○《生民》「弗」，當作「祓」。○鼏，左从長。俗从弓，非。○如達，當作「羍」。○坼，本作「𡍮」。又左从土，俗从手，非。○菑害，當作「𢦔」。《閟宫》作「災」，籀文也。○嶷，當作「㘈」。○「瓜瓞唪唪」，當作「菶菶」。○恒，當作「亙」。○肇，當作「肁」。肁，始開也。肇，擊也。○揄，當作「舀」。○蹂，本作「𥼐」。○釋之叟，釋从米。○叟浮，當作「熡烰」。○豆登，字从月，从又，从豆。○𪏽，上黍，下甘。隸作「香」。○「維葉泥泥」，當依《廣雅》作「苨苨」。○洗，本作「洒」。○醢，本作「𥁃」，从皿，从肬。肬，它感切。○咢，隸文也，本作「㖾」。○敦弓，當作「弴」。○序，當作「敘」。凡次敘同。○句，當作「彀」。○大斗，當作「枓」。○台背，當依《爾雅》作「鮐」。○朗，本作「朖」。○壺，本作「𡔷」。○𦙍，从肉，从八，从幺。○戚揚，當作「戉」。○登升，上从癶。音撥。○牢，隸文也，本作「𡦹」。○軍，上从勹。○密，當作「宓」。《周頌》「宥密」同。宓，安也。山如堂者曰密。今用「密」爲「宓」義，又誤讀「宓」爲「伏」。○芮鞫，當作「汭垙」。○泂酌，當作「迥」。○䫀卬，當作「昂」。○詭隨，當作「恑」。凡恑詐同。又：隨，本作「遀」。○管管，當作「悹悹」。○泄泄，當依《說文》作「呭呭」。○辭語，當作「詞」。○灌，當依《爾雅》作「懽」。○耄，本作「薹」。○殿屎，當依《說文》作「唸吚」。蔑，从苜，音末。从戍。○牖，當依《韓詩》作「誘」。○出王，當作「㞷」。○蕩蕩，當作「潒」，亦可作「愓」。○炰烋，當作「咆哮」。○奰，本作「𡚁」。○顛沛，當作「槇伂」。○玷，本作「㓠」。○屋漏，當作「屚」。惟刻漏从水。○格至，當作佫。○虹，當作「訌」。○藐，本作「䫉」。下貇从頁，豹省聲。今作「貌」，古作「皃」。○燼，本作「𦘔」。上从聿音津。省。○疑，从子、止、矢。○梗，右叓从丙、攴，隸作「更」。○圉，本作「圉」。○爇，上从埶。○溺，當作「㲻」。溺，音若，水名。○寶，諧缶聲。○貪，上从今。○悖，本作「誖」。○陰女，當作「䕃」。○隆，本作「隆」。○蟲蟲，當作「爞」。○秏，左从禾。○斁，本作「嬕」。○滌滌，當依《說文》作「蔋蔋」。○散，本作「㪚」，當作「𣙗」。○里，當作「悝」。○假至，當作「假」。○四國于蕃，當作「藩」。○彝，作「彛」非。○愛莫助之，依毛當作「薆」。○韓，隸作「韓」。○幹，俗作「幹」。○錫，本作「鍚」。○幭，本作「幦」。○厄，依毛當作「蚅」。○貊，本作「貉」。○來鋪，依毛當作「痡」。○卣，本作「卤」。○截，俗作「截」。○懿厥哲婦，「懿」當作「噫」。○昏椓，依鄭當作「閽斀」。○眄，右从丏。○潰潰，當作「憒憒」。○三頌，當作「誦」。○疊，从三日。新莽改日爲田。○鐘鼓喤喤，當作「鍠鍠」。《有瞽》同。喤是小兒聲。○磬筦，當作「管」。《有瞽》同。○立，依鄭當作「粒」。○來牟，當作「麰」。○西雝，當作「廱」。○柷圉，當作「敔」。○潛，當依《小爾雅》作「橬」。○和鈴央央，當依《文選》註作「鉠」。○佛，依鄭當作「弼」。弼，本作「弜」。○肩，本作「肩」，象形。《說文》以从户爲俗。○荓蜂，當作「甹夆」。○拚，當作「翻」。○有略其相，當作「䂮」。○圅，隸作「函」。○麃，訓耘，當作「穮」。○有捄其角，「捄」當作「觓」。○酌，依《禮記》作「勺」，近。○以車祛祛，左从示，與衣袪字別。或云：借衣袪字。○有魚，當依《爾雅》作「驔」。○邪乃琅邪字。無邪，當作「衺」。○屈信，當作「詘」。又：屈，本作「屈」。○搜，本作「挍」。○逆，迎也。順逆當作「屰」。○琛，本作「琛」。○六轡耳耳，當作「緝緝」。○犉剛，當作「犉犅」。○虧，左虍，荒烏切。○貝胄，下从冃，與胄子字異。胄子从肉。○泰山，本作「大山」。大、岱音同也。「大」譌爲「太」又譌爲「泰」。○兒齒，當作「齯」。○尋，本作「㝷」今省。○庸鼓，當作「鏞」。○恪，本作「愙」。○和羹，當作「盉」。○濬，古文也，本作「睿」。濬，俗作「濬」非。○達，从羍。○圍，當作「囗」。○「旒」乃冕旒字，旌旗當作游。綴旒，依毛二字皆通，依鄭當作「游」。又冕旒字本作「瑬」。○鉞，本作「戉」，从戈，乚聲。乚，音厥。○曷，依《漢書》作「遏」，近。○蘖，本作「櫱」、「欁」。○罙，本作「罙」。从网，从米。○凡，从反仄。○斲，本作「斲」。○虔，依鄭當作「榩」。○凡此諸字非出經生之妄造，即由俚俗之沿譌。或以音之同久假而不返，或以形之似相殺而莫知。或改易其偏旁，或減增其點畫。各標其誤，具列如前。其所取正主於《説文》，輔以《蒼》、《雅》，參以鐘鼎碑刻之文，崇典也。用或體則不復溯原文，合篆隸則不更追古籀，從簡也。至於經字假借，如懈爲解、遑爲皇、娶爲取、婚爲昏、悌爲弟、僻避擗皆爲辟之類，尚不勝詘指。斯或屬古人之通用，未必盡後世之傳譌。止取稍僻者著其梗概，餘弗悉載焉。

《説文》云：「榛，木也。从木，秦聲。亲，果實如小栗。从木，辛聲。」《鳲鳩》釋文云：「榛木，叢生也。」《字林》榛木之字从辛木，云：「似梓，實如小栗。」《廣雅》云：「木叢生曰榛。亲，栗也。」皆以榛、亲爲兩植。今經傳概作「榛」，無復辨矣。案：《詩·邶》「山有榛」、《鄘》「樹之榛栗」、《曹》「其子在榛」、《小雅》「止於榛」、《大雅》「榛楛濟濟」，凡五見。以文義觀之，《鄘》之「榛」與「栗」並言，《曹》之「榛」上有「梅」下有「棘」。棘者，小棗，皆果實。二「榛」其亲乎？「止于榛」前二章爲樊與棘，毛云：「棘所以爲藩也。」孔云：「棘、榛皆爲藩之物。」故此棘是朿音册。棘，非小棗。則榛亦非小栗也，其叢生之榛乎？餘二榛其爲叢木，爲小栗，經無明據。然陸元恪謂「山有榛」與「樹之榛栗」，子皆味如栗。《周語》引《旱麓》詩，韋昭注云：「榛似栗而小。」則《邶》與《大雅》之榛，先儒皆以爲果實也。字當作「亲」矣。

《説文》云：「鼓，郭也，春分之音。从壴支，象手擊之也。鼓，擊鼓也。从攴，音朴。从壴，音駐。壴亦聲。」二字義殊形亦殊矣。案：《詩》惟《山有樞》之「弗鼓」及《車鄰》、《鹿鳴》、《常棣》、《鼓鐘》四篇「鼓」字是「鼓擊」義，當从攴。餘皆樂器之鼓，當从支也。《楚薺》、《白華》之「鼓鐘」，箋、疏皆云「鳴鼓鐘」。《靈臺》之「鼓鐘」，箋云：「鼓與鐘。」《伐木》之「鼓我」，箋云：「爲我擊鼓。」則皆樂器，非攴擊義矣。支、攴形相近，近本多溷，不可不辨。又「鼓」字，籀作「𡔷」，右从支。《玉篇》作「鼔」，从攴。未知何體。毛晃謂「鼓」是篆文，隸作「鼓」，亦从攴作「鼔」。攴，音撲。源謂「鼓」字見《説文》，《説文》所載皆小篆而兼及古籀，並無隸體。「鼓」正是隸耳，豈篆乎？毛語非也。又：支，本章移切，从手持半竹。但《説文》云：「象手擊。」是取其形，與「支」字義無預。

㬥，晞也。暴，疾有所趣也。虣，虐也，急也。此三字《説文》皆薄報切，而義各不同。今文典从隸概作「暴」，而三義併於一字，惟「虣」字猶見《周禮》耳。《詩·氓》篇「至於暴矣」爲酷暴，是虣義。《巧言》「亂是用暴」爲暴甚，是暴義。《叔于田》及《小旻》之「暴虎」、《何人斯》之「暴公」無當於三義。《韻會》以「㬥晞」當之，理或然也。「終風且暴」，毛云：「暴，疾。」則宜爲暴義。《爾雅》云：「日出而風曰暴。」義取日出。則㬥、暴俱通。惟《説文》作「瀑」，云：「疾雨也。」引此詩。毛云：「暴疾」，亦可指疾雨。則瀑義爲長。此又在三義之外矣。《正韻》「暴」字注兼收㬥、暴、虣三字訓釋，而獨用一㬥當之。又別出「虣」字，殊爲疏謬。

圉，本作「圄」。《説文》云：「圄，守之也。」經傳以圄爲囹圄字，別用圉字爲守義，故圉、禦二字通用，皆音語。《爾雅》云「禦、圉，禁也」是已。禦、圉又通作「御」，其見《詩》者，《漢書・王莽傳》引《詩》「不畏彊禦」，莽傳注引《詩》「曾是彊禦」，「禦」皆作「圉」。「孔棘我圉」箋云：「圉，當作『禦』。」此圉、禦通用之證也。《韓詩外傳》引「我居圉卒荒」，「圉」作「御」。「亦以御冬」、「以我御窮」，二「御」字皆爲禦義。《釋文》云：「下『御』字，本或作『禦』。」「子曰有禦侮」，《釋文》「禦」作「御」，云：「本或作『禦』。」此圉、禦與御通用之證也。又「禦」字，《説文》云：「从示，御聲。祭也。」禦之爲祭，經傳未聞。

羽族字旁或从鳥，或从隹，其常也。然有鳥、隹二旁俱可从者，如雞之籀文爲鷄，雇之籀文爲鳸，《爾雅》作「鳸」，《詩》作「扈」。雎之籀文爲鴡，雁之籀文爲鷹，鶪之或體爲[illegible]，鷬之或體爲難，鴿之或體爲雂，其䧼之爲鶉，䳟之爲睢，䧿之爲鵲，雅之爲鴉，雖俗字而今用之。此皆見《詩》。外如鵰爲雕之籀文，鶵爲雛之籀文，鵪恩舍切，鶉屬。爲雓之籀文，鸐山雉。爲鴽之或體，鴽音如，牟母。爲翟之或體，鳿音紅，鳥肥大。爲琟之或體，此未見《詩》，皆二旁俱通者也。又有鳥隹聚於一字者，其在《詩》，有籀文鷹及鸗、雔、鸛、鶴共五字。外又有鷦即消切，桃蟲也。鸛音歡。二字。惟鸛字不見《説文》，或疑爲俗字焉。有辯見《東山》詩。又有从鳥从隹分爲兩字者，如雁與鴈、鵜與鴺、古文雉。鴝音劬，鴝鵒。與雊、雄雉鳴。鳴與唯、雌與鴜、即夷切，鸃鴜。雒音洛，雒鵋也。《爾雅》作「鵅」，《釋文》音格。與鵅、音洛，烏鸔。《爾雅》同。鷚力救切，天鸙。與雡、力救切，鳥大雛。《爾雅》作「鷚」。雃苦堅切，䴈鷜。與鳽、音堅，鵁鶄。雗音翰，鷽也。與鶾、音翰，雉肥鶾音。⿰方隹音方，鳥名。與魴。音訪，澤虞。《爾雅》作「鴋」。而俗字之「鴉」亦與「雅」音義别。惟雁、鴈二字今反通用。

《詩》中「屢」字，《釋文》多云「本又作『婁』。」案：《説文》「屢」字注云：「今之婁字本是屢空字。此字後人所加。」唐初經字未改，故陸所見本猶存古體。

「曰爲改歲」、「曰殺羔羊」、「豈不日戒」，《釋文》皆先音越，又反切爲馹音。又凡遇「日」、「曰」字皆有音反。案：日月，「日」字象形，古作「⊙」。云曰之曰，从日，从乙，本作「[illegible]」。截然兩字。陸不辨其字形而僅以音切别之，竟似一字而兩讀。可見隸變以來，字體之殺久矣。

字音

有古音，有正音，有俗音。古音邈矣，然《易》、《詩》、古歌謡、楚騷、漢詩賦樂府之協韻及《説文》之讀若、諧聲，《釋名》、《白虎通》諸書之解字，猶可考驗而知也。正音則九經《釋文》、《玉篇》、《廣韻》，徐氏《韻補》諸書之音反是已。至俗音不知何自而始，率皆沿譌襲陋，莫知所返。既乃稍入字書，如「不」之逋骨切見温公《指掌圖》，「副」、「富」之列遇韻見黄氏《韻會》。又如《洪武正韻》，一代同文之書也，乃大取舊韻紛更之。虞本韻首，收在魚韻，而立模韻以代虞。其所統字亦多改易，删去元韻，而所統字散入真、寒、删、先韻中。又分麻韻，創立遮韻。至東、冬、江、陽、真、文等韻，併省尤多。俱甚諧俗吻，而於雅音則乖矣。竊意人之喉舌唇齒因地氣而殊，亦隨天時而變。其修短、厚薄、洪纖、鋭鈍不同，則所出之音亦異。故古今異音，猶胡越之不相通，不可以人力彊齊也。源恐數百年後，今之俗音反以爲正音，而正音復爲古音矣。《正韻》一書爲同文而設，惟求人之易遵，不免移雅以就俗。今當悉取俗音，正之以雅。但此編專以説《詩》，故止及三百篇中字。仍依經文次之，具列於左。

鵙，本七余切，音近趣，清母。今子余切，精母。○淑，本音孰，《正韻》誤音叔，俗讀不誤。○不，本甫鳩、方九二切。今敷勿、逋没二切。○悠，本以周切，音由，喻母。今於周切，音呦，影母。○維，本以追切，音遺，喻母。今無非切，音微，微母。○鳥，本都了切，端母。今泥了切，泥母。吴中土語反得之。後凡土語皆指吴中。○言，本語軒切，疑母，元韻。今音延，匣母，先韻。○母，本莫後切，有韻。《正韻》莫補切，改立姥韻收之。今仍其誤。○嗟，本麻韻。[一]《正韻》分立遮韻收之。○觵，古横切，俗讀如公。○砠，誤同雎。○只，本平、上兩聲。今增讀入聲，音質。○綏，本息遺切，支韻。今蘇回切，灰韻。○縈，於營切，俗讀如容。○羽，本王矩切。《正韻》誤偶許切，音語。母同而音小異。已後不言何母者同此。俗讀不誤。○成，是征切，日母。俗讀如程，

[一]「本」，原作「大」，據庫本、張校本改。

澄母。土語得之。○詵，所巾切，審母。俗讀如新，心母。○憴憴，《詩》作「繩」，神陵切，日母。俗讀如程，澄母。○宜，本魚羈切，疑母。《正韻》誤延之切，音匜，喻母。俗讀得之。○苴，本麻韻。今分立遮韻收之。○江，本韻首，古雙切，音杠。今陽韻，居良切，音姜。土語得之。○楚，本創舉切，麌韻。今創祖切，改立姥韻收之。○魚，語居切，俗讀如余。○訝，《詩》作「御」，吾駕切。俗讀于駕切。○宮，居戎切，俗讀如公。○夜，本禡韻。今分立蔗韻收之。土語合古。○降，本江韻。今陽韻。○「于以盛之」，誤同成。土語得之。○錡，本魚綺切，疑母。《正韻》養里切，喻母。○釜，本扶古切，奉母。俗讀如府，敷母。○所，本疏舉切，音近黍，審母，語韻。《正韻》疏五切，姥韻。土語合古。○牙，本五加切，疑母。《正韻》讀如邪，喻母。土語得之。○寔，本音殖，職韻。《正韻》音實，質韻。○與，本余呂切。《正韻》誤偶許切，音語。俗讀不誤。○也，本馬韻。今入者韻。○悔，本呼罪切，曉母。《正韻》誤乎罪切，匣韻。俗讀不誤。○玉，魚欲切，疑母。俗讀如育，喻母。○尨，本江韻。今陽韻。○吠，本符廢切，奉母。《正韻》誤芳未切，敷母。俗讀不誤。○王，雨方切。俗讀如黃。土語不誤。○車，本魚、麻二韻。今分入遮韻。○者，本馬韻。《正韻》分立爲韻首。○兄，本許榮切，庚韻。今許容切，東韻。歙人土語不誤。○威，本於非切，微韻。今烏魁切，音隈，灰韻。○儀，本魚羈切，疑母。今延之切，喻母。○月，本魚厥切，俗讀如越。土語得之。○「遠于將之」，「遠」本雲阮切，喻母。《正韻》誤音阮，疑母。俗讀不誤。○野，本馬韻。今分入者韻。土語得之。○如雨，誤同羽。俗讀不誤。○述，本食律切，日母。俗讀直律切，澄母。○願，魚怨切。俗讀于怨切。土語得之。○城誤同成。土語不誤。○行，户庚切，音衡。俗讀如形。○阻，側吕切，照母，語韻。俗讀如祖，精母。○涉，本時攝切，日母。今音攝，審母。俗讀直攝切，澄母。○躬誤同宫。○御，本牛倨切。俗讀如預。土語得之。○誕，徒早切，定母。俗讀如旦，端母。○赭，本馬韻。今分入者韻。○隰，似入切，邪母。俗讀秦入切，音集，從母。○「遠父母」，「遠」本于願切。《正韻》誤虞怨切，音愿。俗讀不誤。○遄，本市緣切，日母。今重圜切，音傳，澄母。○寫，本馬韻。今者韻。○且誤同寫。二字土語合古。○雨雪，「雨」本王遇切，疑母。《正韻》依據切，影母。○乘舟，「乘」本神陵切，日母。俗讀如程，澄母。○他，本湯何切，歌韻。俗讀湯華切，麻韻。○茨，本徐私切，邪母。今才資切，音慈，從母。○詳，似良切，邪母。俗讀慈良切，音牆，從母。○副，本敷救切，宥韻。今芳故切，暮韻。○顏，五姦切，疑母。俗讀如閑，匣母。土語不誤。○邦，本江韻。今陽韻。○媛，本于眷切。《正韻》虞怨切，音愿。俗讀不誤。○降，本絳韻。今漾韻。○崇，本鉏恭切，牀母。俗讀如戎，日母。○大，本徒蓋、唐佐二切。俗讀屠逕切。土語得之。○予誤同與。○旋，似宣切，邪母。俗讀如泉，從母。○虐，本魚約切，疑母。《正韻》弋灼切，喻母。俗讀不誤。○賄，本虎猥切，曉母。《正韻》乎罪切，匣母。俗讀不誤。○婦，本房九切，有韻。今防父切，音附。○源，本虞袁切。今于權切，音爰。土語得之。○垂，本是爲切，日母，支韻。今直追切，音如椎，澄母，灰韻。土語如時，頗合古。○悸，其季切，羣母。俗讀如季，見母。○棲，本西之或體，音犀，心母。俗讀如妻，清母。土音得之。○牛，本語求切。今誤于求切，音尤。俗讀土語不誤。○濕，本失入切，審母。《正韻》實執切，日母。俗讀土音不誤。○檻，本胡覽切，匣母。俗讀區覽切，溪母。○曰，本王伐切。《正韻》與月同魚厥切。俗讀不誤。○巷，本絳韻。今漾韻。○乘馬，「乘」本食證切，日母。俗讀如鄭，澄母。○射，本禡韻。今蔗韻。土語合古。○弓誤同宫。土語不誤。○舍命，「舍」本禡韻。今蔗韻。土語合古。○讎，本市由切，日母。今除畱切，音稠，澄母。○松，本詳容切，邪母。今息中切，心母。○瞿，本九遇切，見母。《正韻》忌遇切，音具，羣母。俗讀不誤。○雙，本江韻。今陽韻。○晦，本有韻。《正韻》莫補切，姥韻。俗讀不誤。○漣，本瀾之或體，音蘭。今靈年切，音連。○舍拔，「舍」本馬韻。今者韻。土語合古。○盾，本乳允切，日母。俗誤同趙宣子名，讀徒本切，音沌，定母。○瑰，本姑回切，見母。《正韻》乎乖切，音懷，匣母。俗讀土語不誤。○缶，方九切，音否，敷母。俗讀如阜，奉母。○鴞，本于驕切，音遥，匣母。今吁驕切，音囂，曉母。○悁，本烏元切，音淵，影母。俗讀如蠲，見母。○愾，本古蓋切，見母。今丘蓋切，溪母。○豳，本府巾切，敷母。今卑民切，音賓，幫母。○宇誤同羽。俗讀不誤。○徹，本止直列切，澄母。今又增敕列切，音啜，穿母。○吹，本昌垂切，支韻。今灰韻。土語如蚩，合古。○衍，本于線切，喻母。《正韻》倪甸切，疑母。○旆，本蒲蓋切，並母。俗讀如配，滂母。○楰，本以主切，喻母。今偶許切，音語，疑母。○譽，本羊茹切，喻母。《正韻》誤依據切，音飫，影母。此二字俗讀不誤。○嚴，本語杴切，疑母。今移廉切，喻母。俗讀土語不誤。○佶，其乙切，羣母。今激質切，音吉，見母。○祉，音侈，穿母。俗讀如止，照母。○師，本疏移切，音詩，審母。俗讀如思，心母。○助，本牀據切，御韻。今牀祚切，暮韻。俗讀如祚。○「吉日既伯」，「伯」本如字，《正韻》誤音禡。○豫，誤同譽。俗讀不誤。○富，本芳副切，宥韻。今芳故切，音付，暮韻。○蛇，本麻韻。今遮韻。土語合古。○瓦，五寡切，疑母。俗讀户寡切，匣母。土語得之。○議，本宜寄切，疑母。今誤以智切，音異，喻母。俗讀土語不誤。○濈，阻立切，從母。俗讀如緝。清母。○項，本講韻。今養韻。○蹙，子木切。音足，精母。俗讀千木切，清母。○愈，本以主切，喻母。《正韻》偶許切，音語，疑母。俗讀不誤。○袤，本博毛切，豪韻。俗讀補侯切，尤韻。○趣馬，「趣」此苟切，清母。俗讀如走，精母。○駿，《釋文》音峻，當私閏切，心母。《詩》「駿」字皆同。或云：惟駿奔、駿發當此音，非也。俗誤讀如俊，精母。○鸒誤同譽。俗讀不誤。○杝，本敕爾切，穿母。今池爾切，音雉，澄母。○涵，音含。俗讀如鹽。○數，所主切，審母。俗讀如蘇，上聲，心母。土語反近。○哆，本馬韻。今者韻。○禹誤同羽。俗讀不誤。○薿，本魚紀切，疑母。《正韻》養里切，音以，喻母。俗讀不誤。○社，本馬韻。今者韻。土語合古。○營，余傾切。俗讀如融。○《青蠅》之「榛」，鉏臻切，牀母。今與亲同，側詵切，照母。○有鮮，《詩》作「莘」誤同詵。○邪，本麻韻。今遮韻。土語合古。○裕，本王遇切，喻母。《正韻》依據切，音飫，影母。俗讀不誤。○輦，力展反，音璉，來母。俗讀如撚，疑母。○謝，本禡韻。今蔗韻。土語合古。○滮，蒲休切，竝母。俗讀補尤切，音彪，幫母。○臭，氣之總名，尺救切。殠，腐氣也，音同臭。齅，以鼻就臭也，許救切。俗讀臭爲齅。○俔，牽徧切，溪母。俗讀如憲，曉母。○繩誤同憴。土語不誤。○陾，如乘切，日母。俗讀如懲，澄母。○畔援，「援」誤同「媛」。○阮，虞遠切。俗讀如遠。○樅，本七恭切，清母。《正韻》將容切，精母。○圻副，「副」本芳逼切，敷母。今必歷切，音璧，幫母。○懈，《詩》作「解」，古隘切，音戒，見母。俗讀如邂，匣母。○輯，音集，從母。俗讀如緝，清母。○泂，户頂切，匣母。俗讀古迥切，音熲，見母。○話，本下快切，卦韻。今讀如樺，禡韻。○初，本楚居切，魚韻。今楚徂切，音芻，模韻。○懟，本墜、憝二音。《正韻》無憝音。俗專讀如憝。○姞，本巨乙切，羣母。今激質切，音吉見母。○鞏，居竦切。俗讀如公上聲。○梟，本古堯切，音徼，見母。俗讀如囂，溪母。此音亦見字書。○疏，本所菹切，審母。今讀如蘇，心母。○越，本王伐切。《正韻》與月同魚厥切。俗讀得之。○疊，本徒協切，定母。《正韻》丁協切，端母。俗讀不誤。○有且，「且」本七序切，清母。《正韻》慈庾切，從母。○不吳，「吳」本胡界切，卦韻。今讀如樺，禡韻。○隕，讀爲圓。圓，本王問切，問韻。今王權切，先韻。○右諸字音差殊，或以母，或以韻，或母韻兼之。古韻多通用，故異者弗悉著，著其尤者，而於字母稍詳。然如以武切皮，以孚切鑣，以文切靡，以敷切丕之類，皆今人舌吻所不能調，《正韻》易以他字宜也。茲亦不贅及焉。其曰「今某切」者，已見字書者也。其曰「俗讀如某」者，未見字書者也。其曰「正韻某切」者，誤獨在《正韻》也。其所云「俗讀云土語」，皆據吴地言也。吴於古爲蠻方，而土語或合雅音。至王與黄、弓與公，士大夫常語多溷稱，而村夫里婦反得其正。禮失而求野，洵不誣也。若夫俗讀之誤，止據流傳已久者録之。其餘信口妄呼，譌謬尤難悉數。且鄙瑣無足置辯，勿以汚斯編已。

《詩》五「榛」，當作「亲」者四，其一仍爲「榛」，已論之於字形矣。又案：《説文》亲、榛皆側詵切，《玉篇》亲側詵切，榛仕銀切。音近岑。《唐韻》亲、榛異音，亦如《玉篇》。《詩》釋文四「榛」，皆側巾反，正合「亲」字形，當果實義。惟《青蠅》之榛仕人切，正合「榛」字形，當叢木義。俱相符也。《韻會》榛果之榛緇詵切，或作「榟」，又作「槈」，榛木之榛鋤臻切，或作「蓁」，皆分爲兩音。惟《説文》、《韻補》否耳。徐鉉音切皆祖《唐韻》，而亲、榛合爲一音，則與之異，不解其故。今當以《詩》釋文爲正。

怒本上聲，《玉篇》止有奴古一切。《柏舟》「逢彼之怒」，《釋文》云：「協乃路反。」協則非本音矣。《唐韻》始有奴古、乃路二切，分入麌、遇兩韻。豈唐以前無去音乎？案：顔師古《糾繆正俗》云：「自古讀有二音。《毛詩》『君子如怒』、『逢天僤怒』，此上聲。『逢彼之怒』、『畏此譴怒』，此去聲。今山東河北人但知去音，失其真也。斯則去聲獨盛於北矣。顧、陸皆吴人，或未習其音，故以上聲爲正耶？然而近世吴語止有乃路一切，信乎鄉音之古今不同也。」

曾有增、層兩讀。孫奕《示兒編》據《論語》、《孟子》、《檀弓》注及《禮部韻》謂曾訓則，亦訓乃，而乃義勝，音皆宜爲增。《詩》「曾不容刀」、「曾不崇朝」、「曾莫惠我師」、「曾是不意」，應讀如「增」，不應讀如「層」。今案：《説文》「曾，詞之舒也。昨稜切」，則層實本音矣。《玉篇》：「子登切，則也。才登切，經也。」《廣韻》兩音兩訓互通，則增、層皆可讀也。黄直翁《韻會》。謂有音者合從本音，無音者宜從層音，得之矣。《詩·河廣》《正月》《板》皆無音，《蕩》次章四「曾」字亦無音，《河廣》無傳箋，《正月》、《板》、《蕩》無傳。玩箋意，皆訓經爲近，則當讀爲層，不必拘則乃兩訓也。要之，《説文》「詞之舒」一語足該之。其曾祖、曾孫，《爾雅注》以爲重，則亦當讀如層。

以韻言《詩》，其來古矣。或謂始於陸氏之《釋文》，非也。陸言「遠送于南」，沈讀「南乃林反」以協句。沈重乃梁人。又言「不流束蒲」孫毓謂蒲草之聲，不與戍許協。孫毓乃晉人。又言「何以速我訟」，徐取韻讀才容反。「寧不我顧」，徐音顧爲古以協韻。「曰父母且」，徐七余反協韻。「爲下國駿厖」，「厖」，徐武講反，協共、寵韻。徐邈亦晉人。三子俱在陸前，已言協句。陸但述其説，非創言之也。又不僅此也，「牖民孔易」，箋云：「易，易也。」疏申其意，以爲韻當爲改易之易，故轉爲難易之易。是康成箋《詩》未嘗不言韻。自漢已然，其來甚古，豈始於陸乎？然漢世雖言韻，而協韻之法至後世而獨詳者，則有故矣。漢去《詩》世近，字音本同。魏晉以來漸有差殊，然不合者才一二，無庸多協。後世音讀日譌，不與古合，必用協以通之，其法不得不詳也。觀《釋文》所協不過三四十字，是唐初字音猶近古。至宋南渡後而吴棫《韻補》始以協韻成書，晦庵用之於《詩》，所協乃居過半。可見後世字音之不古矣。非先儒皆不知古韻，吴獨知之也。徐葴叙其書，言有《韻補》而三百篇始得爲《詩》，豈不謬哉！

古有古音，亦有古韻。四聲反切始於元魏僧神珙，唐《禮部韻》始於梁沈約，此不可律古詩也。陸德明謂古人韻緩不煩改字，洵篤論已。但《釋文》協句仍不能自守其説，如讀來爲梨以與思協，是拘於四支、十灰之韻也。居音據以協莫、議音宜以協爲、譽音餘以協居之類，是拘於平仄之聲也。吴棫《韻補》有轉聲通用之説，亦知《禮部韻》難協古詩矣。而仍分爲四聲，則猶未盡。

紫陽協《詩》雖祖吴氏《韻補》，而其中不無小異。較論之，要各有得失焉。竊舉其略，凡得十九條。如「鐘鼓樂之」、「嘉賓式燕以樂」二「樂」字，《釋文》皆五教反，一協芼，一協罩也。「洵訏且樂」、「憂心靡樂」、「亦匪克樂」，兩「云何不樂」，與沃、駮、謔、藥、鑿、襮、炤、虐諸字自諧，不煩協矣。吴氏《韻補》嘯韻不收「樂」字，豈爲《鄭》、《唐》、《秦》、《雅》諸樂乎？然芼、罩等字應收入藥韻，而復遺之。又《抑》詩昭、樂、慘、藐、虐、耄六字同在一章協韻，除「耄」字不必協外，其昭、慘、藐、虐、昊皆收入嘯韻，而獨遺「樂」字，疏甚矣。《集傳》於《關雎》轉「芼」音以協「樂」，至《南有嘉魚》仍用陸反，其《韓奕》「莫如韓樂」協力教反，又與陸同韻而異音，俱欠畫一。至《抑》詩「靡樂」則讀爲洛，而轉昭、慘、耄以協之，與昊韻異，未詳何據。近儒《古音考》樂音澇，此北人土語，亦即朱反也。不如五教反之典矣。○又如《詩》中「母」字皆應讀如「美」，惟《葛覃》「母」字與「否」協。《思齊》「母」字與「婦」協，可作「牡」音。《集傳》兩詩俱無協，殆欲如今讀也。案：「否」字有缶、鄙、痞三音。然《小旻》之「聖否」、《賓之初筵》之「醉否」，字義應爲缶音。而一協止、艾，一協史、恥，則當讀鄙。可見「否」字古無缶音也。至婦之音阜，紀於後世，尤不可協古詩。則兩詩「母」字仍宜讀如「美」。○又如《説文》「羕」字引《詩》「江之羕矣」，「永」字引《詩》「江之永矣」，所引非一家詩也。《韻補》徒據「羕」字引《詩》，謂「永」字音「羕」，「泳」字以「永」得聲，亦音「羕」。執別作之字而定本文之音，迂矣。況「羕」本以「永」取義，以羊得聲，不應永亦爲聲。古諧聲字皆一義一聲合而爲之，何得「羕」字獨上下皆聲乎？尤難通也。朱《傳》偏襲其誤。○又如《集傳》「白茅包之」，包，補苟反，與下「誘之」協。案：苞、炮、袍皆以包得聲。《詩·生民》「實苞」協「實褎」，《瓠葉》「炮之」協「醻之」，《無衣》「同袍」協「矛」、「仇」，則《集傳》此協良爲有證。《韻補》失載此字。○又如車爲居、華爲敷，古音也。故《何彼襛矣》首章、《采薇》四章皆以華、車爲韻。《集傳・召南》無協，《采薇》兩協，蓋兼用今音。不知「華」之呼瓜切、「車」之尺奢切，古未之有，非所以協《詩》也。觀《北風》之「同車」與「匪烏」協，《鄭》之「荷華」與「蘇」、「都」、「且」協，《出車》之「方華」與「載」、「塗」協，《有女同車》「車」、「華」、「琚」、「都」四字協，則可知矣。○又如旭、勖與好同音。《詩》「旭日始旦」，《釋文》引《説文》「旭讀如好」。今《説文》云：「旭，讀如勖。」「勖」字本以「冒」得聲，亦見《説文》。音亦同好也。又《爾雅・釋訓》：「旭，旭憍也。」郭氏讀「旭旭」爲「好好」。邢疏引《詩》「驕人好好」證之，是旭、勖、好三字古音相同，信矣。旭、勖二字宜入篠韻。《韻補》不收，殊疏脱。○又如「揚且之晳也」，《集傳》「晳，征例反」，誤用《韻補》「晳」字音。辯詳本篇。○又如《常棣》四章「務」與「戎」異音。《韻補》讀「務」爲謨逢切以協「戎」。《集傳》讀「戎」爲而主切以協務。《傳》得之矣。案：《書・洪範》「曰蒙」、「曰驛」及「蒙恒風若」，《史記》「蒙」皆作「霧」。其《庶徵》「蒙」字，《漢書》作「霿」。顔莫豆反。霧、霿、務皆以敄得聲，音必相同。《索隱》霧亦音蒙，且云：「霧與蒙通。」才老協此詩，蓋本此。但「戎」字古訓「汝」，義同音必同。朱反既非無證，又《春秋》内外傳引此詩皆作「禦侮」，《常武》篇「我戎」與「皇父」協。侮、父兩字必不可轉作蒙音，不如轉「戎」爲「汝」之當也。至《古音考》欲改二詩「戎」字爲「武」以就韻，殆是妄説。○又如《車攻》之「駝」，《集傳》協徒臥反，《卷阿》之「駝」，《集傳》協唐何反，皆非才老意也。案：《車攻》之六章「猗」、「破」兩字爲韻足矣，不必復協「駝」。《卷阿》之末章「多」，章移切。「歌」，居之切。此吴説之信而有徵者也。與「駝」自協，不必改音以就之。○又如「喤」字，《詩》釋文華彭反。又引徐邈音皇，《説文》亦乎光反。《斯干》「喤喤」與璋、皇，《執競》「喤喤」與將、穰本同韻，不必協也。朱《傳》音華彭反，協乎光反，衹贅耳。○又如「纘女維莘」，「莘」字，《韻補》收入陽韻，讀師莊切，以協王、商二字。此無他證，故朱子不從，當矣。至于京、維、莘本非韻脚，而《集傳》協之，亦不可解。若欲每句用韻，則「有命自天」、「保右命爾」何獨無協乎？○又如「母」，姥罪切。「婦」，房詭切。《韻補》收入紙韻，此有證者也。《思齊》首章母、婦二字正當用此音。《集傳》無協，豈欲從今讀乎？《古音考》辨此二字，謂古無牡、阜二音。斯言允矣。但婦房詭切，聲如尾。而陳音喜，不知别有何據？○又如《公劉》之四章曹、牢、匏三字本協。才老引《儀禮》云：「牢，鄭讀如樓。」因轉「匏」爲蒲侯切以協之。殊爲穿鑿。《集傳》不用，良是。○又如《韻補》收「祀」字於質韻，音逸職切。云：「《毛詩》四用此韻，皆當爲此讀。」四韻者，《楚薺》、以享以祀，苾芬孝祀。《大田》來方禋祀，以享以祀。各二也。《集傳》皆從之矣。至《旱麓》之四章「以享以祀」亦用其音，以與下「景福」協，恐非是。「景福」自協「既備」，「以祀」不必用韻。每句協韻，非《詩》之常體也。又《旱麓》詩六章，每章四句皆隔句協，不應此章獨異。「祀」字見《詩》者甚多，除四韻外，悉如今讀可耳。○又如《抑》之十一章以樂、慘、藐、虐、耄五字爲韻。《韻補》皆協去聲嘯韻，惟「虐」字宜照反無他證。然古無入聲，虐轉爲去，當協也。《集傳》皆協入聲藥韻，則慘字七各反，耄字音莫，皆無他證。《板》詩之「言耄」，非韻也。《集傳》亦彊協之，然不足爲證。《古音考》舍朱而從吴，良得之。○又如《桑柔》詩「亦孔之僾，荓云不逮」，僾、逮，《集傳》無協。以二字皆隊韻，本同也。吴棫從古韻，僾音許既反，逮音徒帝反，俱入寘韻。然古韻隊與寘通，亦吴氏説也，何必改音以就之乎？《集傳》不用協，良是。○又如茆，《韻補》力久反，祖《泮水》釋文徐音，與酒醜本協。《集傳》謨九切，恐無本。○又如古「多」字與「祇」字通用，《閟宫》「降福既多」與上「騂犧是宜」本協。《集傳》「犧」字，虚何、虚宜二反，與宜、多兩協。不如《韻補》之當。與上條俱詳見本篇。○又如《周頌》大半無韻，《商頌》獨勤於用韻，作者意各不同也。《商頌·玄鳥》《長發》《殷武》三篇皆句句韻，出韻者僅十之一耳。《那》自「庸鼓有斁」以下，《烈祖》自「黄耇無疆」以下亦句句韻。《那》之斁、奕、客、懌、昔、作、夕、恪八字皆同韻也。《韻補》客克各切，昔息約切。夕，詳龠切。斁、奕、懌俱弋灼切，與作、恪二字協，殆不謬矣。朱子協《詩》喜每句韻，而此詩獨不然，未詳厥旨。○右諸條雖出管見，竊謂有一得焉。二公千慮之失，不禁後學縷指。九原可作，其或有取於鄙言。

皇清經解卷八十六終

嘉應邱　翀舊校

南海陳韶潘繼李新校

毛詩稽古編　卷二十八

吴江陳處士啓源著

辨物

總辨

鳥獸草木之名可資學者多識，此説《詩》家所以樂爲考覈也。然堪爲證據者止有《爾雅·釋草》等七篇，次之則陸璣《詩疏》、楊雄《方言》以及諸家《本草》注釋而已。後儒多據己目驗之物與土俗稱名以求合於《詩》，此大謬也。古今既殊，鄉土又别，其同物而異名、同名而異物者多矣，可勝詰乎？乃欲執近今之土語釋先古之經文，必不合矣。又匪直此也，物産之在天地間亦往往隨世更易，蓋天時地氣，久則有變遷，而物之生，其形色性味亦從而異，斷難執今以律古也。姑舉一二端而言之：如荇、藻、蘋、蘩，古以奉祭祀，后夫人及大夫妻親采之，見周、召二《南》，《草木疏》亦言其甘美可食。今此四草無一堪供匕箸。《内則》養父母，枌、榆列於珍味。今惟荒歲，飢民始食其皮。《月令》五時之穀，不數稻而數麻，《詩》亦言「禾麻」，言「麻麥」，言「叔苴」，今惟緝其皮爲布，而麻勃、華。麻蕡子。列於藥品，不聞以爲穀。古以葵爲五菜之主，芼羹則以藿，烹雞豚則實蓼，今此三草不登於俎。至堇、荼、荁、薇之類，古爲饌食所必需，而今并罕識其貌狀。又稷乃五穀之長，故以爲官名，又以名祭。黍必與稷並稱，古最重此二穀，後世或不能辨其品類。陶宏景言稷米人不識，又誤以黍苗爲似蘆。郭璞謂稷、粟、粢一物而三名，《本草》又分稷、粟爲二。先儒疑之，而孔仲達亦不能決。又陶言稷米不宜人，發宿疾，爲八穀中之最下者。蘇頌亦言稷米不甚珍，以備他穀之不孰。而古以爲五穀長，正相反。又《周禮》「醢人」饋食之豆有蚳醢，《禮記》人君燕食之庶羞有蝸醢及蜩范。今借范。蚳者，螘子也。蝸者，蠃也。蜩者，蟬也。范者，蠭也。以此列之盤案，今人有對之欲嘔耳，而古以爲珍膳。陸元恪，孫吴人也，陶隱居，蕭梁人也，較爲近今矣。陸言蜉蝣可啗，美於蟬。陶言蠐螬與豬蹄作羹，乳母不能辨之。二蟲者其可薦齒牙乎？蓋不獨習俗之殊，亦物性之變也。乃欲取千百年前之草木鳥獸皆目驗而知之，豈不迂哉？

諸家説《詩》所釋草木鳥獸之名，時多異同，固以近古者爲正矣。然後儒之解勝於先儒者亦百有一二，未可概置也。今備列之。

《周南》「關鵙」，楊、許、郭、陸四家分爲三説，當以郭爲勝。許見本篇。《簡兮》「隰有苓」，毛云：「苓，大苦也。」孔疏引孫炎《爾雅注》以爲：「今甘草，蔓生。葉似荷，青黃。莖赤有節，節有枝相當。」沈括《筆談》辨之曰：「以注所云，乃黄藥也。其味極苦。甘草枝葉如槐，高五六尺。」與孫説形狀不類。案：郭注亦同孫，而云：「今甘草。」又曰：「蘦似地黄。」亦疑而未定也。又案：《本草》説兩藥形狀皆與沈合，當以沈爲正。○《碩人》「鱣鮪發發」，毛云：「鱣，鯉也。」舍人注《爾雅》亦以鱣、鯉爲一魚，蓋祖毛傳。郭璞分鱣、鯉爲二魚，謂毛爲誤。案：《本草》鱣亦名黄魚，鮪亦名鱘魚，與鯉迥别。郭得之。○《大車》「毳衣如菼」，毛云：「菼，鵻也。蘆之初生也。」《爾雅》「葭蘆菼薍」，五患切，聲近玩。李巡、樊光以蘆薍爲一草，與毛同。孫炎、郭璞以蘆、薍爲二草，與毛異。孫、郭得之。○《鄭》「隰有游龍」，毛云：「龍，葒草也。」疏引陸璣云：「游龍，一名馬蓼，高丈餘。」陶隱居《本草注》言葒草極似馬蓼而甚長大，即《詩》之游龍。然則與馬蓼别草矣。案：鄭以游龍爲放縱，當目其長大者。陶説得之。○《晨風》「隰有六駮」，毛云：「駮如馬，倨牙，食虎豹。」陸璣云：「駮馬，梓榆樹也。皮青白駮犖，遥視似駮馬。」孔疏稱其有理，此勝毛。○《下泉》「苞稂」，毛云：「童粱。」鄭「稂」作「涼」，云：「涼草。」較勝。詳本篇。○《豳風》「七月鳴鵙」，張華、許慎以鵙爲似鸜鵒，王逸以爲巧婦，揚雄以爲盍旦，郭注《爾雅》以爲似鶷音轄。鶪音戛。而大。郭説當矣。○「四月秀葽」，鄭以葽爲王萯，房九反。曹氏以爲小草。曹得之。○「鴟鴞」，陸璣以爲巧婦，郭璞以爲鴟類。郭勝陸。○《東山》「蜎蜎者蠋」，毛云：「蠋，桑蟲也。」《説文》作「蜀」，云：「葵中蠶。」許説爲允。上三條俱詳見本篇。○「熠燿宵行」，毛云：「熠燿，燐也。燐，螢火也。」孔疏非之，以爲螢火不可名燐。宋陸佃以爲「燐者火之微名，久血螢火皆可名燐」。陸言是也。案：崔豹《古今注》數螢火異名云：「一名燐。」《廣雅》云：「景天螢火，燐也。」皆祖毛説。○《鹿鳴》「食野之苹」，毛云：「苹，蓱也。」鄭以爲藾蕭，孔疏是鄭。今用之。○《綿》篇「堇荼如飴」，毛云：「堇，菜也。」孔疏以爲是烏頭，《詩緝》以爲是《内則》之堇荁。嚴説當矣。詳見本篇。○右凡十有三條，惟鱣、六駮、鴟鴞、苹今通用之，餘則源特有取焉爾。

《詩》有三杞、三芑、三荼、二梅、二桐、二柞櫟、二棘、二竹、二蒲、二鬱、二苕、二榛、二茨、三魚、二桑扈，皆同名而異物者也。三杞者，一杞柳，見《鄭·將仲子》。一山木，《困學紀聞》云：「梓杞也。」見《雅·南山有臺》《湛露》。一枸檵，古詣切。見《雅·四牡》《杕杜》《北山》《四月》。此嚴《緝》之説。《困學紀聞》同。《杕杜》、《北山》傳無明文。三芑者，一菜，見《小雅·采芑》。一草，見《大雅·文王有聲》。一穀，見《生民》。三荼者，一苦菜，見《邶·谷風》、《唐·采苓》。一茅秀，見《鄭·出其東門》、《豳·鴟鴞》。一委葉，見《豳·七月》、《頌·良耜》。二梅者，一酸果，見《召·摽有梅》。一枏，見《秦·終南》、《陳·墓門》。二桐者，一白桐，見《鄘·定之方中》。一梧桐，見《大雅·卷阿》。二柞櫟者，一苞櫟，見《秦·晨風》。此嚴《緝》之説。一栩杼，見唐、陳二《風》及二《雅》諸篇。二棘者，一酸棗，見《邶·凱風》、《魏·園有桃》。一茦刺，見《雅·楚薺》《青蠅》。嚴《緝》之説。二竹者，一篇竹，見《衛・淇澳》。一竹箭，見《衛・竹竿》、《雅・斯干》。二蒲者，一蒲柳，見《王・楊之水》。此鄭説，與王異。一莞苻離，見《陳・澤陂》、《雅・魚藻》《韓奕》。二鬱者，一車下李，見《豳風・七月》。一鬯草，見《大雅・江漢》。二苕者，一苕饒，見《陳・防有鵲巢》。一陵苕，見《小雅・苕之華》。二榛者，一果實，見《邶・簡兮》、《鄘・定之方中》、《曹・鳲鳩》《雅・旱麓》。一木名，見《雅・青蠅》。二茨者，一蒺藜，見《鄘・牆有薺》、《雅・楚薺》。一屋，蓋見《雅・甫田》《瞻彼洛矣》。二魚者，一水蟲，見諸詩，一海獸，似豬皮，可爲弓鞬矢箙，見《雅・采薇》。一馬，二目白，見《魯頌・駉》篇。二桑扈者，一青質食肉，見《雅・小宛》。一素質有文，見《桑扈》。

凡爲物三十有四，而共十五名焉。

草木辨

古有五穀、六穀、九穀、百穀之名，而後世又有三穀、六米、八穀之目。穀之爲説長矣。言五穀者有二説：麻、黍、稷、麥、豆，五行之五穀也，見《月令》五時之文及《周禮》疾醫注：「黍稷菽麥稻，九州之五穀也。」亦名五種，見《周禮・職方氏》之文及《孟子》「五穀」注。六穀者，稌，即稻。黍、稷、麥、粱、苽，亦名六食，見《周禮》食醫之文及《膳夫》、《饌人》兩注。亦名六齍，俗作「粢」，誤。見《小宗伯》文。九穀者，先鄭以爲黍、稷、稻、秫、麻、大小豆、大小麥。後鄭去秫、大麥，而增粱、苽，皆見《周禮・大宰》注。崔豹《古今注》以爲黍、稷、稻、粱、三豆、二麥，《炙轂子》以爲黍、稷、麻、麥、稻、粱、苽、大小豆，又與二鄭異説，總出於臆見耳。百穀者古無定名，《韓詩》薛君云：「穀類非一，故言百。」《國語》「周棄播殖百穀」，注云：「黍稷、稻粱、麻麥、荏菽、雕胡之屬。」皆不能歷舉其名也。梁楊泉《物理論》始以稻、粱、菽三者各二十種，蔬果助穀各二十種當百穀之數。然《外傳》言「烈山子柱能殖百穀百蔬」，《易》言「百果甲坼」，是穀與蔬果各以百名，不得併蔬果於穀方成百數，楊説殆非是。三穀者，即稻、粱、菽也。《物理論》云「稻者概種之總名，粱者黍稷之總名，菽者衆豆之總名」是也。六米者，黍、稷、稻、粱、苽、大豆，見《周禮・舍人》注及疏。後鄭九穀，麻、小豆、小麥皆無米，故獨數此六者矣。八穀亦有二説：一黍、稷、稻、粱、禾、麻、菽、麥，見《本草注》。陶隱居云：「八穀之中，胡麻最良。」又引董仲舒曰：「禾是粟苗，麻是胡麻。」案：胡麻，今之脂麻也。一稻、黍、大小麥、大小豆、粟、麻，見《大象賦》注《玉海》云。總諸説而斷之，黍、稷、即粢，又名穄。稻、粱、麻、麥、有大小。菽、即豆，有大小。苽、即雕胡。秫，九者足該之矣。其在於《詩》，曰黍，曰秬，曰秠者，皆黍也。曰稷者，稷也。曰稻，曰稌者，皆稻也。曰粱，曰穈，曰芑者，皆粱也。曰麻，曰苴者，皆麻也。曰麥，曰來牟者，皆麥也。曰菽，曰荏菽，曰藿者，皆菽也。其曰禾，曰穀，曰粟者，總名也。曰重穋，曰稙稚者，種之早晚而非穀名也。今惟稻、麥、菽、麻、菰五者明白易曉，其黍、稷、粱、秫四者難於別識。而漢以來又以粟爲穀名，陶隱居載之於《本草》，名稱復相疑溷，解者紛紛各有異同。有以粱爲秫稷者矣，氾勝之。有以秫爲黏稷者矣，許慎。有以稷、粢、粟爲一穀者矣，孫炎、郭璞、賈公彦等。有以稷米爲人不識者矣，有以粢爲白粱者矣，皆陶宏景。有以黍爲黏稻者矣，崔豹。有以粟爲似稷而黏者矣，顔師古。有以秫爲黏黍者矣，蘇頌。皆難據信。源嘗合《本草》諸家注釋，參諸目驗，惟近世李氏《綱目》其言近之。李謂黍稷即今北方之黍子，黏者爲黍，不黏者爲稷。粱秫與粟即今北方之小米，大而毛長者爲粱，細而毛短者爲粟。本唐蘇恭、宋蘇頌之説。粟之黏者爲秫，本孫炎《爾雅注》及蘇恭唐本注之説。粟即粱也，漢以後始分其粒細毛短者爲粟耳。黍稷與粱秫苗葉相似，而結實不同。粟穗叢簇攢聚而粒圓，黍稷之穗疏散成枝而粒長合之，所見殆不相遠也。李又謂今之高粱乃黍稷之别種，即《廣雅》之藋粱木稷，《食物本草》正德間汪穎著。謂之蜀黍蘆穄，俗稱蜀秫，亦稱蘆粟。案：高粱莖葉皆似蘆，高丈餘，粒大如椒，米性堅實。有二種：黏者可和稬俗作糯。秫釀酒作餌，不黏者可作餻煮鬻。南北皆植之，而北方最多。李但目爲黍稷别種，未審何據也。竊意此穀名蜀黍，又名蜀秫，必自蜀來。三代時蜀爲遠裔，此種定未入中國，如胡麻、安石榴之類，皆後世始得而栽之。則經傳所言穀名，未必有此種矣。又有玉高粱，亦名玉蜀黍，種出西土，葉似高粱而肥短，高三四尺，斯又其别種也。

古人以麻爲穀，又用以爲衣，於五行屬金，《月令》秋食之，仲秋又嘗之，《周禮》「籩人」以蕡實朝事之籩，《豳風》叔苴以九月，此其實之供於食者也。績其皮爲布，則吉凶服皆用之，五冕皆麻冕也。皮弁服、朝服、元端服、深衣，皆麻衣也。《蜉蝣》之「麻衣如雪」，不染者也。《七月》之

「載玄載黃」、「我朱孔陽」，染之者也。後世不食麻，其以爲衣，僅施於喪服耳。不止俗尚之異，亦物性之變也。又有紵麻，宿根土中，不種自生，其皮可緝布，「東門之池，可以漚紵」是也。又有苘麻，一名蹟麻，葉大如桐，華黃，夏開，北土最多，其皮可績。《碩人》「褧衣」，《說文》云：「褧檾同去潁切。也。」檾，枲屬。檾、褧、苘、蹟字同，正此麻也。又案：《本草》麻入本經上品，華實皆入藥，華名麻勃。本經云：「麻華上勃勃者，七月七日采之良。子名麻蕡，又名麻藍，又名青葛。」本經云：「九月采，入土者損人。去殼爲麻仁，惟葉不用。吳普云：『有毒，食之殺人。』」

瓜之爲類甚多，約之止有二，王禎《農書》云「供果者爲果瓜，供菜者爲菜瓜」是也。果瓜，古食甘瓜，五代始有西瓜。胡嶠得之於回紇。然二瓜華葉性味俱相類，後世僅易以西瓜之名耳。菜瓜有胡瓜、越瓜諸種，《信南山》之瓜剥之以爲菹，其菜瓜乎？「有敦瓜苦」，瓜有苦瓣，亦非果瓜矣。《七月》與《綿》之瓜，則未有以定之。

《詩》兩言「匏」，「匏有苦葉」、「酌之用匏」是也；三言「瓠」，「齒如瓠犀」、「甘瓠纍之」、「幡幡瓠葉」是也；一言「壺」，「八月斷壺」是也。凡六詩，言葉者二，言實者三，言棲瓣者一。毛傳、《說文》、《草木疏》皆以匏、瓠爲一物。陸佃《埤雅》辨其不同，以爲長而瘦上曰瓠，短頸大腹曰匏，似匏而圜曰壺。匏苦，瓠甘，復有長短之殊。陸此言殆因《小雅》「甘瓠」、《左傳》「苦匏」之語而分之乎？然苦匏不材，義本於《詩》。《詩》之「苦葉」，陸璣以爲「少時可爲羹，八月中堅彊不可食」，則非性本苦也，且葉苦非實苦也。《本草》言其形狀雖殊而性味則一，大抵匏、瓠古本通稱，後世因其形異而分名之。其有苦者，陶隱居以爲甘者忽苦，韓保昇以爲甘、苦二種，甘者大，苦者小。要各得之目驗。古今物性變易，不可執一論矣。

采芹兩見《詩》，皆興也。《雅·采菽》以興車服，此毛義。《頌·泮水》以興德化毛云：「水則采取其芹，宫則采取其化。」也。案：芹，《本草》作「蘄」，陶隱居以「芹」爲俗字。然「芹」字見《説文》，云：「从草，斤聲。」則「芹」字古矣，陶語誤也。《本草》名水蘄，又名水英，入本經下品。即《爾雅》之楚葵矣。厥種有二：青芹取根，赤芹取莖葉。《周禮》以芹菹爲豆實，故采之。《韻會》云：「又有馬芹，俗謂胡芹，不可食。惟子香美，可調飲食。」案：《爾雅》「茭牛蘄」即此。郭注云：「葉細碎似芹，亦可食。」與黄異。

葭、菼、蒹、葭、萑、葦，皆見《詩》。褱言之，凡爲物者三焉。毛傳云：「葭，蘆也。」又云：「葭爲葦。」《爾雅》云「葭華」，注：「即今蘆也。」又云「葭蘆」，注：「葦也。」《夏小正》傳云：「葦未秀爲蘆。」《説文》云：「葭，葦之未秀者。」又云：「葦，大葭也。」然則葭、葦共一草也，華與蘆其别名也。毛傳云：「菼，薍借音玩。也。」又云：「菼，鵻也。」又云：「薍爲萑。」《爾雅》云「菼薍」，注：「似葦而小，實中。」《夏小正》傳云：「萑未秀爲菼。」《説文》云：「菼，萑之初生，一曰薍，一曰鵻。」又云：「薍，菼也。」然則萑菼共一草而小於葦也，薍與鵻其别名也。毛傳云：「蒹，薕也。」《爾雅》云「蒹薕」，注：「似萑而細，高數尺，江東呼爲薕。」《説文》云：「薕，蒹也。」然則蒹獨爲一草，而又小於萑也，薕其别名也。三者之辨如此。《爾雅》又云「其萌虇」，音綣。注：「萑葦之類其初生者皆名虇。」此則總三者爲言矣。嚴《緝》彙諸説而斷之曰：「蒹也，葭也，萑也，三物而十一名。大者葭、蘆、葦，又名華，一物而四名。初生爲葭，長大爲蘆，成則名葦，中者菼、薍、萑，又名鵻，一物而四名。初生爲菼，長大爲薍，成則名爲萑，小者蒹、薕、荻，一物而三名也。」《秦風》之「蒹葭」，舉小與大者言之也。《衛風》之「葭菼」、《豳風》及《小雅》之「萑葦」，舉中與大者言之也。其言明且悉矣。又《本草》别三者貌狀，言大者長丈餘，中空，皮薄而色白。中者中空，皮厚而色青蒼。小者短小而中實，可作簾。此嚴語所未及。又毛傳以菼、蘆爲一草，九家《易》以萑、葦、蒹、葭爲一草，説雖出先儒，而未可盡信。

《詩》言「藟」必與「葛」俱，《周南》、《王風》、《大雅》凡三見。《樛木》箋、疏、《釋文》皆以爲葛、藟二物而相似，信矣。孔引《草木疏》云：「藟，一名巨瓜，似燕薁，亦延蔓生。」案：巨瓜，陶隱居以爲即千歲藟，入《别録》上品，又名藟蕪。云：「藤生如蒲萄，葉似鬼桃。」陳藏器云：「蔓似葛，葉下白，冬只凋葉。大者盤薄，故名千歲藟。」引《詩·葛藟》及陸疏「巨瓜」證之。是藟乃木類。《説文》云：「藟，草也。藥，木名。」而引「莫莫葛藟」以證藟。則以《詩》之藟爲草類。案：《爾雅·釋草》無「藟」，《釋木》有諸慮山藥、欇音涉。虎藥。山藥注云：「今江東呼藥爲藤，似葛而粗大。」然則葛藟其山虆乎？藤生之物，草木兩可通，宜《爾雅》以爲木，《説文》以爲草矣。《樛木》釋文亦云：「藟，本或作『虆』。」又《左傳》杜注解「葛藟」爲「葛之藟蔓滋蕃」，恐非是。

蒿之種類至多，《詩詁》、《詩緝》及《韻會》皆備著之。今取其名見《爾雅》與《毛詩》者列之於左。一蒿菣，去刃切。注：「今人呼青蒿香中炙啗者爲菣。」即《鹿鳴》「食野之蒿」是也。《草木疏》云：「汝南、汝陰人皆云菣。」一蘩皤蒿，注：「白蒿。」即《召南》「于以采蘩」、《豳風》《小雅》兩「采蘩初初」是也。春生，秋香美可食。又可烝。《埤雅》曰：「蒿青而高，蘩白而繁。」此二蒿之辨矣。一蔚牡菣，注：「無子者。」即蓼莪，「匪莪伊蔚」是也。亦名齊頭蒿，三四月生苗，秋華黄，結實如車前子，而内子微細不可見，故云無也。一莪蘿，注：「今莪蒿，一名藘蒿。」即《小雅》「菁菁者莪」、「蓼蓼者莪」是也。亦名蘿蒿，或《埤雅》、《詩緝》。以爲又名角蒿者，非是。一艾冰臺，注：「今艾蒿。」即《王風》「彼采艾兮」是也。其字从「乂」，草之可以乂病者。又削冰令圜，舉以向日，以艾承其影則得火。曰冰臺，其以此乎？二月宿根生，苗莖直上白色，葉四布，面青背白，七八月有華實。一苹藾音賴。蕭，注：「今藾蒿也，初生亦可食。」即《鹿鳴》「食野之苹」是也。《草木疏》云：「莖似箸，香可食。」一蕭萩，音秋。注：「蒿也。」即《王風》「彼采蕭兮」、《曹風》「浸彼苞蕭」、《小雅》「蓼彼蕭斯」「采蕭穫菽」、《大雅》「取蕭祭脂」是也。《草木疏》云：「今謂萩蒿，或云牛尾蒿。可作燭，有香氣，故祭祀以脂爇之爲香。」亦名香蒿。一購商蔞，注：「蔞蒿也。生下田，初出可啗，江南用羹魚。」即《周南》「言刈其蔞」是也。蘩、苹、蔞三蒿辨別，見《召南》。《草木疏》云：「葉似艾，高丈餘。」已上八種，皆見《詩》、《雅》。又齧彫、蓬薦、黍蓬，郭注不言是蒿，而《說文》及《埤雅》以爲蒿屬，見《召南·騶虞》、《衛風·伯兮》。又蓍草亦蒿類，不見《爾雅》，而《曹風·下泉》詩有之。又《爾雅》云：「蘩之醜秋爲蒿。」注：「醜，類也。春時各有種名，至秋老成，皆通呼爲蒿。」今案：《釋草》蘩之類自皤蒿以外，又有蘩菟蒵、音兮。蘩由胡二種，注皆未詳。要之，蘩之醜其即蒿之醜與？故邢疏以爲蘩蕭莪之類。又《本草》茵蔯似蓬蒿而葉緊細，後世亦名蒿。又有同蒿、邪蒿，宋嘉祐始列《本草》。同蒿氣味與蒿同，邪蒿似蒿而葉紋皆邪。此不載《詩》、《雅》，而俱得蒿名。

《離騷》云：「薋菉葹以盈室。」蓋以惡草喻小人也。此三草皆見《詩》。薋，《詩》作「茨」，本作「薺」，即蒺藜，《詩·牆有薺》「楚楚者薺」是也。菉，即王芻。《詩》作「緑」，「緑竹猗猗」、「終朝采緑」是也。葹，即卷耳，又名卷施。《詩》「采采卷耳」是也。二薺一言埽，一言抽，亦以爲惡草矣。卷耳、王芻雖采之而不盈，意亦非嘉卉乎。然兩詩取興之意實不在此。又卷耳堪茹蒺藜入藥，王芻可染，皆有用於人。而王芻以興武公之德，尤爲嘉植，非惡草也。靈均之寓興於物，豈可一律論乎？

茅，賤卉也，而用於人甚溥。又以其潔白，故古人重之。菁茅見於《書》，白茅見於《易》，祭祀則以縮酒，封諸侯則以苴土，食禮則以爲鼎鼏，所謂物薄而用重也。其在《詩》，或質言之曰茅，「白茅包之」、「晝爾于茅」、「白茅束兮」是也。或本其初生曰荑，「自牧歸荑」、「手如柔荑」是也。或咏其華曰荼，「有女如荼」、「予所捋荼」是也。其類之貴者則别而言之曰菅，「可以漚菅」、「白華菅兮」是也。考之《本草》，厥種不一。有白茅、菅茅、黄茅、香茅、芭音巴。茅之屬。白茅短小，華於春夏之間。菅茅生山上，似白茅而長，華於初秋。黄茅似菅茅，而莖上開葉，華於深秋，可索綯。三者葉相似，皆白華，根甘可入藥，而白茅爲勝。香茅一名菁茅，一名璚瓊同。茅，荆州貢之。芭茅叢生，葉大如蒲，長六七尺。以五者合之《詩》，則《召南》、《小雅》之茅，白茅也；《陳風》之菅、《小雅》之白華，菅茅也；《豳風》之茅，黄茅也。二荑不知何茅，《静女》毛傳謂「取其有始有終」，始爲荑，終爲茅，可以供祭祀，則此荑其香茅乎？《碩人》之荑徒取柔爲比，則泛指諸茅可也。芭茅不見《詩》而見《爾雅》，云「莣，音芒。杜榮」是也。然郭注謂莣草「皮可爲繩索履屩」，則《七月》之「于茅」，容或取之矣。《爾雅》又云「蒤，牡茅」，注云：「白茅屬。」則《詩》所未及。又云「蘱薞荼猋藨芀」，六者皆茅秀之别名，《鄭》、《豳》之荼當之矣。

梅之名四見於《國風》，而《召南》與《秦》、《陳》之「梅」，毛皆有傳。《召南》傳云：「極則隋音惰。落者，梅也。」《秦》、《陳》二傳皆云：「梅，枏也。」陸元恪「摽梅」條，梅亦各有疏。於「摽梅」曰：「梅，杏類也。」於「條梅」曰：「梅樹皮葉似豫章。」然則《召南》之梅是味羹之梅，《秦》、《陳》之梅是梅枏之梅，截然兩木，毛、陸意正同矣。又《説文》云：「梅，枏也，可食。从木，每聲。或从某作『楳』，徐莫梧切。」又云：「某酸果也。从木，甘闕。古文从口作『𣐩』，徐莫後切。」是兩木元各一字，古本經文字必各異，後世溷爲一爾。況梅性畏寒，不産北土。《召南》江沱，已入梁境，自應植之，非秦、陳所宜木也，其爲枏樹無疑。陸疏又言：「豫章子青不可食。枏之木理細緻，於豫章子有赤白二種。」《説文》以爲可食，殆對豫章言與？《爾雅·釋木》梅枏明是《秦》、《陳》之梅，非《召南》之梅。郭注云：「似杏，實酢。」蓋誤認兩梅爲一也。邢疏引陸氏「條梅」疏證之，合於經而違於注，又不辨其同異，疏忽甚矣。

《詩》有二梅，而《爾雅》之「梅枏」是「條梅」，非「摽梅」也。郭注以爲「似杏」，誤矣。《爾雅》有二「條」，而《詩·終南》之「條」是《爾雅》之「槄山榎」，非「柚條」也。《埤雅》以爲「柚」，誤矣。當以毛傳及《草木疏》爲正。

陸疏言榛有兩種。一種枝葉如栗，子如橡，子味亦似栗。一種枝葉如木蓼，高丈餘，子作胡桃味。遼東上黨皆饒。案：味如胡桃者，今亦用爲果，俗呼榛子。品與松子相亞，非栗類也。《詩》五言「榛」，爲果實者四，詳見《正字》。《邶》、《鄘》、《大雅》先儒皆以爲似栗。曹在兗、豫間，未必産遼果。大抵四榛皆栗耳。

桐有四種，《詩》與《爾雅》得其二焉。《定之方中》之桐，白桐也，即《爾雅》之「榮，桐木」。亦名華桐，名椅桐，名泡桐。三月開華，如牽牛華而白色，心微赤，實長寸餘，殼内有子片，輕虛如榆莢葵實，材堪作琴瑟。《埤雅》謂其不實者誤。《卷阿》之桐，梧桐也，即《爾雅》之「櫬，梧」。四月開嫩黃小華，五六月結子可食，古稱鳳凰非此不棲矣。郭璞合上二桐爲一木者誤。至《月令》「三月桐始華」，陶貞白以爲白桐，宋寇宗奭以爲梧桐。陶説近之矣。二桐之外，又有青桐，即梧桐之無實者。又有岡桐，早春開淡紅華，實大而圜，南人用之作油，亦名油桐，名罌子桐，名荏桐，名虎子桐，名紫華桐。宋羅願謂《湛露》詩「其桐其椅」乃此桐，恐無明據。如以其實離離證之，則朝陽之桐何嘗不垂實乎？又《湛露》與《定之方中》皆桐、椅並稱，所指自應一種。榮桐實長寸餘，足當離離之目矣。

唐、陳兩《風》及《四牡》、《黃鳥》之「栩」、《車舝》之「柞薪」、《采菽》之「柞枝」、《綿》、《旱麓》、《皇矣》之「柞」，皆柞櫟也，即《爾雅》「栩杼」是也。案：此木又名杼，樹高二三丈，小則聳枝，大則偃蹇，葉如櫧葉，木堅而理邪，故有不材之稱。四五月著華，黃色，子名芧，直吕切。又名橡，可染皂，亦名皂斗。儉歲可以禦飢，服食家亦用之。孫思邈所謂非果非穀而最益人者也。狙親去切。公之所賦，仲治之所拾，皆是物矣。《車舝》篇云「其葉湑兮」、《采菽》篇云「其葉蓬蓬」，可見其葉之蕃茂。但《車舝》喻妒女蔽君，故以「湑兮」爲譏。《采菽》喻才賢相繼，故以「蓬蓬」爲美。

一木也而美刺不同，詩人取興豈有定乎？ 鄭箋云：「柞之葉新，將生。故，乃落。」則又耐霜之木也。《鴇羽》、《四牡》篇曰「苞栩」，訓稹。《旱麓》篇曰「瑟瑟」，訓衆。則又叢生之木也。至《秦風》之「苞櫟」，華谷以爲別木。

《唐》之「苞栩」、《秦》之「苞櫟」，皆有柞櫟之名。説《詩》者不明言其爲兩木，宋掌禹錫修《嘉祐本草》指爲一木，亦莫辨其非。惟嚴氏《詩緝》云《詩》有二柞櫟。謂《爾雅》「栩杼」，《唐風》之「苞栩」是也。《爾雅》「櫟其實梂」，《秦風》之「苞櫟」是也。《大全》於《唐風》不引「栩杼」而引「櫟實梂」，誤甚。今案：《草木疏》二《風》之「柞」、「櫟」各有釋，《藝文類聚》亦分「柞」、「櫟」爲二木。於「柞」引《爾雅》「栩杼」及《車舝》、《采菽》、《旱麓》、《綿》諸詩，於「櫟」引《爾雅》「櫟實梂」及《秦風》「苞櫟」之陸疏。則嚴説非無據矣。

《草木疏》言榆之類有十種，葉皆相似，皮及木理異耳。今十種榆不可得而數矣，間嘗考之，《詩》及《爾雅》有其七焉。《唐風》「山有樞」，《爾雅》「藲荎」注云「今之刺榆也」，陸疏云「針刺如柘，葉如榆」，陳藏器《本草》謂「江東無大榆，有刺榆」是也。《陳風》「東門之枌」，《爾雅》「榆，白枌」，此白榆也，郭注云「枌榆，皮色白」是也。《本草》謂之零榆，入本經上品。其莢似榆錢，三月取其仁作糜羹。見《别録》。亦可收至冬釀酒，曬乾可作醬，謂之醔𨡕。音茂豆，見《説文》及崔寔《月令》。《小雅・大東》「浸彼檴薪」，《爾雅》「檴落」，陸疏云「檴，今梛榆也，葉如榆，皮堅韌可爲絙索甑帶，材可爲杯器」是也。《大雅·皇矣》「其灌其栵」，《爾雅》「栵栭」，注：「木似槲樕而庳小。」陸疏云：「葉如榆，木理堅韌而赤，可爲車轅。」栵本栗類，然元恪所言十種惟取葉似栵、葉如榆，當亦榆類矣。此四者《詩》、《雅》俱載之。《唐風》「隰有榆」，此莢榆也。莢榆有赤白二種，而白者名枌，則此其赤榆乎？《秦風》「隰有六駁」，陸疏云：「駁馬，梓榆。皮青白駁犖，遥視似馬。」然陸疏又引里語云：「斫檀不諦，得檕（音計）。迷檕。迷尚可得，駁馬則駁。」雖名榆而亦似檀也。《爾雅》：「無姑，其實夷。」郭注云：「無姑，姑榆也。生山中，葉圜而厚，剥取皮合漬之，其味辛香。」《周禮》壺涿氏謂之「牡橭午貫象齒以殺淵神」者，即此。（《釋文》云：「橭，音枯，亦音姑。亦榆也。」）此三者二見《詩》，一見《爾雅》，合前凡七矣。元恪所云十種，未知此得當其七否也。外此則《本草》有榔（音郎）。榆，皮味甘寒。《左傳》莊四年楚子伐隨，卒於樠木之下，孔疏以爲木似榆，俗呼爲朗榆。蓋樠、朗同音，（《釋文》：「樠，郎蕩反。」）正此木矣。又《廣雅》云：「杜仲，曼榆也。山榆，母估也。柘榆，梗榆也。」凡此皆得榆名。又案：《内則》甘旨之供，枌榆與焉。後世亦有榆糜、榆醬，皆用其莢。是榆乃佳味，今人無食榆莢者，惟采其根皮以和香劑，而歲饑則窮民食之。可見物之性味，古今不同甚矣。

楊揚起，柳下垂，（《玉篇》云：「楊枝直不垂，柳垂條木。」）此二木之辨也。然其爲類不一，其名亦互通。《王風》之「蒲」，秦、陳二《風》之「楊」，即《爾雅》所謂楊蒲柳也，亦名蒲楊，又名水楊，又名青楊。《左傳》所稱「萑蒲」及「董澤之蒲」者即此。葉廣長，條短勁，華與柳同。陸疏云：有皮青、皮白二種。白者大楊，青者小楊，皆可爲箭幹。《齊風》之「折柳」、《小雅・采薇》之「楊柳」、《小弁》之「柳」、《菀柳》之「柳」，即《爾雅》所謂「桑柳醜條」也。注云：「阿那垂條矣。」葉長枝輭，俗作軟。其華名柳絮，入水爲萍。古人春取火於榆柳，即此。陶貞白以爲即水楊者，非是。《大雅・皇矣》之「檉」，即《爾雅》所謂「檉河柳」也，郭注云：「今河旁赤莖小楊。」小幹弱枝，細葉如絲，名赤楊，又名朱楊，又名赤檉，又名雨師，又名垂絲柳，又名三春柳。氣能應雨，負雪不凋，一歲三華，華穗長三四尺，紅色如蓼。《衍義》云：「汴京甚多。」案：近世呼爲西河柳，醫家用之治小兒麻疹，即此木矣。《鄭風》之「樹杞」，即《爾雅》所謂「旄澤柳」也，亦名杞柳，木理微赤，可爲車轂，其細條可爲箱篋。《孟子》所謂爲桮棬者即此。趙岐以爲柜柳矣。案：柜柳，即《爾雅》「椵，音袁。柜柳音昂。」，郭讀「柳」爲「柳」，云「柜柳，似柳」是也。《本草》作「欅柳」，陶隱居云：「皮似槐檀，葉如櫟槲。」寇宗奭云：「謂檀非檀，謂柳非柳。」然則《爾雅》之「旄」與「椵」，殆一木乎？《召南》之「唐棣」、《秦風》之「苞棣」，即《爾雅》所謂「唐棣栘」也。圜葉弱蔕，微風大搖，名栘楊，又名栘柳，又名高飛，又名獨搖。郭云：「似白楊，江東呼夫栘。」案：今通呼白楊，俗稱之誤也，自是一類而小別爾。其白楊不見《詩》、《雅》，而《文選・十九首》詩有之。

《漢廣》、《綢繆》、《葛生》、《黃鳥》，王、鄭兩《揚之水》皆言「楚」。楚，荊也。荊有二：牡荊、蔓荆。楚乃叢木，非蔓生，其牡荆與？《神農經》名小荆，《圖經》名黄荆。唐本注云：「箠杖用此。」牡荆枝勁作科，故稱牡以别於蔓。蔓荆子大，牡荆子小，故又名小荆，亦宜於薪。《本草綱目》云：「年久不樵則樹大如盌。」鐠薪束楚，皆樵用也。葛蒙焉，鳥止焉，非樵之餘則未樵者也。凡木心圜，荆木心獨方，故卜龜用之。《綿》詩「爰契我龜」，疏以「契」爲「楚焞」是已。有青、赤二種，青者爲荆，赤者爲楛。媆條皆可爲筥箱，古貧女以荆爲釵，即此二木也。《大雅》「榛楛濟濟」，陸疏謂「楛似荆而赤莖」，亦以二木爲同類。

禽蟲辨

嚴氏《詩緝》、黄氏《韻會》皆謂郯子五鳩備見於《詩》。今復合之《爾雅》，參之《本草》，分别其名，以爲説《詩》之一助。鴡鳩氏，司馬。杜云：「鷙而有别，故爲司馬，主法制。」即《關鴡》之「鴡鳩」，《爾雅》云「鴡鳩王鴡」是也。注云：「江東人呼之爲鶚。」案：鶚，鵰類。似鷹而土黄色，深目好跱，又名魚鷹。《淮南子》謂之沸波，以其翱翔水上扇魚令出也。鄭樵以爲梟類，《詩詁》以爲杜鵑，皆誤。祝鳩氏，司徒。杜云：「鵻鳩也。鵻鳩孝，故爲司徒，主教民。」即《四牡》、《嘉魚》之「鵻」，《爾雅》云「隹其鳺鴀」是也。注云：「今鵓鳩。」案：此鳥亦名斑鳩，小而灰色，大而斑如梨華點者不善鳴，惟項下斑如真珠者善鳴。掌禹錫曰：「秋分化爲黄褐侯，春分復爲斑鳩。」黄褐侯者，青鵖鵻同。也。」嚴氏以爲鵓鳩者，誤。鳲鳩氏，司空。杜云：「平均，故爲司空，主平水上。」即《鵲巢》之

「鳩」、《曹風》之「鳲鳩」，《爾雅》云「鳲鳩鴶鵴」音菊。是也。注云：「今布穀。」《月令》「鷹化爲鳩」，注謂之「搏穀」。搏、布音相近矣。似鷂，長尾，又名鴶鵴，又名穫穀，又名郭公，皆因其聲之似也。《方言》以爲「戴勝」者，誤。嚴《緝》用歐陽氏說，謂《鵲巢》之鳩非鳲鳩，亦謬。爽鳩氏，司寇。杜云：「鷙，故爲司寇，主盜賊。」即《大明》之「鷹」，《爾雅》云「鷹鶆音來。鳩」是也。注云：「鶆，當爲鷞字之誤。」鷹與鳩同氣禪化，故亦稱鳩矣。鶻鳩氏，司事。杜云：「春來冬去，故爲司事。」即《小宛》之「鳴鳩」，《氓》詩食桑葚之鳩，《爾雅》云「鶌鳩鶻鵃」是也。注云：「似山鵲而小，多聲。」案：此鳩春來秋去，好食桑葚，易醉而善淫。其音啁啁嘲，其尾屈促，其羽如繿縷，飛翔不遠。莊子謂之鷽鳩。鄭樵以爲鸒鶋者，誤。黃氏以鳴鳩非鶻鵃，亦誤。此所謂五鳩也。《爾雅》又有鵖鳩、鵧鷑，注云：「小黑鳥，自呼。江東名爲烏鵙。」此在五鳩之外，亦不見《詩》。

雉類甚多，《說文》數其名有十四。一盧諸雉，二喬雉，三鳪雉，黃色。四鷩雉，五秩秩海雉，色黑，在海中山上。六翟山雉，七翰雉，八卓雉，九伊洛而南曰翬，五采備。十江淮而南曰摇，十一南方曰𠷎，十二東方曰甾，十三北方曰稀，十四西方曰蹲。此皆見《爾雅》而微不同。《爾雅》「盧」作「鸕」，「喬」作「鷮」，「翟」作「鸐」，「翰」作「雗」，「卓」作「鵫」，「摇」作「鷂」，「𠷎」作「⿱口𠷎」，「甾」作「鶅」，「稀」作「鵗」，「蹲」作「鷷」。又景純合雗、雉、鵫、雉爲一鳥，云：「今白鵫也。江東呼白雗，亦名白雉。」則爲十三種矣。《左傳》「五雉」，杜注以翬雉及四方雉當之，惟南方則曰翟不曰弓。彼疏謂説本賈逵，但不知逵又何本。況以五雉配五工正，鶾雉攻木，鷂雉摶埴，翟雉攻金，鵗雉攻皮，翬雉設五色。亦逵與樊光之説，杜何弗從也？其見於《詩》曰「右手秉翟」，曰「其之翟」，曰「翟茀以朝」，此翟雉也。曰「如翬斯飛」，此翬雉也。曰「有集維鷮」，此鷮雉也。別名止此三者，其餘言雉，皆其統名。《爾雅》又有寇雉，名鵽鳩，又名泆泆，注云：「出北方沙漠。」《本草拾遺》名突厥雀，斯非中國鳥，故《説文》十四雉弗與焉。

十四雉，其三見《詩》，翬雉、翟雉、鷮雉是也。翬雉素質五色，備生伊洛之南。王后褘衣爲六服之首，刻繪其形，其雉類之貴者乎？《斯干》取其飛以比宫室，鄭以爲形貌之顯也。翟雉，《爾雅》謂之山雉，注云：「長尾者。」故《萬》舞則右手秉之，后夫人以飾衣，又用爲車蔽，皆取其文采也。鷮雉，尾又長於翟，能走且鳴，性耿介，故詩人以興碩女。鷮、翟二雉，俗通呼爲翟矣。翟雉亦名山雞，然山雞有四種，鷮、翟外，鷩雉、錦雞是也。皆有彩毛，鷩雉在首，錦雞在腹。錦雞小於鷩雉，文尤燦爛。《爾雅》「鶾天雞」，乃此鳥矣。郭引《周書》「文鶾」證之。

黄鳥四見《爾雅》。一皇黄鳥，二倉庚商庚，三鵹黄楚雀，四倉庚黧黄也。爲名凡六焉，其名又曰黄鸝留，曰黄栗留，曰黄鸎，鶯同。曰長股，曰摶黍，曰黄袍，見《夏小正》、《毛詩》傳、陸璣《詩疏》諸書。其咏於《詩》，止黄鳥、倉庚兩名。《埤雅》云：「名黄鳥者，皆興名。倉庚者，皆賦。」此特鄭説耳。《東山》之「倉庚」，毛不以爲賦也。至「鶯」字雖見《詩》，而非鳥名。其《伐木》之

「鳥鳴」，先儒説《詩》莫著爲何鳥。宋羅願以「鶯」當之，引《禽經》「鶯鳴嚶嚶」爲證。又言鶯是蟄鳥，冬以泥自裹，至春破土而出。此正出谷遷喬之事。案：《禽經》，後人謅撰之書，其言不足據信。惟出谷之解，於理可通，良不謬也。又案：《玉篇》云：「鶯有友鳥。」殆指《詩》「求友」語。則以《伐木》之鳥爲鶯，其來古矣。

鷹、鸇、鶚、鵰、隼，皆鷙鳥也，而皆見於《詩》。《周南》之「鴡鳩」，鶚也，即《爾雅》之「王鴡」。《秦風》之「晨風」，鸇也，《爾雅》亦云「晨風鸇」，注以爲鷂屬。陸疏亦言鸇似鷂，青黄色是鸇，鷂别鳥也。原始合鸇、鷂爲一。《藝文類聚》又合鸇、隼、鷂爲一。引《詩義問》云：「晨風，今之鷂。」又引《詩義疏》云：「隼，鷂也。」俱非是。《四月》之「鶉」，鵰也。《説文》「鶉」作「鷻」，云：「鵰也。从鳥，敦聲。」與「鶚」同類而别鳥，似鷹而大，長尾短翅，土黄色，其皂者即鷲也。《采芑》之隼，隼也。《爾雅》「鷹隼醜其飛也翬」，陸疏以爲鷂屬，又名擊征，又名題肩，《廣雅》作「鶮鵳」。又名雀鷹。性捷黠，以中之爲俊，故《猗嗟》射侯之正，取斯鳥名矣。《大明》之鷹，鷹也。《爾雅》謂之「鶆鳩」，與鳩同氣，故亦名鳩。頭有毛角，亦名角鷹。五者皆鷙鳥也，《詩》以鶚喻后妃，以鸇喻賢者，而隼以喻將士，鷹以喻尚父，惟鵰爲貪殘之喻，取興豈有定乎？《説文》又以鴞爲鷙鳥，然《爾雅》云：「鴞鳥醜。」《旱麓》箋云：「鴞，鴟類。」莊子亦言其銜腐鼠而嚇鵷鶵，此正茂先所謂不善搏擊貪於攫肉者。《四月》詩雖與「鶉」並舉，要非其倫。

《小雅》有兩桑扈，《爾雅》亦兩釋之。《埤雅》謂啄粟之桑扈以性之竊脂言，即《爾雅》之對剖葦者。是鶯羽之桑扈以色之竊脂言，即《爾雅》之對竊丹者。是此解與郭注合，於義允矣。陸疏解竊脂爲竊取脂肉，正指《小宛》「桑扈」言也。李時珍非之，誤矣。李又謂桑扈毛蒼褐色而有黄點，其淺黄、淺白、淺青、淺黑、淺玄、淺丹皆喙色，非毛色也。當必有據。

烏有四種，而三見於《爾雅》。慈烏反哺，小而純黑，又謂之孝烏。雅俗作「鴉」、「鵶」。烏不反哺，巨喙，腹下白，《爾雅》「鸒斯鵯鶋」音匹居。毛傳作「卑居」。是也。燕烏似雅烏而大，白項而群飛，又名鶷鶡。《爾雅》「燕白脰烏」是也。山烏似雅烏而小，赤觜穴乳，出西方。《爾雅》「鷽山烏」是也。惟不著慈烏。至云「烏鵲醜，其掌縮」，則四烏兼之矣。《詩・小弁》之「鸒」，斯雅烏也。餘烏則未有以定之。

鴟，《說文》云：「䳠是爲切。也。」徐曰俗呼爲鷂，一曰鷙也。是鴟乃貪殘之鳥，非怪鳥也。然怪鳥多取名焉，《爾雅》「鴟鴞」、「茅鴟」、「怪鴟」、「梟鴟」皆是。郭注「鵂鴟」、「鴟鵂」亦然。

蟬有多種，蟬與蜩其大名也。《爾雅》別其類有七，而總稱之曰蜩。一蜋蜩。注引《夏小正》傳釋之。《夏小正》云：「五月良當作『蜋』。蜩鳴」，傳云：「良蜩者，五采具是也。」二螗蜩。《夏小正》「五月唐蜩鳴」，傳：「唐蜩者匽。」郭亦引之。引「唐」作「螗」，「匽」作「蝘」。又云「俗呼爲胡蟬，江南謂之螗蛦」是也。案：此兩「蜩」皆以五月鳴。《月令》「仲夏之月蟬始鳴」，《周書・時訓解》云「夏至又五日蜩始鳴」，其兼指兩蜩，與《方言》以蜋、蜩爲一蜩而二名，《漢書》師古注以「螗蜩」爲「蛁蟧」，皆誤。三蚻，蜻蜻。注云「如蟬而小」。《方言》曰：「有文者謂之螓。」《夏小正》曰：「鳴蚻虎縣。」案：《夏小正》云「四月鳴蚻」，傳云「蚻者，寧縣也，鳴而後知之，故先鳴而後蚻」是已。又名麥蚻。四蠽音節。茅蜩。注云「江東呼爲茅蠽，似蟬而小，青色」是也。五蝒音綿。馬蜩。注曰：「蜩中最大者爲馬蟬，《本草》謂之蚱蟬，入本經中品。」《别録》云：「蚱蟬生楊柳上，五月采烝。」隱居云「此云柳上，乃《詩》云『鳴蜩嘒嘒』者，形大而黑，五月便鳴。俗云『五月不鳴，嬰兒多灾』」是也。六蜺寒蜩。注云：「寒螿也。似蟬而小，青色。」《月令》曰「寒蟬鳴」，鄭注云「寒蟬，寒蜩，謂蜺」是也。七蜓蚞螇螰。注云「即蝭蟧也，一名蟪蛄，齊人呼螇螰」是也。案：《夏小正》、《月令》、《時訓解》皆以寒蟬鳴爲七月之候，郭注既引《月令》以證「蜺」，則三書所稱當同爲一物。然《小正傳》云：「蟬也者，蝭蠑也。」蝭蠑應即蝭蟧，是螇螰而非寒蟬。之二蟲者，其皆鳴於秋與？隱居謂蛁蟟同蛁蟧，又音刀聊。色青，以七八月鳴。寒螿聲凄急，於九十月鳴。李時珍注云：「秋月鳴而青紫色者曰蟪蛄，曰蛁蟧，曰蜓蚞，曰螇螰，曰蛥蚗。音舌玦。小而色青赤曰寒螿，曰寒蜩，曰寒蟬，曰蜺。」是二蜩同一物，形色小異耳。至蟪蛄之名，《埤雅》引《莊》、《騷》之文，《莊》云「蟪蛄不知春秋」，此夏蟬，見《逍遥游》。《騷》云「歲莫兮不自聊，蟪蛄鳴兮啾啾」，此秋蟬，見《招隱士》。以爲可兼夏秋之蟬，信矣。其郭注所云「蟪蛄」，則專目秋蟬也。今合之於《詩》，《碩人》

之「螓首」，《爾雅》之蚻也。《蕩》之「如螗」，《爾雅》之螗蜩也。《豳》之「鳴蜩」，《爾雅》之蜋蜩、馬三蜩也。《小弁》之「鳴蜩」，則獨指馬蜩也。其《蕩》之「如蜩」乃《爾雅》總名之蜩爾。又有蟰音甯。母，二三月鳴，小於寒螿，見陶隱居《別録》。而《詩》、《雅》俱弗載焉。

《爾雅》謂「螽醜奮」，而列螽之類凡五，其三見於《詩》。案：許慎以蝗爲螽，蔡邕以螽爲蝗，凡經傳專言螽者即蝗也。取《名物疏》之說。如《春秋》經書螽者是。或據《漢書·五行志》，於春秋則名「螽」，於漢則名「蝗」，證螽蝗非一物。殊不知名螽者襲《麟經》之舊文，名蝗者從漢世俗偁耳，元非二蟲也。至《爾雅》所列五螽皆別以他名，特蝗類而已。《詩·周南》「螽斯」，即《豳風》「斯螽」、《爾雅》「蜤螽蜙蝑」是也。亦名春黍，亦名蜙蠑，亦名春箕。陸璣以爲蝗類，五月以股相切作聲者也。嚴《緝》乃謂螽蜤是阜螽而非蜤螽，謬矣。《詩》「草蟲」，《爾雅》「草蟲負蠜」是也，又名常羊。陸璣以爲「大小長短如蝗，好在草茅中」者也。羅願謂即蚯蚓者，誤。《詩》「阜螽」，《爾雅》「𧒂𠂤同。螽蠜」是也。李巡、陸璣皆以爲蝗子，陳藏器以爲狀如蝗，有異斑。又有「蟿音契。螽蟿蚸」，郭注以爲「似蜙蝑而細長」。又有「土螽蠰谿」，郭注以爲「似蝗而小」。二螽不見《詩》，亦大類而小別者乎。《本草綱目》云：「數種皆似蝗，而大小不一。長角，修股，善跳，有青黑斑數色，亦能害稼。性不妒忌，一母百子，五月動股作聲，至冬入土穴中。芒部夷人食之。」要之，《爾雅》云「螽醜奮」，注云：「好奮迅作聲。」此足見螽之性狀矣。五螽惟阜螽先儒異說，李、陸二家直指爲蝗，藏器以爲似蝗，《埤雅》以爲今之蚱蜢，青色，飛不能遠。未知孰是。顔師古注《漢書》，以螽爲阜螽，祖李、陸之説也。嚴《緝》釋螽蜇，又因而加誤。

鱮好旅行，鱒好獨行，二魚命名以此。鱅似鱮，而頭大於鱮。鯇似鱒，而形大於鱒。鱮亦名鰱，鯇亦名鯶。皆常魚也。

鱣、鮪同類，而鱣大鮪小。鱣背有甲，鮪背無甲，爲不同耳。鱣又名黄魚、蠟魚、玉板魚。鮪又名鱘魚，又名鮔鱛。莫贈切。《吴都賦》：「筌鮔鱛。」鮪又有大小二種。大者王鮪，小者鮛音叔。鮪，亦名鮥子。見《爾雅》及郭注。案：《周禮》言「獻鮪」，《月令》言「薦鮪」，《夏小正》言「祭鮪」，俱不及鱣。《詩·潛叙》亦言「季冬薦魚」、「春獻鮪」，是鮪必特薦，鱣僅與諸魚并列而已，可見古人貴鮪而賤鱣也。今鱘魚味甚美，較黄魚實勝云。

皇清經解卷八十七終

嘉應李恒春舊校
南海陳韶潘繼李新校

毛詩稽古編　卷二十九

吴江陳處士啓源著

數典

祀典

鄭玄、王肅論郊祀各不同。鄭謂天有六天，歲有九祭。王謂天惟一天，歲止二祭。六天者，天皇大帝及五精帝也。九祭者，冬至圜丘祭天皇大帝，配以帝嚳爲一祭。《大司樂》「地上之圜丘」，《大宗伯》「禋祀昊天上帝」，《祭法》「禘嚳」是也。夏正月祈穀於南郊，祭感生帝，配以后稷，又爲一祭。《郊特牲》「迎長日之至」，《春秋》書「郊」，《左傳》「啓蟄而郊」，《祭法》「郊稷」是也。夏祈穀於南郊，遍祭五精帝，配以五人帝，又爲一祭。《春秋經》及《月令》「大雩」，《左傳》「龍見而雩」是也。四時及季夏迎氣祭五精帝，亦配以五人帝，又共爲五祭。《小宗伯》「兆五帝於四郊」，《月令》「迎氣於四方」是也。季秋大饗明堂，祭五精帝，配以五人帝及文、武，又爲一祭。以文配五帝曰祖，以武配五帝曰宗，《月令》「大饗帝」，《孝經》「宗祀文王於明堂以配上帝」，《祭法》

「祖文王何佟之曰：《孝經》周公攝政時，故文言宗。《祭法》成王反位後行，故文言祖。而宗武王」是也。合之凡九矣。王則謂圜丘即郊，日至與孟春止祭一天，其迎氣與明堂皆祭人帝，非祭天。後儒各宗其師説，故歷代郊祀之制互有變易。宋儒主王，惟明堂之祭仍以爲上帝云。以鄭學言之，其樂章則圜丘歌《昊天有成命》，明堂歌《我將》，春祈穀、夏大雩皆歌《噫嘻》，而《商頌·長發》大禘亦圜丘所歌也。至迎氣之樂章，則《周頌》無文焉。又玄鳥至之日，郊禖祈祭亦祭感生帝，而配以先禖，《生民》「克禋克祀」是也。此在九祭之外。

社稷歲凡三祭，其二祭見《詩》。《載芟》「祈社稷」，此春祭也。《月令》「仲春命民社」指此。《甫田》「以社以方」、《良耜》「秋報社稷」，此秋祭也。又一祭在孟冬，《月令》「大割祀於公社」是也，《詩》未及焉。案：王、鄭論社稷亦多異議。謂社祭句龍，稷祭后稷，是人鬼非地神者，此孔安國、賈逵、馬融之説，而王肅祖之者也。謂社是五土總神而句龍配之，稷爲原隰之神而后稷配之，此鄭玄之説，而其徒馬昭等述之者也。肅與昭等往復辨難，不啻聚訟，後儒莫能定其是非焉。

七廟之説，王、鄭亦不同。鄭謂周止祭四代，及大祖合文、武二世室而爲七廟。王謂七廟爲天子常禮，二世室在七廟之外。二説之是非，止據《商書》「七世之廟」一語可斷之矣。鄭信韋玄成議而不見《古文尚書》，故有此謬。然王氏之説實祖《禮器》、《王制》、《荀卿書》、《穀梁傳》及劉歆、馬融之言，其來已久，鄭何弗之信乎？

先儒言禘祫，其説有三。鄭玄以爲祫大而禘小，王肅、張融、孔晁之徒以爲禘大而祫小，賈逵、劉歆、杜預之徒以爲禘祫一禮而二名。古經缺略，無由斷其孰是。以鄙見論之，賈、劉、杜之説長也。孔疏釋《詩》專據鄭箋爲説，而鄭之言禘則有四焉。圜丘祭天而配以嚳，一禘也。南郊祭感生帝而配以稷，二禘也。大宗伯以饋食享先王，即五年再殷祭。三禘也。致新主於廟，遠主當祧，因大祭以審昭穆，四禘也。四者二祭天，二祭廟，皆得禘名矣。《周頌·雝》篇，五年之禘也。《商頌·長發》，南郊之禘也。宋儒則從王義。

樂舞

《禮記》「下而管《象》」、「成童舞《象》」，鄭注以爲《大武》。蓋《周頌》有二《象》：「維清奏《象》舞」，象文王之事；「武奏《大武》」，象武王之事。《左傳》季札所見舞《象》，文王之象也。《禮器》、《文王世子》、《内則》、《明堂位》、《祭統》、《仲尼燕居》所云「《象》」，皆武王之象也。武詩則簫管以吹之，故云「管《象》」，武樂則干戚以舞之，故曰「舞《象》」。

先王不制夷禮而制夷樂，《白虎通》曰：「先王推行道德，和調陰陽，覆被夷狄，故制夷狄樂。何不制夷禮？禮者，身當履而行之。夷狄不能行禮也。」特設韎師、鞮屨氏二職以掌之。魯大廟亦納夷蠻之樂，然有舞而無聲，與雅樂不同，止以美大王者之德無所不被耳。又周之王化先致南方，武王伐紂誓師，獨舉八國，而髳、微、庸、濮皆南蠻可見也。故南樂尤重焉。旄人以教國子，胥鼓其節而鼓鐘。《詩》舉南樂以總四夷，毛、韓二家皆云「示德廣之所及」，必有本矣。宋儒不信古義，遂妄解爲二南。

禮制

王伯厚應麟。言康成釋《禮》，其經傳無明文者輒引漢禮證之。蓋漢世去古未遠，其制度猶有三代之遺，用此證彼，或可得其彷彿耳。今以見於《詩》者言之，抱裯，漢抱帳也。副，漢步摇也。六珈，步摇上飾也。卿士之館，《緇衣》。諸廬也。重喬，所以縣毛羽也。疏云：「猶今之鵝毛槊。則又證以唐制。」汕撩，罟也。邪幅，行滕也。醻，今之勸酒也。簫，賣餳者所吹也。春酒，中山冬釀也。戈，今之句。孑，戟也。以至有瞽樂器則大予樂可據也。挈壺之刻漏、玉瓚大斗之尺寸，則漢之禮器猶存也。然猶不敢質言之，僅曰：「某，若今之某云爾。」後世去古彌遠，即漢制已不可考，何況三代？乃欲執近事以測古經，如據韓愈《畫記》以釋「載獫歇驕」，據《大隄曲》以釋「漢有游女」，據姚崇焚蝗之令以釋「秉畀炎火」，據漉魚叉網以釋「月離于畢」，據俗諺籬頭吹篳篥以釋「一之日觱發」，皆非吾所敢信。

土田

成周土田之制，鄉遂、都鄙不同。鄉遂之法，溝洫以授田，貢以制賦，比伍以調兵。《遂人》「夫間有遂，遂上有徑」至「萬夫有川，川上有路」，此溝洫法也。而以什一貢法制賦。至調兵，則

《小司徒》「五人爲伍」至「五師爲軍」，又「凡起徒毋過家一人」，是一家出一夫，一鄉出一軍，此比伍法也。都鄙之法，井田以授田，助以制賦，丘乘以調兵。《小司徒》「九夫爲井」至「四縣爲都」，此井田法也。而以九一助法制賦。至調兵，則《司馬法》「甸方八里，實六十四井，出兵車一乘、甲士三人、步卒七十二人、馬四匹、牛十二頭」，此丘乘法也。溝洫以十起數，井田以九起數。比伍以家起兵，丘乘以田起兵。比伍一家出一人，丘乘七家出一人。此其異也。陳潛室《木鐘集》論之甚詳。今案：《良耜》之「百室」，箋以爲共洫而耕，共族而居，其鄉遂乎？《信南山》之「禹甸」，箋以爲甸方八里，居一成之中。《甫田》之「十千」，箋以爲成方十里，其田萬畝，其都鄙乎？《噫嘻》之「三十里」，箋以爲萬夫之地，疏以爲與公邑采地共爲部。詳見本詩。其兼乎鄉遂、都鄙乎？

梁名

梁之名所施甚多，而《詩》有其四。「無逝我梁」、「在彼淇梁」、「維鵜在梁」、「鴛鴦在梁」、「有鶖在梁」，皆漁梁也。石絶水爲堰，而笱承其空。《天官》「漁人爲梁」、《王制》「虞人入澤梁」指此。「如茨如梁」，橋梁也，以木爲之。《月令》「謹關梁」、《周語》「十月成梁」指此。《爾雅·釋宫》「隄謂之梁」，郭氏解之，兼上二梁矣。造舟爲梁，浮梁也。雖用以渡水，而異於橋，惟天子得乘之。五楘梁輈，車上之梁也。毛云：「輈上句衡。」謂輈稍曲而上至衡，從衡上而下句之，則衡横於輈下，如屋之梁也。輈亦名轅。以上爲梁者四，而棟梁不與焉。

門室

天子有五門，最外曰皋門，次内曰庫門，又内曰雉門，又内曰應門，最内曰路門。外朝在皋門内，治朝在應門内，燕朝亦名路寢，在路門内，所謂三朝也。路門亦名畢門，亦名虎門，亦名寢門，以其内有路寢也。路寢之内有小寢五，是爲王之六寢。六寢之内則爲后之六寢，亦謂之六宫。康成曰：「婦人稱寢曰宫。」正寢一，燕寢五，與王同。諸侯有庫、路、雉，而無皋、應。惟魯以周公故，庫、雉二門得兼天子皋、應之制。然止三門而已，無五門也。

牖下，通明之地也，朱子以奥當之。屋漏，當白之處也，朱子以暗室稱之。殆未循名而覈實乎？

器用

人輓車曰輦。《周禮》注引《司馬法》曰：「夏后氏謂輦曰余車，殷曰胡奴車，周曰輜車。」又曰：「夏后氏二十人而輦，殷十八人而輦，周十五人而輦。」《宋書》及《通典》皆曰：「夏之末代所造。」甘丹亦云：「桀駕人車。」然輦之爲用，行則載任器，止則爲藩營，師旅田役用之，不以乘也。《周禮》小司徒鄉師、縣師、稍人、均人、遂人所掌者，是皆供徒役之用。《詩·車攻》傳以徒爲輦者，爲田獵也。《黍苗》篇「我輦」，爲城謝也。《何草不黄》篇「有棧之車」，箋云：「輦者，爲用兵不息也。」皆以載任器。惟《巾車》「掌王、后五路」，有輦車。《左傳》晉范宣子使二婦人輦而如公。齊子尾疾，於公宮輦而歸。衛公叔文子輦而如公。此俱用以乘。然王、后止乘於宮中，三子或遇變，或疾，或老，皆非其常也。桀無故而駕之，則世以爲譏矣。黄公紹謂王朝步自周步爲步輦，恐不可信。

禮：簠方而簋圜。簠盛稻、粱，[一]簋盛黍、稷。然用簠則簋從，用簋或不設簠。簋亦以盛稻粱，故古書言簋多不言簠。凡言二簋者，稻、粱也。諸侯日食以之，若用享則薄矣，故《易》曰「應有時也」。四簋者，加以黍、稷，諸侯朔月食之。而養賢者以爲平常燕食，則禮待之隆也。六簋者，加以麥、苽，天子朔月食之。若盛舉則稻粱各二合，黍、稷、麥、苽是爲八簋。《伐木》篇「陳設八簋」是也。又有十二簋，王者以待諸侯。而上大夫八簋，下大夫六簋，此則禮食所用不同於常食矣。

圜曰筥，方曰筐。筐五斛，筥五升，筥小而筐大。然筐之爲制又不同：大筐五斛，小筐五升。深者爲懿筐，淺者爲頃筐。采桑欲其多容，故取其深。卷耳易盈，摽梅將盡，則用其淺而已。《鹿鳴》之筐以受幣帛，《楚薺》之筐以受黍稷牢肉，鄭義。《采蘋》之筐以受蘋藻，《采菽》之筐以受豆藿，《良耜》之筐以受饁餉之黍，而與筥偕者三焉，其小筐乎？若大筐則盛米以饋，聘賓用之。

射有鵠，有正，有質，而的其總名也。大射射皮侯，的以鵠製，皮爲之。賓射射采侯，的以正

[一]「粱」，原作「梁」，據庫本改。本段同。

采畫爲之。燕射射獸侯，的以質畫熊麋虎豹鹿豕之形爲之。猗嗟不出，正此賓射也。《賓之初筵》箋云「舉鵠而棲之於侯」，此大射也。經云「發彼有的」，傳云：「的，質。」此燕射也。毛以首章爲燕射矣。鄭衆、馬融、王肅謂鵠大於正，正大於質，共在一侯，皆誤。惟康成據《周禮》分爲三射之侯，獨得之。陸佃言：「皮侯無正有鵠，采侯有鵠無正，獸侯有質無鵠。」無正是也。質亦采畫，但正畫五色、質畫各獸之形爲異，則質亦可謂正。案：質，亦名埶。《行葦》傳云：「已均中埶。」箋云：「埶，質也。」疏以質爲正，鵠之總名。又：正，亦作「鴊」。鴻鵠擊鴊，皆鳥也。鵠高遠，鴊捷黠，以中之爲俊，故的取名焉。

旗幟

司常九旗曰常也，旂也，旜也，亦作「旃」。物也，旗也，旟也，旐也，旞也，旌也。常、旂、旟、旐、旌五者皆見《詩》。《鄘》之「干旄」，毛以爲旃，鄭以爲旃與物。則二者亦見《詩》。《詩》得九旗之七，而於旂尤屢及之。《出車》、《采芑》之旂以出師，《庭燎》、《采菽》、《載見》之旂以朝於王，《玄鳥》之旂以助祭，《閟宮》之旂以承祭，《韓奕》之旂天子所賜，皆諸侯事也。九旗中常最尊，而旂即次焉。天子建常，諸侯建旂，非他人可得假。故《詩》咏旂專目諸侯矣。《爾雅·釋天》亦詳旂制，大約竿首設旄，旄首注旌，九旗所同。而旂竿則綢以素錦。《韓奕》之「綏章」，毛云「大綏」，指竿首之旄也。下以纁帛爲縿，音衫。而衆旒著焉。旒有九，《詩》所云央央、淠淠、陽陽、茷茷，皆旒縿之貌狀也。畫素龍於縿，故《載見》、《閟宮》、《玄鳥》三詩皆言龍旂也。縣鈴於竿首，故《載見》又言「和鈴央央」也。至於綦組之飾，與諸旗等耳。而朱縷以維持之，則同於大常。案：王之金路亦建大旂，此或王之旂制乎？諸侯旒不曳地，當不必用縷維矣。

馮氏《名物疏》引《左傳》楚子元、魯陽虎之旆，證《六月》詩「白旆」是軍前大旗，當矣。至以昭十三年晉治兵邾南，辛未「建而不旆」，壬申「復旆」之爲大將所建大旗，則不然。凡經傳用字有虛實，此傳之「旆」乃虛字耳。《曲禮》「武車綏旌，德車結旌」，注云：「綏，舒垂之也。結，收斂之也。」傳「不旆」即收斂之謂，「旆之」即舒垂之謂，非實指旗幟之名也。《小雅》「胡不旆旆」與《左傳》「不旆」、「旆之」同義。其「白旆央央」、「悠悠旆旌」方是旗幟之名。案：《司常》九旗不列旆名。《爾雅》「長尋曰旐，繼旐曰旆」，注云：「帛續旐爲燕尾。」孔仲達亦謂旆是旗之尾，意無燕尾爲旐，有燕尾爲旆。此其異乎？《巾車》「革路建大白以即戎」，注以大白爲殷旗。鄭答趙商以爲王不親將，故建先王之正色。又《釋名》云：「白旆，殷旌也。帛，繼旐者也。」然則白者旆之色，繼旐者旆之形也。《詩》之「白旆」、《左傳》之「大旆」及諸旆皆戰伐時所建，則旆即大白無疑。

佩玉

古之君子必佩玉，亦用以充耳。然惟天子純用玉，下此皆雜用石。其見於《詩》者，如《鄘風》「玉之瑱也」、《衛風》「充耳琇瑩」、《小雅》「充耳琇實」，皆充耳也。如《鄭風》「佩玉瓊琚」、《王風》「貽我佩玖」、《秦風》「瓊瑰玉佩」、《大雅》「何以舟之，維玉及瑤」，毛云：「舟，帶也。」鄭云：「玉瑤，容刀之飾。」皆佩也。《宁》詩之「瓊華」、「瓊英」、「瓊瑩」，毛以爲佩，而鄭以爲充耳。《木瓜》之「瓊琚」、「瓊瑤」、「瓊玖」，經雖不言所用，然「琚」見《鄭風》，「玖」見《王風》，「瑤」見《大雅》，皆以爲佩名，則此三者亦佩也。今考之毛傳，惟「瓊」云「玉之美者」，「琚」云「佩玉名」，「瓊玖」云「玉名」，其「琇瑩」、「琇實」及《衛》之「瓊瑤」、《齊》之「瓊華」，皆云「美石」。《王》之「佩玖」、《齊》之「瓊瑩」、《秦》之「瓊瑰」，皆云「石次玉」。至《齊》之「瓊英」，毛無傳而鄭以爲「猶瓊華」，則亦美石也。孔疏又以《王》之「佩玖」例《衛》之「佩玖」，謂「玖亦非全玉」。然則《詩》言瑱佩，止「瓊琚」是全玉耳，餘皆石也。但英、瑤、玖、瑰、瑩諸名俱合「瓊」爲文，則玉石兼用可知。蓋古制如此，其説必有本矣。黄公紹《韻會》譏毛傳爲非，而自爲之解。以玉之生成比之草木，謂瑩猶草木之榮，玉之始生也。英爲玉之最美，華爲玉之方成，實爲玉之既成，亦猶草木之英華與實也。斯穿鑿之見已！況《爾雅》「木謂之華，草謂之榮，榮而不實謂之英」，是三者之在草木，元不得有生成之別。黄欲釋玉而先誤釋草木，將焉欺乎？

衣裘

王之吉服九，其六冕服，其三弁服。冕服六者，大裘而冕也，衮冕也，鷩冕也，毳冕也，絺冕也，玄冕也。弁服三者，爵弁也，皮弁也，冠弁也。公之服自衮冕而下如王侯伯，自鷩冕而下如公子男，自毳冕而下如侯伯孤，自絺冕而下如子男卿大夫，自玄冕而下如孤士，則爵弁冕服皆玄衣纁裳。爵弁服，純衣，纁裳，緇帶，韎韐。皮弁服，素衣，素積，緇帶，素韠。冠弁亦謂之玄冠，亦謂之委貌，其服謂之朝服，緇衣，素裳。九服惟大裘不見《詩》。《九罭》之「衮衣」、《采菽》之「玄衮」，衮冕服也。《唐風》之「七衣」，鷩冕服也。《大車》之「毳衣」，毳冕服也。《采菽》之「黼」，絺冕服也。《終南》之「黻衣繡裳」，玄冕服也。《瞻彼洛矣》之「韎韐」、《周頌》之「絲衣」、「載弁」，爵弁服也。《淇澳》之「會弁」，《終南》之「錦衣狐裘」，皮弁服也。《召南》、《鄭》、《唐》、《鄶》之「羔裘」、《鄭》之「緇衣」，冠弁服也。外又有服弁服，凶服也。弁絰服，弔服也。韋弁服，戎服也。在九服之外矣。而韋弁服亦見《詩》，《東山》之「裳衣」、《六月》之「常服」、「我服」、《采芑》之「命服」皆是。又有玄端服，亦玄冠、玄衣，與朝服同，而裳不用素爲異。上士玄，中士黄，下士雜色，天子、諸侯皆以朱。天子視朝以皮弁，諸侯視朝以朝服，大夫士在私朝以玄端冕服、爵弁服，絲衣也，中衣用素。皮弁服，朝服麻衣也，中衣用布。即十五升布。所謂帛不裏布也。《唐風》之「素衣朱襮」，諸侯冕服之中衣也，謂之繡黼丹朱，惟君得服之。大夫士中衣得用素，衣不得用朱襮矣。若夫《鄶風》之「狐裘」，則息民之祭服也。《曹風》之「麻衣」，則深衣也。《鄶風》之素冠，毛以爲練冠，鄭以爲祥冠也。《鳲鳩》之騏弁，雜色之弁也。《顧命》特設此服，非禮之常服也。故鄭以「騏」爲

「堪」，理或然也。《秦風》之「袍澤」，褻服也。《無羊》之「蓑笠」，野服也。《都人士》之「緇撮」，則大古之冠，而用爲始加者也。

褘衣、褕翟、闕翟、鞠衣、展衣、褖衣，此王后之六服也。其色經傳無文，惟展衣用丹縠見毛傳耳。孫毓以爲褘衣赤，褕翟青，闕翟黑，鞠衣黄，展衣赤，褖衣黑。鄭玄以爲褘衣玄，褕翟青，闕翟赤，鞠衣黄，展衣白，褖衣黑。褕翟、鞠衣、褖衣，兩家所説色同，餘三服則異。要皆臆説難信。約而論之，三翟本象雉，而鷂褕同。雉青質，則鄭説近之。鞠似麴塵，又象桑葉始生，宜爲黄色。而以丹縠爲展衣，毛説必有本。則鞠、展之色當以孫説爲正。男子褖衣色黑，則婦人亦宜然。兩家説同，亦有徵信者也。至褘衣之爲赤爲玄，闕翟之爲赤爲黑，無可據矣。其見於《詩》，則《葛覃》之澣衣，毛以爲「副褘盛服」，鄭以爲褘至褖皆是也。《采蘩》之「被」，展、褖二衣之首飾也。《邶》之「緑衣」，鄭以爲褖衣也。《君子偕老》之「鬒笄」、「褘衣」，褕翟之首飾也。象服，鄭以爲褕翟、闕翟也。「其之翟」，亦此二翟也。「其之展」，展衣也。惟鞠衣弗及焉。

裘有孤裘，有羔裘，有麑亦作「麛」。裘，有豻，有貍，而羔裘之用最多。大裘而冕，黑羔裘也。五冕之服，爵弁服、冠弁服皆黑羔裘。天子諸侯燕居玄端服，亦黑羔裘。《詩》之羔裘皆冠弁服也。君用純臣，異其褎飾，故有豹袪、豹褎、豹飾之稱焉。狐裘有三：一孤白裘。天子視朝皮弁服用之，諸侯朝天子亦同，皆裼以錦衣。卿大夫在王朝亦衣狐白，惟裼用素衣爲異。二黄衣狐裘，蜡祭後息民之祭及兵事韋弁服用之。三狐青裘，大夫士玄衣之裘也。《玉藻》「玄綃衣以裼之」是也。玄衣即玄端服，與天子諸侯服同而裘異矣。見《秦風·終南》者，狐白裘也。見《鄶·羔裘》及《小雅·都人士》者，黄衣狐裘也。見《邶·旄丘》者，狐青裘也。毛云：「狐蒼、青蒼色同。」麛裘者，諸侯視朝，君臣皆皮弁服則服之，其受外國聘享亦然。裼衣或絞蒼黄之色。或素，而素爲正矣，見《論語》、《玉藻》、《聘禮》注而不見《詩》。《豳風》取貍貉爲裘，貉裘以燕居，《論語》「狐貉之厚以居」是也。貍裘以從戎，《左傳》定九年。「東郭書皙幘而衣貍製」是也。外又有虎裘、狼裘，裘之武猛者也，君之車右及左服之。又有犬羊之裘，裘之賤者也，庶人服之。

稽疑

他注引傳疑誤

毛傳之來最古，後儒相傳，讀本各别，他注所引與今本不無異同，亦考證之一助也。特録之如左。〇「鱣鮪發發」傳云：「鱣似鮎。」見《文選·西京賦》李善注。今傳云「鱣鯉」。〇「胡不遄死」傳云：「何顏而不速死也。」見《文選》李注。今無之。〇「漸車帷裳」傳云：「幢容。」見《周禮·巾車》疏。今是箋非傳。〇「悉率左右，以燕天子」傳云：「驅禽於王之左右。」見《東京賦》李注。今無「於王」二字。〇《巷伯》傳云：「巷伯，内小臣也。掌王后之命於宫中，故謂之巷伯。伯被讒將刑，寺人孟子傷而作詩以刺幽王也。」見《後漢・孔融傳》注。今「謂之巷伯」以上是箋非傳。「伯被讒」以下傳箋俱無之。案：《敘》下例無傳，況玩次章、末章傳文，則以被讒爲巷伯決非毛意。章懷注誤引。「其繩則直」傳云：「不失其繩直之宜也。」見《東京賦》注。今無「之宜」二字。○「介人維藩，大師維垣，大邦維屏」傳云：「當用公卿諸侯爲藩屏也。」見《後漢・光武紀》注。今無之。○「崇牙樹羽」傳云：「置羽於栒上以爲飾也。」見《東京賦》李注。今止云「置羽也」，少六字。○「致天之届」傳云：「届，極也。」見《文選》李注。今無之。○稷勤百穀，死於黑水之山。見《魯語》韋注。今無之，亦不知何篇之傳。案：黑水山見《山海經》，云「后稷葬焉」，注云：「其城方三百里。」○鼲服虎皮也。見《東京賦》李注。不知何篇之傳。○右諸條多是引者之誤，惟韋注最古，必不謬，而今逸其文。以此推之，傳文之譌闕可勝詰哉！

正義引《爾雅》疑誤

《詩》疏引《爾雅》及郭注每有與今本不合者，如「聿修厥德」毛傳云：「聿，述也。」疏以爲《釋詁》文。今《釋詁》無此語。又如「昔育恐育鞫」鞫，本作「⿱穴鞫」。鄭箋云：「昔育，育稚也。」「鬻子之閔斯」毛傳云：「鬻，稚也。」疏皆以爲《釋言》文。今《釋言》云：「幼，鞠稚也。」無「育」、「鬻」字。孔疏又引郭璞云：「鞠，一作『毓』。」故鬻爲稚也。」今郭注亦無此文，但引《尚書・康誥》「不念鞠子哀」而已。豈今《爾雅》郭注非全書邪？又如《小雅》「後予極焉」鄭箋云：「極，誅也。」《魯頌》「致天之届」鄭箋云：「届，殛也。」疏皆以爲《釋言》文。今《釋言》云「殛，誅也」，不云「極」。又云「届，極也」，不云「殛」。意「極」、「殛」二字通用乎？然郭注「殛誅」引《書》「鯀則殛死」，注：「届，極。」則云有所限極，二字義並不相通。孔疏所據，豈孫、李輩讀本異耶？又如「殆及公子同歸」，毛傳云：「殆，始也。」疏云《釋詁》文，説者以爲生之始。今《釋詁》乃「胎始」，非「殆始」。郭注云：「胚胎未成，亦物之始。」則必非「殆」字。孔所引據定非郭義也。不然，或《詩》之「殆及」，古本元作「胎及」也。姑記以俟博識。

監本經注疑誤

今世監本注疏是萬曆十七年鐫，考辨經學者必據此爲正。然譌舛甚多，貽誤後學不淺。且其誤非一端：有沿譌已久因循不改者，有原本不誤昧者妄改之反致誤者，有書寫偶誤失於較正者。經文人人誦習，其誤顯然可見。至傳、箋之誤有他本可對，或諸本俱誤，又有孔疏申釋可推較而知，然疑信者相半矣。今録出以備考，並使後世鐫是書者用爲較讎之一助云。○「我姑酌彼金罍」箋「饗燕之禮」，「饗」誤作「響」。○「揚且」，「揚」誤作「楊」，經、傳同。○「終然允臧」，「然」誤作「焉」。此俗人據朱《傳》而妄改。○《碩人》箋「姣好」，「姣」誤作「佼」。○「鱣鮪發發」，當依石經改爲「撥撥」。○《氓》二章傳「能自悔」，「悔」誤作「誨」。○《木瓜》傳「瓊瑶美石」，「石」誤作「玉」。當依孔疏及吕《記》改正。○《王風譜》「至於夷厲」上少一圈，與疏溷。○「暵其脩矣」傳「脩且乾也」，吴棫《韻譜》引此作「日乾」。○「免爰」傳「造爲也」，「爲」誤作「僞」。○「火烈具揚」傳「揚，揚光也」，玩疏語，傳衍一「揚」字。呂《記》、嚴《緝》引此亦無下「揚」字。○「茹藘」，經「藘」誤作「蘆」。○《溱洧》傳「渙渙，春水盛也」，今脱「春水」二字。當依呂《記》、嚴《緝》及元本注疏補入。○《齊》「詁訓傳」，「詁」字誤作「誥」。○《齊譜》「禹貢青州」上少一圈。○「蟲飛」箋「東方旦明之時」，「旦」誤作「早」。○《宁》、《東方未明》兩《叙》下「箋云」俱誤作「傳云」。○《無衣》「美晉武公」，「美」誤作「刺」。○《秦譜》「秦之變風」，「秦」誤作「翳」。○「鴥彼晨風」經、傳「鴥」皆誤作「鴪」。傳「駛疾」，「駛」誤作「駃」。○《無衣》箋「澤褻衣」，「澤」誤作「襗」。當依呂《記》、嚴《緝》改正。○「視爾如荍」箋「男女交會」，「女」誤作「子」。○「正是四國」傳「正長也」，「長」誤作「是」。○《豳譜》「后稷之曾孫曰公劉者」，「曰」誤作「也」。○《七月》次章箋「又本於此」，「於」誤作「作」。○「采蘩祁祁」，傳誤作「祈祈」。○「朋酒」傳「饗」字誤作「響」。○《東山》次章箋「家無人則然」，「則」誤作「惻」。○《常棣叙》下箋「召穆公」脱「穆」字。○「兄弟既翕」傳「翕合也」，「合」誤作「如」。○「女心傷止」首章經文「女」誤作「汝」。○《由儀叙》下箋「篇第之意」，「意」誤作「處」。當依孔疏改正。○「新田」傳「新美天下之士」，「下」誤作「子」。○「鴥彼飛隼」，經「鴥」誤作「鴪」。○「田車既好」傳「大艾草以爲防」，「艾」誤作「芟」，疏同。○「赤芾金舄」傳「諸侯赤芾金舄舄達屨也」，兩「舄」字中間疑脱一「金」字。○「祈父」箋引《書》「若壽圻父」，當依孔疏改爲「若疇」。○傳箋「羌戎」疑當作「姜戎」。○「載弄之璋」箋「正以璋者以成之有漸」，玩文義及疏語，「正」當作「止」。〇「三十維物」傳「異毛色」，「異」誤作「黑」。〇「爾牲則具」箋「索則有之」，「索」誤作「素」。〇「勿罔君子」箋「勿當作末」，「末」誤作「未」。〇「擇三有事」傳「有同國之三卿」，「同」誤作「司」。〇「亦孔之痗」傳有衍文，詳《附録》。〇《雨無正》「旻天疾威」，當依孔疏改爲「昊天」。〇「而月斯征」箋「月視朔」，「朔」誤作「朝」。〇「無忝爾所生」，經「無」字誤作「毋」。此見《釋文》云「毋音無」，故妄改之也。不知《釋文》經本作「毋」，元與今本異。見呂《記》。〇「不離于裏」，「離」誤作「罹」。〇「譬彼壞木」箋「傷病之木」，「木」誤作「本」。〇「無拳無勇」箋「言無力勇者」，「言」下脱「無」字。〇經「漼」誤作「尵」。〔一〕〇《巷伯叙》末脱四字，箋内衍四字，詳《附録》。〇「匪莪」箋「我視之以爲非莪」，「我」誤作「貌」，玩疏可知。〇「穫薪」箋「檴落木名也既伐而析之」，「檴」誤作「穫」，「析」誤作「折」。〇「契契」箋「契憂苦」，疑當作「契契憂苦」。〇「載翕」傳「合」誤作「如」。〇「廢爲殘賊」傳「廢忕也」，忕，當依王肅及定本改爲「大」。〇《四月》傳「溥大」，「大」誤作「天」。〇「廛雝」，「雝」誤作「雍」。經、注同。〇「式穀以女」箋「是使聽乎天命」，「乎」字誤在「天」字下。〇「曾孫之穡」箋「斂稅曰穡」，呂《記》引箋「稅」作「穫」。〇「受天之祜」，「祜」誤作「祐」。〇「自古有年」箋「豐年之法」，「豐」誤作「農」。〇「今

〔一〕「漼」，原作「尵」，據庫本、張校本改。

適南畝」箋「互辭」，「互」誤作「玄」。○「琴瑟擊鼓」箋「擊土鼓」，「擊」誤作「繫」。○「炎火」箋「盛陽氣贏」，「贏」誤作「羸」。○「興雨祁祁」，誤作「祈祈」。經、注、疏同。○「兄弟具來」箋「具猶皆也」，「皆」誤作「來」。○「大侯既抗」箋有缺文，詳《附録》。○「以祈爾爵」箋「爵女」當作「女爵」。○「采菽」箋「牛俎」，「牛」誤作「生」。○「赤芾在股」箋「蔽前」，「前」誤作「膝」。○「福禄膍之」，「膍」誤作「脃」。經、傳同。○《角弓》傳「調和」元本作「調利」，疏中傳同。○「民胥然矣」箋「天下之人皆如之」，今「如」誤作「知」。○「綿蠻」箋「飢則予之食」，「飢」誤作「食」。○「酌言嘗之」箋「立賓主」，「主」誤作「注」。○《漸漸之石叙》「役久病於外」，「於」誤作「在」。○「不皇朝矣」箋「皇正也」，「正」誤作「王」。疏亦誤。○「月離于畢」傳「畢噣」，「噣」誤作「躅」。○「何草不玄」箋「草牙孽者」，「孽」誤作「蘖」。○「有棧之車」，據《韻會》傳、箋皆作「輚車」，與經異。今經注同作「棧」。○「不顯亦世」傳「仕者世禄」，「仕」誤作「也」。○「捄之陾陾」箋「捄捊捊聚」，「捊」俱誤作「桴」。○「乃立皋門」箋有缺文，詳《附録》。○「淠彼涇舟」，「淠」誤作「渒」，經、注、疏同。○「條枚」箋「木之枝本」，「枝」誤作「枚」。○《思齊》篇脱「惠于宗公」一章，經、注、疏皆缺，約有兩葉，在卷十六之第十七葉第四行後。○「雝雝在宫」傳「雝雝」誤作「廱廱」。○「上帝耆之」傳「耆惡也」，「惡」誤作「耆」。○「作豐伊匹」箋「大小適與成相偶」，「成」誤作「城」。○「燕翼」傳「燕安」，「安」誤作「及」。○「荏菽」傳「荏菽戎菽也」，「戎」下脱「菽」字。○「實種」傳「雍種」，

「雍」誤作「雜」。○「載燔載烈」箋「既爲郊祀之酒」，「既」誤作「即」。○「或肆之筵」傳「或陳之筵者」，「之」誤作「言」。○「醓醢」箋「韭菹」，「韭」誤作「非」。○「天被爾禄」箋「禄臨天下」，「臨」誤作「福」，當依元本改正。○《公劉叙》下箋「周公居攝」，「公」誤作「王」。○「干戈」箋「句子戟」，「孑」誤作「矛」。○「京師之野」傳「是京乃大衆所宜居之野」，「野」誤作「也」。○「止基」箋「作宫室之功止」，「止」誤作「也」，當依元本改正。○「媚于庶人」箋「無擾」，當依孔疏及吕《記》改爲「撫擾」。○傳「山東曰朝陽」，「山」誤作「由」。○「正敗」箋「敗壞」，「敗」誤作「厲」。○「玉女」箋「君子比德焉」，「焉」誤作「爲」。○「曾莫惠我師」箋「不肯惠施以調贍衆民」，「惠」誤作「施」。○「靡屆靡究」箋「曰祝詛」，「曰」誤作「旦」。○「顛沛之揭」傳「沛拔」，「拔」誤作「按」。箋「大木」，「木」誤作「本」。○「遠猶辰告」箋有缺文，詳《附録》。○「民各有心」箋「二者意不同」，「意」誤作「寬」。○「面命」箋「對面語之」，「語」誤作「與」。○「庶無大悔」箋「悔恨也」誤作「侮慢也」。○「國步斯頻」箋「頻比也」，「比」誤作「止」。○「予豈不知而作」箋「而猶女也」，「女」誤作「與」。○「寧莫我聽」箋「我之精誠」，「誠」誤作「神」。○「宜無悔怒」箋「我何由當遭此旱」，「當」誤作「常」。○「昭假無贏」箋「贏緩」，「緩」誤作「綏」。○「入覲于王」箋「以常職來」，「常」誤作「當」。○「顯父餞之」箋「周之卿士」，「卿士」誤作「公卿」，當依孔疏及嚴《緝》改正。○《周頌譜》「降於祖廟上」、「功大如此」，上各少一圈。○「亦又何求」箋「女歸」誤作「時歸」。○「噫嘻成王」傳「噫嘻勑」，「勑」誤作「和」。箋「能成周王」，「王」誤作「公」。○「駿發爾私終三十里」箋「使民疾耕發其私田竟三十里者一部一吏主之於是民大事耕其私田萬耦同舉也」，「竟三十」至「其私田」，凡二十字皆脱去。又箋「二耜爲耦」，「二」誤作「三」，當依元本補入改正。○「鰷鱨」箋「白鰷」，「鰷」誤作「鮹」。○「克昌厥後」，「後」誤作「后」。○「將予就之」箋「女扶將我」，「女」誤作「艾」。○「屢豊」當依石經改「屢」爲「婁」。○「有驛」傳有缺誤，詳《附録》。○「從公于邁」箋「于往」，「往」誤作「邁」。○《烈祖》「以假以享」箋「假升也」，「升」誤作「大」。○「古帝命武湯」箋誤雙行寫。○「龍旂十乘」箋「二王後」，「二」誤作「三」。○「幅隕既長」，經「隕」誤作「幀」。○「有震且業」箋「畏君之震」，「君」誤作「吾」。○「天命多辟」箋「告曉楚」，「曉」誤作「膮」，下「告曉」又誤作「皢」。○又六亡詩《華黍》、《由儀》二《叙》下皆云「有其義而亡其辭」，此乃毛公語。《儀禮》疏謂之毛公《續叙》，當依傳、箋例細字單行。今俱作大字，與《叙》無辨，後有鐫是書者似宜改正。○又傳、箋附入經文，故須別以細字。然亦單行，以異於《釋文》、正義。至《鄭譜》置卷首，與經異處，自應作大字，或比經低一格，以孔疏分注其下，庶覽者瞭然。今本細字雙行，與正義文相間雜，止以圈別之，頗有失圈致《譜》、疏無辨如前所指摘者，皆因立例未善也。後世鐫是書者或有取於鄙言。○以上止及經文、傳、箋，其疏文浩汗，譌謬尤難縷指。或與經、注同誤，則因文便連及之。至所引《草木蟲魚疏》甚多，凡「陸璣」輒作「陸機」，通本俱誤，又遍撿他本皆然，雖元本亦不免，不知誤始何時也。惟近世毛子晉家刻本從玉旁作「璣」，差彊人意焉。其餘誤字止可臨文塗乙，未能別簡條陳，姑闕勿論。

釋文疑誤

陸氏《釋文》有功經學，然載在注疏中者已非全書，至近世尤不爲俗學所尚，罕寓目焉。襲舛仍譌，豕魚連幅，十倍傳、箋，良足惋也。案：古人經由師授，讀本各分而字畫亦異，略載於《釋文》。其曰「某本又作」「某本亦作某」者，讀本之不同也。其曰「字又作某」「字亦作某」者，古字之通用也。相沿既久，脱誤愈滋。又《釋文》元本所載經文或與今本經文異，則別作之字與今本同而元字反異，俗儒傳寫不知其故，往往互易其文。甚有但改元字而別作之字不改，遂致兩字相同者，非有他據，何由正之？又《釋文》多引《爾雅》、《説文》、《字林》、《方言》、《草木蟲魚疏》、《廣雅》等書及《韓詩》之語，亦時與彼文不同，兩異必有一誤，然未可臆斷也。兹據管窺所及稍辨其一二，其可疑者仍兩存之，以俟博識者擇焉。○《關雎敘》「后妃之德也」下，《釋文》獨單行寫，與箋溷。○「服之無斁」傳「斁厭」，《釋文》云：「厭，本亦作『猒』。」二「厭」必有一誤。○「頃筐」傳「畚屬」云：以下凡單言「云」俱係《釋文》。「畚，何休云『草器也』，《説文》同。」孔疏引《説文》亦云「草器」，今《説文》云「蒲器」。○「虺隤」云：「隤，《説文》作『穨』。」今《説文》無「穨」字，有「隤」字，疑《釋文》經本作「穨」而云《説文》作「隤」。今本二字互易，是俗儒妄改。○「我姑酌彼金罍」云：「秦以市買多得爲夃。」「夃」誤作「盈」。○「兕觥」云：「𠒋字又作『兕』。」今「𠒋」、「兕」互易，當依呂《記》改正。又推此，則《七月》、《吉日》、《絲衣》釋文「兕」作「𠒋」，當亦近本互易。其字又云「觵」，字又作「觥」，今「觵」誤作「鱑」。○「陟彼砠矣」云：「砠，本亦作『岨』。」今兩字皆作「砠」。《葛藟》「縈之」云：「𢄙，本又作『縈』。」今「𢄙」、「縈」互易，皆當依呂《記》改正。○「螽斯」云：「螽，音終。《爾雅》作『蜇』。」「終」下當脱一「斯」字。傳「蚣蝑」云：「蚣，《字林》作『蜙』。」下「蚣」當作「蜙」。○「詵詵」云：「詵，《說文》作『𨐙』。」今《說文》無「𨐙」字，而「詵」字注引此詩。疑「詵」、「𨐙」亦互易。案：「𨐙」字見《玉篇》多部，云：「姺也。或作『騂』、『辨』、『𤘽』、『牲』。」○又云：「螽斯，江東呼爲虴蜢，音竹帛反。」音字疑當作「虴」。○「兔罝」云：「菟，又作『兔』。」今「菟」、「兔」互易，當依呂《記》改正。○「言秣其馬」云：「秣，《說文》云：『食馬穀也。』」今《說文》無「秣」字，字作「䬴」。○「惄如調飢」。「惄溺」當作「惄愵」。詳《附録》。○「麟趾」云：「止，本亦作『趾』。」今「止」、「趾」互易，當依呂《記》改正。○又云：「定《爾雅》題也」，「題」誤作「頲」。○「被之僮僮」箋「髲髢」云：「髲，皮奇反。鄭音髮。」下三字可疑。○「采蘋」引《韓詩》，「藻」字當作「薻」，詳《附録》。○「勿翦」云：「翦，《韓詩》作『剗』。」今「剗」誤作「箋」，當依《玉海》改正。○「行露」箋「早夜」云：「夜，本又作『莫』。」今「夜」誤作「露」。○「穿我屋」云：「穿，本又作『穿』。」「穿」，今誤作「穿」。案：穿，音川，亦見《禮記》釋文。○「追其吉兮」云：「《韓詩》云：迨，願也。」當依《玉海》改「顧」爲「願」。○「死麕」云：「麏，本亦作『麕』。」今二字互易，當依吕《記》改正。○「五豵」云：「豵，字又作『豵』。」二「豵」有一誤。○「不可選也」云：「選，雪兖反，選也。」下「選」字誤。○「覯閔」云：「遘，本或作『覯』。」今「遘」、「覯」互易，當依元本改正。○「緑衣」云：「禮衣。毛氏云：融皆云色赤。」句有誤。○「燕燕」箋「戴嬀生子名完」云：「完，字又作『皃』。」今「皃」誤作「兒」。○「擊鼓」箋「公子馮」云：「馮，本亦作『憑』，同皮冰反。」今脱「同」字。○《雄雉敘》「刺衛宣公」云：「刺，俗作『刾』。」今兩字皆作「刺」。○「有鷕」云：「鷕，雉皎反。」元本「雉」作「耀」。○「濡軌」云：「《説文》云：軌，車軾前也。从車，凡聲。」今「軓」誤作「軌」，「凡」誤作「九」。○「旭日」云：「《説文》：旭，讀若好。」今《説文》「好」作「勖」。○「采葑」云：「葑，今菘菜。菘，音嵩。」今「嵩」誤作「蒿」。○「旄丘」云：「丘，或作『垕』。垕，乃古丘字。」又云：「旄，《字林》作『嵍』。山部又有『嵍』字，亦曰嵍丘。」今兩「嵍」皆誤作「嵏」，當依元本改正。○「流離」云：「鶹，鷅。」「鷅」誤作「鶹」。○「泌彼泉水」引《説文》有誤字衍文，詳《附録》。○「新臺有泚」云：「泚，《説文》作『玼』。云：新色鮮也。」「君子偕老」篇引《説文》同。今《説文》云：「玉色鮮。」○《二子乘舟》兩「駃」字俱誤作「駃」，《秦·晨風》誤同。○「兩髦」云：「髦，《説文》作『髳』。」吕《記》引《釋文》云：「髦，《韓詩》作『髳』。」今《説文》「髳」乃或體，本作「鬏」，引此詩。則作「髳」依《韓詩》爲是。

○「象服」箋「褕翟」云：「揄，音遥，字又作『褕』。」今「揄」誤作「褕」，「遥」誤作「遇」，當依元本改正。○「椅桐」云：「梓實。桐皮曰椅。」「椅」誤作「梓」。○《載馳》云：「駈，字亦作『驅』。」今「駈」、「驅」互易，當依呂《記》及元本改正。推此，則《釋文》「驅」字本皆作「駈」，其言「驅作駈」，《齊》「載驅」、《秦》「脇驅」之類。俱後人互易。○「緑竹」云：「薄，萹筑也。」又云：「篇竹，本亦作『扁』。」今兩「萹」皆誤從「竹」。○「琇瑩」云：「琇，《説文》作『璓』。」今兩字俱作「琇」。○「倩盼」云：「倩，本亦作『蒨』。」「蒨」，今誤作「倄」。○「施罛」云：「濊，大魚，兩目豁豁也。」今脱一「豁」字。又引「凝流」，與《説文》異。詳本篇。○《河廣》云：「刀，《説文》作『𦨭』。」正義云：「《説文》作『𦩍』。」今《説文》無「𦨭」、「𦩍」字，字見《玉篇》，云：「音彫，舟也。」○「伯兮」箋「軫也」云：「軫，本亦作『軨』。」今「軨」誤作「輛」。又「酋矛」云：「酋，在由反，發聲。」末二字可疑。○「報之以瓊瑤」云：「瑶，《説文》云美石。」今《説文》云：「玉之美者。」引此詩。○「黍離」云：「離，《説文》作『穲』。」今《説文》無「穲」字，「穲」字見《玉篇》，云：「禾把也。」○「其樂只且」云：「且，子餘反，又作且，七也反。」有誤。○「在河之漘」引《爾雅》「夷上洒下不漘」，「不」誤作「水」。○「如璊」云：「璊，《説文》作『㻝』。」解此「璊」云：「禾之赤苗謂之穪，玉色如之。」今「㻝」、「穪」皆誤作「璊」，「禾」誤作「木」。又今《説文》無「穪」字，其赤苗字作「虋」。○「丘中」傳「墝埆」云：「埆，苦角反。」「苦」誤作「若」。○「樹檀」傳「彊韌之木」云：「韌，本亦作『刃』。」〔一〕元本「韌」作「忍」。○「乘鴇」云：「鴇，依字作『鴇』。」今兩字俱作「鴇」。○「釋掤」云：「箭筩。」「筩」誤作「箘」。○「清人」云：「旁，旁彊也。」「彊」誤作「疆」。○箋「矛矜」引《方言》云：〔二〕「其柄謂之矜。」今《方言》「矜」作「鈐」。彼注云：「今字作『槿』。」又引郭注「巨巾反」誤作「巨中」。○「逍遥」云：「逍，本作『消』。」今兩字俱作「逍」。○「右抽」云：「抽，《説文》作『搯』。」「搯」誤作「陷」。○「明星」箋「早於别色時」云：「蚤音早，本亦作『旦』。〔三〕」「弋鳧」箋「弋繳射」云：「繁，本亦作『繳』。」今「蚤」「早」「旦」三字、〔四〕「繁」「繳」兩字各互易。當依元本改正。○「東門之墠」云：「壇，依字當作『墠』。」今兩字皆作「墠」。當依吕《記》改正。○「贈之以勺藥」云：「勺藥，《韓詩》云：離草也。言將離别贈此草也。」今脱此十六字，當依吕《記》補入。○「蟲飛薨薨」云：「薨，呼弘反。」「薨」誤作「夢」。○「總角」云：「總，本又作『揔』。」今兩字並作「總」，當依《玉海》及元本改正。○「魴鱮」云：「鱮，象吕反。」「鱮」誤作「鱗」。○「其魚唯唯」，《釋文》誤編疏後。○「簟笰」云：「笰，音弗。」今經誤作「茀」，當依吕《記》改正。○「言采其藚」云：「藚，音續。《説文》音其或反。」此反太遠，恐誤。○「桑

〔一〕「本」，原作「木」，據庫本、張校本改。參見《經典釋文》。

〔二〕「言」，原作「書」，據庫本、張校本改。參見《經典釋文》。

〔三〕〔四〕「旦」，原作「早」，據庫本改。

者閑閑」云：「閒閒，音閑，本亦作『閑』。」今誤作「閑閑音閒」，當依元本改正。〇「素餐」云：「餐，《說文》作『餐』。」上「餐」字誤。〇「朱繡」箋「繡當爲綃」云：「繡，鄭改爲宵。宵，音消，本作『綃』。」今兩「宵」皆誤作「綃」，當依元本改正。〇「白石粼粼」云：「粼，刊薪反。」「刊」當作「利」。〇「見此邂逅」云：「覯，本又作『逅』。」今「覯」、「逅」互易。〇「豹褎」云：「褏，本又作『褎』。」今兩字皆作「褎」。上二條當依呂《記》改正。〇《有杕之杜叙》「兼其宗族」云：「宗族，本亦作『宗矣』。」今「矣」誤作「族」。〇《葛生》傳「齊則角枕」，又引《内則》「斂枕篋」云：「齊，本亦作『齋』。篋，口牒反。」今「齋」誤作「齊」，「口」誤作「曰」。〇「游環」傳「靷環也」云：「靳環，居覲反。本又作『靷』。」今「靳」、「靷」互易。〇「厹矛」云：「厹音求。」「厹」誤作「厺」，當依呂《記》改正。〇「有條有梅」云：「沈云：荆州曰柟，揚州曰梅。」觀沈語及孔疏，則當云：「荆州曰梅，揚州曰柟。」〇「渥丹」。丹，《韓詩》作「沰」。沰，撻各反。撻，左誤從木。〇「晨風」云：「鴥，《說文》作『鴪』。」呂《記》引此同。元本「鴪」，《說文》作「鴥」。今《說文》同元本。〇「同袍」云：「袍，抱毛反。」「抱」誤作「袍」。〇「穀旦」云：「旦，本亦作『且』。」今「且」誤作「旦」。〇「淑姬」云：「叔，音淑，本亦作『淑』。」今誤作「淑」，音叔。〇「斧以斯之」引《爾雅》「斯誃離也」，「誃」誤作「侈」。〇「月出」云：「皦，本又作『皎』，劉本又作『懰』。」今「皦」「皎」、「劉」「懰」各互易，當依呂《記》改正。〇「乘駒」云：「驕，舊音駒。沈云：或作『駒』字，是後人改之。」今脱此十五字，當依呂《記》補入。呂又云：「《皇皇者華》篇内同。」〇「有蒲與荷」箋「芙蕖之莖曰荷」云：「夫，本亦作『芙』。渠，本亦作『蕖』。」今「夫」「芙」、「渠」「蕖」各互易。〇「鄶第十三」云：「子男」誤作「子南」。〇「曹第十四」云：「曹者」誤作「曹昔」。〇「歸說」云：「說，音税。」「税」誤作「悦」。〇「三百赤芾」云：「芾，音味反。」服謂之芾，此有誤。〇「浸彼苞稂」云：「寖，本又作『浸』。」今「寖」、「浸」互易，當依呂《記》改正。〇「愾我寤歎」云：「《說文》云：大息也。」今《說文》無「愾」字。〇「觱發」云：「《說文》作『畢發』。」今《說文》作「滭冹」。〇「栗烈」云：「《說文》作『颲』。」颲，今《說文》：「颲，風雨暴疾也。颲，列當作烈。風也。」與毛傳氣寒異義，不引此詩。〇「饁彼南畝」箋「俱以饟來」云：「饟，式亮反。」「式」誤作「武」。〇「殆及公子同歸」，《釋文》「殆」作「迨」，云：「迨，始也。」今「迨」誤作「殆」，又脱「始也」二字，當依呂《記》改正補入。〇「鴟鴞」云：「鴞，于驕反。」「于」誤作「吁」。〇「蓄租」云：「租，子胡反，又作『租』，如字。」二「租」有誤。〇又：「難，乃旦反。」「乃」誤作「及」。〇又：「翛，素彫反。」「翛」字誤。陸本經作「消消」。〇「蟰蛸」云：「《說文》作『蟰蟰』。」今誤作「蟰」。〇「我斨」引《說文》「方銎斧」，「銎」誤作「銊」。〇「四國是吪」云：「訛，又作『吪』。」今「訛」、「吪」互易，當依元本改正。〇「伐柯」云：「饌，士戀反。」「士」誤作「王」。〇「九罭」云：「罭，本亦作『罭』。」

二「罭」有一誤。[一] ○「狼跋」云：「狼跋，省郎獸也。」省，疑當作「音」。○「載疐」云：「疐，本又作『疌』。」「疌」恐誤。疌，疾葉切，疾也。○《鹿鳴》引《説文》：「芩，蒿也。」今《説文》云：「草也。」○「倭遲」云：「遲，《韓詩》作『倭夷』。」「遲」上疑脱「倭」字。○「騅」傳「夫不」引《草木疏》：「一名浮鳩。」今陸疏「浮」作「䳕」。○「我馬維駒」云：「駒音俱，恭侯反。本作『驕』。」元本無「恭侯反」三字，本下有「亦」字。又據呂《記》，則《釋文》直作「驕」。又《説文》引《詩》「我馬維驕」云：「馬高六尺爲驕。」○「常棣」傳「常棣棣」云：「『棣』作『栘』者亦。」「亦」字疑當作「非」。○「閲牆」云：「牆，本或作『墻』。」元本「墻」作「廧」。○「妻帑」云：「今讀音孥也。」「孥」誤作「拏」。○「坎蹲」云：「坎，《説文》作『竷』」，云：舞曲也。蹲，本或作『墫』。《説文》云：士舞也。」今《説文》「竷」注曰：「繇也，舞也，樂有章。」「墫」注曰：「舞也。」又云：「蹲，七旬反。」「七」誤作「毛」。○「吉蠲」云：「蠲，舊音圭。」「圭」誤作「堅」。○「象弭」箋「末彆」云：「彆，《説文》方血反。」今《説文》無「彆」字。○「旆旆」云：「旆，蒲貝反。」「貝」誤作「具」。○「魚麗」傳「不麛」云：「麛，或作『麑』。」麑，今誤作「霓」。○「彤弓」箋「敵愾」云：「愾，《説文》作『鎎』。」鎎，今誤作「餼」。○「孔熾」云：「熾，尺意反。」「尺」誤作「反」。○「方叔涖止」

[一]「罭」「罭」，庫本、張校本均作「罭」。

云：「莅，本又作『涖』。」今「莅」、「涖」互易，當依呂《記》改正。○「有瑲葱珩」云：「創，本又作『瑲』。」今「創」、「瑲」互易，當依呂《記》改正。○《車攻叙》「修器械」引《説文》云：「無所盛曰械。」今《説文》云：「械，器之總名。一曰：有盛曰械，無盛曰器。」○傳「艾草」云：「艾，魚廢反。」「艾」誤作「芠」。○箋「甫田」云：「甫田，舊音補。」「補」誤作「浦」。○「決拾」云：「夬，本又作『決』。」今「夬」、「決」互易。○「夜未央」引《説文》與今異，詳本篇。○「不蹟」云：「迹，當作『蹟』。蹟，足跡也。」今脱此八字，當依嚴《緝》補入。○「爲鍇」云：「鍇，《説文》作『厝』。《字林》同。」○「其下維穀」云：「穀从木，㲉聲。」「㲉」誤作「穀」。○「縶之」云：「縶，徐丁立反。」「丁」誤作「下」。○「遁思」云：「遯，字又作『遂』。」今誤云「遁」字，又作「遯」，當依呂《記》改正。○「采蓫」箋「牛蘈」云：「蕢，本又作『蘈』。」今「蕢」、「蘈」互易，當依元本改正。○「如鳥斯革」云：「革，《韓詩》作『𩊚』。」今「𩊚」誤作「勤」，當依呂《記》改正。○「載衣之裼」云：「裼，《韓》詩作『𧞣』。」齊人呼小兒被爲𧞣，兩「𧞣」俱誤作「褅」，當依《説文》及呂《記》改正。○「爾牲則具」，「索」誤作「素」。○「憂心如惔」，《釋文》、正義引《説文》與今本異，詳本篇。○「憯莫懲嗟」云：「憯，本或作『憯』。」今「憯」、「憯」互易，當依元本改正。○箋「桎鎋」云：「桎，本有作手旁至者誤。」「有」誤作「又」。○「鞠訩」云：「鞠，九六反。」「九」誤作「兀」。○「訊之占夢」云：「訙，本又作『訊』。」今「訙」、「訊」互易，當依元本改正。○「虺蜴」云：「蜴，星歷反，又作『蜥蜴』。」「蜥」當倒轉。○「有菀其特」云：「苑，音鬱。」今「苑」誤作「菀」，當依呂《記》改正。○「又有嘉殽」云：「肴，本又作『殽』。」「蹶維趣馬」云：「蹷，俱衛反。」今「肴」、「殽」互易，「蹷」誤作「蹶」，當依呂《記》改正。○「豔妻煽方處」云：「煽，《說文》作『傓』。」今兩字俱作「煽」。○「不憖遺」云：「憖，《爾雅》云：願也，强也，且也。」今《爾雅》無此文，惟「願也，强也」見《小爾雅》。又正義引《說文》云：「憖，肎从心也。」亦與今《說文》異。○「讒口囂囂」云：「《韓詩》作『警警』。」今「警」誤作「嗸」，當依呂《記》及《玉海》改正。○「噂沓」云：「嗒，本又作『沓』。」今「嗒」、「沓」互易，當依呂《記》改正。○「亦孔之痗」云：「痗，又音悔。」今「悔」誤作「侮」，當依元本改正。○「如彼行邁」云：「邁，遠行也。」今脱此四字，當依嚴《緝》補入。○「憯憯日瘁」云：「慘，子感反。」今「慘」誤作「憯」，當依呂《記》改正。○「孔棘且殆」箋「甚急迮且危」云：「笮，本又作『迮』。」今「笮」、「迮」互易，當依元本改正。○「宛彼鳴鳩」云：「菀，於阮反。」「菀」誤作「宛」，當依呂《記》改正。○「曰父母且」云：「且觀箋意，宜七也反。」「也」誤作「池」。○「維王之卭」云：「卭，其凶反。」「凶」誤作「斤」。○「爲鬼爲蜮」云：「蜮，音或。」「或」誤作「彧」。○「有靦面目」云：「姡，面醜也。」疏引《說文》作「面靦」，詳本篇。○《巷伯》傳「縮屋」云：「縮，又作『摍』。」所反六。摍，今誤作「樎」。○「緝緝翩翩」云：「緝，《說文》作『咠』」，云：『咠語也。』」「咠」字誤，當依《說文》爲「聶語」。又《說文》引《詩》本作「咠咠幡幡」，與「翩翩」爲句則語屬上章，與「幡幡」爲句則語屬下章，未詳孰是。○「氿泉」云：「氿，字又作『厬』。」厬，今誤作「晷」。○「無浸穫薪」云：「寖，子鴆反，字又作『浸』。」今「寖」誤作「寑」。○「跂彼織女」云：「跂，《説文》作『歧』。」今「歧」誤作「岐」。○「或慘慘劬勞」云：「慘，字又作『操』。」「操」字誤，疑當作「懆」。○「畏此譴怒」，《釋文》誤入「日月方燠」下。○「憂心且妯」云：「妯，郭音《爾雅》盧叔反，又音迪。」今《爾雅》郭注無音。○「祝祭于祊」云：「祊，《説文》作『鬃』，云：門内祭。」「云」誤作「示」。○「工祝」箋「受嘏」云：「嘏，古雅反。」「雅」誤作「蝦」。○「神嗜」云：「耆，而至反。」者，今誤作「嗜」，當依呂《記》改正。○「霢霂」云：「霢，亡革反。」「亡」誤作「士」。○「享亏祖考」箋「納亨」云：「亨，普庚反。」「亨」誤作「享」。○《甫田》述箋語「甫之言丈夫也」，「言」誤作「田」。○「攸介攸止」云：「介，音盼，王大也。」「王」誤作「止」，當依元本改正。○「不稂」云：「稂，《説文》作『蓈』。云：稂或字也，禾粟之采生而不成者謂之童蓈。」今兩「蓈」字皆誤作「節」，「采」字誤作「莠」。○「炎火」箋「贏」誤作「羸」，《釋文》亦誤。○「戢其左翼」云：「戢，《韓詩》云：揵也，揵其噣於左。」「揵」誤作「捷」，當依《玉海》改正。○「大侯既抗」箋「舉皮侯而棲鵠」云：「鵠鵠也。《説文》云：『即鵲也，小而難中。』又云：『鵠者，覺也，直也，射者直已意。』」今《説文》無此文。○「發彼有的」云：「勺，音的。本亦作『的』。」今誤作「的音勺」，當依元本改正。○「錫爾純嘏」云：「嘏，古雅反。」今脱「嘏」字，當依元本補入。○「威儀反反」云：

「反，《韓詩》作『眅』。眅，蒲板反，善貌。」今「眅」誤作「眅」，當依《玉海》改正。○「側弁之俄」云：「俄，五何反。又《廣雅》云衺。」今「衺」誤作「哀」。○「采菽」云：「菽，本亦作『菽』。」二「菽」有一譌。以《生民》推之，上「菽」字當作「叔」。○「見晛」引《韓詩》「曣晛」誤作「曣見」，當依《玉海》改正。○「婁驕」引《爾雅》「裒鳩樓聚也」，「裒」誤作「裒」。○「臺笠」云：「臺，《爾雅》作『薹』。」今《爾雅》作「臺」。○「菀結」云：「菀，於粉反。」「粉」誤作「勿」，當依元本改正。○「垂帶」云：「蔕，音帶。本亦作『帶』。」今誤作「帶」，音蔕。當依呂《記》改正。○「言綸之繩」箋「綸釣繳也」云：「繁，音灼，亦作『繳』。」今「繁」誤作「繳」，「繳」誤作「故」。○「浸彼稻田」云：「浸，本又作『寖』。」寖，今誤作「寑」。又以《下泉》、《大東》推之，「浸」、「寖」二字必經俗儒互易。○「嘯歌」云：「歗，音嘯，本亦作『嘯』。」今誤作「嘯」，音歗。○「戢其左翼」箋「禮義相下」云：「下，遐嫁反。」「遐」誤作「叚」。○「漸漸」云：「漸漸，亦作『嶄嶄』。」今「嶄」誤作「漸」，當依呂《記》改正。○傳「畢噣」云：「噣，又音晝，本又作『濁』。」今「晝」誤作「畫」，「濁」誤作「獨」。○「三星在罶」云：「罶，本又作『霤』。」「又」誤作「文」。○「俔天」云：「俔，《說文》：譬諭也。」「諭」誤作「譽」。○「造舟」云：「造，《廣雅》作『艁』。《說文》『艁』，古『造』字。」二「艁」皆誤作「船」。○《綿敘》「本田大王也」云：「一本無『由』字。」「本」誤作「反」。○「陶復」云：「復，《說文》作『𥥈』。」𥥈，今誤作「覆」。○「俾立室家」云：「卑，本又作『俾』。」今脫此五字，當依呂

《記》補入。○「捄捊」誤作「桴」，又引《說文》「引取」誤作「引聖」。○「櫄之」云：「栖，字亦作『櫄』。」今「栖」、「櫄」互易，當依元本改正。○傳「樸枹木也」云：「枹，音茅反。」音字誤。○「榛楛」引《草木疏》「楛似荆上黨人織以爲筥箱」，「織」誤作「篋」，當依陸《疏》改正。○「民所燎矣」云：「柴祭天。」「柴」誤作「此」。○「崇墉仡仡」云：「《說文》作『圪』。」今「圪」誤作「忔」。○「哲王」云：「哲，本又作『悊』。」今「悊」誤作「哲」。○「維黽正之」箋「契灼」云：「挈，本又作『契』。」今「挈」、「契」互易，二條當依元本改正。○「荏菽」云：「叔，或作『菽』。」今「叔」、「菽」互易，當依呂《記》改正。○「實種」脱字，詳《附録》。又「雍種」亦誤作「雜」。○「釋之」傳「淅米」云：「淅，《說文》云：汰米也。」「汰」下脱「米」字。○「取羝」云：「牴，字亦作『羝』。」今「牴」、「羝」互易，當依元本改正。○「行葦」箋「耇凍梨也」云：「梨，利知反，又利方反。」「方」字誤。○「脾臄」傳「臄臽」云：「臽，本又作『⿰月函』。《說文》云：舌也。又云：口次肉也。」今《說文》「函」作「圅」，象舌形。臽從人，在臼上，小阱也。從肉爲⿰月臽，食肉無厭也。非舌義。○「敘賓」傳「觀者如堵牆」云：「堵，丁古反。」「丁」誤作「寸」。○「大斗」云：「斗，字又作『枓』。」今「枓」誤作「科」。○「台背」箋「鮐文」云：「鮐，湯來反。」「湯」誤作「易」。○「既醉」箋「下徧群臣」云：「徧，音遍。」今「遍」誤作「音」，當依元本改正。○「宜君宜王」云：「且君且王，一本『且』並作『宜』字。」今三「且」字皆誤作「宜」，當依呂《記》改正。○「囊槖」引《說文》與今異，詳本篇。

〇「在巘」云：「甗，本又作『巘』。」今「甗」、「巘」互易，當依元本改正。〇「取鍜」引《説文》與今異，詳《附録》。〇「飄風」云：「票，本亦作『飄』。」今「票」、「飄」互易，當依吕《記》改正。又推此則「匪風蓼莪」，《釋文》「飄」作「票」，亦是近本互易。〇「惛怓」云：「惛，《説文》作『昬』」，云：怓也。」《釋文》：「惛亦不僚也。」案：昬，當作「怋」。「釋文」當作「説文」。下「惛」字當作「惛」，「僚」當作「憭」。共誤四字，應依《説文》改正。〇「下民卒癉」云：「僤，本又作『癉』，當但反。」今「僤」、「癉」互易，「但」又誤作「宣」，當依元本改正。〇「辭之懌矣」云：「繹，本亦作『懌』。」「繹」今誤作「懌」，當依元本改正。〇「及爾同僚」云：「寮，字又作『僚』。」元本經與《釋文》「僚」、「寮」字俱相反。〇「殿屎」云：「屎，《説文》作『㕧』。」「㕧」誤作「呷」。〇「牖民孔易」箋「易易也」云：「易也，以豉反。」「易」誤作「異」。〇「俾晝作夜」云：「卑，使也。本亦作『俾』。」今「卑」、「俾」互易。〇箋「沈湎」云：「耽，本或作『湛』。」今「耽」誤作「沈」。上三條當依元本改正。〇「内奰」箋「時人忕於惡」云：「忕，《説文》云：習也。」又《四月》正義引《説文》與此同。今《説文》無「忕」字。〇「靡哲不愚」云：「喆，本又作『哲』。」今「喆」、「哲」互易，當依元本改正。〇覆，芳服反。「芳」誤作「苦」。〇「洒埽庭内」云：「廷，音庭。」今「廷」「庭」互易。〇「告之話言」云：「話，《説文》作『詁』。」今「詁」誤作「話」。上三條當依元本改正。〇「旟旐有翩」云：「偏，本亦作『翩』。」今「偏」、「翩」互易。〇「具禍以燼」云：「盡，本亦作『燼』。」今

「盡」、「燼」互易。○「好是稼穡」云：「家，王申毛音駕。下句『家穡維寶』同。」今兩「家」字皆誤作「稼」。上三條當依元本改正。○「哀恫」云：「同，本又作『恫』。」今「同」、「恫」互易。○「荼毒」箋「慍怒」云：「慍，紆運反。」「紆」誤作「舒」。○「中垢」云：「垢，古口反。」「古」誤作「舌」。○「來赫」云：「赫，本亦作『嚇』。」今「嚇」誤作「赫」。上四條當依元本改正。○《雲漢敘》「銷去」云：「銷，音翦。」「翦」字誤。○「蟲蟲」云：「蟲，《爾雅》作『爞』。」今「爞」誤作「爖」。○箋「雷聲尚殷殷然」云：「然，一本作『雨雷之聲當殷殷然。』」上「然」字上當有缺文。○「炎炎」云：「炎，于連反。」「于」誤作「如」。○「如惔如焚」云：「惔，音談。」今「談」誤作「淡」。又云：「惔，《說文》云：炎燎也。」今《說文》云：「憂也。」○「敬共明神」云：「明祀，本或作『明神』。」今「祀」、「神」互易。○「趣馬師氏」傳「趣馬不秣師氏弛其兵」云：「秣，《說文》作『䬴』。施，本又作『弛』。」今「䬴」誤作「抹」，「施」、「弛」皆作「弛」。○「我儀圖之」云：「我義，毛如字，鄭作『儀』。」今「義」誤作「儀」，當依呂《記》改正。○「其殽維何」云：「肴，本亦作『殽』。」今「肴」、「殽」互易，當依元本改正。○「籩豆有且」云：「且，又七救反。」救，疑當作「敘」。○「八鸞鏘鏘」云：「將，本亦作『鏘』。」今兩字皆作「鏘」。○「祁祁」云：「祁，巨移反。」「巨」誤作「豆」。○「訏訏」云：「訏，況甫反。」「甫」誤作「角」。○「其追其貊」云：「貊，《說文》作『貉』。」云：「北方人也。」今《說文》云：「北方豸種也。」○「如震如怒」云：「一本此兩『如』字皆作『而』。」今兩誤作「爾」。○「皋皋訿訿」傳「訿訿窳不供事也」云：「窳，《說文》云：嬾也。」今《說文》云：「窳，污窬也。」案：訓「嬾」者字應作「窳」，上從宀，不從穴。《說文》無此字。「惰窳偷生」，見《史記》。○《清廟叙》「洛邑」云：「雒，本亦作『洛』。」今「雒」、「洛」互易。又「亦」字誤作「音」。○「維天之命」引《韓詩》「維念維訓」，念當從心旁。《文選》注引薛君《章句》作「惟」，當改從之。○箋「坤以簡能」云：「巛，亦作『坤』。」今「巛」誤作「巡」。○《時邁叙》「柴望」云：「《說文》、《字林》『柴』作『祡』。」今「祡」誤作「柴」。○《執競叙》下《釋文》誤單行寫，上又誤題「箋云」。○「威儀反反」云：「反反如字。」今誤作「一又如字」。○「駿發爾私」云：「浚，本亦作『駿』。」今「浚」、「駿」互易。○「有瞽」云：「瞽，本或作『鼓』。」今「鼓」誤作「瞽」。上三條當依元本改正。○「簫管」箋「賣餳」云：「餳，《方言》云：張皇反。即乾餹也。」「反」字誤。今《方言》云：「餳謂之餦餭。」郭注云：「即乾餹也。」○「潛」云：「潛，《小爾雅》作『橬』。」今脱「爾」字。○「宣哲」云：「哲，本亦作『哲』。」以《抑》、《瞻卬》推之，上「哲」當作「喆」。○「俾緝熙」云：「卑，本亦作『俾』。」今「卑」、「俾」互易。○《有客叙》箋「既黜殷命」云：「絀，又作『黜』。」今「絀」、「黜」互易。二條當依元本改正。○「耆定爾功」云：「耆，鄭云：惡也。」案：箋云「老不云惡」，句有誤。○「敬之」云：「浸，子息反。」經、傳、箋並無「浸」字，音又不合，必有誤。○「綿綿其麃」云：「麃，《說文》作『穮』，云：耨鉏田也。」今《說文》云：「耕禾間也。」○「有椒」云：

「椒，沈作『俶』。」俶，今誤作「椒」。當依元本改正。〇「殺時犉牡」云：「犉，本亦作『犉』。」二「犉」有一誤。〇《絲衣叙》箋「商謂之彤」云：「融，餘戎反。《尚書》作『彤』。」今「融」誤作「戎」，當依元本改正。〇「載弁俅俅」云：「俅，《説文》作『絿』。」今《説文》「俅」字引《詩》「弁服俅俅」，云：「冠飾貌。」「絿」字引《詩》「不競不絿」，云：「急也。」〇「鼐鼎及鼒」云：「鼒，《説文》作『鎡』。」今《説文》「鼒」字引此詩，而以「鎡」爲俗字。〇「不吴不敖」引《説文》與今異，詳本詩。〇「蹻蹻王之造造」云：「造，詣也。」「詣」誤作「諸」。〇「般」云：「於繹思，《毛詩》無此句。《齊》《魯》《韓詩》有之。」今脱「有」字。〇《駉叙》下云：「駉，古熒反。《説文》作『驍』，又作『駫』。」今《説文》「駉」字引《詩》「在駉之野」，云：「從馬，冋聲。牧馬苑也。」「駫」字引《詩》「四牡駫駫」，云：「從馬，光聲。馬盛肥也。」二字徐皆古熒切。「驍」字云：「良馬也。從馬，堯聲。徐古堯切。」然則「駫」乃此詩「駉」字，「駉」乃此詩「坰」字，「驍」乃別字。〇「鼓咽咽」云：「咽，本又作『淵鼓』。」「鼓」字衍，或是「鼘」字誤分爲兩字。〇「詒孫子」云：「詒，本或作『詒』。」二「詒」必有誤。〇「其旂茷茷」云：「伐，本又作『茷』。」今兩字俱作「茷」。當依元本改正。〇「薄采其茆」云：「茆，或名水葵。」「葵」誤作「戾」，當依《草木疏》改正。〇「憬彼淮夷」云：「憬，《説文》作『憼』，音獷，云：『闊也。』一云：『廣大也。』」今《説文》「憬」字引此詩云：「覺悟也。」又「矍」字注云：「讀若《詩》『穬彼淮夷』。」其「憼」字不引此詩。獷、穬俱古猛切。〇「植稺」

云：「穉，《韓詩》云：幼稼也。」「稼」誤作「穉」，當依《玉海》改正。○「俾民稼穡」云：「卑，本又作『俾』。」今「卑」、「俾」互易，當依元本改正。○「遂荒大東」云：「荒，如字。下注作『荒』云：至也。」應依元本改「下注」爲「韓詩」。又兩「荒」字必有一誤。○「梟繹」云：「繹，字又作『嶧』。同山名也。」今「同」誤作「周」，當依元本改正。○「居常許」箋「築臺於薛」云：「薛，字又作『薛』。」二「薛」有一誤。○「濬哲」云：「悊，音哲，字或作『哲』。」今誤作「哲爲音悊」。○「敷奏」云：「傅，音孚，本亦作『敷』。」今誤「本亦作孚」。二條當依元本改正。○「百祿是總」云：「總，本又作『緵』。」緵，今誤作「駿」。○「三蘖」引《韓詩》云：「蘖，絶也。」「絶」誤作「色」，當依《玉海》改正。○「且業箋橈敗」云：「橈，又女𤰞反。」「𤰞」誤作「卬」，當依元本改正。○「天命多辟」云：「辟，音璧。王者辟邪也。」「者」字當依元本改作「音」。下「辟」字疑當作「僻」。○「松桷有梴」云：「梴，丑連反。柔、梴同物耳。」句有誤。○右凡字當改正顯有他據者，則云「某字今誤作某」。或繼之云「當依某書改正」。雖無據而可信者，則云「某字誤當作某」。其欲信而未敢決者，則云「疑當作某」。其可疑者則云「必有誤」。其引他典文雖異而義同者弗贅及，其義異而各通者則兩存之，不置辯。案：《釋文》成於唐初，所載經注猶存漢隸舊體。後衛包改用今文，字畫盡失其舊矣。至所引《爾雅》，今止存郭氏注本。又今世《説文》乃徐鉉韻譜，非許氏始一終亥之舊，與元朗所見必有差殊，宜其書中引述不盡相符也。故於譌字之外，亦備列之，俾好古者得覽焉。

集傳疑誤

《集傳》所載經文，近儒馮嗣宗以注疏本較之，得譌字及文倒者共十有二。余續較之，又得十二譌字，脱者、倒者各一。今列於左。○《鄘》「終然允臧」，「然」誤作「焉」。今監本注疏亦誤。○《王》「羊牛下括」誤作「牛羊下括」。○《齊》「不能辰夜」，「辰」誤作「晨」。○《小雅》「求爾新特」，「爾」誤作「我」。○「朔月辛卯」，「月」誤作「日」。○「胡然厲矣」，「然」誤作「爲」。○「家伯維宰」，「維」誤作「冢」。○《小旻》「如彼泉流」誤作「流泉」。○「爰其適歸」，「爰」誤作「奚」。○《大雅》「天降滔德」，「滔」誤作「慆」。○《抑》篇「如彼泉流」誤作「流泉」。○《商頌》「降予卿士」誤作「降于」。已上馮氏較得。○《召南》「無使尨也吠」，「尨」誤作「厖」。○「何彼襛矣」，「襛」誤作「穠」。○《衛・竹竿》「遠兄弟父母」誤作「遠父母兄弟」。○《小雅》「言歸斯復」，「斯」誤作「思」。○「昊天大憮」，「大」誤作「泰」。○《楚薺》「以享以祀」，「享」誤作「饗」。○「福禄膍之」，「膍」誤作「腉」。監注疏本亦誤。「畏不能趨」，「趨」誤作「趍」。○「不皇朝矣」，「皇」誤作「遑」。下二章同。○《大雅》「淠彼涇舟」，「淠」誤作「渒」。監本注疏亦誤。○「以篤于周祜」，脱「于」字。○《周頌》「既右饗之」，「饗」誤作「享」。○《魯頌》「其旂茷茷」誤作「茷茷」。〔一〕○《商頌》「來假祁

〔一〕「茷茷」，原作「筏筏」，據庫本、張校本改。

祁」誤作「祈祈」。已上續較所得。〇右共二十六條，其中有妨文義者，「羊牛」之爲「牛羊」、「辰」之爲「晨」、「爾」之爲「我」、「予」之爲「千」。其失韻者，「趨」之爲「趍」。音馳。而「茷茷」則不成字，[一]皆當急改之。其餘雖於義無損，然不可妄易經文也。又馮氏謂朱子作傳時三家詩已亡，所據止毛傳本耳，不應有同異，此定是傳寫之誤。余謂傳寫之誤固有之，至如「不能晨夜」、「家伯冢宰」、「昊天泰憮」、「奚其適歸」、「天降滔德」、「降于卿士」，此六詩確是朱子自改，觀注語可見也。

《集傳》經文多誤，而傳中譌字亦復不少。有朱子欲改而未及者，有後儒知而辨之者，亦有相習而莫覺者。今列於左。〇「壹發五豝」注：「豝，牡豕也。」「牡」字誤，當作「牝」。《大全》載潛室陳氏語辨之。〇「黻衣繡裳」注：「黻之狀亞，兩已相背。」「亞」當作「弫」，[二]「已」當作「弓」。〇「小人所腓」注引程子語，朱子自云欲删而未及。見《大全》。〇《南有嘉魚》注「鱒鯽肌」，「鯽」字誤，當作「鱗」。「肌」字衍。朱克升《疏義》辨之，而《大全》不載。〇「或耘或耔」注引《漢書》「苗生葉」脫「生」字。「隤其土」誤作「壝其土」。〇《頍弁》「賦而興又比也」，元本作「賦而比」。輔廣、劉瑾增入「興又」字，誤。三篇同。〇《小宛》「交交桑扈」注：「俗呼青觜。」「觜」字誤，當作「雀」。〇「築城伊淢」注：「淢，城溝也。」「城」

[一]「茷茷」，原作「筏筏」，據庫本、張校本改。

[二]「弫」，原作「亞」，據庫本、張校本改。

字誤，當作「成」。○「池之竭矣」章注：「賦也。」朱子自云：「作比爲是。」見《大全》。○《閔予小子》引《大招》「三公揖讓」，劉瑾言「揖讓」當作「穆穆」。○《賚》注：「此頌文武之功。」「文武」當作「文王」。○《駉》注：「此言僖公牧馬之盛。」輔廣言「僖公」當作「魯侯」。《大全》載其語。○右共十二條。

俗本《集傳》將元本反切皆轉爲直音，意在便童蒙之誦習也。然其間舛謬頗多，反詒誤初學矣。○「頡之頏之。」頡，户結反。俗本音潔。○「招招舟子。」招，照遥反。俗本音韶。○「揚且之皙也。」且，子餘反。俗本音疽。後且皆誤音。○「子之湯兮。」湯，他郎、他浪二反。俗本音蕩。○「吉蠲爲饎。」蠲，古元反。俗本音娟。○「既佶且閑。」佶，其乙反。俗本音吉。○「下民之孽。」孽，魚列反。俗本音桀。○「瓜瓞唪唪。」唪，布孔反。俗本音蚌。○「菶菶萋萋。」菶，誤同唪。○「聽我藐藐。」藐，美角反。俗本音麥。○「如壎如篪。」篪，音池。俗本音除。此非轉切爲音，不知何故致誤。○又有元本乃破字而俗本誤以爲音者。○「假樂君子。」「假」依《中庸》、《左傳》作「嘉」。俗本音嘉。○「我心慘慘。」慘，當作「懆」。俗本音懆。○「鬷假無言。」「鬷」依《中庸》作「奏」。俗本音奏。○又有元本誤而今本是者，又有二本異而皆通者，茲不贅及。

皇清經解卷八十八終

嘉應李恒春舊校

番禺高學耀新校

毛詩稽古編　卷三十

吴江陳處士啓源著

附録

國風

周南

毛傳古雅簡質，讀者不可率易。如《關雎》首章傳云：「后妃有關雎之德，是幽閑貞專之善女，宜爲君子之好匹。」初視之，竟似目后妃爲善女矣。及觀次章傳云：「后妃有關雎之德，乃能供荇菜，備庶物，以事宗廟。」方知下文「淑女」不得指「后妃」也。不然，「流之」與「求之」文義不倫矣。孔疏申首章傳意，謂后妃既有是德，又不妒忌，思得淑女以配君子，故此淑女宜爲君子之善匹。此善會傳意者也。嚴《緝》既言后妃供荇菜，又以「求之」爲求后妃，此誤認傳意者也。

「薄污我私」傳云：「污，煩也。」箋云：「煩，煩撋之。」《釋文》云：阮孝緒《字略》云：「煩撋，猶捼莎也。」案：煩，字亦作「㨮」。《玉篇》云：「㨮，捼也。」撋，本作「擩」。《周禮》有擩祭，《玉篇》云：「撋，摧物也。」捼，《説文》云：「摧也。从手，委聲。一曰兩手相切摩也。」今俗作「挼」，非是。莎，《玉篇》作「抄」。《廣韻》云：「手挼挱也。」又《周禮》「鬱齊獻酌」注，獻讀爲莎，以醪酒摩莎泲之。

《漢廣》之「游女」，《韓詩》以爲漢神，其祖屈、宋湘巫之説乎？《敘》云：「説人也。」《章句》云：「言漢神時見，不可得而求之。」見《文選》李善注。夫説之必求之，然惟可見而不可求，則慕説益至，《敘》意或爾爾。又從而實之以事，遂有交甫請佩之説矣。又《雞鳴》、《防有鵲巢》二詩，《韓敘》亦以爲「説人」，未詳其義。

「惄如調飢」，《釋文》云：「惄，本又作『𢙐』。《韓詩》作『溺』，音同。」今案：《玉海》載《釋文》引《韓詩》「愵如調飢」，則「溺」乃「愵」之譌也。又案：《説文》云：「愵，憂貌。讀與惄同。」《玉篇》云：「愵，奴歷切，思也，愁也。或作『愵』。」三字音義皆與「惄」同。「溺」當爲「愵」，「𢙐」當爲「愵」，皆傳寫之譌耳。呂《記》引《釋文》云：「惄，本又作『𢘻』。」「𢘻」乃「惄」之俗書，亦誤。

《汝墳》末章，《韓詩》薛君《章句》曰：「王室政教如烈火，猶往而仕者，以父母甚迫饑寒之憂，爲此禄仕。」韓義雖未必得詩旨，然後漢周磐居貧養母，儉薄不充，誦此慨然而歎。《詩》可以興，信夫！

召南

鴡鳩，鶚也。鳲鳩，鷹所化也。皆鷙鳥也。后夫人取興焉。有別與均一，非鷙不能，故以象婦德與？或曰：鳲鳩生三子，一爲鶚。然則二鳩同種，而鴡爲貴矣。

《采蘋》箋引《内則》「織紝組紃」疏云：「紝也，組也，紃也，皆織之。紝謂繒帛。紃，絛也。組，亦絛之類。」案：組、紃之別，詳《内則》疏，云：「組、紃俱爲絛。《皇氏》云：『組是綬也。』但薄闊爲組，如繩者爲紃耳。」又案：《説文》云：「組綬屬紃，圜采也。」《禮》疏應本此爲説。《釋文》以組爲綫，恐未然。綫，縷也。《簡兮》「執轡如組」取其有文章，豈一縷之謂乎？

《采蘋》釋文引《韓詩》云：「沈者曰蘋，浮者曰藻。」今目驗此二草，藻沈而蘋浮，頗怪其相反。案：「藻」字，《爾雅翼》及《玉海》引《韓詩》皆作「薸」。《爾雅翼》云：「蘋根生水底，葉敷水上，不若小浮萍之無根而漂浮也。故《韓詩》云『沈者曰蘋，浮者曰薸』。薸音瓢，即小萍也。蘋亦不沈，但比萍則有根不浮游耳。」羅語良是。又案：黄氏《韻會》引《韓詩》亦作「藻」。《玉海》兩引此文，一「薸」而一「藻」。則此字之誤，其來久矣。

《左傳》説《采蘋》詩云：「濟澤之阿，行潦之蘋藻，置諸宗室，季蘭尸之敬也。」襄二十八年。意召南大夫妻是蘭姓女乎？季蘭之稱與季姜、季姬一例矣。蘭姓不載經傳，故後世無聞，古或有之也。《桑中》之「孟庸」，他典亦不載。以與姜、弋並舉，故知是姓。弋之爲姒，若非《穀梁傳》，則亦莫可考矣。杜注以季蘭爲少女之佩蘭者，殆是臆説。案：後世亦有蘭姓，如漢蘭廣、晉蘭維、梁蘭欽皆是。師古注《急就篇》，謂出自鄭穆公蘭。古未有氏其祖之名者，況鄭之七穆並無蘭氏，顔説未必然也。詳《左傳》之言，安知後世蘭姓非季女父族之苗裔乎？

近世《説文長箋》引《易・豫卦》「殷薦」語證《詩・殷其靁》「殷」當如字讀。謂殷本訓作樂之盛，《易》以靁象樂之聲，《詩》以樂象靁之聲，皆言其盛。此亦可通，但不若以殷殷象雷聲尤有致耳。

《摽有梅》釋文：「摽，婢小反。又符表反。」《説文》「抛」字注云：「棄也，从手、尤、力。或从手，票聲。《詩・摽有梅》落也。義亦同。匹交切。」是「摽」乃「抛」之重文。然「摽」字别見去聲，云：「擊也。符少切。」音義皆與《詩》異。

《何彼襛矣》詩，後儒誤以春秋事實之，前辨之詳矣。近世有僞爲《申公詩説》者，謂齊襄殺魯桓，莊王將平之，使榮叔錫桓公命，因使莊公主婚，以桓王妹嫁襄公。國人傷之而作。斯亦巧於傅會矣。不知桓公初被殺，魯即請以彭生除耻，而齊亦從之矣。齊、魯未嘗相讎，焉用天子女爲釋憾之具哉？

邶

《周書・作雒》篇云：「武王克殷，建管叔於東，建蔡叔、霍叔於殷，俾監殷臣。」孔晁注云：「東，謂衛。殷，謂邶、鄘。」又云：「周公降辟二叔，俾康叔宇于殷，俾中旄父宇于東。」晁注云：

「康叔代霍叔，中旄代管叔。」據此，則康叔乃封於邶、鄘，而衛地以予中旄，非康叔國，與諸經傳異，未詳其故。竊意分宇二子當在初黜殷時，厥後中旄或遷或廢，則併以衛界康叔容有之也。姑記以存疑。

康成《詩譜》云：〔一〕「衛頃公當周夷王時，衛國政衰，變風始作。」孔疏云：「《衛世家》：頃公厚賂周夷王，夷王命爲衛侯。故知當夷王時。」案：劉恕《通鑑外紀》辯《世家》語爲非，云：「頃公元年，魯獻公之三十二年也，當厲王十六年，厚賂周，周命爲衛侯。時仁人不遇，小人在側，變風始作。今合《周本紀》、《衛世家》觀之，厲王以三十七年奔彘，衛釐侯之十三年也。逆計釐之立應在厲二十五年。釐乃頃之子，頃在位十二年，應以厲十三年立，不得與夷王同時。而《世家》乃言其賂夷，《三代世表》亦以頃當夷世，其書自相矛盾。至賂周得侯，《索隱》駁之良有理，則其事亦不足信。《譜》、疏皆以《世家》爲據，殆未考其真也。」至劉謂賂周在厲十六年，又不知何據。共和以前紀年修短俱不可考耳。

「終風」，《韓詩章句》云：「時風又且暴，使己思益隆。」二語頗似五言古詩。陸士衡《贈顧彥先》詩云「隆思亂心曲」，正用薛君語。

〔一〕「譜」，原作「讚」，據庫本、張校本改。參見《詩·邶鄘衛譜》。

雉鳴，雌曰鷕，雄曰雊。《詩》求牡稱鷕，求雌偁雊是也。故潘岳《射雉賦》云「雉鷕鷕以朝雊」，而徐爰引顔延年語以譏其誤。

「涇以渭濁」箋云：「涇水以有渭，故見渭濁。」《釋文》云：「故見渭濁，舊本如此。一本『渭』作『謂』，後人改耳。」今玩文義，作「謂」爲是。疏申箋云：「先述涇水之意，言以有渭，故人見謂已濁。」則孔氏亦以爲作「謂」。

「湜湜其沚」箋云：「湜湜，持正貌。」唐皇甫湜字持正，本此。

夫子謂商大宰曰：「西方之人有聖者焉，不治而不亂，不言而自信，不令而自行，蕩蕩乎民無能名焉。」此似指釋尊言也，《簡兮》詩「西方美人」所指將毋同。蓋漢明以前大法雖未被東土，然觀周昭、穆二王時大史蘇由扈多觀光氣而知祥西極化人，説者以爲即神足弟子。中天臺之建實佛刹之濫觴，可見此時大法稍有流傳一二，但未比户誦習耳。故邶國詩人聞風思慕，《晉語》亦引「西方之書」，如姜氏所引書曰：「懷與安實疚大事。」懷則不能解脱，安則不能精進。大事，所謂一大事因緣也。姜引之雖斷章，要皆微妙宗指略見於周世者。合之夫子之言，似乎東土之有大法久矣。及秦火之後已遭煨燼，然劉向叙列仙，著有佛名。傅毅承明帝問，〔二〕便對以

〔二〕「問」，原作「間」，據庫本、張校本改。

西方。非神乎冥契在語言文字之表不能推尊至此，所謂惟聖知聖乎！「天竺之教」。非素有流傳，豈能知之乎？又夫子之答大宰，抑三王，卑五帝，藐三皇，獨歸聖於

「毖彼泉水」，《釋文》云：「毖，《説文》作『眺』，直視也。」案：今《説文》「眺」字注云：「直視也。讀如《詩》『泌彼泉水』。」然則《説文》引《詩》乃作「泌」，非作「眺」也。《玉海》亦云《説文》作「泌」矣，不知何人改「泌」爲「眺」，又譔入「直視」之訓也。觀呂《記》引《釋文》云：「毖，《説文》作『泌』。」是宋本注疏原無誤。

《釋文》别作之字譌舛最多，賴呂《記》所引得正其一二。惟《泉水》「飲餞于禰」，《釋文》云：「禰，《韓詩》作『坭』。」呂《記》引此「坭」作「泥」。今考《玉海》録《韓詩》異同，此字亦從土旁作「坭」。又《廣韻》云：「坭，地名。」當指詩飲餞之處。則獨此一字今本得之。

「説懌女美」，鄭讀「懌」爲「釋」。案：《説文》「懌」字注云：「經典通用『釋』。」是漢以前此詩元作「説釋」，康成非破字也。然箋云：「説懌，當作『説釋』。」則明是改「懌」爲「釋」，非元作「説釋」矣。意當時經本各不同，鄭特據「釋」以改「懌」乎？姑記以俟考。

鄘

《詩》多用「相」字，如「相鼠有體」、「相彼烏矣」、「相彼投兔」、「相彼泉水」、「相其陰陽」之類，皆

訓爲視。孫奕《示兒編》據陸璣《疏》「河東大鼠能人立」之説，《魏·碩鼠》疏。〔一〕又牽合韓愈詩「禮鼠拱立」之句，欲解相鼠爲相州之鼠。謂相州與河東相鄰，當有此鼠。《詩》以鼠有禮體喻人之不如斯，亦鑿矣。《詩》本以鼠之貪惡喻無禮之人，豈如孫所云哉？相州與河東即魏相州，今河南彰德府。魏漢河北縣，今山西平陽府解州平陸縣。中隔晉地，不可謂鄰。「禮鼠」之稱，文人借經語爲藻飾，豈足爲據？況此詩作於文公時，衛已徙河南矣。相在河北，非復衛有。詩人目其地産以爲興端，何得及之哉？

《論衡》云：〔二〕「《詩》『彼姝者子，何以予之』。其傳曰：譬彼練絲，染之藍則青，染之朱則赤。丹朱、商均已染於唐虞之化矣，然丹朱慠而商均虐者，至惡之質不受藍朱變也。」此與《小叙》「臣子好善，賢者樂告以善道」意略相符矣。毛氏無此文，必是三家詩説。然《魯詩》無傳，《齊詩》有后氏、孫氏傳，《韓詩》有內、外傳，而《外傳》今存。充所謂「傳」，其齊之后氏、孫氏及韓之《內傳》乎？充所解「維憂用老」爲伯奇放流首髮早白，解「子孫千億」爲宣王德順天地，天地祚之，子孫衆多，皆與今《詩》異。其言「鶴鳴九皋，聲聞于天」及「周餘黎民，靡有孑遺」，則與毛、鄭之説同。

〔一〕「碩」，原作「顧」，據庫本、張校本改。
〔二〕「衡」，原作「衛」，據庫本、張校本改。

衛

《水經注》「淇水東詘而西轉，徑頓丘城北，又詘徑頓丘城西。」則頓丘在淇水東南也。婦涉淇而送氓至此，又涉淇而嫁之，是婦居淇西北矣。淇水東南流入河，復關堤即古黄河北岸，氓居在焉。則河之北，淇之南也。兩人本各天一涯，氓以異鄉客子與婦數語目成，挈之歸家，雖蚩而實黠矣。婦以輕信被紿，失身匪人。後之見棄，又誰咎乎？

王

「暵其修矣」傳云：「修且乾也。」孔疏無解。案：「且」者，將然之詞。上章言「暵乾」，下章言「暵濕」，而修在其間。故毛以「將乾」爲訓乎？又修之本義謂脯之加薑桂者，脯乃自濕而乾之物，宜取「且乾」爲義矣。劉熙《釋名》云：「修，縮也。」乾燥而縮也，亦堪助發毛義。吴棫《韻補》引傳作「日乾」，恐不如「且」義長。

《釋文》云：「修如字。本或作『蓚』，音同。」案：「蓚」字兩見《爾雅》，云「蓧蓚」者，彼《釋文》音陽。云「苗下从由。他六、徒歷二切。蓚」者，彼《釋文》他凋切。郭注皆未詳，則「蓚」是草名，非此詩「蓚」字。又《説文》云：蓚，苗也。苗，蓚也。《玉篇》：蓧，苗也。蓚，蓧也。苗，蓚也。皆祖《爾雅》。

《王風》傳兩言「鵻」而義不同。「萑，鵻也」是草，「菼，鵻也」是色。

「毳衣如菼」傳：「菼，鵻。」言其色也。箋：「菼，薍。」言草名也。疏謂「傳但言菼色，未詳草名，故箋引《釋草》文以定之」是已。今案：傳語即《爾雅·釋言》文，但《釋言》字作「騅」，注云：「菼色如騅，在青白之間。」《釋畜》云：「蒼白雜色騅。」是《爾雅》之意，以馬色比草也。毛傳字作「鵻」，箋言「青者如鵻」。鄭答張逸又謂「鵻鳥青，非草名」。菼亦青，蓋毳冕服具五色，菼言其青，璊言其赤，各舉一色也。是傳意以鳥色比草也。一從鳥旁，一從馬旁，物異而義同。

鄭

《周禮》賈公彦疏謂《鄭》説婦人者九篇，《衛》則三。《樂記》孔疏亦言《鄭風》二十一，而説婦人者九篇。今案之，殆不然也。《鄭》之刺淫者，惟《女曰雞鳴》刺不説德而好色，《丰》刺男行而女不隨，《東門之墠》刺不待禮而相奔，《野有蔓草》男女思不期而會，《溱洧》刺淫風大行，凡五篇。其《有女同車》、《有女如雲》二詩雖説婦人，然一刺忽，一閔亂，不言淫也。即併數之，亦僅七篇，安得九乎？至《衛》詩刺淫則不止於三，若不數《邶》、《鄘》，則賈疏所舉《桑中》，乃《鄘風》也。

《左傳》紀鄭事，所言城門凡爲名十有二。曰渠門，一見。曰皇門，一見。曰師之梁門，四見。曰南門，二見。曰北門，二見。曰東門，六見。曰閨門，一見。曰時門，一見。曰鄟門，曰倉門，曰墓門，曰舊北門，以上皆一見。又有遠郊門曰桔柣之門，三見。又有外郭門曰純門，二見。惟東門兩見於《詩》。意此門當國要衝，爲市廛鱗萃之墟與？故諸門載於《左傳》，亦惟東門則數及之。隱四年，宋、衛、陳、蔡四國以師圍焉。襄十一年，晉悼公以諸侯伐鄭，則齊、宋之師門焉。是年又伐之，則觀兵焉。二十四年楚伐鄭，亦門焉。子產對晉使，所謂井堙木刊，指斯地也。昭十年鄭火，子產辭晉公子公孫於此門之外焉。蓋師旅之屯聚，賓客之往來，無不由是，其爲鄭之孔道可知。宜乎《詩》之一興一賦，皆舉以爲端也。雖然，除地之墠，行上之栗，特假以寓興耳。至五爭之後，室家相棄出此門者，但見亂離之象，《詩》所爲閔與？

齊

「東方之日兮」，《韓詩》薛君《章句》以爲説其顔色美盛若東方之日。後世文人率祖其語以入詩詞，如《神女賦》「耀乎若白日，初出照屋梁」、《日出東南隅行》「淑貌耀朝日」、《秋胡詩》「明艷侔朝日」，正襲此意也。故李善注《文選》皆引薛語證之。然以爲詞家佐筆之資洵美矣，若釋經，自當以毛、鄭爲正。

「不能辰夜」，孔疏言乾象以來諸曆及今太史所候晝夜以昏明爲限，故晝漏率多於夜五刻。惟馬融、王肅注《堯典》因有「日出」、「日入」語，遂以見日爲限，故晝夜之刻相等。蓋日見之前、日入之後，距昏明各二刻半。故論昏明則晝多五刻、夜少五刻，據日出入則晝夜均也。鄭作《士昏禮目録》舉其全數，謂日入三商爲昏，即此義。案：正義成於太宗時，孔未見《麟德曆》。所言太史所候，其《甲寅元曆》乎？近曆日法止據寒暑爲修短，無復五刻之贏縮，不知始於何曆也。疏又言馬、王晝漏六十，夜漏四十，已減晝以裨夜。鄭注《堯典》又減晝五刻以增之，誠爲妄説。案：劉洪《乾象曆》鄭獨爲注釋，乃於《尚書》不用其日法，又自違其日入三商之義，斯誠不可解矣。

「載驅」箋以爲汶水之上蓋有都焉，襄公與文姜所會。孔疏謂汶北尚是魯地，襄公當入魯境。蓋詩四章皆上二句言襄公，下二句言文姜也。案：《水經注》云：「汶水又南徑鉅平縣故城東而西南流。城東有魯道，《詩》所謂『魯道有蕩』也。汶上夾水有文姜臺，汶水又西南流，《詩》云『汶水滔滔』矣。」然則文姜臺者，即康成所謂都乎？

魏

后妃而采荇，夫人而采蘩，國君而采莫、采桑、采藚，雖曰躬親，非必身執其役也，猶籍田之親耕、公桑之親繅云爾。但二《南》敬以共祀，魏風儉而非禮，故美刺分焉。

秦

《小戎》「虎韔」、「交韔」，二「韔」字皆從韋。觀《釋文》云：「韔，敕亮反。下同。」則今本無誤矣。《韻會》謂上字從革作韔，〔一〕下字從韋作韔，不知何據。

《草木疏》釋《秦風》「苞櫟」，言河內人謂木蓼爲櫟，椒榝之屬也。其子房生。案：木蓼，

〔一〕「韔」，原作「韔」，據庫本、張校本改。

《本草》謂木天蓼。宋《圖經》云：「今出信陽，本高一二丈，三月四月開華，似柘華。五月采子，子作毬形，似檾麻子，可藏作果食。」近世李氏《綱目》云「其子可爲燭，其芽可食」是也。又有藤天蓼、小天蓼共三焉。唐本注謂「作藤蔓，華白，子如棗」者，藤天蓼也。《食療》謂「樹如梔子，冬月不凋」者，小天蓼也。三者雖異，功用相彷彿云。

豳

古人順時布令，必援星象以示期，如「定中」、「水正」、「木見」之類皆是，〔二〕而言火尤多。季春火見則出火，季秋火伏則内火，土功則火見而致用，用冰則火出而畢賦，雩祭必俟龍見。蒼龍三次，大火實當其中。武王伐殷，出師之日，月在辰馬。辰馬，房心也。以次言房心皆大火，以星言心獨爲火也。又火出而火陳，知陳復建。有星孛于大辰即大火。知宋、衛、陳、鄭將灾。用以占驗，尤不爽焉。案：魯梓慎言火出於夏爲三月，夫子言火伏而蟄者，畢是火之伏，見乃一歲寒燠發斂之大界。又房四星、心三星，體皆明大，舉目共見，易以曉民，宜古人多用以布令也。《豳風》「流火」，著將寒之漸也。晉張趯云：「火中，寒暑乃退。火昏正而暑退，暑既退而火西流，當爲七月矣。」《豳風》詠夏、商時事，趯語在周景王時。前此則星火以正仲夏，見《堯典》。五

〔二〕「木」，原作「本」，據庫本、張校本改。

月初昏大火中，見《夏小正》。《小正》傳云：「大火者，心也。」後此則季夏昏火中，見不韋《月令》。皆以火爲夏之中星。惟仲與季不同，斯乃歲差所致。孔疏據鄭答孫皓語，謂《堯典》統舉大火之次，《月令》獨指心星，故異。殆非也。歲差法始於晉虞喜，康成未及知耳。觀《小正》之「大火」是心，而以五月中，則《堯典》非統舉可知。夏近堯世，所差尚微，秦則遠矣。要之，自唐迄秦幾二千年，而火之昏中未有在夏後者。今歲差彌甚，目驗心宿直至七月中氣方得昏中，及西流則已仲月矣。考冬至日躔較秦時又差二十四度，火中遲至初秋，何怪焉？余舊有即席詩云：「蘭芷秋風入北渚，芙蓉夕露火西流。」流火與芙蓉同句，合於古而乖於今，時未諳見象耳。然農人暑夜田作猶指房心尾爲大人星以見夜之淺深，非以其明大而易見乎？大人者，大辰之譌也。

「公孫碩膚，德音不瑕。」《小爾雅》云：「道成王大美，聲稱遠也。」以公孫爲成王，與毛同。以瑕爲遠，與毛異。

小雅

鹿鳴之什

唐文宗述毛詩《鹿鳴》疏，謂苹葉圜而華白，叢生野中，恐非藾蕭。今孔疏無此語。先儒以爲疑。源案：孔氏《詩叙》言昔之爲義疏者有全緩、何允、舒瑗、劉軌思、劉醜、劉焯、劉炫諸家，而焯、炫爲殊絶，今據以爲本。然則文宗所見，其孔氏所删者乎？孔所據獨二劉耳，餘家義疏雖不采入正義，然唐世必有存者，文宗或偶見之。

古人文字簡貴，語無虚設。況《皇華》詩諏、謀、度、詢，字各有義。内外傳所載魯穆叔之言，乃《詩》學之最古者，不誤矣。歐陽氏以爲變文協韻，殆不然。蓋文體冗長莫甚於宋，故其釋《詩》亦徒取文義疏達，其中精義奥旨俱順口讀過，不復尋究，反詆先儒之説爲迂，盡掃而棄之。斯亦經學之一阸也。

鄭箋以《伐木》爲文王未居位在農時與友生於山巖伐木爲勤苦之事。孔氏申其説，謂《史記·本紀》周大王曰：「我世當有興者，其在昌乎！」則大王時文王年已長大，是諸侯世子之子耳。遷岐之初，民稀國小，地又隘險而多樹木。或當親自伐木，所以勸率下民。案：鄭説似無稽，而孔氏申之則有理也。武丁，商王小乙子也。祖甲，武丁子也。皆遁居荒野，溷迹民間。父居天子位尚且躬爲小人，況侯國之孫乎？大王之世與商二王不遠，風俗宜相類。文王伐木於山，不可謂必無其事矣。

「歲亦陽止」箋「十月爲陽坤用事」，《釋文》云：「坤，本亦作『巛』，困魂反。」《天作》箋引《易》「坤以簡能」釋文「『坤』作『巛』」云：「巛，本亦作『坤』。」《易·坤卦》釋文亦云：「坤，本又作『巛』。巛，今字也。」《大戴禮·保傅篇》「坤」字亦作「巛」。案：「巛」字即卦形。偃之則☷，立之則巛耳。此字不見《説文》而兩見張揖《廣雅》，一云順也，一云柔也。《集韻》云：「坤，古作『巛』。象坤畫六斷。」

「象弭」箋云：「弭，弓末反，彆者。」《釋文》云：「彆，《説文》方血反。又邊之入聲。」《埤蒼》云：「弓末反，戾也。」案：今《説文》無「彆」字。《玉篇》作「弻」，卑結、卑計二切，弓戾也。又作「𢏾」。《廣韻》亦作「𢐀」。𢏾，方結切，義同。又案：弻、彆、𢏾、𢐀，一字四形，見《改併五音集韻》。

南仲之名不見他典，惟《汲冢紀年》有之。云：「帝乙三年，王命南仲距昆夷，城朔方。」此正《出車》詩所咏事也。又據《紀年》，文王以文丁十二年立，至帝乙三年，在位五年矣。而《逸周書叙》言：「文王立，西距昆夷，北備獫狁。」則亦爲初年事。二書語正相合。意南仲以王臣會西伯出征，如《春秋》所書「王人會伐」之事與？玩《詩》云「自天子所，謂我來矣」，又云「王命南仲，往城于方」，又云「天子命我，城彼朔方」，則《紀年》語頗近之。但據此，則南仲乃王臣，非文王之屬矣。一年而平二寇，在即位之五年，不在受命之四年矣。皆與毛、鄭相左。《紀年》之書非先儒所取信，姑記以備考。

「檀車幝幝。」《釋文》云：「幝，《韓詩》作『緂』。」案：《説文》：「幝，車敝貌，昌善切。緂，偏緩也，尺善切。」二字音同。然則偏緩者正車敝之狀，與《廣雅》「綫綫緩也」注「綫」字因淺、治羨二切，義同而音異。又《玉海》載，《釋文》云《韓詩》作「檀車張張」，音同。恐誤。

「卜筮偕止，會言近止」箋云：「或卜之，或筮之，俱占之，合言於繇爲近。」繇，音宙，兆卦之詞也。即古「籀」字。顔師古曰：「《左傳》始作『繇』。」案：繇，從卜，從繇。今俗書多脱卜字，溷作「繇」。

「魚麗」傳「鱧鯛」疏云：「遍撿諸本，或作『鱧鱺』，或作『鱧鯇』，或作『鱧鰈』，定本作『鯛』。」案：《説文》：「鯛，魚名。一曰鱶也，直隴切。鰈，鱧也，胡瓦切。」鱧、鱶、鱺、鯛各同音，是一魚而異名也，皆與《爾雅》郭注合。惟作「鱧鯇」者乃孫叔然之説。

南有嘉魚之什

《南有嘉魚》傳「罩罩篧也」。篧，《説文》作「籗」，云：「罩魚者也。竹角切。」重文爲「篧」，《釋文》「篧」字，助角反，又穫、護二音，皆與《説文》異。且言沈重説篧形非罩，豈疑傳誤乎？然《爾雅》「篧謂之罩」，正與傳合，不可易也。捕魚之器，古今容或殊制矣。

《埤雅》云：「嘉魚，鯉質鱒鱗，肌肉甚美。食乳泉，出於丙穴。」《集傳》用其語曰：「鯉質鱒鯽肌，出於沔南之丙穴。」改「鱗」爲「鯽」，又割取下句「肌」字，不成文義。其傳寫之譌乎？元末朱克升《疏義》已辯其誤，《詩經大全》謀襲《疏義》成書，竟不改正此二字，又不載克升語，可異也。

傳「汕汕樔也」，《釋文》：「樔，側交反。或作『罺』，同。」疏引《爾雅》：「樔謂之汕。」案：樔、罺二字本爲兩義。「樔」見《說文》，云「澤中守草樓」，則非捕魚器矣，而無「罺」字。「罺」見《玉篇》，云：「罟也，壯交切。又初教切。」其「樔」字注同《說文》。意古止有「樔」字，其「罺」字則後人所益與？《韻會》止載「罺」字，注云：「通作『樔』。」合樔、罺爲一字，且反以「罺」爲正矣。《正韻》承其誤，故「樔」字不收韻中。

「蓼蕭」箋引《虞書》「外薄四海」。《釋文》：「薄，音博。」《虞書》釋文：「薄，蒲各反。徐音扶各反。」與《詩》不同。又《易》「雷風相薄」，《釋文》：「薄，音旁各反。」與《書》釋文同。則雹、博二音俱可訓迫矣。案：《玉篇》、《廣韻》止有蒲各一切。

鞗乃革轡。轡首謂之革，亦謂之靶。革末飾以金，謂之金厄，亦謂之鋚。凡三物矣。鞗，徒彫切。鋚，《說文》云：「鐵也。一曰轡首銅。以周切。」鞗、鋚異物，亦異字。趙宧光謂《詩》本作「鋚革」，石經並改爲「鞗」。非是。

「載沈載浮。」沈，《說文》从水，冘聲。冘，音淫。其作「沉」者，《廣韻》以爲俗字。徐鉉亦云冗不成字，作「沉」者非是。

「元戎十乘」傳引《司馬法》文，備舉三代陷軍車名。夏鉤車，殷寅車，周元戎。箋復釋其名義，其於「鉤車」則云：「鉤，鞶行曲直有正也。」鞶，《釋文》作「股」，云：「股，今作『鞶』。」余謂《釋文》作「鉤股」，良得之。疏引《巾車》「金路、鉤、樊纓」以證鉤鞶之義。然鉤膺鞶帶乃車制之盡飾者，不以施於革路，豈反爲衝突之用乎？《韓詩》言元戎之制車縵，輪馬被甲，衡軛之上盡有劍戟被甲之馬，安用金縷之鉤、采罽之帶乎？夏后忠質之世，豈陷軍之車反文于周乎？況與先正之意亦不相合也。毛傳云：「鉤車先正，寅車先疾，元戎先良。」案：《九章算術》有鉤股之名，見《周禮・保氏》注。橫闊爲鉤，直長爲股，其形磬折，即工人之矩也。車之行似之，則一曲一直皆方正而不亂，故云曲直有正。孔疏又云：「鞶，定本作『般』。」或謂車行鉤曲股旋，曲直有正，不必爲馬飾。」此說較優於「鉤鞶」，然不如取象於「鉤股」尤爲明確也。

《采芑》次章傳云：「言周室之彊，車服之美也。言其彊美，斯劣矣。」疏引《老子》語國家昏亂有忠臣，六親不和有孝子。申之，以爲「名生於不足。宣王承亂，劣弱矣，故詩人盛稱其彊美」。源謂此語雖勝，然未必毛意。先王除兇靖亂，惟以德競，不及兵威。周之盛莫如文、武，文王閉門修德而服昆夷，因壘而克崇，武王以三百乘而禽紂。故《皇矣》詩言伐密、伐崇，《采薇》、《出車》二詩言伐玁狁及西戎，《大明》末二章言伐紂，皆不侈稱車甲之多、軍容之盛。豈力不足哉？所恃不在此也。荆蠻小醜耳，宣王起十八軍以臨其國，雖克有成功，然威已殫矣。至於路車命服，炫熿於道，元臣專閫，以壯國體可耳，制勝之本當不在此。詩人述中興事業，而區區以此見其彊美，矜詡之餘，其有諷切之思乎？故毛以彊美爲劣。謂彊美在武力，斯劣者在文德爾。

《車攻》傳「大芟草以爲防」，元本作「大艾草」，得之。《釋文》「魚廢切」正合「艾」音，而字作「芟」，誤矣。吕《記》及《玉海》引此皆作「艾」。《穀梁傳》昭八年。說田獵之制，文頗與此傳同。首句云「艾蘭以爲防」，則字當作「艾」無疑。

漢翼奉自言學《齊詩》，其說「吉日庚午」云：「南方之情惡也，惡行廉貞，寅午主之。西方之情喜也，喜行寬大，己酉主之。」是以王者吉午酉也。然則此其《齊詩》之說與？後世風占有六情之説，蓋本於此。六情者，好、惡、喜、怒、哀、樂也。甲子主北方，其情好，行貪狼。亥卯主東方，其情怒，行陰賊。戊丑主下方，南與西。其情哀，行公正。辰未上方，北與東。其情樂，行好邪。併南、西二方而六，各以其日時與方占風之來以觀休咎，奉舉二而詩指其一焉。

鴻雁之什

《鴻雁》鄭箋云：「《書》曰：『天將有立父母，民之有政有居。』宣王之爲是務。」孔疏云：「今《泰誓》文。言天將有立聖德者爲天下父母，民之得有善政有安居。彼武王將伐紂，民喜其將有安居，是安居爲重也。宣王之爲是務，言所爲安集萬民，是以民之父母爲務。意同武王，所以爲美。」案：孔言今《泰誓》，即河内女子所獻僞《泰誓》也。所引二語與古文「亶聰明，作元后，元后作民父母」意相仿佛，非無義趣矣。又《大明》七章孔疏引其文曰「師乃鼓譟，前歌後舞，格于上天下地，咸曰孜孜無怠」。此紀武王入商事，深得六師欣戴之情，定非誑語。惟《思文》箋疏所引赤烏之事，則屬緯書之説耳。

「祈父」箋引《書》「若疇圻父」釋文云：「𠷎，此古『疇』字，本或作『壽』。孔注《尚書》直留反。馬、鄭音受。」疏云：「彼注云『順壽萬民之圻父』，定本作『若疇』，與鄭義不合，誤也。」案：此文是箋引《尚書》，自應從鄭作「壽」，疏語得之。今監本作「疇」，當改正。又案：《説文》醻、醻。𠷎、壽。擣、擣。敲、魗。幬、幬。璹、璹。檮檮。字皆從𠷎省，而翿翿。復從敲。𠷎，直由切，詎也。從口，𠃬又聲。𠃬，古文疇也。今疇作「疇」。壽，本從𠃬，而疇反，從壽隸變之譌也。宜疇、壽之互異矣。

《祈父》傳云：「宣王之末，司馬職廢，羌戎爲敗。」箋引「千畝之戰」實之，亦言「與羌戎戰」，實指姜戎也，而字皆作「羌」。孔疏申傳、箋，直云「姜戎爲敗」。姜、羌字形相似，豈傳、箋元作「姜」，後譌爲「羌」與？

《斯干》傳以瓦爲紡甎，朱子以畫中漆室女手執物當之，黄氏以湖州婦人覆膝一瓦當之，皆疑而未決，是其制已不存矣。孔疏云：「婦人所用瓦，惟紡甎而已，殆其所習見。」然則唐世猶有此物。

節南山之什

「維周之氐」，鄭破「氐」爲桎鎋之桎。《釋文》云：「桎，之實反，又丁履反。礙也。」疏引《孝經鉤命決》曰：「孝道者，萬世之桎鎋。」又引《說文》曰：「桎，車鎋也。」今《說文》云：「桎，足械也。之日切。」並無「車鎋」之訓。豈徐氏《韻譜》遺之乎？又字書「桎」字止有之實一切。案：康成破字多取音同，則「丁履反」當是古音。又明載陸氏《釋文》而字書不收，亦屬疏漏。

「式夷式已。」《釋文》云：「已，毛音以，鄭音紀。」案：篆文已，㠯。已、己二字形各不同，何至兩可乎？甚哉！隸變之誤經學也。

「憂心如酲。」傳云：「病酒曰酲。」疏引《說文》云：「病酒也，醉而覺言。既醉得覺，而以酒爲病，故云病酒。」此說得之。徐鉉《韻譜》因醉而覺語，疑「醒」即古「酲」，殆未必然。

桀、紂之世有湯、文，而厲、幽之末罔有代德。《詩》云「瞻烏爰止，于誰之屋」，民之望湯、文急矣。迄暴秦而湯、文不出，烏始不擇屋而止焉。三代而後所以多無禄之民也，誰謂天道古今不變哉？

「悠悠我里，亦孔之痗。」毛云：「悠悠，憂也。里，居也。痗，病也。」鄭云：「里，居也。」《釋文》云：「里，本或作『悝』。後人改也。」孔疏云：「毛以爲『悠悠乎可憂也，爲此而病，亦甚困病矣。』鄭以爲『悠悠乎我居今之世，亦甚困病』爲異。」呂《記》云：「董氏曰：『里，顧野王作痤。』《爾雅》以『痤』爲『病』，《集注》同之。今毛以『里』爲『病』，蓋當毛作傳時字爲『痤』也。」《爾雅》「痤病也」，邢疏引「悠悠我里」爲證，而云：「里、痤音義同。」總觀諸説，方知傳文有誤也。凡箋義與傳同者，例不重訓。毛果云「里居」，鄭不應複出矣。孔述毛云「爲此而病」，指「里」也。「亦甚困病」，指「孔痗」也。又言鄭「里居」與毛異。合之呂《記》、邢《疏》，則毛傳「里」字訓「病」不訓「居」明甚。源謂傳文當云：「里，病也。」中間「居也痗」三字乃昧者妄增耳。「伯兮心痗」，傳已有釋，故此詩止訓「里」字。俗儒怪「病」義非「里」字常訓，因增入「痗」字以當之。見「里」字無釋，則謀箋文「居也」以實之耳。注疏諸本誤皆同，雖元本亦誤。又呂《記》謂毛作傳時字當作「痤」，此未必然。毛義由師授，不專據經文。且古字多通用，當借「里」耳。後儒據《爾雅》改爲「痤」容有之，《釋文》所云良是也。

「曾我暬御。」朱《傳》引《國語》「居寢有暬御之箴」，《國語》止此「暬」字耳。劉瑾辨之，以爲《楚語》作「褻」。意瑾所見《國語》必非善本，反執其誤字以爲正，可嗤已！案：暬，從執、日，狎習相慢也。褻，從衣、執，私服也。暬御，正取狎習之義。

「孔棘且殆」箋「甚急迮且危」，《釋文》云：「迮，本又作『笮』，側格反。」案：《説文》「迮，迮迮起也。笮，迫也。」則箋文作「笮」爲長。

《巧言》云「奕奕寢廟」，《閟宮》云「新廟奕奕」，《周禮・隸僕》注引《詩》「寢廟繹繹」，不知何篇文。又云：「五寢，五廟之寢也。天子之廟惟祧無寢。繹繹，相連貌。前曰廟，後曰寢。」

《爾雅》「桑雇竊脂」郭注云：「俗謂之青雀，觜曲，食肉不食粟。」朱《傳》用其語曰：「俗呼青觜，食肉不食粟。」刪去「雀」字、「曲」字，不成文義。此必傳寫之誤，當云「俗呼青雀」而刪去「觜曲」二字耳。然諸本皆同，讀者莫覺也。案《本草》，桑雇喙或白如脂，或黄如蠟，並無青觜者。

「惄焉如擣。」毛云：「擣，心疾也。」孔申之，言「如有物之擣心」，又引《説文》「擣，手椎也。一曰：築也」語證之。案：《釋文》云：「擣，或作『㿻』。《韓詩》作『疛』，除又反。義同。」㿻、疛皆從疒，毛、韓直以爲心疾之名，則「擣」字特借耳。疏語恐非毛旨。但《説文》無「㿻」字，而「疛」訓「小腹痛」，與心疾不合。疏姑據「擣」字本訓釋之，亦非無見。

《巷伯詩叙》云：「巷伯，刺幽王也。寺人傷於讒，故作是詩也。」箋云：「巷伯，奄官。寺人，内小臣也。奄官上士四人，掌王后之命，於宫中爲近，故謂之巷伯，與寺人之官相近。讒人譖寺人，寺人又傷其將及巷伯，故以名篇。」案：《叙》「故作是詩也」下脱「巷伯奄官」四字。箋「巷伯」下「内小臣」上衍「奄官寺人」四字。疏申《叙》，謂經無「巷伯」字而篇名「巷伯」，故《叙》解之曰：「巷伯，奄官。」言奄人爲此官也。則知《叙》末脱此四字矣。又申箋，謂巷伯内官，用奄上士四人。内小臣而謂之巷伯者，以此官於宫中爲近。是箋文

「内小臣」解「巷伯」，非解「寺人」也，不應云「寺人内小臣」。下文云「奄官」，不應上文先出「奄官」。則知箋文直當云「巷伯内小臣也」，而中間「奄官寺人」四字皆衍文矣。此其誤殆因傳寫者誤將《叙》内「巷伯奄官」移入箋，而箋内「巷伯」不應複出，遂改爲「寺人」也。疏又謂定本《叙》内無「巷伯奄官」四字，於理爲是。《釋文》亦言官本將此注爲叙文，而吕《記》、嚴《緝》載《叙》語皆無此四字，則近本之《叙》不爲誤也。至箋之解「巷伯」者移以解「寺人」，其誤最甚，非孔疏無由正其失矣。

《巷伯》傳「蒸盡縮屋而繼之」，《釋文》云：「縮，又作『摍』。」疏云：「摍，謂抽也。」論文義，「摍」字爲正矣。案《説文》：「縮，亂也。一曰蹴也。摍，蹴引也。」皆所六切。

谷風之什

「有洌氿泉」疏引《説文》云：「洌，寒貌。」今《説文》無「洌」字，止有「冽」字，〔一〕訓水清。「大東」箋「闓置官司」，《釋文》云：「闓音開，字亦作『開』。」《齊風・載驅》箋「闓圛」，《釋文》：「闓，亦音開。」則闓、開二字音義同矣。案：《説文》：「闓，苦亥切。」《玉篇》、《廣韻》同。又曰：「亦音開。」其義則同《釋文》。

〔一〕「冽」，原作「洌」，據庫本改。

「或耘或耔」傳云：「耔，雝本也。」疏引《漢書・食貨志》以釋「雝本」之義，而文多不同。案：《漢書》言后稷甽田之法，苗生葉以上稍耨壠草，因隤其土師古曰：「隤，下也。」以附苗根。比盛暑壠盡而根深，能音耐。風與旱。疏引此，「苗生葉」脱「生」字，「隤」字作「壝」，「盛」字作「成」，又脱「暑」字。玩文義，定是詩疏之誤。呂《記》、朱《傳》皆引此文，誤亦與疏同。惟王伯厚《玉海》引此與《漢書》合。

《甫田》次章社、方、田祖三祭，近世馮氏《名物疏》、何氏《古義》二書欲以《月令》仲夏大雩當之。謂祭五精帝必配以五人帝，神農以配赤熛怒也。此謬矣。《月令》云：「仲夏命有司爲民祈祀山川百源，大雩帝用盛樂。」以《詩》合之，絶不相符。大雩之祭以上帝爲尊，《詩》不應反略之也。山川百源將雩而先祈也，非社非方也。且社方與雩各一祭，祭亦不同時，不得總社方於雩也。田祖是神農，固爲炎帝矣。然大雩之祭遍及五精帝，則五人帝咸在，何獨舉其一也？大雩用盛樂，《月令》所言樂器十有九焉，《詩》止及其三，不得謂之盛也。彼徒見《詩》言祈雨與大雩相合，又耘耔正仲夏時，因爲此説耳。不知古人龍見而雩，當以建巳之月，不以仲夏。《月令》，不韋之書，未必合古禮。康成注已規其失，何足用爲據乎？《詩》本傷今思古，非若身遇而目睹者專咏一時事也。上言耕耨之勤，此言祈報之至，義各有取，不必皆指仲夏。如執耘耔二字以概全詩，〔一〕則末章「千倉納庾，萬箱載稼」，亦與耘耔同時乎？馮又以祈穀非祈雨譏古注疏，則尤妄。「以御田祖」，鄭引《周禮·籥章》文證之矣，不言祈穀也。孔申鄭「郊後始耕」之言，則引《月令》注「元辰吉亥始耕之祭」爲證矣。始耕之祭在祈穀祭後，非一事也。且祈穀之祭祭上帝而配以后稷，不祭神農也。此與經「田祖」之文顯不相合，馮誤指爲祈穀而譏之，不已過乎？《詩》咏農事往往言雨，如《信南山》之「霢霂」、《大田》之「興雨」皆是。此詩述春祈之祭，因及甘雨以起下稷黍之文耳，非專言祈雨也。豈可因此一語遂合方、社、田祖爲一祭，而以祈雨概之哉？近書多妄説，不足置辯。惟馮疏考據頗確，然亦有此無稽之語，恐誤後學，故特辯之。

《詩》中六「祁祁」，《采蘩》、《七月》、《出車》、《大田》、《韓奕》、《玄鳥》是也，右旁皆從邑。今監本注疏《大田》誤作「祈」，與五詩異。嚴《緝》云：「監本作『祁』，俗本作『祈』。」誤，今監本已誤矣。惟朱《傳》、嚴《緝》作「祁」，其《玄鳥》詩「祁祁」，則吕《記》、朱《傳》皆誤作「祈」。

「鞞琫有珌」傳云「天子玉琫而珧珌，諸侯璗琫而璆珌，大夫鐐琫而鏐珌，士珕琫而珕珌」。案：定本、《集傳》如此，《釋文》同，而孔疏稍異。「諸侯璆珌」作「鏐珌」，「大夫鏐珌」作「鐐珌」。云：「天子諸侯琫珌異物，大夫士則同尊卑之差也。」如今本，則琫珌同物者惟士耳。又案：

〔一〕「埶」，原作「報」，據庫本、張校本改。

《說文》亦載此文，惟不言大夫耳。其云「士瑲琫而珧珌」，則士亦異物，餘與今本毛傳同。蓋各據所聞也。又疏引《說文》云：「瑲，蜃屬。而不及於蜃，故天子用蜃，珧蜃甲也。士用瑲。」今《說文》無「不及於蜃」句，豈《韻譜》遺之乎？又案：傳言琫珌之物爲名凡七，然玉、璆皆玉也，璗、金之美者與玉同色。鏐黃金之美者。與鐐白金。皆金也，珧、瑲皆蜃也。三物而七名焉。

「大侯既抗，弓矢斯張。」鄭箋並不推明賓射名正之義，而孔疏申箋，論之甚詳。今本箋文必有脱落，在「君侯謂之大侯」以下，「大侯張而弓矢亦張」之上。

「發彼有的，以祈爾爵。」蘇氏釋此，謂求勝以爵不勝者，意本鄭箋。箋云「發矢之時各心競」，云「我以此求爵女」。嚴華谷辯之，謂求勝以爵不勝，不如射義求中以辭爵之優。所見良是。然嘗求之孔疏，知鄭箋本不是解「爵女」當作「女爵」。文倒者，傳寫之譌耳。孔申鄭云「以求不飲女養病之爵」，又云「我以此求女爵」，謂求不飲也。又引《射義》「辭爵」語證之。使仲達爲疏時箋文已作「爵女」，則不應以「求不飲」釋之。其引《鄉射》文，又當較論其同異矣。不知二字之倒始於何時也。朱《傳》全用箋語，亦作「爵女」。

魚藻之什

「赤芾在股」箋云「芾，大古蔽前之象」。今本作「蔽厀」膝，俗。殆俗儒妄改耳。蔽厀乃芾之別名，周世用之，何云「大古」，又何云「象」哉？孔疏申箋，以爲大古衣皮，先知蔽前，後知蔽後。

重其先蔽者，故存之示不忘古。則當爲「蔽前」明矣。又《爾雅》「衣蔽前謂之襜」，注云：「今蔽厀。」《采緑》毛傳亦云：「鄭『蔽前』之稱當本此。」今諸本俱誤作「膝」，惟吕《記》引箋作「蔽前」，得據以正之。

「采緑」之「緑」，即《衛風·淇澳》之「緑」。《爾雅》所謂王芻與竹各一草，陸璣以緑、竹爲一草，孔疏已辯其誤。嚴《緝》復引陸《疏》以釋「采緑」，則尤誤。又其所引《疏》語與今本《草木疏》及《衛風》正義所引各不相同，故録之以備考。嚴引《疏》曰：「草也。其莖葉似竹，青緑色，〔一〕高數尺。今淇澳旁生如草，其草澀礪，可以洗攬笏及盤枕，利於刀錯，俗呼爲木賊。彼土人謂之緑竹。」自「如草」至「木賊」二十三字，皆今本所無。況既云「草也」，又云「如草」，義有礙。嚴殆誤也。案：木賊草殆見於宋嘉祐補注《本草》。云：「苗長尺許，每根一榦，無華葉，寸寸有節。」此所言物色與陸《疏》迥異。

《國語》記龍漦之妖固已異矣。《白華》詩疏引《帝王世紀》合之，尤爲足異。《世紀》謂幽王三年嬖褒姒，時褒姒年十四。推其初生，當在宣王三十六年也。厲王流彘之年童妾感漦妖，時方七歲。歷共和十四年而宣王立，立三十六年而妖子生，則褒姒之在母腹凡五十年，其母生子

〔一〕「色」，原作「已」，據庫本、張校本改。

時亦五十六歲矣。又童妾十五歲而笄爲共和九年，既笄而孕，即自孕後計之亦四十二年矣。妖物之生固異於人乎？老耼在母腹亦七十餘年，與之相似。但老耼生而白首，故有老子之稱。妖子夜啼，猶然嬰童耳。斯又其不同者。雖然，使襃姒生而白首，豈能致驪山之禍哉！

古之學者且耕且養，三年而通一藝。族黨之官歲時月吉必屬民讀法飲酒，考其德行道藝。故畎畝之夫皆通經術、習禮儀。《瓠葉》首章箋云：「此君子指庶人有賢行者。其農功畢，乃爲酒漿以合朋友習禮講道藝。」豈漢世猶有此風乎？觀此，可想見古人之田家樂矣。

《漸漸之石》首章釋文最多遺脱，只如「勞」字，鄭訓遼闊，與毛不同，則音亦當異。「朝」字鄭、王、孫皆釋爲朝見，則當讀爲潮，兩字俱應有音反。今《釋文》止云「勞如字」而已。

「不皇朝矣」箋云：「皇，正也。」疏云：「皇，正也。《釋言》文。」箋、疏兩「正」字今皆誤作「王」。箋又云：「不能正荆舒使朝於王。」下兩章又云：「不能正之。」則爲「正」字無疑。又《釋言》云：「皇、匡，正也。」並無「皇王」之文。若「皇王，君也」，則見《釋詁》。況以訓此「皇」字，文義乖矣。今諸本俱誤。又案：王肅述毛，訓「皇」爲「暇」，而後儒宗之，文最明順。今《集傳》經文作「遑」，定是傳寫之譌。

《韻會》云：「輚，通作『棧』。《詩》『有棧之車』注：從車。」然則經與注字各别也。今本注疏「棧」字皆從木不從車，黄所見是宋本也。今本作「棧」，定是昧者據經字而改耳。

大雅

文王之什

《文王》篇自次章以下，章法首尾相承如貫珠。近世王元美謂曹子建《贈白馬王》詩祖此。源謂《大雅》多有此章法，《下武》、《既醉》二詩亦然。《下武》惟三、四章不接，而餘章皆相連矣。他若《棫樸》之首二章、《皇矣》之七八章、《生民》之五六章、《假樂》之三四章、《桑柔》之二三章、《雲漢》之七八章、《烝民》之首二章、《江漢》之五六章、《瞻卬》之三四章，皆此章法也。

《大明》詩八章，毛、鄭次章六句，三章八句，四章六句，五章八句。呂《記》、朱《傳》、嚴《緝》皆次章八句，三章六句，四章八句，五章六句，取其與首尾兩章六八相間也。不知改自何時。

《詩》言「摯仲氏任」，是大任乃摯國次女。漢儒謂禮惟嫁長女，餘俱爲媵，自殷以前皆然，與此詩不合。《通義》疑之良是矣。源謂漢儒之言亦不謬，但所言者特禮之大概耳。在當時行之，必更有變通。生女者多寡不齊，不足者或取同姓國女爲娣姪，有餘者或嫡夫人所出俱嫁爲嫡，而娣姪取諸庶出。更有餘，或以備他國之媵，皆未可知也。不獨摯任爲仲女，而已見於《春秋》者，紀季姜爲王后，魯叔姬爲齊夫人，季姬爲鄫夫人，皆非長也。見於《衛・碩人》詩者，齊女三姊妹，嫁衛、邢、譚三國皆爲夫人，亦不以女弟隨嫁也。則當時之有變通可知矣。源又因此竊歎古人風俗有不若今人之美者，男女之别最其大者。古人尊男而卑女，故姑姊娣姪一人爲妻，餘皆爲妄，不以爲辱。待之既卑，亦不甚繩以節行，故列國夫人往往淫泆不制，而通室易内之事時見於世家右族。甚有奪人之妻以予人、彊人之子而烝其母，如魯人之於施氏、孔圉之於大叔、齊人之於衛公子頑者。此今日市井無賴子所不忍爲，而當日名邦卿大夫爲之恬不知怪，何今人之反勝古耶？豈非洙泗之文誦習既久，漸深入乎人心，各生其愧耻耶？又不僅此也，古者諸侯世其國，卿大夫世其家，皆有土有民，怙侈縱欲有自來矣。後世天下定於一統，無常貴常富之家，一有越禮之事，人即以王法議其後，宜其有所顧忌也。況愧耻内生，所得於聖人之教澤者有素乎？

「俔天之妹。」毛訓「俔」爲「譬」，《韓詩》「俔」作「磬」，孔疏言俗語譬喻爲磬作。以譬爲磬，豈可以今人文義求之乎？觀孔疏，則唐世方言猶然矣。

「其繩則直。」《釋文》云：「繩，本或作『乘』。」案：經作「繩」，傳作「乘」。箋云：「傳破之乘字，後人遂誤改經文。」今案：傳引《釋器》「繩謂之縮」，誤「繩」爲「乘」耳。此訓「縮版」，不訓「繩直」也，與經文「繩」字何涉？又鄭箋云：「乘，聲之誤，當爲繩。」是言後人傳寫之譌耳，不以傳爲破字也。《釋文》所述箋語，今並無之，此不可解。

「迺立皋門」章箋云「内有路門」，當作「内有寢門」。一曰：「路門」中間脱去四字。觀疏云：「《文王世子》曰：『至於寢門。』是内有寢門也。」疏又云：「寢門一曰路門，以路寢在路門之内，故係而名之。」則可見矣。

淠，水名。《説文》云：「出汝南，从水，畀聲，匹制切。」《詩》三借其字，皆爲貌狀之稱。《小弁》爲萑葦之衆，《采菽》爲旂動之形，《棫樸》爲舟行之貌。同此「淠」字，今「淠彼涇舟」，諸本俱作「渒」，則傳寫之譌也。觀《韻會》「淠」字注引此三詩，《正韻》「淠」字亦引《棫樸》詩，則誤尚未久。至淠，本作「箄」，《説文》云：「水在丹陽，从水，箄聲，匹卦切。」《玉篇》「箄」字又作「渒」。

「黄流在中。」傳云：「黄金所以流鬯也。」《釋文》云：「一本作『黄金所以爲飾流鬯也』。是後人所加。」正義云：「定本及《集注》皆云『黄金所以飾流鬯也』。有『飾』字，於義易曉。則俗本無『飾』字者誤。」陸、孔二君意正相反。余謂無「飾」字簡而當矣，且黄金以爲勺，不僅飾也。

《皇矣》首章孔疏引《書·多方》曰：「天惟五年須夏之子孫。」注云：「夏之言暇。」今世《尚書》諸本皆作「暇」，莫知原文之爲「夏」者，未審何時所改，豈唐明之世與？即此以推，可見後世五經文字竄易者多矣，賴有古注疏得知其萬一耳。

家國興亡之際，忠臣義士所痛心也。雖有聖人受命，不能禁人故主之思矣。殷之既亡也，叛周者有四國焉，吾讀《破斧》詩而知之。見傳。周之將興也，不忘殷者亦有四國焉，吾讀《皇矣》詩而知之。見箋。疏云：「密、須疑周將叛殷，故距。」密、須之君雖不達天命，亦是民之先覺者也。吁！可與論世矣。文王之伐密也，管叔諫曰：「其君天下明君也，伐之不義。」疏引皇甫謐言。是或一見也，所以有啓商之役與？

《集傳》經文多譌脱，其六字爲晦翁自改，既論之於稽疑中矣。至《皇矣》篇以「篤于周祜」脱去「于」字，雖未見其爲朱子意，然觀《假樂》之讀爲「嘉樂」，「嘏假」之讀爲「奏格」，「上帝甚蹈」之爲「上天甚神」，「假以溢我」之爲「何以恤我」，皆彊《詩》義以就他書。而「爰其適歸」「爰」之爲「奚」，則直據《家語》以改經字，安知此詩「于」字非因《孟子》而删之乎？蔡仲默注《禹謨》「降水儆予」，改「降」爲「洚」，併《禹貢》「北過降水」亦改爲「洚」，正用斯例也。

「鼉鼓逢逢。」《樂書》宋陳暘。以爲鼉鳴應更，故詩人托言以爲靈德之應，非實鼓也。此謬矣。麀鹿、白鳥但言其得所，不言其似，何樂以爲靈異也？況此二章言靈德見於樂，箋有明解。若托鼓爲喻，則虡業鼓鐘，又喻何物乎？

生民之什

《生民》第五章二「種」字，以文義論之，「種之黄茂」應去聲，「實種實褎」應上聲。《釋文》止有支勇一反，〔一〕推其故，定是「種」字上脱一「實」字。案：《釋文》云：「種，支勇反。」宜加一「實」字别之。今本俱無「實」字，則傳寫之漏也。然其誤已久，嚴《緝》二「種」字俱云上聲，此承

〔一〕「有」，原作「支」，據庫本、張校本改。

其誤而不覺也。呂《記》音反皆遵《釋文》，獨此二「種」字缺，則疑之也。惟朱《傳》二「種」字前去聲，後上聲，卻與古暗合。

「爾酒既湑。」箋云：「湑，酒之泲者也。」《釋文》云：「泲，字又作『䍤』，同。」案：《玉篇》「䍤，子禮切，手出其汁。亦作『擠』。」《廣韻》云：「手搦酒也。」然則「䍤」字正當「湑」義。箋及《周禮》、《禮記》注皆作「泲」，借也。泲本水名，今借用濟。

「度其夕陽。」孔申鄭，以爲總言豳人二國之所處。考其地，當在梁山之西。蘇氏謂度山西之地以廣豳人之居，不知又是何山之西。呂《記》、朱《傳》皆從之，嚴《緝》則用疏義。

「取鍛」，《釋文》云：「鍛，丁亂反。本又作『碫』，《説文》：『碫，厲石。』《字林》大喚反。」案：碫，今《説文》作「碬」，厲石也。從石，叚古雅切，借也。聲。《春秋》傳曰：「鄭公孫碬，字子石。」徐鉉音乎加切。外並無「碫」字。碫，從段，徒玩切，從殳，端省聲。音鍛。碬從叚，音遐。音形俱異。但段、叚二字筆畫相似，書者易殽，須視音切爲辨。陸、徐不同如此，當必有一誤矣。又案：《玉篇》兩字並載，云：「碫，都亂反，礪石也。碬，下加切。磍恰、轄、軋三音。碬，高下也。」《廣雅·釋器》云：「礱，碫礪也。」曹憲注：「碫，都玩反。」顧梁人，曹隋人，礪石皆是碫非碬。而「碬」字注則《玉篇》別有義，可見唐以前《説文》元作「碫」，故二書音切與陸同。《釋文》當不誤也。但《釋文》別徒亂爲徐反，則當時必有遐音。可見段、叚溷寫，在唐初已然。

《卷阿叙》孔疏引《説文》云：「賢，堅也。」以其人能堅正，然後可以爲人臣，故字從臣。今《説文》云：「賢多才也。从貝，臤聲。」與疏所引異。

「民勞」箋「汔幾也」，《釋文》幾音祈。《易・井卦》注，《釋文》幾音祈，又音機。案：訓微者當讀機音，訓近者祈、機二音俱可讀。

蕩之什

「訏謨定命，遠猶辰告。」鄭箋當有闕文。以疏合之，當云「大謀定命，謂正月始和布政於邦國都鄙也。爲天下遠圖庶事，而以歲時告施之，即正歲縣之象魏也。」今本箋文缺「即正歲縣之象魏也」八字。案：疏申箋，謂既云「謀定」，而别云「時告」，則謀定時未告也。《周禮・大宰》正月縣治象小宰，正歲觀治象正月。周之正月正歲夏之正月，是再縣之也。二時不同，與謀定時告相合，故以定命爲正月，始布政教以辰告即正歲縣之象魏也。今缺正歲一證，則文義不全矣。

「萬民靡不承。」《釋文》云：「靡，一本作『是』。」案：鄭箋云：「天下之民有不承順之乎？謂承順之也。」則康成讀本「靡」當作「是」。

「屋漏」箋云：「設饌於西北隅而厞隱之處。」《釋文》云：「厞，扶味反，隱也。沈云：許慎凡非反。」今《説文》：「厞，隱也。从厂，非聲。扶沸切。」徐氏此切非許意矣。又「厞」字從厂，不從广。厂，呼旱切。广，魚儉切。音各異。今本注疏誤從广作「厞」。

「好是稼穡。」鄭解爲「居家吝嗇之人」，後儒譏之。然《釋文》言所見鄭本此章「稼穡」皆作「家嗇」，則元非改字也。鄭箋《詩》時，《齊》、《魯》、《韓詩》具存，彼或别有據矣。

「征以中垢。」《韓詩》「征」作「往」。《外傳》以爲人君不用賢，無知妄行之意，與箋疏異。《外傳》云：「以明扶明則昇於天，以明扶闇則歸其人。兩瞽相扶，不傷牆木、不陷井穽則其幸也。《詩》云：『惟彼不順，往以中垢。』闇行也。」斯義亦勝矣。

「徹申伯土田」箋云：「正其井牧。」《釋文》：「牧，手又反。又如字。」案：井牧者，《周禮·小司徒》「井牧其田野」注引《左傳》「牧隰皋井衍沃」襄二十五年文。釋之，以爲二牧而當一井是也。若手又反則「牧」當作「收」。井牧見《易·井卦》，然「牧」、「收」異文，乃破字，不當用音反。且論箋文義，則「井牧」優矣。

「顯父餞之。」呂《記》引鄭箋云：「顯父，周之卿士也。」今本鄭箋「卿士」作「公卿」，孔疏則作「卿士」，云：「諸侯反國，王臣餞送惟卿士，故知顯父周之卿士。」則今本之誤信矣。又嚴《緝》引箋及總注皆作「公卿」。嚴後於呂，其所見本應誤。

「我居圉卒荒」箋云：「荒，虚也。」疏云：「荒虚，《釋詁》文。某氏曰：『《周禮》野荒民散則削之。』惟某氏本有『荒』字耳。其諸家《爾雅》則無之。要《周禮》野荒必是虚之義也。」案：

康成箋《詩》本據《爾雅》爲説，則「荒虚」之文，古本定有之，不知何時逸「荒」字，而諸家俱不見收。幸有某氏解僅存於孔氏詩疏，後儒尚得知之耳。獨怪邢昺作《爾雅正義》，竟不載孔疏某氏語以補經文之缺，方信宋人經學遠不逮漢、唐也。

「苴」字有十四，音義各不同。楊用修《丹鉛録》載其説。訓爲「水中浮艸」者，當讀如「槎」，《召旻》詩「如彼棲苴」是也。今監本《釋文》「苴，士如反」，吕氏《詩記》「士始反」。槎音當士加反，意監本誤「加」爲「如」、吕《記》誤「加」爲「始」，皆因字形之相近也。嚴《緝》「苴音茶」獨得其正。至朱《傳》「七如反」，則是麻之有子者，《豳風》「叔苴」當從其音，非此苴也。其「七」字豈又《釋文》「士」字之譌乎？案：《韻會》六麻韻「苴」字與茶、楂同鋤加反。其見六魚韻子余切者又云「士加切」，因引《詩》「棲苴」證之，蓋用此《釋文》切也。可知宋本《釋文》不誤。吕、朱誤切亦起於近本耳。

頌

周頌

「文武吉甫」，謂吉甫也。「文武是憲」，謂申伯也。「文武維翰」，謂文王也。「不顯成康」、「自彼成康」，謂武王也。《詩》中往往有此，皆非舉謚爲言。《昊天有成命》及《噫嘻》兩《頌》皆言成王，正猶《下武》及《酒誥》之成王、《何彼禯矣》之平王也。以三《頌》所稱爲兩王之謚，因謂康、昭以後尚有《頌》者，此歐陽之臆說，而朱子和之者也。駁難之文備於《通義》矣。

《思文》疏引《說文》云：「麰，周所受來牟也。一麥二夆，象芒刺之形，天所來也。」案：今《說文》此乃「來」字注，云：「來，周所受瑞麥來麰。一來二縫，象芒束之形，天所來也，故爲行來之來。《詩》曰：『詒我來麰。』」與疏所引文亦小異。其「麰」字注云：「來麰，麥也。或从草作𦬁。」

《詩》言捕魚之器凡十有二，既詳之於《潛》頌矣。今觀唐皮日休。陸龜蒙。漁具詩，爲題有十五。又宋陸游《入蜀記》言吴江縣治有石鐫曾文清公，名幾，字吉甫，南宋人。漁具詩，比《松陵倡和集》所載即皮、陸詩。又增十事。俗敝民譌，機巧日滋，肆爲不仁之器，殘害水族，是可慨也。夫此廣殺物命，恬不知怪，非大覺緣果之文豈能救之哉！或謂罔罟作於包犧，羲皇聖人，未嘗不教人以殺。吁！罔罟之制始於包犧之世耳，豈真包犧作之耶？如謂羲皇作罔罟以教殺，則弧矢能殺人，而殺人亦聖人之教耶？《繫辭》之意本贊易理廣大，八卦既畫，則天下事物總不出其範圍者也。又包犧作罔罟獨見《易·繫辭》耳。《禮運》言古未有火化，民食鳥獸之肉。是燧皇以前民已擊鮮而食，漁獵之具此時即應有之，并非始於羲皇時矣。《繫辭》明《易》象之悉備，則以爲在既畫卦之後。《禮運》推禮制所由興，則以爲在未鑽火之前。立言之旨各有攸歸，故兩書皆夫子之言，而先後不同。要之，洪荒時事無書史可稽，夫子止約略言之耳。何可偏執其一語，遂謂羲皇之教殺乎？

魯頌

《駉》篇「有驔有魚」，毛傳曰：「豪骭音幹。曰驔。」孔疏云：「《説文》曰：『骭骹音敲。也。』《釋畜》云：『四骹皆白，驓。』音增。無『豪骭白』之名。傳言『豪骭白』者，謂豪毛在骭而白長也。」如疏言，則傳「豪骭」下當有一「白」字，否則「曰」當作「白」，必有脱誤。然諸本注疏及吕《記》、朱《傳》、嚴《緝》引傳皆同，不應諸本俱譌。傳既無「白」字，則孔疏「豪毛白長」之解又從何來？況「豪骭曰驔」亦不成文義。此甚不可曉也。

「其旂茷茷」，茷從艸、從伐。朱《傳》獨從竹、從代作「筏」。「筏」不成字，字書所無。然諸本皆同，不知誤始何時。今讀者俱莫覺，近世俗下書有《字彙》俗作「彙」。者遂妄造一「筏」字，收入竹部。可哂已。

「薄采其茆」，《釋文》云：「茆，干寶云今之鳧葵草，堪爲菹，江東有之。」案：宋庠《國語補音》云：「鳧，鳥甲反，即鴨字。」又案：鳧、鴨一類，茆亦名鳧葵，其以此與？

東萊於《邶風》辨《萬》舞兼干羽，其見韙矣。至《魯頌》之《閟宫》、《商頌》之《那》，仍依用鄭箋，以《萬》爲干舞。蓋《公劉》次章以後，皆未經刊定之書也。又《國風》、二《雅》皆詳載《鄭譜》之文，三《頌》則闕焉。始信己亥重修此書，爲功不淺。惜未竟其緒耳。

商頌

《那》頌「執事有恪」箋云：「執事薦饌，則又敬也。」《釋文》「薦」作「廌」，云：「廌，〔一〕本又作『薦』。」《禮記》「薦馬」，《釋文》亦作「廌」。《鄉飲酒》「祭薦」，《釋文》云：「本亦作『廌』。」案：《廣韻》云：「廌，畜食，作甸切。」薦之本訓爲獸所食草，是薦、廌音義俱同也。其借爲奉進之義亦同。

《玄鳥》、《長發》、《殷武》三詩皆句句用韻，惟「天命玄鳥」、「四海來假」、「維女荊楚」數語不協耳。今號句句協韻者爲柏梁體，然虞廷賡歌三句皆韻，《五子》第三歌若依《左傳》則六句皆韻。「陶唐」下多「率彼天常」一句，又「厥道」作「其行」。《國風》、二《雅》如《碩人》、《宁》、《猗嗟》、《九罭》、《皇皇者華》、《斯干》、《鳧鷖》等篇中多有連句用韻者，及《商頌》三篇亦然。此體之來古矣，惟七言則始於柏梁耳。

隕，左從𨸏，本隕墜字。以音近圓，本王問切。故讀圓，而訓切。諸本皆然，獨監本經文作「幁」誤也。考字書俱無「幁」字，惟元人《韻府群玉》有之，乃字書不收，蓋已覺其誤。而監本經文反用之，不可不急爲改正也。又康成讀「隕」爲「圓」，本以音之近。今「圓」讀爲「圜」，遂併

〔一〕「廌」，原作「鳫」，據庫本、張校本改。

《詩》「幅隕」字亦讀爲「圜」，譌以生譌，學者莫覺。

《小雅》云：「信彼南山，維禹甸之。」《大雅》云：「豐水東注，維禹之績。」又云：「奕奕梁山，維禹甸之。」《魯頌》云：「纘禹之緒。」《商頌》云：「禹敷下土方。」又云：「設都于禹之績。」皆指所目睹追念禹功也。詩人稱述往聖，主於頌揚祖德。周所言惟后稷、公劉、大王、王季、文武二王，商所言惟玄王、相土、成湯、中宗、武丁，除此而外，雖二帝之聖不一及焉。而獨於禹則言之至再至三者，何與？洪水之災，民其魚矣。禹復取而置之平土，俾得耕田食穀，萬世之天下皆禹所再造也。後人舉目輒見之，遂著之於詩耳。不僅詩也，仲虺言纘禹舊服，周公言陟禹之迹，劉子言禹明德之遠，皆在百千載後，況當日之民躬被其澤者乎？宜其德禹之深，併愛其子孫，雖有僻王，猶奉爲君，不忍叛。乃再傳至大康，而黎民咸貳，致羿、奡得乘釁篡竊。微少康中興，禹幾不祀矣。即桀之惡，亦非甚於紂也。紂之亡，有西山義士、洛邑頑民。桀既放，即帖然共戴商，豈夏之臣民盡不忠不義哉？嘗思其故，而歎人心之囿於習俗，不可變也。堯、舜、禹三聖相繼，民得聖人而爲君者已百五六十年，父子祖孫習見其如此，彼以爲爲吾君者非聖人不可矣，竟不知此乃萬古一逢之泰運也。又堯、舜皆傳賢，則易姓之事彼亦習以爲常也。獨禹傳子及孫，而大康又逸豫滅德，民乃翻然思去之矣。又十餘傳而至桀，暴又如甚焉，遂舍而歸湯，不復顧彼素所責望其君者刻且深固，不肯以聖人子孫而恕之也。至商之末造，則傳子已習爲故事，而賢聖之君又不過絫世而一見，民始不甚求備於君，且知革命之爲大變也，而各睠念其故主矣。民之歸周不如戴商之速，時使之然也。夏與商僅兩代間，而人心之不同乃爾。後之儒者乃欲以近今習俗斷三代以前之治亂得失，豈知論世者哉！

工部都水司郎中臨川李秉綬刊

嘉應邱　翀舊校

番禺高學耀新校

皇清經解卷八十九終

《中華經解叢書·清經解(整理本)》書目

詩經編

詩本音　詩説　(清)顧炎武 著,(清)惠周惕 著,劉真倫、岳珍 點校
毛詩稽古編　(清)陳啓源 著,劉真倫、岳珍 點校
毛詩注疏校勘記　(清)阮元 著,劉真倫、岳珍 點校
毛詩故訓傳　(清)段玉裁 訂,岳珍 點校
詩經小學　毛詩補疏　(清)段玉裁 著,岳珍 點校;(清)焦循 著,劉真倫 點校
毛鄭詩考正　杲溪詩經補注　三家詩異文疏證　(清)戴震 著,(清)戴震 著,(清)馮登府 著,劉真倫、岳珍 點校
毛詩紬義　(清)李黼平 著,劉真倫、岳珍 點校